NARRATORI STRANIERI

W0283134

STACEY SWANN

INFELICI GLI DEI

Traduzione di Monica Pareschi

ROMANZO
BOMPIANI

Le citazioni delle *Metamorfosi* di Ovidio sono tratte dall'edizione a cura di Piero Bernardini Marzolla, Torino, Einaudi, 2015.

www.giunti.it
www.bompiani.it

SWANN, STACEY, *Olympus, TX*
Copyright © 2021 by Stacey Swann
All rights reserved.

Published in the United States by Doubleday,
a division of Penguin Random House LLC, New York,
and distributed in Canada by
Penguin Random House Canada Limited, Toronto.

© 2021 Giunti Editore S.p.A./Bompiani
Via Bolognese 165, 50139 Firenze – Italia
Via G.B. Pirelli 30, 20124 Milano – Italia

ISBN 978-88-452-9908-7

Prima edizione: giugno 2021

Alla mia famiglia

"Ma in verità ognuno è il dio di sé stesso..."
Ovidio, *Le metamorfosi*

VENERDÌ

1

Guidare nel buio, nella nebbia, bianca e densa contro i fari e il parabrezza. Il mondo senza forma e senza sostanza. Seguire il cricchiare della ghiaia che schizza via sgretolandosi sotto le ruote. Se scivoli senza un rumore vuol dire che stai per finire nel fosso. Passare sopra condutture di metallo, il tun-tun-tun della griglia che impedisce il passaggio del bestiame. In discesa, verso la piana formata dal fiume, dove grida di rane e cicale coprono lo scricchiolio. Fermarsi. Aspettare. Si alzerà il sole, la terra si placherà nell'arsura.

Quando arriva il mattino, il paesaggio è un intrico di alberi e boscaglia: querce frese e olmi del cedro, pecan e rami ritorti di supplejack, sommacchi e tralci di vite selvatica. Non sono boschi dove passeggiare ma un groviglio impenetrabile e spinoso, una barriera di quattro ettari bucata solo da questa strada di terra battuta. Da qualche parte, poco lontano da lì, in quella terra di confine tra i querceti e le praterie del golfo, ci sono i pascoli dei bovini, qui invece c'è solo una piccola radura con una grande casa bianca presidiata da un sestetto di pioppi neri. Il vento stacca la lanugine dai pioppi, la sparge come neve sulla casa: due piani con quattro grosse colonne un po' inclinate sul davanti, interrotte nel mezzo dal parapetto di una terrazza. Le finestre occhieggiano dal tetto a doppia falda. Il prato è coperto di gramigna, con qua e là aiuole quadrate cinte da traversine: profumo di rose e di creosoto.

Su un lato la casa confina con i boschi, sull'altro col fiume Brazos, lento e bruno. Un pappo si posa sull'acqua, si fa portare dalla corrente satura di fango, poi viene risucchiato. Le sponde argillose sono chiazzate solo di erbacce che crescono in fretta, perché il livello dell'acqua si alza e cala di continuo. Il fiume – non certo ampio come il Mississippi ma abbastanza da non poter lanciare un sasso sull'altra riva – genera un rumore bianco costante.

E dentro la casa? Peter e June nel loro letto, un vecchio letto d'ottone, provvisto di colonne come la casa. Si levano dalla testata e dai piedi del telaio come le sbarre di una prigione. Peter l'aveva trovato nella rimessa dei genitori, dove era rimasto dimenticato per decenni. Lui e June stavano insieme da quasi un anno quando aveva scherzato dicendole che il letto, col senso di chiusura che trasmetteva, parlava chiaramente di matrimonio. L'aveva trascinato a casa sua, dove non aveva smesso di lucidarlo finché non si era ritrovato con un mucchietto di stracci tutti chiazzati di verde. Certo di non voler rifare mai più una cosa del genere, per evitare che quel maledetto catafalco tornasse a ossidarsi l'aveva verniciato con la gommalacca. Aveva funzionato per un bel po', fin dopo la nascita di tutti e tre i figli. Ma col passare degli anni pian piano si è ossidato di nuovo, e adesso lo strato di gommalacca protegge la patina scura. A June piace ancora. O forse le piace cogliere l'irritazione di Peter quando lo fissa troppo a lungo.

June e Peter in un letto troppo piccolo per lui. Lungo disteso, è costretto a infilare qualche centimetro di testa tra le sbarre della testata, gli alluci oltre quelle ai piedi del letto, oppure deve piegare le ginocchia. Peter è un uomo alto, quasi due metri. Ha anche una stazza considerevole. June non ha mai visto un uomo di quella stazza senza poterlo definire grasso. Quando erano appena sposati gli montava a cavalcioni e gli posava un palmo vicino a un capezzolo, poi l'altro, poi di nuovo il primo, e così di seguito per tutta l'ampiezza del torace. Ci stavano cinque palmi, tanto era grosso quell'uomo. Persino ora che la pancia diventa sempre più molle e si espande ai lati e verso il basso – un chilo in più ogni anno che passa – niente può rendere meno possente quel petto.

O forse sarebbe interessante studiare il contrasto: prima e dopo, ventre piatto e ventre sporgente. I capelli, ricciuti da sempre, si sono trasformati da spessi anelli neri in spessi anelli grigi. La barba sta imbiancando, solo sul labbro superiore rimane un po' più scura. Occhi verdi, duri e pungenti come al solito. Non è cambiato davvero più di tanto. In parte più morbido, in parte più chiaro. Anche June è cambiata poco, almeno a guardarla mentre dorme. A cinquantacinque anni i capelli hanno la stessa sfumatura di biondo che avevano a venti. E quando il viso è rilassato nel sonno le rughe sono meno evidenti, la pelle più compatta. Sveglia e in piedi, qualcosa si irrigidisce o si increspa, qualcos'altro cede, grazie alle tre gravidanze, agli anni passati all'aperto con i bambini piccoli, col bestiame, con la sua insoddisfazione. Quando dorme però è ancora giovane.

Nel letto: un uomo di sessant'anni e sua moglie. È alta venticinque centimetri meno di lui, per lei il letto va benissimo. Tiene il piede vicino al polpaccio del marito, una pressione leggera. La mano di lui è posata vicino al suo fianco, emana calore. Poi in lui cambia qualcosa, la struttura d'ottone lo opprime, e allora si gira raggomitolandosi. Il movimento sveglia June, e prima che lui possa passarle il braccio pesante sul petto, prima di sentire il peso della sua testa sui capelli, scivola giù dal letto. È ora del caffè.

Al piano di sotto, il ronzio della caffettiera elettrica. Beve un bicchiere d'acqua, prepara il pane tostato col burro e la marmellata di more. La cucina, come il resto della casa, ha uno stile tra il rustico e il minimalista, con qualche vecchio mobile di famiglia sparso qua e là che dà un tocco più spontaneo all'ambiente. June versa il caffè, torna di sopra cercando di non fare rumore, passa davanti a Peter, ancora addormentato, e a quelle che un tempo erano le camere dei figli (e che sono state trasformate in una camera per gli ospiti, usata di rado, e in uno studio). In fondo al corridoio apre la porta a vetri che dà sulla terrazza, un grande rettangolo di legno laccato di bianco e cinto da un basso parapetto, anch'esso di legno laccato di bianco, ombreggiato dal cornicione del tetto e dal solaio.

Quando ha finito il pane tostato e ha già cominciato a bere il caffè, la porta di casa si apre sotto di lei. Ha più tempo per stare sola in inverno, in estate invece Peter si alza presto, in pratica si alza col sole. Vuole bersi anche lui il caffè seduto sulla sua grossa sedia di legno a stecche, quando l'aria se va bene è ancora fresca. La veranda davanti è grande come la terrazza che la sovrasta, ma è meno ventilata. Avvicina la sedia al muro, così da non lasciarsi investire dalla luce obliqua che avanza pian piano. Mentre si sistema, June aspetta il suo buongiorno. Invece il cellulare di Peter si mette a suonare, facendo fremere il piano di vetro del tavolino su cui è posato.

"Hayden? Tutto a posto?"

Il fratello di Peter. In linea d'aria è il loro vicino di casa, ma dal momento che c'è il Brazos di mezzo è come se abitassero parecchio distanti. A June va bene così. Non che abbia problemi riguardo al cimitero e all'agenzia di pompe funebri con cui Hayden si guadagna il pane. Solo che non ha una passione per quell'uomo. A sua difesa va detto però che non è da lui chiamare così presto.

"È lì con te?" dice Peter.

June è bravissima a immaginare la metà mancante delle telefonate del marito, eppure non è sicura di capire questa: chi è la persona di cui parla Hayden, perché Peter sembra quasi felice.

O forse un sospetto ce l'ha ma decide di ignorare quel sentore di sciagura che aleggia nell'aria.

"A mezzogiorno è perfetto. Me lo passi?"

Cazzo, pensa June.

"Ok, allora. E grazie, Hayden."

Sente Peter posare di nuovo il telefono sul tavolino, aspetta che dica qualcosa. Il lungo silenzio le conferma che per lei la notizia non sarà delle migliori. Allora allontana la tazza mezza piena di una trentina di centimetri dalla poltrona di vimini e dai piedi nudi, la rovescia e guarda il caffè gocciolare di sotto, insinuandosi attraverso una fessura tra le assi del pavimento. Anche se non vede il marito sa benissimo dove si trova, e l'imprecazione che le arriva quando il liquido bollente raggiunge il bersaglio glielo conferma. Non che quei piccoli atti di violenza, che si verificano quasi ogni settimana, siano premeditati. Ne è più sorpresa lei del marito.

"Voglio mettere bene in chiaro, prima ancora di cominciare, che non è colpa mia. Mi sono svegliato innocente come un neonato, stamattina," dice Peter. Le prime parole che si rivolgono vengono spesso pronunciate così, attraverso le assi di legno che per una sono il pavimento e per l'altro il soffitto.

June sbuffa, non perché lo ritenga davvero responsabile della notizia che sta per darle, ma perché mai e poi mai potrebbe considerarlo innocente. Peter è un uomo che ama senza risparmio, ma i suoi appetiti sono decisamente smodati. I loro tre figli sono solo metà della sua progenie, e sono nati tutti dopo il matrimonio. Anche se lui è riuscito a prendere le distanze da quei peccati di gioventù, il ricordo continua a insinuarsi nei pensieri di June. Di qui gli atti di violenza.

"È tornato March?" dice. Il figlio minore, che in due anni e mezzo di esilio non si è fatto sentire una volta.

"Vuole venire a pranzo oggi."

"No," dice lei.

"Ho già detto di sì."

"Viene il veterinario per i vitelli. Non è detto che per mezzogiorno avremo finito, e figurati se ci sarà tempo di cucinare."

"Prendo qualcosa da fare al barbecue. E se arrivi in ritardo non importa." Tace. "Se non ti va di vedere tuo figlio puoi farlo in un altro momento."

Le viene voglia di rovesciare dell'altro caffè, ma così non gliene rimarrà nemmeno un po'. "Non l'ho ancora perdonato, e dubito di riuscire a farlo prima di pranzo. E Hap?" Il fratello maggiore di March, quello che più di tutti ha da perdonargli qualcosa. Peter, lo sa bene, ha superato da tempo qualunque sentimento negativo, ammesso che ne abbia mai avuti. Ha beneficiato troppo del perdono degli altri per lesinarne a chicchessia. Se il perdono fosse qualcosa da raccogliere come le monete o i francobolli, Peter avrebbe una collezione.

June ha scelto di credere che la distanza sia una garanzia di tranquillità. Lontano da Olympus, March ha smesso di essere pericoloso: per Hap, per lei, persino per sé stesso. Non sopporta l'idea che il suo senso di sicurezza costruito con tanta cura possa evaporare tra un sorso e l'altro di caffè.

"Puoi pranzare con noi anche senza perdonarlo. Non possiamo certo rifiutarci di vederlo," dice Peter.

Cerca tra le emozioni che prova in quel momento per trovare un po' di gioia: qualcosa che le dica che è ansiosa di rivedere il figlio. Si avvicina al parapetto e scruta la proprietà di Hayden dall'altra parte del fiume, si chiede se un binocolo le permetterebbe di vedere March suscitando in lei un minimo di sentimento materno. È distratta da un pavone – l'animale più diffuso sulle loro terre dopo il bestiame – che attraversa impettito il prato. Si ferma vicino alla veranda, con la coda ripiegata dietro di sé. Sente il marito sorbire il caffè e poi, facendo appello all'esperienza di anni passati a masticare tabacco, sputarglielo addosso con forza, centrando il collo dell'uccello, che non fa una piega. Rimane immobile per un attimo, poi, mostrando le terga all'aggressore, si avvia senza fretta e pieno di dignità per il prato, facendo la ruota. Il sole, poco sopra l'orizzonte, gli sfiora da dietro il piumaggio, trasformando i colori in un reticolo scuro di linee e cerchi, mentre la luce che si insinua tra una piuma e l'altra disegna un secondo reticolo sull'erba. È troppo bello per poter rifiutare la richiesta di suo figlio. Lascia però che sia il silenzio a esprimere il suo benestare. Il silenzio e un sospiro.

2

Sapendo che lo zio la prenderebbe male se i cani usassero le lapidi del cimitero per marcare il territorio, March porta i mastiff nel campo sull'altro lato della strada. I cani si infilano tra il sorgo selvatico, che è alto più di un metro e arriva giusto a coprir loro la testa riducendoli a chiazze mobili d'erba tremula. March guarda Hayden andare avanti e indietro dai margini del prato davanti casa all'agenzia di pompe funebri, attraversando ogni volta il parcheggio deserto. A un certo punto mentre torna verso casa si ferma a metà strada sullo spiazzo di terra battuta e infila il cellulare nel taschino della camicia. Oltre suo zio, dall'altra parte del fiume, March vede la piccola sagoma bianca della casa in cui è cresciuto.

I cani tornano da lui, già ansimanti, e a March sembra che lo guardino con aria di riprovazione. Se potessero parlare chiederebbero di tornare in montagna. Come gran parte di coloro che non sono nati in Texas, probabilmente sentono il caldo come un affronto personale più che come una semplice manifestazione climatica. Di fianco a lui appare lo zio.

"Sei invitato a pranzo, a mezzogiorno." I cani annusano le mani di Hayden, sperando in un altro giro di coccole. Visto che lui li ignora, si lasciano cadere pesantemente a terra, usando l'ombra di March per ripararsi dal sole.

"Tutto qui?"

"Sì, nessun problema. Però non credo che Peter abbia chiesto a June."

"Perciò potrebbe richiamare per disdire?"

March è abbastanza legato allo zio da poter arrivare di primo mattino e senza preavviso per chiedergli un favore, ma non al punto che l'altro possa sentirsi offeso dalla sua lunga sparizione o aspettarsi delle scuse. Il motivo non gli è del tutto chiaro, ma è per questo che si è fermato prima da lui invece di andare dai suoi. Hayden ha sempre preferito March al fratello maggiore, e March non è così orgoglioso da non approfittarne. Questa preferenza dipende dalla somiglianza tra March e il padre, di cui il figlio è una copia in scala leggermente ridotta: più basso di quattro o cinque centimetri, con i lineamenti un po' più marcati, gli stessi occhi verdi e gli stessi capelli scuri e ricciuti. Hap invece ha preso dalla madre, è biondo e non troppo alto, anche se non ha la sua bellezza.

"Non ti manderebbe mai via. Se non per vederti, almeno per poterti bacchettare," sorride Hayden. March resta serio, invece. "È da allora che non parli con nessuno della famiglia?"

March fa segno di no. Quando la sua relazione con la moglie del fratello era diventata di dominio pubblico, si era aspettato che Hap andasse su tutte le furie, e invece con sua grande sorpresa sembrava che anche il resto della famiglia si augurasse di vederlo sparire come per magia. Lui non ci aveva nemmeno ancora pensato, era fatto così. Allora per difendersi aveva messo tra loro un confine statale, in modo che la loro assenza dalla sua vita potesse passare per una scelta e non un'imposizione. Si era così convinto che fosse stata una decisione sua da credere che anche quella di tornare a casa lo fosse. Solo quando aveva imboccato l'uscita per Olympus sulla I-10 quella mattina, dopo aver guidato tutta la notte, si era reso conto che forse aveva commesso un errore. Per lui quell'esilio equivaleva ad aver scontato una condanna in prigione, ma niente gli suggeriva che la sua famiglia la vedesse allo stesso modo.

"Ho un altro favore da chiederti. Hai un posto dove posso lasciare la mia roba per il momento?" March fa un cenno verso il cassone del pick-up, ingombro di scatoloni per metà.

"C'è un sacco di posto nel magazzino in fondo al corridoio, dopo il mio ufficio. Adesso però vado a farmi una doccia. Alle otto devo vedere una famiglia per un funerale. Quando hai finito di scaricare vieni in casa a fare colazione. Fa' un sonnellino prima di pranzo, se ne hai bisogno. Stephanie e i ragazzi passano l'estate da mia suocera in Iowa, come al solito, perciò avrai tutto il silenzio che vuoi."

L'assenza di Stephanie rende l'offerta di Hayden più interessante. La moglie di suo zio ritiene che March abbia un'influenza negativa sui cugini, due ragazzini che non vanno ancora alle medie, e lui si rende conto che non ha tutti i torti. La storia che March ha avuto con la cognata, Vera, è stato l'ultimo di una lunga serie di errori. Alle superiori, durante una partita di football, aveva provocato una rissa sul campo che aveva fatto perdere alla squadra il campionato statale; era il primo down e i Titans si trovavano sulla linea delle cinque iarde con un minuto e mezzo da giocare. Poi c'era stata la zuffa che aveva portato all'incendio che aveva distrutto la sala da domino del paese, vecchia di cent'anni. Infine il congedo con disonore dall'esercito. March non si sottrae a questi ricordi perché è come se pensasse al comportamento di un'altra persona. Quando si arrabbia davvero il suo corpo continua a muoversi mentre la mente smette di funzionare, come se avesse bevuto fino a perdere conoscenza. Dopo qualche minuto torna di nuovo in sé, la rabbia a quel punto è un po' sopita, ma non ha nessun ricordo di quello che ha appena fatto. È difficile ammettere qualcosa che non è in grado di ricreare nella propria mente. Nemmeno la diagnosi riesce ad ammettere: disturbo esplosivo intermittente. Anche se crede a chi gli dice che è così – tutta la famiglia – in cuor suo è convinto che sia solo un equivoco.

Una volta che Hayden si è incamminato verso casa, March sposta le sue cose dal pick-up al magazzino, entrando e uscendo dall'agenzia di pompe funebri più in fretta che può. Quando finalmente entra in casa, lo zio ha finito di farsi la doccia e sta riempiendo due grosse ciotole di cereali.

"Puoi lasciare i cani in veranda?" March fa come gli dice Hayden, ma si sente in colpa a chiuderli fuori. Lo zio, in boxer e maglietta, con una scatola di Frosted Flakes in mano, sembra d'improvviso più giovane di vent'anni. Anche Hayden da ragazzo era una testa calda. Probabilmente anche per questo ha un debole per lui.

"Pensi che sia stata una cattiva idea tornare?" chiede March, rendendosi conto solo adesso di quanti problemi potrebbe causare il suo ritorno.

"Certo che no. Mi sembra un'ottima cosa che tu abbia deciso di affrontare le tue responsabilità." Hayden piazza le due ciotole e il latte sul tavolo della cucina e fa cenno a March di sedersi. "È dura, lo so. Io e Peter non eravamo tanto diversi da te e Hap. Peter sembrava nato per far le cose come si deve: mettere su un'attività, trovare una moglie, avere dei figli. Proprio come Hap. Io ci ho messo di più a trovare la mia strada. Alla fine però ce l'ho fatta, e ce la farai anche tu."

"Aspetta," dice March. "Hap ha messo su famiglia? Vera è ancora qui?"

Hayden, che stava per attaccare i cereali, rimette il cucchiaio colmo nella ciotola. "Alla fine non hanno divorziato. Hanno un bambino." Suo zio lo guarda aspettandosi qualcosa – un indizio di gelosia, forse? – ma March prova solo stupore. "Magari questo renderà tutto più facile," dice Hayden. "Aiuterà Hap a perdonarti e a dimenticare tutto."

March si immagina il pranzo del prossimo Giorno del Ringraziamento, con Hap, Vera e il bambino seduti a tavola davanti a lui. Gli sembra tutto tranne che facile.

Una volta che Hayden è andato a lavorare, March cerca di schiacciare un sonnellino sulla poltrona reclinabile nel soggiorno. Lasciando da parte Hap e la sua nuova famiglia, deve vedersela anche con la madre, con la sua rabbia sempre trattenuta e finalmente pronta a riversarsi sul bersaglio ideale. Impossibile rimanere lì steso con pensieri del genere. Oltretutto ogni volta che apre gli occhi vede i cani che lo guardano dalla finestra, traditi e ansimanti.

Si alza dalla poltrona nella speranza che questo lo aiuti a rinfrancarsi e a rassicurare i cani. Dalla veranda lo seguono fino al pick-up e si mettono a saltare e a uggiolare intorno alla sponda del cassone, perché sanno che senza gli scatoloni non saranno più costretti a sistemarsi sullo strapuntino su cui hanno viaggiato dal New Mexico a lì. Anche il caldo non sarà un fastidio col vento che soffia. March fa scivolare giù il grosso pezzo di compensato che aveva sistemato sotto gli scatoloni e che serve ai cani da rampa per trasferire a bordo le loro stazze da settanta chili l'una.

Imbocca a velocità ridotta la strada a una corsia, coperta da un sottile strato di asfalto, godendosi le espressioni eccitate dei cani nello specchietto retrovisore, circondato da quella terra che non vede da tanto tempo, i grandi pascoli separati da filari d'alberi che li riparano dal vento, gli agricoltori che scaricano balle di fieno, i cani che abbaiano prima alle capre e poi alle mucche. In dieci minuti non incrocia una sola macchina finché non sbuca in Farm Road, una strada più larga che lo porta fino a Market Road, e quest'ultima a un certo punto fa una curva e lo riporta al fiume Brazos. Mentre attraversa il ponte e raggiunge i limiti comunali dell'unico luogo che possa chiamare casa, il barbaglio del sole sull'acqua torbida è come una manciata di lustrini sparsi.

I primi coloni sono arrivati a Olympus all'inizio dell'Ottocento, quando il Texas faceva ancora parte del Messico, ma la sua epoca d'oro era già finita quando la sua fiorente vicina a est, Houston, non esisteva ancora. Prima fu raso al suolo da un incendio durante la Rivoluzione texana. Quarant'anni dopo il paese ricostruito fu tagliato fuori dalla nuova ferrovia, grazie alla quale si arricchì invece la vicina Bullinger. Poi l'alluvione del 1899 per poco non lo spazzò via dalla carta geografica. Nel centinaio abbondante d'anni che seguirono, nemmeno il fatto di essere il capoluogo della contea l'ha spinto a espandersi. Il paese è arrivato a duemila abitanti e lì si è fermato.

In effetti Olympus è così piccolo che March sa che se passa troppo tempo a girare in macchina finirà per incontrare Hap o qualcuno che si affretterà a informare il fratello del suo ritorno. In questo momento la carrozzeria di Hap è a soli cinque isolati a est del punto in cui si trova. Perciò svolta in direzione ovest e percorre gli ottocento metri che lo separano dall'agenzia immobiliare del padre, dove prima di andarsene ha lavorato per qualche anno anche lui. Vuole un'altra persona che sia felice di vederlo prima di affrontare quelle che non lo saranno affatto.

Mentre sale i tre gradini della veranda del vecchio edificio vittoriano e vede la scritta BRISCOE PROPERTIES impressa sul vetro della porta sente ancora una volta quel fremito di serena nostalgia che ha provato avvicinandosi al paese. L'ufficio però è chiuso. Si gira e vede i cani che lo fissano, con le zampe davanti appoggiate al tettuccio della cabina. Avrebbe dovuto lasciare il pick-up scuro in montagna, dove l'ha comprato, e trovarne uno più chiaro, più termoriflettente, per il ritorno. Un'altra cosa a cui non aveva pensato.

Ancora tre ore prima di pranzo, però March si dice che deve comportarsi da uomo. Meglio cavarsi il dente. E poi arrivare in anticipo non è come arrivare senza preavviso. Un altro quarto d'ora di macchina, tornando dritto filato sulla I-10 e imboccando altre strade a una sola corsia che portano alla casa dove è cresciuto. Quando entra nella tenuta vede alcune delle mucche di sua madre che cercano di ripararsi dal sole in mezzo al pascolo, ammassate all'ombra di una grande quercia. Percorre lentamente una collinetta in discesa, oltrepassa l'acquitrino con la sua acqua immobile sigillata da una pellicola d'alghe, e poi punta verso la grande casa, che già occhieggia tra gli alberi. Con suo enorme sollievo, trova la Jeep di Artie parcheggiata nel vialetto. Artie e suo fratello Arlo sono figli di Peter ma non di June. Che i genitori gli preferiscano Hap e la sorella maggiore, Thea, non lo ha mai sorpreso. Ma la madre gli preferisce addirittura Artie, il prodotto dei peccati di gioventù di suo padre. A quanto ricorda la ragazza ha sempre frequentato casa loro. Di sicuro Artie gli farà il culo per non essersi mai fatto sentire, ma sarà contenta di vederlo. Più che fratellastri sono sempre stati amici, e March sa per esperienza che è più facile farsi perdonare dagli amici che dai consanguinei. La macchina del padre invece non c'è. La presenza di Artie è un colpo di fortuna che gli impedisce di trovarsi a tu per tu con la madre.

Parcheggia non troppo vicino alla casa, sotto un albero. Prima di liberare i cani, sente Artie che grida: "March! Che testa di cazzo. Sei andato da tutti tranne che da me." Lei e June si affacciano alla terrazza. Artie sfodera un sorriso tale che si vede a tutti quei metri di distanza. La madre invece non sorride; incrocia le braccia. Da lassù sembra più piccola. A March non verrebbe mai in mente di definirla piccola, in realtà. Resta con le mani posate sulla sponda posteriore del pick-up, mentre i cani vanno avanti e indietro in attesa di essere liberati.

"Porta quelle bestie in cucina," grida la madre. "Attento che non corrano dietro ai pavoni. Sono abituati a stare in casa?"

"Sono più buoni di me," urla lui a sua volta.

"Non mi sembra una garanzia."
"Bella roba da dire a un figlio che non vedi da più di due anni." Un'uscita evitabile. La madre non reagisce bene a nessun genere di rimprovero, ma non può certo gridarle le sue scuse da lì, no?

Lei scioglie le braccia e si appoggia al parapetto alzandosi in punta di piedi. A March sembra un leone di montagna pronto a balzare. "Come se te ne fossi andato così, senza motivo. Come se..." Poi però tace e gli volta le spalle. Artie invece gli fa segno col braccio di entrare.

March abbassa la sponda, i cani scendono pesantemente e lo seguono. Sale i gradini della veranda, apre la porta e attraversa l'atrio per entrare in cucina. Sente la madre e Artie scendere le scale. Si siede su un alto sgabello davanti al bancone centrale, incastrando le ginocchia sotto il piano di granito. Nella stanza è tutto esattamente come prima, dai vecchi isolanti di vetro azzurro del telefono sul davanzale della finestra sopra il lavandino alla zuccheriera accanto al bricco del caffè.

Artie, che ha sceso i gradini due alla volta, lo afferra da dietro stringendolo in un mezzo abbraccio, poi si inginocchia per grattare i due cani sotto il mento. È cambiata, ha il viso smagrito, le rughe intorno alla bocca più profonde. Possibile che tutti e due abbiano già quasi trent'anni?

"Due anni senza nemmeno una telefonata." Alza gli occhi verso di lui, e Remus ne approfitta per leccarle la guancia.

March si sfila di tasca il cellulare. "Ho dovuto comprarne un altro. Ho perso tutti i numeri." Non le dice dov'è finito quello vecchio: in un bidone dell'immondizia di una stazione di servizio poco prima di uscire dal confine texano perché temeva di cedere e chiamare qualcuno.

"Stronzate, tutte scuse." Gli toglie di mano il telefono e aggiunge il suo nome ai contatti. Poi torna a inginocchiarsi vicino ai cani. "Come si chiamano?" Artie spiana col pollice la fronte rugosa dei cani.

March glieli presenta: quello marrone chiaro è Romolus e quello striato è Remus.

Ormai è così abituato alla loro presenza che si sorprende che riempiano la cucina con la loro mole. Sovrastano Artie, che pur essendo inginocchiata non è certo piccola.

Entra anche la madre, gli passa accanto senza nemmeno guardarlo e poi rovista nei pensili finché non trova una grossa ciotola di metallo. La riempie d'acqua, e i cani la seguono in corridoio per bere. June sposta una teglia di panini ancora caldi – in realtà ne mancano già un paio – davanti a March, prende burro e marmellata dal frigo e gli versa una tazza di caffè. Dopo aver fatto gli onori di casa, si sistema sullo sgabello vicino al suo mentre Artie si mette seduta sul bancone, lasciando ciondolare le gambe.

"Sei in anticipo," gli dice June, guardandolo per la prima volta.

"Sì."

"E si può sapere dove sei stato? A fare cosa?"

"A Ruidoso, in New Mexico. Lavoravo come buttafuori in un casinò." Lei lo guarda storto. "È bello, sai? C'è un lago, un campo da golf. Gran posto per andarci in vacanza." Lei continua a guardarlo con disapprovazione. "È venuto a suonare anche Arlo il fine settimana scorso."

"Non mi ha detto che vi siete visti," dice Artie, e lo guarda storto anche lei.

"Non sapeva che ero lì. In effetti non c'ero. Ero fuori città." March non si teneva aggiornato sugli eventi musicali perché non veniva mai nessuno che gli interessasse vedere, solo gruppi come i Three Dog Night e i Foreigner, qualche imitatore di Elvis e vecchi comici. Era andato in campeggio con i cani vicino a White Sands, e quando era tornato al lavoro aveva visto il nome del fratellastro sulla locandina della sala dove si era tenuto il concerto il sabato sera.

"Non è che c'eri anche tu?" chiede March. Artie segue quasi tutte le tournée di Arlo, almeno le più importanti. Scuote la testa e fa per rispondere, ma June la interrompe.

"E così sei tornato a casa," dice. "Come mai proprio adesso?"

March vorrebbe riuscire a farle capire cosa ha provato quando ha visto il nome di Arlo, un pezzo di casa, lì, nel luogo del suo esilio. La forza di tutte le persone che non vedeva da due anni e mezzo l'aveva colpito come un pugno. Nel giro di qualche giorno aveva lasciato il lavoro, subaffittato l'appartamento e fatto le valigie per tornare a casa. La madre ha ancora gli occhi stretti a fessura, e lui ha voglia di dirle che gli è mancata, che gli sono mancati tutti quanti. Ma persino una frase tanto semplice è troppo per lui. Gli viene in soccorso Artie. "Siamo felici che tu sia tornato," dice, allungando una gamba per dargli un calcio sul ginocchio.

"E quando pensi di parlare con tuo fratello?" dice June.

"Dici che posso?" dice lui.

"Direi che è inevitabile." June è distratta da Remus, che posa il testone sul bancone e annusa avidamente i panini. Lei ne prende uno dalla teglia, lo spezza in due e lancia i due pezzi in direzioni opposte. I cani si gettano sul cibo scivolando sul pavimento. "Veramente se non hai intenzione di scusarti né con lui né con noi non capisco come mai sei tornato."

March ha sempre sentito la rabbia della madre come qualcosa di concreto, una coperta di piombo rovente sulla pelle. Anni di abitudine gli hanno tolto l'impulso a ritrarsi, ma dopo una separazione così lunga lo sente affiorare di nuovo. "Ok, scusa," dice, ma è alla schiena della madre che si rivolge mentre lei va verso la finestra. Sentono tutti il rumore di una macchina in arrivo.

Poi una portiera che sbatte, e infine una voce aspra che urla "Figlio di puttana". La madre sospira, si volta verso di loro con gli occhi chiusi. I cani alzano la testa per ascoltare uno stridore di metallo che raschia contro metallo, poi un rumore di vetro in frantumi, e infine il tonfo sordo di qualcosa di pesante che si schianta contro qualcosa di ancora più pesante. March schizza sulla veranda con Artie alle calcagna e Rom e Remus che li seguono a rotta di collo. June gli grida di richiamare i cani prima che lui abbia il tempo di rendersi conto di quello che sta succedendo.

"Qui! Subito!" I cani si immobilizzano anche se sono inferociti. Li afferra entrambi per il collare e loro si lasciano trascinare dentro. March chiude la porta per bloccarli in casa.

Fuori, sul prato, Hap si accanisce contro la fiancata del suo pick-up col martello da fabbro. March sa di meritarselo. Hap non l'ha costretto ad andarsene, non gli ha sparato. Se col tempo la sua rabbia si è acuita, che se la prenda con un pick-up non è poi così grave. March ha anche un istante per dirsi che essendo Hap il proprietario dell'unica carrozzeria del paese dovrà pagarlo per farsi riparare il furgone. Poi però Hap si ferma, guarda March sulla veranda e a quel punto, con tutta la forza che ha, sferra un colpo che sfonda il parabrezza. March si sente violato, poi si sente sprofondare in quel luogo nascosto di cui non gli rimarrà il ricordo. Attraversa d'un balzo il prato e un attimo dopo è addosso al fratello, e urla così forte che i cani si mettono ad abbaiare dalla cucina, raspando sulla porta fino a farla tremare. March, che è quindici centimetri buoni più alto di Hap, gli si scaraventa addosso senza smettere di correre.

Quando torna in sé è disteso sulla schiena, ansante, e gli fa male la spalla. Hap è a meno di mezzo metro da lui, carponi, col labbro che sanguina e il lato sinistro della faccia sporco d'erba e di terra. In mezzo c'è Artie, con un'espressione sconvolta e un badile in mano. Hap riesce a rialzarsi a fatica, ma la madre gli si para davanti. March si concentra sul cielo terso che occhieggia tra i rami del pecan, fa qualche respiro profondo per calmarsi.

"Traditore pezzo di merda," dice Hap. "Non hai un briciolo di morale, cazzo."

March sta cercando di pensare a come replicare quando vede sopra di lui la faccia della madre con un'espressione così piena d'aspettativa che, con suo grande disappunto, non riesce a ignorarla: alla fine si tratta solo di tacere.

"Uno dei miei ragazzi ti ha visto davanti all'ufficio di papà," dice Hap. "Credi di poter tornare senza fare una piega alla vita di prima? Credi di meritartelo?"

March nota con piacere che la madre sta fulminando con lo sguardo il suo cocco. "Sei venuto qui in cerca di guai?" dice.

"Quello lì si merita tutti i guai del mondo."

March si mette seduto sostenendosi con le mani premute nell'erba. Hap si strappa via una lappola infilzata nella barba. Dietro di lui c'è un uomo di mezza età fermo vicino a un pick-up d'epoca, e March non ha mai visto né lui né il suo furgone.

"E credi che ce li meritiamo anche io e Artie?" dice June. Poi guarda anche lei l'estraneo vicino al pick-up e arrossisce. "È in anticipo," dice all'uomo. "Vada ad aspettarmi al pascolo." Dopo aver contemplato ancora una volta la scena davanti a lui, l'uomo le fa un cenno con la testa e sale di nuovo sul furgone.

Hap evita la domanda della madre caricando il martello da fabbro nella cabina del pick-up. Poi però si avvicina ad Artie e le sussurra qualcosa all'orecchio prima di dire a June: "Io torno in paese." L'occhiata che scocca a March lascia intendere che il martello vorrebbe tanto usarlo su di lui. Poi però monta sul carro attrezzi e segue il pick-up dello sconosciuto che si sta già allontanando.

"Puoi sempre tornare da dove sei venuto," dice la madre a March. "Non posso costringerti, ma ti ricordo che hai questa possibilità." Rovescia la testa all'indietro, si massaggia il collo, poi si avvia a piedi verso il pascolo.

Artie raccoglie un frammento di fanale e si siede a terra vicino a March, lasciandogli cadere il vetro in grembo. "Mi sa che ti serve un passaggio." Davanti a tanta devastazione sono entrambi pietrificati. Il parabrezza di March è un'accozzaglia di linee concave e opache con un cratere nel mezzo. March si rende conto che i due anni di esilio non sono bastati a espiare le sue colpe: il suo castigo non è ancora cominciato.

"In quello stupido pick-up nero faceva troppo caldo, comunque," dice, e le strappa un mezzo sorriso.

L'ORIGINE DEL FURORE DI MARCH

Secche le messi il flagello alimentano
che le divora.
Ovidio

March aveva quattro anni. Hap sei.

Quel giorno, a scuola, Hap aveva sentito la mancanza del fratello. Era tutto contento quando, dopo aver percorso i cinquecento metri che separavano casa sua dalla griglia metallica che impediva la fuga del bestiame, dove si fermava il bus, la madre l'aveva accolto spalancando la porta e mettendo di peso un impassibile March sulla veranda. "Andate a giocare," aveva ordinato ai bambini prima di rientrare.

"Cos'è successo?" aveva chiesto Hap. March aveva alzato le spalle, aveva dato uno spintone alla sedia del padre, poi si era appoggiato al muro con un'espressione che aveva sempre più spesso, non proprio furiosa ma nemmeno esattamente triste. Hap gli aveva posato una mano sulla testa, strofinandogliela per un attimo, poi aveva detto: "Ce l'hai!" ed era schizzato via dalla veranda gridando: "Chi tocca un albero è salvo!"

Gli alberi vicino a casa erano radi, e i due bambini erano quasi alla pari. March era già alto come il fratello, e più veloce, ma i due anni di vantaggio rendevano Hap più coordinato nei movimenti. A un certo punto però Hap aveva puntato verso il boschetto di pioppi un po' più lontano. Lì March aveva cominciato a inseguirlo da un albero all'altro, senza mai riuscire a prenderlo nel mezzo secondo che Hap impiegava a passare da un tronco all'altro. Dopo cinque minuti March aveva smesso di insultarlo – dandogli prima del fifone e poi del cacasotto – e si sentiva solo una specie di brontolio tutte le volte che prendeva la rincorsa. A Hap però faceva ancora male il gomito dall'ultima volta che March l'aveva buttato a terra, e così raggiunse d'un balzo l'ennesimo pioppo gigantesco e girò tutto intorno al tronco disegnando un cerchio completo con la mano. Smise solo quando dal fratello minore si levò un ululato di frustrazione, un urlo troppo potente per un corpo così piccolo.

March era piantato lì, a gambe larghe e con la testa rovesciata all'indietro, e scaraventava tutta la sua furia verso le fronde verdi una quindicina di metri sopra di lui. Non smetteva di urlare. A Hap venne in mente che forse l'aveva morsicato una vespa gigante o un serpente, ma non c'era dolore né terrore in quell'urlo. Solo un mare di rabbia, come se tutta l'acqua dell'oceano fosse costretta a uscire da un unico rubinetto aperto.

La paura di Hap si placò un poco quando sentì sbattere la porta della zanzariera: la mamma era uscita in veranda. Si avvicinò piano piano a March e gli sfiorò la spalla. "Adesso ce l'ho io," disse. March gli sferrò una gomitata in pieno petto, senza smettere di gridare. Hap stava per ricambiare, ma quando incrociò lo sguardo del fratello si fermò.

Non lo vide nemmeno muoversi. Da un momento all'altro si ritrovò lungo disteso a terra, e March era sopra di lui. Non sapeva di avere davanti a sé decenni in cui si sarebbe ritrovato di continuo in quella posizione, e con ogni probabilità fu un bene. A breve avrebbe escogitato le strategie migliori per liberarsi, ma quella prima volta rimase lì stordito mentre il fratello lo soffocava. Era una sensazione del tutto diversa da quella che si prova sott'acqua, quando si trattiene il respiro di proposito. Le manine del fratello gli stringevano il collo così forte che non aveva scelta. Non aveva più nessun controllo sul respiro. Proprio quando il panico stava per sopraffarlo ecco la madre afferrare

March per spingerlo via. March però non voleva mollare, e Hap sentì le spalle staccarsi da terra.

June vide il figlio maggiore diventare paonazzo, e si rese conto che gli mancava l'aria. Allora lasciò andare March, ma invece di spostarsi per fronteggiarlo, cercare di farlo ragionare o minacciarlo, o di staccargli un dito alla volta dalla gola di Hap, gli prese la faccia tra le mani e gli tappò naso e bocca. Sentì la mascella muoversi disperatamente senza riuscire ad aprirsi abbastanza per morderla, ma dovettero passare dieci lunghi secondi prima che March lasciasse andare il fratello e si aggrappasse alle dita di June. Lei allora abbassò le mani e sollevò il corpicino che si divincolava, sempre da dietro. Hap inspirò a pieni polmoni, affannosamente. "Sto bene," ansimò. "Portalo via."

June cercò di andare verso casa, ma March si dimenava al punto che per poco non la fece cadere. A quel punto lo scrollò forte, lo fece girare verso di sé e lo strinse forte, immobilizzandogli le braccia, come se potesse spremergli fuori tutta la rabbia che aveva in corpo. Lui però continuò a divincolarsi, urlando, sempre senza pronunciare parola. Lei allungò il passo, convinta che se fosse riuscita a chiuderlo da solo nella sua camera si sarebbe calmato.

Non lo vedeva fare scenate del genere da quando era molto piccolo – non aveva ancora cominciato a parlare. Persino quando aveva tre mesi i suoi capricci erano così violenti da far tremare la culla. All'inizio June aveva provato a fare quello che aveva sempre fatto per calmare Thea e Hap da neonati – cioè allattarli, cambiare il pannolino, prenderli in braccio per cullarli –, ma presto si era resa conto che con March era meglio aspettare. Se andava subito da lui e cercava di prenderlo in braccio, il bambino piangeva ancora più forte. Ma se aspettava che l'attacco si calmasse, se lo lasciava per conto suo, dopo un po' si lasciava consolare.

Mentre apriva la zanzariera con un calcio, di botto March smise di urlare, e June sentì che le nascondeva la faccia nel collo. Entrò in casa sperando che avesse cominciato a calmarsi, ma poi sentì la bocca spalancarsi contro la pelle prima che lui le affondasse i denti nella carne e scattasse indietro con la testa. Sentì un dolore tale al collo che per un momento credette di svenire. Appena dentro si fermò e guardò il figlio, che aveva la bocca imbrattata di sangue e gli occhi vacui. D'istinto lo scagliò lontano da sé, e nemmeno trasalì quando il bambino andò a sbattere con la schiena sul pavimento e poi scivolando finì per colpire con la guancia il muro dell'ingresso. Poi si mise seduto, e lei lo lasciò lì per correre in bagno. Sentiva il sangue colare lungo il collo, scivolare davanti e gocciolare sulla maglietta.

Prese un asciugamano dal bordo della vasca e lo inumidì guardandosi la ferita allo specchio. C'era troppo sangue per capire cosa le aveva fatto il figlio. Il collo le pulsava, e quando lo premette con l'asciugamano la pulsazione si trasformò in un dolore bruciante, che la fece sussultare. "Piccolo psicopatico," disse. Tolse l'asciugamano, cercando di capire l'entità del danno prima che il sangue tornasse a sgorgare nascondendo tutto. Non sembrava una ferita profonda, ma si vedeva bene l'impronta circolare, grande come la bocca di un bambino di quattro anni. "Brutto psicopatico pazzoide," disse.

"Mamma?" Sulla porta del bagno era comparso Hap. Quando June si girò rivelando gli schizzi di sangue, diventò bianco come un cencio.

"Non è niente, tesoro. È tutto a posto."

Hap indicò il pavimento. March era seduto dietro di lei, con le gambe allungate davanti a sé, e stringeva con le dita il tappetino. La guancia che aveva sbattuto contro il muro era tutta rossa, la bocca era ancora sporca di sangue, e il bambino piangeva e tremava forte, ma senza un suono. June sapeva che avrebbe dovuto prenderlo in braccio, invece si girò e risciacquò l'asciugamano, poi se lo premette di nuovo sul collo e fece un profondo respiro prima di tornare a guardarlo. Hap si era inginocchiato vicino a March e aveva posato una mano su quella del fratello.

March guardò Hap, poi la madre, poi tornò a guardare il fratello. "C'erano gli alberi. Perché siamo in casa adesso?"

Il primo istinto di June fu di pensare che March stesse mentendo, ma dentro di sé sapeva che si trattava di qualcosa di peggio. Lo portarono dal dottore, poi da uno psicologo infantile a Houston. Ma sentirsi dire che il bambino non riusciva a controllare la rabbia non faceva che ribadire una cosa ovvia. Dopo un anno Thea annunciò che ne aveva abbastanza di essere comprensiva: non dovevano punire né lei né Hap se per difendersi usavano la sua mazza da softball d'alluminio. Peter trovò un compromesso: niente punizioni a patto che il fratello non finisse dal dottore.

La strategia di Peter era di muoversi in punta di piedi quando gli veniva chiesto di intervenire, mentre June si rifiutava di adattarsi ai cambiamenti di umore di March. Non poteva certo rinunciare ai suoi principi in materia di educazione dei figli e premiarli quando si comportavano male. Man mano che March cresceva, gli attacchi si fecero meno frequenti. Ma June non riuscì mai ad attribuirne a lui il merito, anche se continuava ad accusarlo quando perdeva il controllo. Il ritornello di March, "Ma io non mi ricordo di aver fatto una cosa del genere", come se bastasse a cavarlo dai guai, era sempre lo stesso. Ma fu proprio quella frase a salvarlo dal congedo per cattiva condotta quando era nell'esercito, e fu quella frase che alla fine gli fece ottenere la diagnosi di disturbo esplosivo intermittente. Eppure era difficile capire se la sua famiglia lo considerava affetto da una malattia o se pensava che fosse lui la malattia che ogni tanto toccava loro sopportare.

3

Una volta saliti sulla Jeep di Artie, lei e March spostano l'equipaggiamento da caccia per fare posto ai cani. Passano senza fermarsi accanto a June che si è già incamminata verso i pascoli.

"Poteva andare peggio," dice Artie. Ha le mani che pulsano, sente ancora l'attrito del manico di legno del badile e il peso di March quando l'ha afferrato per separarlo da Hap. Di questo non fa parola, però. È sempre stata riluttante a raccontare a March quello che fa senza rendersene conto quando è fuori di sé, come se tacere rendesse il fratello meno colpevole.

"Potevo picchiarti fino a farti perdere i sensi?" dice March. Lei si gira a guardarlo e March abbassa gli occhi.

Procedono sobbalzando sulle strade di terra battuta, con i cani che uggiolano ogni volta che cade loro in testa una canna da pesca o foderi portafucili.

"Mi dispiace che tu ti sia trovata in mezzo," dice lui.

"Non è la prima volta e non sarà l'ultima. Fare l'arbitro è il prezzo che mi tocca pagare quando vengo a trovare voi Briscoe. Dove la porto, capitano?" chiede lei.

"Se non vuoi farmi da autista in eterno è meglio che andiamo dal concessionario. Mi sa che devo cambiare macchina."

"Agli ordini."

"Stai organizzando la prossima tournée di Arlo?"

"Ho smesso a febbraio. Il suo programma ha cominciato a crescere proprio quando io cominciavo ad avere voglia di rallentare. Arlo si è trovato un altro che lo segue, un professionista."

"Ti è antipatico?"

"No, figurati, sono contenta che abbia preso il mio posto. Credo che Arlo ci sia rimasto un po' male quando ho deciso di mollare. Ma questo tizio ha più contatti con i locali, più influenza nell'ambiente. Quindi tutti contenti. Però il batterista mi ha telefonato il mese scorso per lamentarsi che a bere con lui si diverte meno che con me."

"E tu?"

"Finalmente sto provando a mettere in piedi quel mio progetto delle battute di caccia. Alla fine organizzare i tour di Arlo mi ha dato tutta l'esperienza che ci vuole: terapia di gruppo, logistica, capacità di fornire l'attrezzatura e coordinare tutto quanto. Adesso però posso farlo all'aperto invece che chiusa dentro un furgone con un gruppo di teste di cazzo che la sera prima si sono sbronzate a morte."

"Guarda che le tue nuove teste di cazzo saranno armate di fucile."

Artie ride. La passione per la caccia le è venuta con Peter, felice che un figlio, uno qualunque dei suoi figli, lo accompagnasse. Hap e Thea si erano rifiutati di seguirlo dopo la prima battuta di caccia al cervo, entrambi inorriditi dall'apparente ingiustizia della cosa. March aveva finto di non avere nemmeno voglia di provarci, anche se tutti sapevano che i genitori non gli avrebbero mai messo in mano un fucile. Artie sospettava che fosse quello il motivo per cui dopo il diploma March aveva scelto l'esercito invece dell'università: per dimostrare che avrebbero potuto fidarsi anche prima senza problemi.

"Non tutti hanno un fucile: qualcuno usa l'arco, altri sono pescatori. Qui però non c'è abbastanza mercato per farne qualcosa di più di un lavoro part-time. Per questo approfitto della mia vecchia laurea in scienze zootecniche: faccio la consulente nei programmi di riproduzione in un paio di ranch."

Lui le rivolge un ghigno. "Insomma, grazie all'inseminazione artificiale continui a impedire ai tori di spassarsela."

"Già."

Artie imbocca una strada secondaria per il paese. Non ha mai pensato che le dimensioni ridotte di Olympus fossero un limite, ma si rende conto che la scelta di quel percorso, che le evita di prendere l'autostrada ed è il suo preferito, attraversando un campo di melica quasi pronto per il raccolto, darà modo a entrambi di contemplare il retro della casa di Hap e Vera. Come se non bastasse, una volta entrati in paese passeranno a un isolato dalla carrozzeria di Hap.

"Cos'è quel sorriso?" dice March.

"Che sorriso?"

"Un sorriso strano, che non c'entra niente con te. Da furbetta."

Dev'essere stata l'officina di Hap a farglielo venire in mente, anche se non c'è nulla di consapevole in questo. "Oh, niente, un nuovo tipo," dice. "Ryan. Si è trasferito qui un paio di mesi fa e ha cominciato a lavorare da Hap." Le piace pronunciare il suo nome a voce alta, le dà la sensazione che sia in macchina con loro, col suo dopobarba che sa di cedro e quelle mani svelte, forti.

"Non ti ho mai vista arrossire così solo per un nuovo tipo." Adesso è lei a evitare di guardarlo negli occhi. "E Arlo cosa dice?"

Artie perde il sorriso. "Arlo è sempre via, non si sono ancora incontrati." Tace, cercando di decidere se ha voglia di ascoltare la risposta di March alla domanda che sta per fargli. "Forse tu lo conosci, però. Lui o la sua famiglia. Ryan Barry, andava a scuola a Bullinger. Era un anno avanti a noi."

"Il figlio di Lavinia Barry?"

Il tono turbato di March conferma il ricordo confuso che Artie ha di Lavinia Barry. "Sì. Lei però non l'ho ancora incontrata." Anni prima i Barry avevano perso le loro terre a Olympus, e a sentire Mrs. Barry la colpa era di Peter. Al tempo i ragazzi erano così giovani da non avere chiari i particolari della vicenda, sapevano solo che lei parlava male di Peter con chiunque le desse retta. Quando Artie aveva chiesto informazioni a Ryan, lui non aveva dato peso alla cosa dicendo che era stata colpa di suo padre, una storia di tasse non pagate.

"Mi ricordo di averla incontrata all'ufficio postale una volta," dice March. "Eravamo solo io e papà. Eravamo in fila e lei si è messa a inveire contro di lui, è andata avanti finché non era il suo turno allo sportello. Papà l'ha ignorata, come se nemmeno esistesse."

"Sì, ma sono passati un sacco di anni. E poi io non sono nemmeno una Briscoe, tecnicamente." Artie rallenta mentre una macchina li supera su una strada stretta e ricambia il cenno di saluto di quelli a bordo.

"Però lo saprà che sei sua figlia," dice March.

La teoria di Ryan è che vista la storia familiare di Artie sua madre sarà meglio disposta nei suoi confronti, la vedrà come un'altra vittima di Peter. Un danno collaterale vivente di un uomo convinto di poter avere sempre tutto quello che vuole. Un'interpretazione che la mette a disagio, però, ragion per cui non ha fretta di scoprire se si tratta di una teoria fondata o no.

"Non mi sembra di ricordarmelo, Ryan. Era nella squadra di football di Bullinger?"

"Sì."

"Forse quando lo vedo mi viene in mente."

Arrivano in cima a una breve salita e Artie non può fare a meno di dare un'occhiata alla casa di Hap in lontananza, una casa celeste con le finiture color burro. March invece si concentra sul segnale di attraversamento bestiame che vede dal finestrino.

Artie spera che non si ricordi di Ryan. Spera che non se lo ricordi neppure Arlo. Anche mettendo da parte le questioni di famiglia con Lavinia Barry, la fama di donnaiolo di Ryan – una fama non del tutto meritata, secondo lei – è bastata a preoccupare Hap, che appena ha saputo della storia l'ha subito coinvolta in una conversazione imbarazzante. Ma anche senza conoscere Ryan, Arlo penserà che Artie sia diventata pazza. Per questo non gliel'ha presentato l'ultima volta che è stato a casa. Lei e suo fratello hanno ciascuno il proprio modo di essere, benché non ne parlino mai in quei termini. Anche in paese li conoscono tutti: Arlo interessato alle donne in generale e a nessuna in particolare, Artie indifferente agli uomini. (Lei in realtà preferisce definirsi discreta. Dopotutto non è che sia vergine.) In entrambi i casi le malelingue sarebbero pronte a incolpare la madre che ha offerto loro un modello d'amore disastroso.

La madre, Lee, ha amato Peter alla follia, e la storia con lui è durata quasi un anno – di nascosto, in segreto, e tuttavia si è trattato di un anno – prima che lei rimanesse incinta. Lo amava tanto da rinunciare a lui perché il suo matrimonio con June, la sua famiglia stavano andando in pezzi. La felicità di Peter era più importante della sua, e lei per temperamento era una di quelle donne portate al martirio. Oltretutto avrebbe avuto due ricordi di lui, i suoi gemelli, la sua, di famiglia. Certo, bell'esempio per loro: un sacrario di foto sul comò (fatte con la Polaroid, un souvenir del fedifrago); il fatto che le sue foto scolastiche preferite fossero quelle in cui era evidente la loro somiglianza con Peter; l'aria nostalgica che assumeva ogni volta che incontrava March, la fotocopia del padre. E a ben vedere avevano ragione le malelingue, secondo Artie. Se l'amore romantico implica tutta questa follia, questo spreco, questa mancanza, perché andarselo a cercare? È una catastrofe naturale paragonabile a un uragano, da affrontare solo se ogni tentativo di evacuazione è impossibile. Però. Il fatto è che lei non si sente per niente vittima di una catastrofe. Lei è felice.

Quando arrivano a Olympus, passando per la stradina che porta alla carrozzeria di Hap, le viene voglia di rallentare per vedere se in uno dei posti macchina all'aperto c'è Ryan, ma per oggi March ha visto abbastanza il fratello. Ancora tre isolati e raggiungono la via principale, dove di fianco al Dairy Queen c'è l'unico parcheggio del paese.

Né March né Artie sono tipi particolarmente espansivi, perciò quando lui smonta dalla Jeep lei lo saluta con un cenno della mano e aspetta che faccia scendere i cani. Poi March ricompare davanti al finestrino, ma qualsiasi cosa avesse in mente di dire gli rimane in gola.

"Sono contenta che tu sia tornato," dice lei.

"Giuri?" dice lui, e fa un passo indietro richiamando i cani con un fischio.

Artie fa inversione a U per uscire dal paese. Ha una casetta su quattro ettari di terra, quanto basta per non avere sotto gli occhi altre case, altre persone. È un'ex fattoria con due camere da letto, una per lei e una per Arlo quando gli serve un posto dove dormire. Il fatto che alla sua età il fratello non abbia una casa tutta per sé, di proprietà o in affitto, potrebbe sembrare un po' triste, ma ha sempre abitato con lei. E poi è sempre stato in giro, anche prima del suo successo in radio sei mesi prima.

La Ford Bronco azzurra di Arlo è parcheggiata nel vialetto. Anche se non le capita raramente di trovare la macchina davanti a casa, questa mattina non se l'aspettava. Qualche giorno fa le ha mandato un messaggio da Flagstaff, dove stava per cominciare la quinta settimana di una tournée di sei. Parcheggia dietro di lui, è inquieta. Se Ryan non è di turno arriverà prima di pranzo. Dovrebbe essere l'occasione perfetta per farli conoscere, e invece si ritrova a tirare fuori il cellulare.

"Sto arrivando, bella," esordisce Ryan. "Hap non è ancora venuto e in officina non c'era granché da fare. Non valeva la pena di rimanere per farsi spedire via." Attraverso gli altoparlanti guasti sente il suono metallico della radio, come se Kenny

Rogers fosse rinchiuso in una lattina di tonno, e si rende conto che è già per strada, sta venendo da lei.

"Senti, facciamo un'altra volta." Tormenta il volante rivestito di pelle.

"Perché?"

"È arrivato Arlo, non lo aspettavo." Tace, e le viene in mente una bugia. Dice a sé stessa che così è più semplice, è più rapido, dà meno peso alla faccenda. "Non sono ancora entrata ma ho idea che sia successo qualcosa. Forse vuole parlare."

Ryan sospira. "E parlate tutto il giorno? Non dirmi che ci vuole tutto il giorno."

Lei sorride. "Probabilmente no."

"Senti, io vado al fiume a pescare, al solito posto. Quando hai finito mi raggiungi? E magari porti anche Arlo? Dovremo pure conoscerci." Silenzio. "O no?"

Sente una fitta al cuore, una fitta per lui. Ryan riesce a vivere senza mai pensare di avere automaticamente diritto a qualcosa, che si tratti dell'ultimo pezzo di pollo o del telecomando. Men che meno il diritto di essere presentato al fratello della sua ragazza.

"Glielo dico." Artie sente che anche quella è una bugia, ma forse glielo chiederà davvero.

Lui le crede, però. Lo sente dalla sua voce, quel misto di contentezza e di nervosismo sotto il suo "a dopo". Una voce così incapace di nascondere qualcosa che riesce sempre a farla sentire al sicuro.

Lei invece vuole solo nascondere. Per il fratello il suo amore improvviso per Ryan sarà paragonabile alla scelta di diventare un'adepta di Scientology o di abbracciare la poligamia. Arlo penserà che si è fatta abbindolare. Lei e Arlo sono sempre passati per due persone lucide e acute. Artie avverte la delusione del fratello nei suoi confronti prima ancora che si materializzi.

Prima di scendere lascia cadere il telefono nel portabicchiere, nel caso Ryan decida di richiamare, e percorre il sentiero lastricato fino alla veranda e alla porta, che non è chiusa a chiave. Non si stupisce quando vede il fratello addormentato sul divano del soggiorno, col sole che entra dalle grandi finestre sul davanti evidenziando le occhiaie scure. Gli è sempre piaciuto alzarsi presto, guardare il sole che sorge, ma fare il musicista vuol dire andare sempre a letto tardi. Visto che non riesce a rimanere sveglio fino all'alba, finisce per dormire in maniera intermittente.

La testa di Arlo è posata sul bracciolo, il corpo di traverso, con i piedi sul pavimento di legno. Anche a lei è capitato di dormire così, troppo pigra per cavarsi gli stivali infangati ma troppo schizzinosa per appoggiarli sul rivestimento di pelle. Le continue tournée, con le interminabili ore al volante interrotte solo dalle soste per mangiare quel che capita in qualche area di servizio, gli hanno arrotondato il viso. Ha il braccio sinistro scottato perché deve averlo tenuto appoggiato al finestrino durante la guida. Nonostante l'imbarazzo per Ryan, è ugualmente felice di vedere il fratello, come sempre. Non la disturba nemmeno la parete di attrezzatura che ha ammassato nel soggiorno: amplificatori e chitarre, un grosso diffusore, le sacche piene di prolunghe e aggeggi di vario tipo. Chiaro che ha intenzione di fermarsi per un po'.

Artie prende dal frigo una bottiglia d'acqua minerale frizzante e contempla la cucina immacolata. Prima di addormentarsi, Arlo ha lavato i piatti sporchi che occupavano metà del bancone. Va in bagno e trova un'altra sacca. Per toglierla di mezzo la spinge nell'armadio in camera di Arlo, accovacciandosi per spostare le scarpe del fratello, perfettamente appaiate.

Sopra di lei sono appesi i pantaloni di pelle marrone di Arlo, i suoi preferiti durante la tournée in Europa. Lungo la cucitura esterna di ciascuna gamba è applicata una lunga penna nera, il rachide centrale cucito con filo spesso, robusto. La prima volta che se li era messi ricorda di avergli chiesto scherzosamente quando pensava di far aggiungere anche qualche lustrino. La pelle dei due centimetri di orlo che finiscono sempre sotto i tacchi degli stivali è annerita e slabbrata. A furia di portarli per tutto il tempo della tournée i pantaloni si rovinano, ma Arlo se ne frega. Artie sfiora col dito il bordo sudicio, ed è come toccare l'acqua dei canali di scolo di New York, la cera sui pavimenti di Dublino. Souvenir dalle superfici del mondo.

Ricorda quel bar a Cork, l'ultima volta che lo ha visto con quei pantaloni, quando all'improvviso si era resa conto di non voler più fare quello che aveva fatto fino ad allora. Il bancone di legno spesso, un po' umido di birra. Appoggiandosi sui gomiti si era alzata in punta di piedi per attirare l'attenzione del barista. Continuavano ad arrivarle gomitate e spintoni, nelle orecchie le rimbombavano voci irlandesi troppo alte, la gente cercava di farsi largo a spallate per raggiungere la sala vicina, dove c'era il palco. La pesantezza della Guinness le gonfiava lo stomaco, si sentiva sgradevolmente piena anche se non mangiava dalla mattina, quando aveva buttato giù i Weetabix spappolati nel latte e del sanguinaccio rinsecchito. Non desiderava altro che un whisky e ginger ale, abbastanza secco da ripulirle la lingua ma abbastanza leggero da metterle a posto lo stomaco.

Guardava il palco, Arlo coperto di sudore che sorrideva al mare di teste davanti a lui. Non era mai felice come in tournée, ma doveva esserci anche Artie. Così si sentiva a casa. Lei invece si sentiva a casa a Olympus, che lui ci fosse o no, ed era il peso di quella consapevolezza che l'aveva costretta a seguirlo anche dopo aver capito che voleva smettere. Da allora ci aveva messo quasi un anno a dirglielo.

Torna in soggiorno, si siede sull'orlo di una poltrona e lo guarda dormire. Hanno lo stesso naso, le stesse labbra. Gli stessi capelli ricci, se lui li lasciasse crescere oltre i soliti due centimetri. È vero, Artie si sente sempre a casa a Olympus, ma è meglio quando c'è anche Arlo. Allora si sente sé stessa al cento per cento. È il fatto di essere insieme alla persona che la conosce meglio, nel luogo che conosce meglio. Non ricorda di aver mai desiderato la compagnia di qualcuno più di quella di suo fratello. Eppure oggi col pensiero è già al fiume.

Scrive su un post-it SONO A PESCARE e glielo attacca sulla camicia.

È il tratto del Brazos che preferisce, quattrocento metri dopo la casa di June e Peter. Molla la Jeep nell'erba sul ciglio della strada, immaginando che il pick-up di Ryan sia parcheggiato nel recesso ghiaioso un po' più avanti, nascosto dal fitto proliferare di vite selvatica che assedia gli alberi. Si ferma sulla riva e guarda in giù, il fiume in quel punto è così basso che dall'acqua affiora una striscia di sabbia. C'è un puntino sull'isola: Ryan.

Artie scende lungo l'argine scosceso, reggendosi come può ai tronchi degli alberi, si aggrappa e molla la presa per evitare di ruzzolare giù a capofitto. Il ronzio aspro delle cicale nasconde il canto degli uccelli, per poco non nasconde persino il rumore del fiume. Quando arriva di sotto deve attraversare ancora un metro o due di fanghiglia punteggiata di erbacce prima di raggiungere il corso lento del Brazos. Si toglie lo zaino con la canna da pesca legata da un lato, ci ficca dentro le scarpe, si sfila i jeans per evitare di bagnarseli e ficca dentro anche quelli. Il fiume oggi è troppo pigro per attirare il solito pubblico di sportivi in canoa e kayak, e non ci sono case nelle vicinanze (e infatti è uno dei posti prediletti di Ryan per fare il bagno nudo). Entra nell'acqua. Il fango le risucchia deliziosamente i piedi nudi, e la corrente, seppure tutt'altro che rapida, è abbastanza forte da costringerla ad avanzare con cautela, senza mai deviare dalla meta. Artie raggiunge l'isolotto riuscendo a bagnarsi solo fino a metà coscia.

Ryan, di spalle e con gli auricolari, sta cercando di prendere un pesce tamburo. Lei lascia cadere lo zaino e senza rimettersi i jeans fruga all'interno per trovare il sacchetto di chips alla cipolla e una Dr Pepper. È alle sue spalle, si sporge quanto basta per lasciargli cadere in grembo il sacchetto. La canna da pesca non vibra nemmeno. Lui si limita ad alzare lo sguardo verso di lei con un sorriso quasi doloroso, e strizza gli occhi. Rimane a guardarla così per un po'.

Forse sarebbe riuscita a resistere all'attrazione che provava per lui, a concentrarsi sull'inadeguatezza di Ryan (vista la propria situazione familiare di solito non dava retta ai pettegolezzi, ma era un fatto: Ryan non aveva mai avuto una relazione per più di cinque mesi), non fosse stato per quella sua peculiarità. Era un uomo abituato da sempre – per via dei suoi gusti in fatto di amici, del tipo di donne che l'avevano attratto in passato – ad aspettarsi che qualunque attenzione nascondesse dei secondi fini. In più c'era una madre convinta che il mondo intero fosse contro di loro, pronto a distruggere qualunque gioia fossero riusciti a conquistare. Un paio di giorni dopo il loro incontro, Hap le aveva detto che Ryan era a casa con la febbre, e lei si era presentata alla sua porta con zuppa e paracetamolo. Quando si era offerta di misurargli la febbre, lui le aveva chiesto di andarsene con gli occhi pieni di lacrime. Nelle settimane seguenti si era resa conto che non era colpa della febbre. Qualunque attenzione non richiesta, qualunque dimostrazione che lei traeva piacere dal darne a lui gli faceva venire le lacrime agli occhi, costringendolo a uscire bruscamente dalla stanza. Erano state le lacrime a farla capitolare, eppure Ryan avrebbe dato qualsiasi cosa per liberarsene. E lei capisce benissimo anche questo. Non è facile affrontare la vita quando basta un sacchetto di patatine a spezzarti il cuore.

A quel punto però Artie aveva capito come la vita aveva forgiato il carattere di Ryan. La gentilezza gli spezzava il cuore perché la madre l'aveva cresciuto ribadendo che la vita ne aveva ben poca in serbo per lui. E la sua incoscienza, come anche l'abitudine di passare da una donna all'altra, nasceva dall'aver appreso che il mondo era un posto duro e pericoloso, per quanto uno cercasse di mettersi al sicuro. Allora perché avere riguardo per sé stessi o per gli altri? Eppure lei lo aveva cambiato, come aveva detto ad Artie. Era così innamorato di lei che non avere riguardi per lei o per sé stesso gli sembrava improvvisamente inconcepibile. Forse sua madre si era sbagliata. Forse qualche volta le cose andavano meglio di quanto uno avesse immaginato.

Si siede accanto a Ryan, gli appoggia la coscia destra sopra la gamba e gli passa la lattina di Dr Pepper. Poi gli posa la testa sulla spalla e gli sfila gli auricolari.

"Arlo non aveva voglia di venire?" dice lui. Pianta la canna da pesca nella sabbia e apre il sacchetto.

"Si era già addormentato. Non volevo svegliarlo."

Ryan annuisce, sfiorandole la fronte col mento. "Stasera, magari?"

"Magari," dice lei.

Lui annuisce di nuovo, e le mette un anello di cipolla davanti alla bocca. Lei lo addenta per pura educazione, non riesce ad ammettere nemmeno in cuor suo che le piacciono.

Artie sapeva di Ryan ancora prima di incontrarlo. Sua madre le aveva detto di aver visto un nuovo tipo in paese, decisamente attraente. E June le aveva raccontato che Hap aveva assunto il figlio di Lavinia Barry, e che la faccenda la preoccupava. Artie però non aveva collegato le due cose, e si era dimenticata di entrambe. Più avanti, quello stesso mese, era stata a caccia di conigli a una trentina di chilometri da Olympus, su un terreno che apparteneva a qualcuno che non ne faceva uso e a cui non importava se veniva utilizzato da altri. Era seduta sotto un pecan a mangiare il pranzo al sacco quando aveva sentito uno scricchiolio tra gli alberi. Stava per mettere mano al fucile ma invece di una creatura pelosa o pennuta aveva visto un paio di jeans e una maglietta colorata, pelle abbronzata e capelli biondi. Si erano scambiati un sorriso, e più che provare attrazione per quell'uomo Artie si era sentita come un solido che improvvisamente si scioglie e passa allo stato liquido.

Artie e Ryan non erano mai usciti insieme. Erano andati a pescare. Erano andati a caccia di scoiattoli e di maiali selvatici. Prima di incontrare lui, se non lavorava come guida, Artie preferiva andare a caccia e a pesca da sola. Trovarsi assieme agli altri la rendeva presente a sé stessa quando invece quello che le piaceva era sprofondare nella natura, sprofondare fuori da sé. E Arlo diventava più irritabile all'aria aperta, perciò solo di rado lo persuadeva ad accompagnarla.

Ryan invece era diverso. Pur essendo con lui, Artie riusciva ugualmente a dimenticarsi di sé stessa. Questo influiva sul modo in cui si sentiva quando lui la toccava. Era come se tutto in lei si ritirasse a parte il palmo di pelle che li collegava: era allo stesso tempo lontano da lì e tutta lì, il suo essere completamente concentrato nell'impronta di una mano sui suoi fianchi, la forma delle labbra di lui sul collo. Adesso che sapeva com'era sentirsi così sarebbe stato terribile tornare a una vita priva di tutto questo. Non sentirsi come si sentiva in quel momento, sul fiume, col calore della mano di lui sulla coscia. Quello, e l'aroma pungente e artificiale di cipolla e sale sulla lingua. Beve un sorso dalla lattina di Ryan. Poi si alza, si mette i jeans e infilza l'esca all'amo, e intanto racconta a Ryan le gesta della mattinata, la prova di forza a cui si è sottoposta con March e Hap. È convinta che March può essere meglio di quanto non lasci intendere la sua storia, dice, e tiene per sé la speranza che lo stesso valga per lui e per lei.

4

Quando l'uomo, quello che sta raggiungendo ora, è arrivato, in tempo per vedere gli ultimi momenti della zuffa tra Hap e March, June ha subito capito chi era. Joe, il loro veterinario di fiducia, l'aveva avvertita che avrebbe mandato qualcuno a sostituirlo mentre lui si riprendeva da una frattura all'anca (omaggio di un asino particolarmente irascibile). Convinta com'è che i panni sporchi si devono lavare in casa, la imbarazza che un estraneo abbia assistito alla scena, e adesso è come se avesse in tasca un paio di mutande sporche e quell'uomo, con cui dovrà passare diverse ore, lo sapesse benissimo. Almeno ci saranno le mucche a farle compagnia.

Peter non si è mai interessato del bestiame, i margini di profitto sono decisamente inferiori a quelli garantiti dall'edilizia e dalla terra; invece June ha sempre avuto una passione per le mucche. A piacerle è la loro mole massiccia unita a un'indole così placida, il fatto che siano il ritratto della soddisfazione e allo stesso tempo siano sempre alla ricerca di un punto in cui la recinzione cede, pronte a trasformarsi da un momento all'altro in artiste della fuga al rallentatore. E poi sono così curiose: qualunque novità, che sia un cappello o un colibrì, risveglia tutta la loro attenzione. Le piace stare con loro. Le piace garantire loro una vita felice, almeno finché dura. Erano lì, affidate a lei, prima che nascesse Thea, ed erano ancora lì anni dopo che March se n'era andato di casa. Fino a poco tempo prima era June a castrare i vitelli, con l'aiuto di Peter e dei figli, una volta cresciuti. I ferri però li maneggiava sempre lei, visto che gli altri erano troppo impressionabili. Adesso che le bestie, una cinquantina in tutto, sono allevate al pascolo e forniscono carne biologica ai ristoranti di Houston che offrono prodotti a filiera corta, guadagna abbastanza da potersi permettere l'aiuto di un professionista. E oggi l'aiuto è lui: un uomo snello, della sua età o forse un po' più giovane, con i jeans e gli stivali da lavoro. Eccolo lì, appoggiato al suo pick-up F-1 d'epoca, e un attimo dopo salta dentro il cassone e la testa sparisce mentre lui si abbassa a cercare l'attrezzatura.

"La mia idea era di radunare i vitelli in un recinto a parte prima che arrivasse lei. È in anticipo di un'ora buona." Dà un'occhiata dentro il cassone e lo vede in ginocchio a rovistare in un guazzabuglio di strumenti chirurgici.

Lui le risponde senza voltarsi. "Mi dispiace. Dovevo andare a controllare un cavallo con un morso di origine sconosciuta – mi dicono che circola qualche moffetta rabbiosa in zona – ma quando si sono resi conto che il cavallo si mordeva da solo hanno annullato l'appuntamento. Così sono venuto direttamente qui."

June appoggia gli avambracci alla sponda del cassone e si sporge per vedere meglio.

"Mi dispiace di averla disturbata a quest'ora," dice lui. "Se vuole fissiamo un altro appuntamento, non c'è problema."

"Non ho niente di urgente da fare a parte i vitelli." Anche se lui in fin dei conti è stato gentile, June si sente così in imbarazzo che deve buttar lì una critica. "È un tipo ordinato, eh," dice.

L'uomo è chino in avanti, ancora a testa bassa, e finalmente riesce a individuare il Newberry – un attrezzo con in cima una larga U di metallo sormontata da una lama – e si rialza vittorioso. June lo vede meglio in faccia, e lui ha un'espressione così soddisfatta che per poco non sorride anche lei. Ha perso quasi tutti i capelli, e quelli che restano sono praticamente rasati a zero, ma in compenso ha una bella barba folta. Le rivolge un sorriso radioso, poi gli cade l'attrezzo su un piede.

"Porca troia!"

"Niente parolacce," lo sgrida lei.

"Scusi." Si butta a sedere vicino al gomito di lei. "Ma è colpa sua, mi ha colto alla sprovvista."

"Ma se sono qui da un secolo."

"Sì, ma non l'avevo ancora vista bene, non da vicino, almeno."

June sostiene il suo sguardo. "Non siamo mica al bar. Prima di fare un complimento non le sembra il caso di presentarsi?"

Lui scivola giù dal pick-up e le porge la mano. "Cole Doherty. E Joe mi dice che lei è June, vende carne di manzo e non le dispiacerebbe togliersi di torno un bel po' di coglioni."

June scoppia a ridere. "Direi che è vero in più di un senso."

"Sul serio?"

"Li ha visti, i miei figli." Poi aggiunge: "Dovevo pensarci prima, quando ero sposata da poco." Cole arrossisce, e June si rende conto di essersi lasciata andare più di quanto avrebbe fatto con Joe. Anzi, più di quanto avrebbe fatto con chiunque. Non è tipo da entrare nei particolari, e nemmeno da confidarsi con chicchessia. Qualcosa nei modi di lui riesce a penetrare attraverso il suo imbarazzo, come se la guardasse con benevolenza invece di giudicarla. È solo per via di quel complimento inaspettato? Possibile che abbia tanto bisogno di approvazione? "Basta chiacchiere. Ci sono i vitelli da castrare."

Mentre June va verso la recinzione per concedersi un attimo di tregua, Cole si protende dentro il pick-up per afferrare un secchio e il resto dell'attrezzatura. Poi la raggiunge e si ferma a contemplare il bestiame vicinissimo a lei. Il momento di disagio si scioglie in un silenzio rilassato. June si gira verso di lui, vede che si è messo un cappello di paglia e ride.

Cole continua a osservare le bestie. "Lo so, lo so. I veterinari non dovrebbero portare il cappello. Non lo portavano nemmeno negli anni quaranta. Ma io sono del Vermont, e fa troppo caldo quaggiù per i miei berretti di lana. Non posso comprarmi un cappello da cowboy. Sarebbe come comprarsi un basco in Francia."

"E non metterlo proprio?"

"Improponibile per un calvo che lavora all'aria aperta."

June lo trova adorabile suo malgrado. A casa sua la modestia è merce rara. "Un cappellino da baseball?" butta lì. "Quelli li avete anche in Vermont."

"Detesto il baseball."

"Non mi sembra che debba esserci per forza un collegamento."

"Per dire quanto lo detesto."

"Almeno è di paglia e non di feltro. Sarebbe ridicolo." June resiste all'impulso di strappargliela dalla testa e metterselo lei.

"Abbiamo finito di giudicare il mio senso dello stile? Forse possiamo passare a un argomento in cui posso vantare qualche competenza."

Con l'aiuto di Cole e un po' di mangime extra per distrarre le madri riescono a radunare i quindici vitelli in un recinto più piccolo. June sceglie il primo, e senza aspettare il veterinario si china su di lui, afferra una delle zampe anteriori e la coscia e gli preme un ginocchio dentro il fianco. Il vitello cade a terra con un tonfo quasi senza opporre resistenza. Mentre lo tiene inchiodato non smette di dirgli dolcemente quanto è bravo e bello.

"Ah, vedo che qui di competenza ce n'è da vendere," dice Cole posando a terra un secchio pieno d'acqua. Lo sistema vicino al posteriore del vitello. "Allora, cosa mi diceva di stamattina? Circolava un bel po' di testosterone, eh? Così questo ragazzo potrà ascoltare una storia di stupida esuberanza maschile che a lui, poverino, mancherà per sempre." Strofina il fianco del vitello prima di dedicarsi al suo scroto.

Con sua grande sorpresa, June ha davvero voglia di raccontargli tutto. “Era la prima volta che Hap, quello col carro attrezzi, vedeva March dopo più di due anni. Da quando ha beccato March a letto con sua moglie. Nemmeno io gli ho più rivolto la parola.” Si aspetta che lui si blocchi, sconcertato, invece Cole continua a occuparsi del vitello.

“Che impressione le ha fatto rivederlo?”

“Dato che sono la madre di Hap mi sembra di dovercela avere ancora con lui. Certo che ce l’ho ancora con lui. Ma dato che sono anche la madre di March mi sento in colpa perché in pratica vorrei che sparisse dalla circolazione.”

“Mi sembra una reazione normale.”

“Sì, dovrebbe essere naturale per una buona madre proteggere il figlio ferito, anche a costo di farsi del male cacciando l’altro figlio. E se invece l’avessi fatto anche per me, per non dover affrontare i sentimenti poco materni che provo per mio figlio? È un po’ meno normale.”

Mentre Cole pratica l’incisione, il vitello emette un muggito pieno di risentimento. Cole estrae l’eviratore – un termine che è tutto un programma – dal secchio per la sterilizzazione e lascia cadere dentro il Newberry. Agisce rapidamente, sistemando le ganasce dell’attrezzo in modo da stringere il funicolo spermatico, mentre June accarezza il collo al vitello, pensando che è bello poter parlare di come si sente con qualcuno che non sia Peter. Il marito avrebbe liquidato le sue ansie, le avrebbe detto che sa benissimo che lei vuole bene a tutti e due i figli.

Una volta finito, mentre disinfetta l’incisione con la tintura di iodio, Cole dice: “Le nostre reazioni alle cose che succedono sono più confuse di quanto non riusciamo ad ammettere. Non è necessario che le sue siano tutte positive o tutte negative. Sono quelle che sono. Mi sembra che March abbia fatto una cosa orribile al fratello. Riguarda lui, non lei.”

La tensione al petto che è cresciuta a partire dalla telefonata di quella mattina la abbandona per un attimo, come una corda che si allenta. Lasciano andare il primo vitello e passano al successivo.

"Hap è il diminutivo di cosa?" chiede Cole.

June non pensava a quella storia da anni. In famiglia avevano guardato *Biancaneve e i sette nani*. Thea aveva sette anni, Hap cinque, March tre. Ai bambini era piaciuto moltissimo, ma Thea si era lamentata che i nomi dei nani erano noiosi. Cucciolo era un cucciolo, Pisolo aveva sempre sonno. Sarebbe stato più divertente chiamarli con nomi che volevano dire il contrario. "Per esempio Pete potrebbe essere Gongolo, cioè Happy." June racconta tutta la storia a Cole. "Si chiama Peter come mio marito, ma il soprannome gli è rimasto: lo chiamano tutti Hap, come Happy."

"Quindi Hap è sempre stato triste?"

"Triste no, solo più sensibile. Anche da piccolo era più sensibile dei fratelli. È qualcosa che non va d'accordo con la spensieratezza."

Vanno avanti così, a tagliare funicoli spermatici e a fermarsi tra un vitello e l'altro per fare conversazione. Quando si alza il vento ne hanno castrati solo sette. La placida coltre di gonfie nuvole grigie e il relativo silenzio che li avvolgeva sono svaniti.

"Temporale in arrivo," dice lei. "Non aspetta nemmeno il pomeriggio." June lascia che il vitello si rialzi e lo guarda correre verso la recinzione, in cerca della madre.

"Si sente già l'odore nell'aria," dice Cole.

Il cielo ha aggiunto nero al grigio, e il vento soffia forte, poi di tanto in tanto cambia direzione e fa roteare le cime degli alberi ai margini del pascolo. Le foglie si staccano dai rami e cavalcano il vento. Una chiazza di nuvole spesse si illumina all'improvviso, troppo densa per rivelare il fulmine che nasconde. Dopo un lungo intervallo segue il tuono.

“Finiamo domani mattina, stessa ora?” chiede lui. “Temo di avere tutto il pomeriggio impegnato.”

“Va bene domani.” Lo aiuta a pulire gli strumenti e a rimetterli nel pick-up, e lui recupera un telone sotto il guazzabuglio di strumenti.

“Non mi dirà che è arrivato dal Vermont in queste condizioni.”

“È solo il disordine degli ultimi cinque giorni.” Fa schioccare il telone srotolandolo, e lei lo aiuta a fissarlo. “Entro domani metto tutto a posto, se le dà così fastidio.”

“Non era una critica. È solo che la confusione mi crea qualche problema.”

“Come mai?

June apre la bocca per spiegarsi meglio, ma il rombo del tuono la zittisce. “Te lo dico mentre ti preparo qualcosa per pranzo, anche se è un po’ presto?” Non si è nemmeno resa conto che stava per chiederglielo, o di essere passata al tu. Se ci avesse pensato un attimo avrebbe evitato. Ma in presenza di qualcun altro è meno probabile che Peter si lamenti per l’assenza di March, del fatto che lei non l’abbia chiamato per riferirgli quello che è successo la mattina.

E così, dopo che lui le ha dato un passaggio fino a casa, tira fuori gli avanzi della cena della sera prima, mette il purè nel microonde per servirlo col pollo fritto freddo, prepara un’insalata e intanto gli racconta del piccolo supermercato con distributore di benzina di suo padre, otto chilometri a nord di Olympus. Di suo padre che comprava troppa roba quando la merce era scontata, del negozio strapieno che debordava in casa, trasformandola in un magazzino. Persino camera sua era zeppa di verdura in scatola e rotoli di tessuto. Le pile di roba accumulata vacillavano pericolosamente, perché il padre non era mai stato bravo a organizzare gli spazi o ad accatastare la merce.

Cole dà un'occhiata alle stanze vicine portando con sé la sua coscia di pollo. Poi torna a sedersi. "Ti piace lo stile minimalista, direi."

"Ho un debole per i pavimenti sgombri e le mensole semivuote." Fuori, ai tuoni è finalmente seguita la pioggia promessa, e per farsi sentire senza alzare la voce June si avvicina ancora di più a Cole.

"Quindi hai solo due figli?" chiede lui.

"Ho anche una femmina, la maggiore dei tre. Thea. Abita a Chicago col marito e le due figlie. Fa l'avvocato."

"Una bella distanza, non ti godi le nipotine."

June fa segno di sì ma non dice che la distanza è stata una scelta precisa di Thea. E dopo quello che è successo la mattina, e il pasticcio della storia tra March e Vera, come biasimarla? Anche se è un pensiero un po' ipocrita, visto che la distanza è sempre dipesa più dalla volontà di separarsi dai genitori che dai fratelli.

Hanno liberato la tavola dai piatti e hanno appena attaccato quel che resta di una crostata di noci americane, con due forchette nella stessa teglia, quando Peter spalanca la porta. June prova l'impulso di lasciar cadere la forchetta ma lo respinge.

Peter alza le sopracciglia, un'espressione che indica sorpresa e sottintende una domanda. È bagnato fradicio e regge dei sacchetti di plastica pieni di contenitori di polistirolo.

"Viene giù così forte che non ho nemmeno sentito arrivare la macchina," dice June.

"Immagino che l'auto d'epoca fuori sia sua," dice Peter a Cole. Li raggiunge e posa sul bancone centrale la carne per il barbecue con un gran scricchiolio di scarponi sulle piastrelle. Stringe la mano a Cole, e bagna anche lui. "Dov'è March? E poi ero convinto di doverla portare io, la roba per il pranzo," dice, con un'occhiata ai piatti vuoti.

"March non viene. Non guardarmi così. Ti spiego dopo. E le cose per il barbecue possiamo tenerle per stasera." June va in bagno a prendere un asciugamano per il marito, che è inzuppato fino al midollo.

Quando torna, Cole sta raccontando nei minimi particolari la storia dell'asino responsabile dell'infortunio di Joe. Peter ride con la sua risata da agente immobiliare, quella del tutto priva di senso dell'umorismo. June gli dà una strofinata ai capelli, e poi, lasciandogli l'asciugamano sulla testa, raduna gli avanzi.

"Come mai conosce Joe?" chiede Peter.

"Abbiamo studiato tutti e due veterinaria alla A&M. Siamo amici dai tempi dell'università."

"È strano che possa venir via senza problemi dal suo lavoro."

"Non ce n'è molto, di lavoro. Dove abito io adesso la gente compra più cani che buoi, ed è pieno di veterinari specializzati in animali da compagnia. Credo che Joe stia cercando di attirarmi quaggiù, spera che rimanga incantato dalle bellezze di Olympus." Mentre pronuncia le ultime parole guarda June, e lei arrossisce. E porta il suo rossore a Peter assieme al piatto che gli mette davanti. Invece di ringraziarla lui le cinge la vita col braccio.

"Certo non rischio di ingrassare. Niente dolce, e niente March," dice. "Non è che sei stata tu a dirgli di non venire, eh?"

"È arrivato presto, e dopo un po' è arrivato anche suo fratello, casomai ti fossi dimenticato di avere due figli."

"Non mi sono dimenticato," dice lui prima di attaccare il pranzo. Ascoltano la pioggia sul tetto di metallo, e il silenzio dura qualche momento di troppo.

5

Anche se i soldi per comprare una macchina non li ha entra lo stesso nel parcheggio del rivenditore di auto usate. Suo padre è un uomo potente a Olympus, per il semplice fatto che ne possiede una fetta più grossa di gran parte degli altri residenti, e oltretutto – per ragioni che March non si è mai dato la pena di indagare – il proprietario si sente così in debito con Peter che chiunque si chiami Briscoe e abbia bisogno di una macchina può venire a prenderne una in prestito. Il che naturalmente non capita spesso, visto che Olympus è uno di quei posti in cui una macchina la usi finché non esplode il motore, e a quel punto ripararla va contro ogni logica economica. March vede la testa di un uomo sormontata da un cappello da cowboy che viene verso di lui. L'uomo gira intorno a una fila di Suburban e si ferma di botto alla vista di March coi suoi cani.

Lionel, il proprietario, che è anche l'unico a lavorare lì dentro, sembra sconcertato. E non solo perché con un Briscoe è più facile rimetterci che guadagnarci. Lionel è amico di Hap, che gli fa sempre un ottimo prezzo per i lavori di carrozzeria e come il resto degli abitanti di Olympus sa benissimo perché March è stato costretto ad andarsene. È il lato di Olympus che decisamente non manca a March: il fatto che l'immagine che gli altri hanno di te ti rimane appiccicata addosso, immutabile, qualunque cosa tu faccia. Non che March abbia mai fatto niente per scrollarsi di dosso la sua.

"Lionel," dice March con un cenno della testa. Sfiora la spina dorsale di entrambi i cani. Gli animali si accucciano sul selciato.

Lionel lo saluta avvicinando la mano alla tesa del cappello, e gli concede un sorriso prima di rilassarsi dentro la giacca. Suda nel calore di metà mattina. "È un pezzo che non ci si vede. Il vecchio pick-up ha finalmente tirato le cuoia?"

"L'ho cambiato quando ero a ovest. Mi servivano quattro ruote motrici per la neve. Sono passato a vedere se hai qualcosa che fa al caso mio adesso."

"Non lo so se abbiamo quello che fa per te," dice Lionel impassibile, esaminando le file di vetture luccicanti.

"Nemmeno per una permuta? Ho un pick-up F-150 a casa dei miei, ha meno di due anni. Ha qualche... problema estetico, diciamo, ma il motore è a posto. Se lo porti da Hap te lo rimette a nuovo senza farti pagare un soldo."

"Dici?" fa Lionel, perplesso.

"Se gliela porti tu sì. Per me non lo fa di certo, per questo sono qui."

Lionel annuisce. "Credo di poterti dare una mano. Mi sa che con i cani ti serve una macchina grande, no?" I due uomini attraversano il parcheggio in lungo e in largo finché March non si decide per un Silverado bianco.

"Mi fai un favore?" chiede March. "Aspetta fino a stasera per venire a prendere il mio vecchio pick-up. Passo nel pomeriggio a togliere la mia roba." Si stringono la mano. Pur con la morte nel cuore, Lionel consegna le chiavi a March e gli dice di tornare presto per i documenti e il cambio di proprietà.

Senza la rampa per i cani, per farli salire sul pick-up March è costretto a sollevarli per il didietro. Nonostante la stazza non sono troppo pesanti per lui, ma sa che i cani lo considerano un affronto. Per protesta evitano di incrociare il suo sguardo, e March si ritrova con la maglietta coperta di peli.

Dopo essere uscito di lì passa davanti alla piazza e al municipio, un edificio di mattoni con le finestre ad arco, che con i suoi due piani è il più alto del paese, se si escludono i silos. Passa davanti alle facciate di negozi deserti e animati, nella stessa proporzione, se non con lo stesso aspetto, di quando se n'è andato. A poca distanza dalla piazza ci sono le case più belle di Olympus, tra cui quella che ospita l'ufficio del padre, e poi il grande parco, un quadrilatero largo e lungo tre isolati. Il parco gli evoca, vivida e improvvisa, l'immagine di Vera e il ricordo dell'ultima volta che è stato con lei. Della decina di donne con cui è stato a letto da quando ha lasciato Olympus, tutte donne attraenti, nessuna potrebbe starle accanto senza scomparire. La sua bellezza ha la capacità violenta di cancellare tutto il resto, qualsiasi scollatura o paio d'occhi o pensiero di fedeltà o d'amore. Anche se a essere onesto non è mai stato innamorato di lei. Gli piaceva guardarla, che era più o meno come essere trafitto al cuore da un pezzo di filo spinato, ma in senso buono. E gli piaceva passare del tempo con qualcuno che lo trovava attraente per le sue caratteristiche negative oltre che per quelle positive, che non continuava a sperare che diventasse una persona diversa da quella che era, una persona un po' migliore.

Ma non si aspettava certo di trovarla ancora a Olympus. Non è preoccupato per sé; non era stato lui a inseguirla la prima volta, si era limitato a cedere all'inseguimento di lei. Se è rimasta e ha avuto un figlio chiaramente ha fatto la sua scelta. Ma non sapendo come è riuscita a fare pace con Hap non ha idea di quanto il suo ritorno possa scombussolare tutto. Deve assolutamente parlarle. E gli serve un consiglio per provare a riaggiustare le cose col fratello.

March va verso l'officina di Hap, ma parcheggia a un isolato di distanza. Man mano che si avvicina ce la mette tutta per non assumere un atteggiamento furtivo. Quando è sicuro che Hap è lì e sta sprizzando scintille col viso coperto dalla maschera da saldatore, March si gira e torna indietro. Anche se il fratello ha in programma di rientrare a casa per pranzo, gli rimane abbastanza tempo per vedere Vera.

Non c'è niente di ambiguo nelle sue intenzioni. Devono pur parlarsi, e devono farlo senza Hap presente. E senza che nessuno lo sappia. La casa di Hap e Vera è decisamente isolata. Come ha fatto tante volte in passato può arrivare dal retro, costeggiando il campo di melica che in questa stagione è alta. Una volta parcheggiato dietro casa il pick-up sarà invisibile a chiunque. In fondo non c'è niente di male, se non lo scopre nessuno. Riflette per un attimo su quanto dev'essere facile tradire in città, invece, dove puoi incrociare centinaia di individui senza conoscerne nessuno.

Esce da Olympus, e dopo aver controllato nello specchietto retrovisore per accertarsi che la strada alle sue spalle sia deserta devia tagliando per un campo tutto piatto. Dopo qualche minuto e danni minimi al raccolto raggiunge le due file gemelle di tigli che conducono alla veranda sul retro della casa di Vera. Casa di Hap. Si convince che il temporale in arrivo cancellerà le impronte delle ruote. L'aria non è cambiata, ancora non si sente odore di pioggia, ma a ovest, in lontananza, si vede un cumulo grigio che viene verso di loro.

Scende dal pick-up e fa scendere anche i cani, che vanno subito a marcare il territorio prima di accucciarsi all'ombra dei tigli. Sente la porta sul retro aprirsi e si gira, ed ecco Vera, con addosso solo un accappatoio. Lo vede ma non esce sulla veranda. Nessun sorriso, nessun cenno di saluto, solo un calore che emana da lei come da un ferro rovente. Una volta Arlo ha spiegato a March che il fascino di Vera sta tutto nella sua simmetria. I grandi occhi azzurri, le sopracciglia bionde arcuate, gli zigomi alti, pronunciati, ogni tratto col suo corollario preciso, la sua posizione precisa. A March sfugge il motivo per cui tutto questo è così potente, eppure quella potenza lui l'ha sempre avvertita. Vera ha i capelli bagnati, divisi da una riga nel mezzo, lunghi riccioli biondi che le arrivano quasi alla vita.

March ritrova la voce ma resta sotto l'albero. "Sono tornato. Strano sapere che sei ancora qui, che sei rimasta con Hap." Non si era reso conto di essere così stanco – tutti quei chilometri dal New Mexico fino a lì, le ventiquattro ore che ha passato senza dormire, vedere la famiglia stamattina – finché Vera non ha spazzato via tutta la stanchezza.

"Anch'io lo trovo strano."

"Possiamo parlare?"

Lo guarda inclinando la testa, in silenzio. Alla fine, con un'alzata di spalle, sparisce dentro casa. Lui attraversa quasi di corsa il prato e sale i gradini per seguirla in cucina. Gli sembra di non essere mai andato via, è come se avesse passato gli ultimi due anni a seguirla, ad aspettare che lei si volti. Ignora le opere di Hap sparse per la cucina – il tavolo di metallo, il rivestimento di piastrelline a mosaico dipinte a mano tra i piani di lavoro e gli armadietti pensili. Una semplificazione eccessiva, se non una bugia bella e buona: ecco cos'è la storia che si è raccontato, adesso che quello che cerca si mostra per quello che è. Il magnetismo richiede due poli opposti. Vera apre il frigorifero nell'angolo e si china, mette lo sportello tra loro e si nasconde al suo sguardo.

"Magari pensavi che sarei tornato prima, vero?" dice. "Lo so che è passato un sacco di tempo."

"Davvero?" Un tintinnio irritato gli dice che sta spostando qualche bottiglia. "Non ho mai pensato che avresti avuto il buonsenso di andartene, perché avrei dovuto star lì a chiedermi quando saresti tornato?"

"Secondo te non dovevo tornare?"

Lei si raddrizza, e finalmente lo guarda negli occhi. "Perché me lo chiedi?"

"Hayden mi ha detto che avete avuto un bambino. Sono contento che tra voi si sia tutto sistemato. Non voglio aggiungere altra tensione."

Lei torna a voltarsi verso il frigo, prende una caraffa di tè freddo e la posa sul banco della cucina. Il concetto di sistemato non si concilia con l'espressione di Vera. March vede qualcosa di fragile nella donna meno fragile che abbia mai conosciuto. Scopre con orrore che invece di farlo sentire in colpa questo accende i suoi peggiori istinti. A quel punto si dice che sta equivocando. Lei sta benissimo. Non c'è dubbio, lei e Hap stanno benissimo. In fin dei conti è rimasta lì, nella casa che condivide con suo fratello.

"Se mi stai chiedendo se penso che tu debba andartene per il bene del mio matrimonio ti dico che non devi preoccuparti," dice lei. "Se invece mi chiedi se devi andartene per il tuo bene è un altro paio di maniche."

A March torna in mente l'espressione di Hap mentre metteva via il martello da fabbro. "Credi davvero che Hap mi farebbe del male?" Le racconta quello che è successo la mattina. "Però," continua, "è di Hap che stiamo parlando. Alla fine lui perdona sempre tutti. Lo dimostra il fatto che sei qui, no?"

"Non parlo del tuo bene fisico, scemo che sei. Durante la zuffa stamattina non hai perso conoscenza?"

"Non ho intenzione di tornare sull'argomento," dice lui. Nel corso della loro storia lui e Vera non hanno parlato poi così tanto, ma quando l'hanno fatto si è trattato spesso della sua famiglia, e l'opinione di Vera era che a tutti e due avrebbe fatto bene prenderne un po' le distanze, e a ciascuno dei due avrebbe fatto bene allontanarsi dal fratello. Ma sulla sua famiglia non si è mai trovato d'accordo con lei. Non se n'è andato per stare meglio. Andarsene è stata la soluzione più semplice, in un certo senso, per risparmiarsi le ripercussioni che la faccenda avrebbe avuto su di lui, per risparmiarsi di vedere il dolore causato al fratello.

Ma era anche come se non meritasse di rimanere, e sembrava che tutti si sarebbero ripresi più in fretta senza di lui.

"Volevo solo essere sicuro di non danneggiare il tuo matrimonio col mio ritorno," dice March. "Detto questo, ti saluto..." Vera alza una mano per interrompere le sue parole di commiato. Si sente la voce di un bambino, un richiamo sommesso alla mamma, come una domanda. Vera va nel corridoio e March, che pure non si intende di bambini, sa che quella non è la voce di un neonato. Si avvicina alle foto attaccate al frigorifero con dei magneti. Sono ritratti di un bambino appena nato ma ce n'è una che sembra più recente: Vera che tiene in braccio un bambino che forse già cammina, con i capelli scuri e ricci e le labbra di lei.

Torna in cucina da sola, si ferma accanto a lui e sfiora la foto con un dito. "Credevo te ne stessi andando," sussurra. "Questo è Pete."

"È più grande di quanto pensassi. Non è un neonato," sussurra March a sua volta.

"Eh, no. È nato nove mesi dopo che te ne sei andato. Ti assomiglia, no? Anche se ovviamente potrebbe aver preso dal nonno. Hap è convinto di essere lui il padre. Dice che il bambino ha le sue orecchie, il che è vero, ma sono anche le orecchie di June. È comodo, andare a letto con due fratelli. O forse no, dipende dai punti di vista." Vera sta ancora guardando la foto, e sul suo viso sembra farsi strada un sorrisetto.

"Ma secondo te chi è il padre?" March ha così tanto bisogno di sedersi che si issa sul piano della cucina. Il tè freddo si agita nella caraffa alle sue spalle, che Vera spinge contro il muro.

"Non m'importa." Si gira verso di lui, di nuovo seria. "Se cresce con un carattere impulsivo e irritabile potrebbe aver preso da me come da te. E se diventa un bravo bambino potrebbe dipendere da tutto il tempo che passa con Hap. Siamo in una botte di ferro."

"Io vado," dice March, ma rimane dov'è. Anche se è seduto ha l'impressione che la stanza si muova.

Lei gli dà un colpetto quasi affettuoso sul ginocchio. "Se sei tornato pieno di buone intenzioni, chiaramente rimarrai deluso. La gente deve restare quello che è, essere quello che gli altri si aspettano." Aggrotta la fronte, come se avesse assaggiato qualcosa di amaro. Fuori le nuvole si sono avvicinate e la stanza si sta oscurando. Vera va alla finestra sopra il lavandino e la apre, inspira. Subito l'odore della pioggia imminente impregna la stanza.

Poi si volta verso di lui, appoggiandosi al lavandino, e slaccia la cintura dell'accappatoio. Il nodo si scioglie esponendo una striscia di pelle tra il solco in mezzo ai seni e il bordo delle mutandine. March si aggrappa al piano della cucina e respira a fatica. L'idea del bambino nell'altra stanza, di cosa vorrebbe dire essere il padre, è una cosa talmente enorme che il suo cervello non riesce nemmeno ad afferrarla tutta intera.

"Il matrimonio non ce la farà a resistere. È buffo, l'ho capito proprio questa settimana. E adesso eccoti qui, un segnale che finalmente vedo le cose come sono."

"Io voglio rimanere a Olympus, Vera."

"E allora rimani." Vera avanza verso di lui, e man mano che si avvicina l'accappatoio le scivola di dosso, sempre di più, finché non le cade ai piedi. Si appoggia alle ginocchia di lui finché March non le apre e lei scivola in mezzo. "Io non dirò una parola."

Fuori si scatenano i lampi. March conta in silenzio – uno, due, tre. Vera si sporge in avanti, i seni sfiorano quasi il petto di lui, si fermano subito prima – quattro, cinque, sei. Le sue mani sui fianchi di lei.

"E tutte le tue buone intenzioni?" chiede.

"Non ce la faccio con te vicino."

"Non ce la fai comunque." Si alza in punta di piedi, preme tutto il corpo contro il petto di lui, e adesso tutto quello che

March vede davanti a sé sono quegli occhi azzurri – sette, otto, nove. March sente gli armadietti alle sue spalle vibrare al rombo del tuono che finalmente arriva. Vorrebbe vederla sorridere, potrebbe giurare di aver visto una sorta di disperazione sotto quell'espressione impassibile. Ma nemmeno quel pensiero ha il potere di distrarlo mentre scivola giù dal piano della cucina, le circonda con un braccio la vita e la solleva per baciarla.

L'ORIGINE DELL'ESILIO DI MARCH

... fabbricò con estrema cura sottilissime catene di bronzo e con esse una rete e lacci tali da sfuggire alla vista...
Ovidio

Dicembre, due anni e mezzo prima. March camminava ai margini del parco municipale di Olympus. Il sole era tramontato da un'ora: pochi sprazzi di luce e poi, appena dopo le cinque, la risicata giornata decembrina si era spenta del tutto. Il parco occupava un vasto spazio, con querce enormi che ne delimitavano i confini come una staccionata, i rami rivestiti di luci bianche simili a cirripedi luccicanti.

Di lì a un'ora sarebbe iniziata la parata natalizia con tanto di luminarie, e lungo la strada si erano già raggruppati diversi gruppi familiari. A differenza delle parate estive, sull'erba si vedevano poche sedie. Le madri infilavano a forza i guanti ai bambini e versavano cioccolata calda. Grazie a un intenso fronte freddo la temperatura era vicina allo zero e i bambini speravano che arrivasse la neve, ma a Olympus non nevicava mai.

March avvistò i suoi. Hap era appoggiato a una quercia e parlava con i genitori. Vicino a lui c'era Vera, che ascoltava Artie. I capelli biondi di Vera splendevano alla luce delle minuscole lampadine che avvolgevano i rami degli alberi. Per evitare di fissare Vera, nell'avvicinarsi March si concentrò su Hap. Il senso di colpa che montava in lui da quando era cominciata la storia rendeva orribile tutto quanto, a parte Vera. Anche Hap, col suo naso adunco e il mento sfuggente, e quei quindici chili in più attorno alla vita che si portava addosso da quando era adolescente. Ma se il fratello era brutto fuori non c'era dubbio che lui, dentro, fosse quasi rivoltante. Hap gli voleva bene. Hap non l'avrebbe mai tradito come March aveva tradito lui.

Tra lui e Vera, di qualunque cosa si trattasse, era cominciata meno di un mese prima, il Giorno del Ringraziamento. Thea era venuta a trovarli con la famiglia per la prima volta dopo due anni, aggiungendo un carico di tensione o di gioia alle festività, a seconda del punto di vista. Peter non aveva comprato abbastanza olio di arachidi per friggere il tacchino, e March si era offerto di andare verso Houston per trovare un supermercato aperto e comprarne dell'altro. Uscendo aveva trovato Vera nascosta tra il suo pick-up e il carro attrezzi di Hap. Lei vedendolo si era asciugata gli occhi, e si stava già allontanando senza una parola. Se le avesse chiesto che cosa c'era che non andava avrebbe fatto la figura del ficcanaso, ma doveva pur dire qualcosa. E così le aveva chiesto se aveva voglia di sfuggire per un po' al resto dei Briscoe.

March era abituato a non essere il preferito di nessuno in famiglia. Ma pian piano, dopo anni che si conoscevano, si era reso conto di essere il preferito di Vera. Non che preferisse lui a Hap, naturalmente – qualunque imbecille avrebbe capito quanto amava il marito –, ma era chiaro che di tutti gli altri membri della famiglia March era l'unico con cui parlava volentieri.

Puntarono a est, e Vera rimase zitta per tutto il tempo, senza che March trovasse il coraggio di fare domande. Lo seguì apatica dentro il supermercato, finché lui non ebbe trovato l'olio e voltandosi di colpo le sbatté contro. Per evitare di cadere lei si era aggrappata alla sua camicia, e per tenerla in equilibrio March l'aveva abbracciata senza nemmeno pensarci. Aveva cercato di separarsi da lei, perché prima di allora si era sempre limitato ad abbracciarla tenendo le distanze, ma lei era rimasta aggrappata alla camicia e l'aveva attratto a sé, poi gli aveva preso la testa tra le mani e l'aveva avvicinata alla sua.

Il bacio era stato breve. Vera era fuggita via, e quando dopo aver pagato lui l'aveva ritrovata fuori dal supermercato si era comportata come se non fosse successo nulla. Anche durante il viaggio di ritorno nessuno dei due aveva aperto bocca. March sperava che non parlandone sarebbe stato più facile dimenticare. E se lo avesse cancellato dalla mente, non sarebbe successo più. Quando lei si era presentata a casa sua il giorno dopo si era detto la stessa cosa. Aveva continuato a pensare che sarebbe finita presto, a dirsi che Hap non l'avrebbe mai saputo perché Vera non voleva che lo sapesse; Vera era sempre in grado di controllare qualsiasi situazione.

Ma diventava sempre più difficile trovarsi davanti al fratello e fingere che fosse tutto normale, fingere che Vera fosse solo sua cognata. Mentre si avvicinava al gruppo, fu sua madre a parlare per prima.

"Non credevo ti interessasse la parata."

"Mi piace tanto il Natale," disse lui. "Cosa c'è di più natalizio di un bel po' di trattori coperti di lucine?"

"Babbo Natale e un pupazzo di neve che guida un quattro per quattro?" disse Vera. Gli sorrise evitando di guardarlo negli occhi.

"Vuoi vedere la scultura che ho esposto in officina?" gli chiese Hap. March rispose di sì, senza sapere se essere felice o nervoso quando vide che Hap prendeva la mano della moglie perché li seguisse.

Il parco era pieno di scene natalizie sponsorizzate dalle aziende della zona: renne di plastica tra bastoncini di zucchero candito alti quasi due metri, un presepe con tanto di pecore in carne e ossa, i canti natalizi che uscivano a tutto volume dagli altoparlanti. Vera camminava vicino a Hap, che era in mezzo, e adesso che non era più concentrato su di lei March si lasciò stordire da tutti quei rumori e colori. Poi però vide che cosa aveva fatto Hap. Suo fratello aveva saldato insieme dei fogli sottili di alluminio modellando un angelo a grandezza naturale. Hap si inginocchiò a terra e accese due piccoli riflettori orientabili. Le ali della scultura catturavano la luce e in un certo senso la amplificavano tutt'intorno. Per un attimo March si sentì quasi in uno stato mistico.

"Il mio alter ego di metallo," disse Vera. "Tutta la bellezza senza nessuno dei difetti interiori, visto che è vuota." Vera batté con le nocche sulla scultura, guardando il viso.

Hap stava dicendo qualcosa a Vera, ma March era troppo frastornato per sentire le parole del fratello. Era come se gli zigomi e il naso di Vera fossero stati tuffati nel metallo rovente. Si chiese se la sensazione che aveva etichettato come mistica non fosse in realtà una forma di attrazione sessuale per un oggetto inanimato. Stava per dire al fratello quanto gli piaceva la scultura quando Vera si voltò verso di lui e cominciò a parlare della difficoltà del procedimento. Nonostante tutto quello che stava succedendo tra loro due, March capì che era molto fiera del talento del marito. Gli balenò allora l'idea di essere solo una sorta di attrezzo, un accessorio in una scenografia del loro matrimonio, come un asino intagliato nel legno nel presepe. Poi però, con Vera così vicina, quell'intuizione svanì. Riusciva a pensare solo a quanto è più bella la carne viva di qualsiasi opera d'arte.

Ma ecco cosa vide Hap, invece: sua moglie che guardava suo fratello come non guardava lui da settimane. Sapeva che il Giorno del Ringraziamento aveva fatto qualcosa che per qualche motivo l'aveva ferita, anche se Vera continuava a negare che ci fosse qualcosa che non andava. Portava con sé una rabbia intrisa di imbarazzo che spariva solo in presenza di March. Hap sentì una fitta allo stomaco, come se un cucchiaio glielo stesse raschiando all'interno. Si chinò per accendere il secondo gruppo di riflettori. Da quella nuova angolatura, vide l'indice di Vera agganciato a un passante dei jeans di March. Stava toccando suo fratello senza toccarlo. Come se possedesse entrambi i fratelli, come se di loro tutto le fosse dovuto – la loro dignità, le loro storie, l'affetto che provavano l'uno per l'altro, tutto era solo suo. Questo accese in lui una rabbia che non assomigliava a niente che avesse mai provato. Non sapeva perché gli servisse una conferma visiva di quello di cui era sicuro. Forse perché in cuor suo, se non nella mente, trovava ancora inconcepibile che Vera potesse andare a letto col fratello. Che il fratello potesse andare a letto con sua moglie.

"La vedete quella casetta di marzapane?" chiese, alzandosi. March e Vera si voltarono a guardare: muri di legno color biscotto, spesse decorazioni in rilievo di glassa avorio avvolte da corde di liquirizia rossa, attorcigliate con una precisione tale da dare l'impressione che si trattasse di un'unica fune lunga metri e metri. Una cassetta di fiori coperta da un mosaico di Smarties con dentro enormi leccalecca di tutti i colori. "Il tipo che l'ha costruita ci ha lavorato giorno e notte. Ci ha persino sistemato una brandina per poterci dormire dentro. Roba da matti, eh?" In realtà Hap non pensava affatto che fosse roba da matti. Che si trattasse di una scultura di metallo o di una casetta di marzapane grande come una rimessa, era tutta arte. L'idea di bellezza che un individuo possiede – anche se sul concetto di bellezza non tutti devono per forza concordare – trasformata in realtà. Forse Hap pensava che una cosa brutta come il tradimento della moglie non potesse trovare conferma in un luogo così pieno di ottimismo, e che la casetta avrebbe spazzato via l'assurda gelosia che lo tormentava. O forse sapeva che solo in un posto del genere la verità gli si sarebbe finalmente rivelata.

Hap si allontanò, scusandosi, per andare a controllare il carro natalizio che avrebbe partecipato alla parata in rappresentanza della sua officina. Quando tornò dalla famiglia, dieci minuti dopo, March e Vera erano scomparsi. Allora suggerì meccanicamente agli altri di spostarsi sull'altro lato del parco per vedere meglio la parata. Poi si fermò davanti all'angelo, ricevette altri complimenti dai suoi familiari e infine indicò la casetta di marzapane facendone notare la complessità dei dettagli.

"Ma cos'è questo rumore?" chiese Artie. Sembrava che dentro ci fosse qualcuno intento a staccare pezzi di tetto per mangiarseli.

Con le gambe che quasi non lo reggevano, Hap si avvicinò e aprì la porta.

Più tardi, quando lui e Vera si ritrovarono insieme, avrebbe voluto cancellare quella visione, passarci sopra uno strato di vernice, renderla almeno più confusa. Invece era sempre lì, così nitida, così semplice da evocare: i capelli di sua moglie sparsi oltre il bordo della branda, la testa sollevata per incontrare la bocca di suo fratello, le braccia strette alla sua schiena. Se solo avesse avuto il buonsenso di distogliere lo sguardo, come avevano fatto Artie e il resto della famiglia. E invece era rimasto lì a guardare, immobile, a sentire il peso del cuore sprofondare nel petto.

6

Le nuvole sono più dense e la luce è sempre più cupa, ma Artie non sta pensando al tempo. Pensa ai pesci gatto. SONO A PESCARE, ha scritto sul biglietto che ha lasciato ad Arlo, e deve tornare con un pesce. Getta la lenza un'altra volta, dalla strada più in alto sente Ryan mettere in moto il pick-up. L'ha salutata con un bacio cinque minuti prima, e oltre al buonsenso di evitare la pioggia ha avuto anche quello di non insistere perché lei facesse lo stesso.

Un rombo di tuono conferma che aveva ragione lui. Il vento arriva a raffiche, sempre più forti. Decide di andarsene anche lei, quando qualcosa abbocca. La lenza si tende mentre il pesce, preso all'amo, scende verso il fondo del fiume. Allora Artie comincia a riavvolgere la lenza, e la pioggia che fino a un attimo prima era solo una minaccia comincia a venir giù che Dio la manda. Recupera velocemente il pesce gatto, ma ha i capelli incollati al viso, la maglietta già zuppa e l'acqua che penetra attraverso il tessuto. Tiene il pesce a terra con una mano mentre estrae un punteruolo dallo zaino. Infila il punteruolo nella testa del pesce, da dietro, inclinandolo in modo da colpire il cervello. Il pesce, un pesce gatto a testa piatta lungo meno di un metro, smette di dibattersi.

Artie raccoglie l'attrezzatura e attraversa di nuovo il fiume, senza fretta e senza nemmeno togliersi i pantaloni. Impossibile bagnarsi più di così. Si arrampica sull'argine, aggrappandosi ai tronchi più esili per salire, come aveva fatto prima per rallentare la discesa. Sette chili di pesce le sbattono contro la coscia.

A poco più di un metro dalla riva perde una scarpa, che rimane conficcata nel fango. Vacilla per un attimo su una gamba sola, ma il movimento che fa per abbassarsi a recuperare la scarpa le fa perdere l'equilibrio. Scivola, e mentre cade di lato il pesce rimane incastrato tra la gamba e il terreno. La pinna pettorale allargata le si infilza nella carne e lei impreca, rialzandosi come una furia e strappandosi il pesce di dosso. Oltre che fradicia adesso è anche tutta infangata, e il veleno del pesce le fa pulsare la ferita: guarda in basso e vede che sulla stoffa dei jeans sta già affiorando una macchia di sangue.

Quando arriva alla Jeep è fradicia fino al midollo, tutto quello che ha addosso in grado di trattenere acqua è completamente zuppo. Getta il pesce sul fondo della macchina, sotto il sedile del passeggero, e appoggia la testa al volante. Si sforza di sorridere, sperando così di tirarsi su di morale. Non ci riesce ma si consola con la certezza di aver esaurito tutta la sfortuna che la giornata aveva in serbo per lei.

Torna a casa a passo d'uomo, con la pioggia battente che quasi le impedisce di vedere, ma al suo arrivo ha smesso di piovere e minuscole chiazze d'azzurro fanno capolino tra i banchi di nuvole. Quando entra si ritrova davanti a una visione così familiare che le passa il malumore: Arlo in cucina che frigge uova e pancetta.

"È ora di colazione?" chiede.

Lui si gira, nel bel mezzo di uno sbadiglio, e la vede tutta sporca e gocciolante. Scoppia a ridere. "Torno apposta per vederti e tu vai a pescare sotto la pioggia?"

"Ti ho visto prima, ma eri troppo addormentato per accorgertene. Ho portato il pranzo." Gli mostra la preda.

"Non potevi tagliargli la testa giù al fiume? Così è come mangiare un dinosauro."

"Il tempo non aiutava. E poi meglio farlo con tutta l'attrezzatura a disposizione." Entra in cucina tenendo il pesce sotto la pancia, e quando è in posizione orizzontale punta la bocca aperta verso la guancia di Arlo.

"Meno male che nella rimessa c'è un lavandino," dice lui ritraendosi. "Mi rifiuto di mangiarlo a meno che tu non ti faccia un bagno prima di pulirlo."

"Ai suoi ordini, principessa," dice lei inchinandosi.

Arlo tende la mano per prendere il pesce. "Lo metto fuori. Tu intanto va' a farti una doccia e a cambiarti."

Artie glielo consegna, ma invece di uscire dalla cucina si slaccia i jeans e li abbassa fino alle ginocchia. Poi riprende il pesce dalle mani del fratello e se lo strofina per un po' sulla ferita gonfia, con un sospiro.

"Gesù," dice Arlo.

"Guarda che funziona," dice lei, tirandosi su i jeans. "Sono le proprietà curative del fango." Mentre va in bagno gli grida: "Accendi la friggitrice." Cinque minuti dopo torna in pantaloncini, ancora bagnata ma ripulita del fango, con una benda sulla ferita.

La generosa porzione di uova al bacon che si era preparato Arlo è divisa in due piatti verdi al tavolino della cucina. Arlo è seduto davanti a uno dei due e beve il caffè. Artie si siede davanti all'altro e prende la birra che la aspetta.

"Salute," dice, toccando la tazza del fratello col bicchiere. "Brindo al ritorno del figliol prodigo." Si gode l'espressione confusa di lui mentre spezza in due una fetta di bacon.

"Col cavolo," dice Arlo. "Quel figlio di puttana di March è tornato e non mi ha nemmeno chiamato."

"E ha già visto June e Hap. È andata malissimo, però sembra deciso a rimanere."

"Vuoi dire che rimarrà a vivere a Olympus senza vedere Vera? O la vedrà e andrà tutto benissimo? Impossibile."

Artie alza le spalle. "June era preoccupata, ma a occhio dà per scontato che lui rimanga per sempre."

"Ah. Insomma, era incazzata nera," dice Arlo con un sorriso.

Artie gli dà un colpetto sulla mano col dorso della forchetta. "June vuole bene ai suoi figli. E vuole bene anche a noi."

Ripiegando il bianco dell'uovo su sé stesso, Arlo raccoglie anche quel che resta del tuorlo. "Vuole bene a te, lo ammetto. Ma a me no. E non sono nemmeno convinto che voglia bene a March, non quando è al suo peggio, almeno. Che Dio lo benedica, ma a volte sembra un pazzo."

"Non sei gentile," dice Artie, ma poi si guarda le mani, ancora rosse e screpolate per via del manico di legno del badile.

"March è quello che è. Non vedo come possa andare a finire bene." Arlo si infila in bocca la forchetta, e non dice più niente finché non ha masticato e mandato giù tutto. "Perciò godiamocelo intanto che è qui. Stasera possiamo andare tutti al My Place."

Prima di rispondere Artie finisce il suo pezzo di bacon. "Stasera ho un impegno." Ma sa che potrebbe portare anche Ryan, lui non aspetta altro. Chissà, forse March potrebbe fare da filtro. Tra Arlo e Ryan. Tra lei e Arlo.

"È una risposta strana," dice Arlo. "Che succede? Hai preso a nolo un nuovo tipo?"

Artie si prepara a spiegare una parte di quello che di lì a poco dovrà dire senza omettere niente, ossia che con Ryan vuole che duri per sempre. E si prepara alla risposta di Arlo, ossia che ha scelto male anche per un semplice affitto temporaneo, figurarsi per un acquisto.

"Ah, ora che mi ricordo," continua Arlo. "Carl mi ha detto di salutarti. Dice che sarebbe felice di vederti presto." Carl, bassista occasionale di Arlo e occasionale amante di Artie, abbastanza attraente da richiedere parecchia manutenzione, e però anche tenero. Arlo le sorride, poi però gli passa il buonumore. "Non sei curiosa di sapere perché sono qui e non a Los Angeles?"

"Immagino che tu sia passato solo per irritarmi."

"Il tuo sostituto se l'è squagliata. A Flagstaff quando siamo andati a dormire avevamo un manager, e quando ci siamo svegliati abbiamo trovato un letto vuoto e un biglietto di scuse abbastanza vago. Su un post-it, figurati. Abbiamo fatto il concerto senza di lui, e poi quando abbiamo telefonato per confermare le altre date ho scoperto che non aveva prenotato altre date."

"Cazzo. Cosa sarà successo?"

"Non ne ho idea. Mai stato un chiacchierone. Passava quasi tutto il tempo a dormire sul sedile di dietro della Bronco, si rifiutava di viaggiare sul furgone con gli altri. È andata già bene che non sia sparito con la cassetta dei soldi o con tutta l'attrezzatura. A proposito, devo chiederti un favore."

Artie sente un vuoto allo stomaco. "Arlo," dice, e incomincia già a scuotere la testa.

"Ascolta. Te lo sto chiedendo solo per quest'estate. Ti riporto qui prima che cominci la stagione della caccia al cervo, magari anche prima se riusciamo a trovare qualcuno di decente. Lo sai quanto è importante Los Angeles. Non posso presentarmi in posti del genere senza un manager. Non posso nemmeno prenotare di nuovo le sale senza un manager capace di farsi restituire vecchi favori con un po' di garbo." Batte la forchetta sul piatto. "Per loro tu sei una garanzia. Ti stimano."

L'ha messa con le spalle al muro, e adesso non sa come liberarsi. Se gli dice la verità – ossia che oltre a non voler tornare alla vita di prima non vuole separarsi da Ryan – è probabile che si irriti ancora di più per la sua nuova relazione.

"Ti prego," dice Arlo. "Poi te ne devo uno."

"Ci penso," dice lei. È sicura che la nuova storia può resistere alla lontananza, eppure non ha nessun desiderio di andarsene. Deve parlare con Ryan. Per evitare di dire altro si lascia sfuggire una cosa che non aveva intenzione di condividere col fratello. "Visto che non vengo, magari tu e March potete andare al Terpsi invece che al My Place."

Terpsichore – un nome strano che storpiano quasi tutti – è quello che Olympus ha di più simile a un night, e perbenisti e bigotti lo considerato un luogo di perdizione. È solo perché le spogliarelliste indossano i copricapezzoli che il locale non è stato costretto a chiudere. Il proprietario ha addirittura proibito alle ballerine l'uso del perizoma. Quello che viene lasciato all'immaginazione è abbastanza da creare un'atmosfera d'altri tempi, più vintage che porno.

"Oddio, sono anni che non ci vado. Che cosa dovrebbe attirarci in quel posto?"

"Chi, semmai."

Arlo posa la tazza con espressione incredula.

"Laurel ha cominciato un paio di settimane fa." Che cosa le è saltato in testa di nominare l'unica ragazza che non ha mai potuto soffrire suo fratello, l'unica che sia riuscita a farlo a pezzi? È vero che lui aveva diciott'anni ai tempi ma, a parte Laurel, non era certo uno fuori di testa. È sempre stato lo stesso Arlo. Sempre in pieno controllo di sé stesso. Tranne quando si è trattato di Laurel.

"Ma perché?"

"Non voleva assolutamente saperne di te, ma non è che sia una ragazza timida. Ho sentito che vuole fare un master in business. È un periodo difficile, e l'università costa un sacco. Lo sai anche tu che forse è il posto dove si guadagna meglio in questo paese."

Arlo giocherella con la forchetta, facendola tintinnare contro il piatto. Ad Artie non è mai dispiaciuto vedere quella ferita aperta sul cuore altrimenti impenetrabile del fratello. Lo rende più umano, meno crudele nel suo ruolo di seduttore, almeno ai suoi occhi, se non per le donne che seduce. Eppure la turba aver approfittato di un suo punto debole solo per evitare di rispondere a una richiesta tutto sommato ragionevole. Visto che Laurel non sarà contenta di vederlo, ha fatto una cattiveria a entrambi. Si ripete che March lo terrà d'occhio. Oltre a tenerlo lì fino all'ora di chiusura.

"D'accordo. Allora per cena sei libera," dice lui. Non sembra nemmeno eccitato all'idea di vedere Laurel, è teso e basta. Mette i piatti vuoti nel lavandino. "Bene, procediamo pure con la decapitazione e la squamatura. Ci serve una seconda portata."

Artie estrae dal cassetto il coltello per sfilettare il pesce e passa dalla porta della cucina per andare al bancone esterno. Qualche minuto e il pesce è pronto per essere fritto, mentre la carcassa spolpata rimane in un secchio dentro il lavandino. Prende il secchio e va a svuotarlo tra gli alberi, dove una volta buio finirà in pasto a qualche animale, e prima ancora alle formiche.

La porta della cucina si apre e Arlo si sporge aggrappandosi allo stipite. "Ti sbrighi? L'olio è bollente e io sono pronto." Le sorride schioccando le dita, poi torna dentro. Arlo non è mai stato un gran cacciatore, non perché ama gli animali ma perché gli sono indifferenti. Però è ben contento di mangiare qualsiasi cosa uccida sua sorella. Sarà lo stesso quando saranno lei e Ryan ad andare a caccia, quando porteranno tutti e due a casa il pranzo? Siederanno tutti e tre alla stessa tavola nella sua cucina? Vuole convincersi che sarà così, ma teme che ci vorrà parecchio tempo.

7

March e Vera si sono rannicchiati ai lati opposti del divano. Sul baby monitor il bambino si agita un po' e torna silenzioso. La pioggia, che prima cadeva così forte da far pensare che qualcuno stesse attaccando il tetto di metallo, si placa trasformandosi in un tamburellio benevolo.

"Devo andare," dice March. Si alza, tira su i jeans che si erano incastrati intorno alle caviglie. Non si è nemmeno tolto gli scarponi. Poi si infila la maglietta.

"Non dovevi proprio venire." Lei gli rivolge un mezzo sorriso di traverso.

"Hai ragione," dice lui, scorgendo i primi barlumi di quello che diventerà un rimpianto ben più grave, un'incertezza ben più importante riguardo al suo futuro a Olympus. Per una volta vorrebbe non trovarsi nella stessa stanza con Vera. Fa per avviarsi verso la porta sul retro.

"Aspetta. Non posso lasciarti andar via così abbattuto." March si gira a guardarla. "Siediti," dice lei, indicando la poltrona accanto a lui, che obbedisce. Vera recupera l'accappatoio in cucina e torna a sedersi sul divano. "Pete non è tuo. È stato concepito un paio di settimane dopo che te ne sei andato."

"Cristo santo, Vera," dice lui. "Che cazzo di balla mi hai raccontato."

"Lo so. Ma *tu* lo sai che non riesco a trattenere la rabbia. Non è che siamo poi tanto diversi, io e te."

Recuperato un minimo di vantaggio, March finalmente si rilassa, godendosi il sollievo. Se solo tutte le difficoltà di quella giornata si risolvessero così. "Perché sei rimasta con Hap?"

"Me ne sono andata. Ma dopo le vacanze sono tornata. È stata la curiosità a fregarmi. Tutti quegli anni a guardarlo mentre faceva da paciere con chiunque. Sempre pronto a rinunciare a quello che voleva se appena interferiva con i desideri di qualcun altro. A essere definito da quello che fa per gli altri, soprattutto per la famiglia. E poi cambia rotta e ci umilia davanti a tutti, arriva a mettere in mezzo Artie e i tuoi coinvolgendoli in tutto il casino? È una cosa che poteva venire in mente a me, non a lui. A quel punto mi sono chiesta se non poteva cambiare, finalmente, se non poteva smetterla di negarsi continuamente il diritto di stare bene al mondo."

Vera è sempre stata riservata quando si tratta di ciò che la muove, e spesso anche di ciò che pensa. Ma da tempo a March è chiara una cosa sul loro matrimonio: la moglie di suo fratello è convinta che dietro la bontà e la comprensione di Hap si nasconda qualcosa di oscuro, di non del tutto sano.

Vera raccoglie le gambe sotto di sé e liscia l'accappatoio. "Questo mi ha dato un po' di speranza, e ne abbiamo parlato, e così sono rimasta incinta. Ma alla fine non è che lui sia davvero cambiato, ovvio. È sempre il solito vecchio Hap. L'altruista."

"Potevi divorziare."

"Ero felice del bambino ma l'idea di essere una madre single non mi piaceva. L'ho visto con mia madre cosa vuol dire."

"Quindi non stai pensando di andartene *adesso.*" Se formula questo pensiero come se fosse un dato di fatto forse può renderlo tale. Così potrà forse scrollarsi di dosso l'idea che, come due anni prima, Vera si sia servita di lui per andarsene di casa.

"Dici?" risponde Vera. "Magari ho cambiato idea un'altra volta."

"E così la nostra storia è servita solo a fare del male a Hap? Perché era rimasto lo stesso uomo che avevi sposato?"

March si accorge che in lei è affiorata altra rabbia, ma lei la reprime e assume un'espressione triste. "Anche se riuscissi a capire non ho nessuna voglia di spiegartelo," dice. "Ma non è stato per ripicca, è stata solo debolezza da parte mia. E a mia difesa devo dire che se non fossimo stati deboli tutti e due non sarebbe successo. Tutti e due, allora e anche adesso." Chiude gli occhi, come se fosse stanca di guardarlo. Sapere che lei è pentita quanto lui della loro relazione non lo conforta affatto.

È tutta la vita che gli altri si aspettano che faccia cose che non dovrebbe fare. Se lo aspetta anche lui. Essere accusato di cose che non ricordava di aver fatto gli sembrava così ingiusto che a un certo punto anche le sue scelte avevano cominciato ad andare dalla parte sbagliata. Gli dava l'impressione che il mondo fosse meno arbitrario e lui più padrone delle situazioni.

Si alza dalla poltrona e attraversa la stanza per andare da lei. Vera ha ancora gli occhi chiusi, e lui la bacia sulla fronte, evitando le labbra. Poi si costringe a fare un passo indietro. "Dovresti farti una doccia."

Lei apre gli occhi sbuffando. "Credi che mi sia dimenticata cosa devo fare?" Distende una gamba, gli stropiccia l'alluce sulla coscia, su e giù. "Esci da casa mia."

I cani si sono spostati sulla veranda, non tanto per ripararsi dal temporale quanto per evitare l'ondata crescente di fango. Seguono March nel prato e si lasciano caricare senza far storie sul cassone del pick-up, dove cercano di azzannare la pioggia e si scrollano l'acqua di dosso solo per esserne ricoperti di nuovo. March va a ovest, e prima di arrivare a Bullinger si ferma in una stazione di servizio dove segue il consiglio che ha dato a Vera e si fa una doccia, lasciando i cani nel pick-up, sotto un tendone. Poi compra una confezione di strofinacci e mentre la pioggia si allontana e il sole ricompare asciuga Rom e Remus.

Deve andare a togliere la sua roba dal vecchio pick-up. Deve chiedere al padre se c'è un appartamento in affitto dove potersi trasferire. È digiuno da stamattina, quando ha mangiato i panini sfornati dalla madre, e ha voglia di rovistare nel frigo e mangiare gli avanzi seduto sulla veranda di June, magari autoinvitarsi a cena. Ma vuole farlo con la coscienza a posto, un desiderio del tutto nuovo per lui. Non è tanto il vecchio desiderio che gli altri lo vedano come una brava persona, quanto quello di vedersi così. E invece è tornato da poche ore, e anziché provare a rimediare a quello che aveva fatto in precedenza ha peggiorato una situazione già brutta abbastanza.

La sua mente rifiuta l'idea di doversene andare di nuovo, e subito. Non è difficile convincersi di meritare una seconda occasione della seconda occasione, e sa chi potrebbe aiutarlo. Torna verso Olympus.

A Peter è dispiaciuto molto non vedere March a pranzo, una delusione solo parzialmente oscurata dalla strana familiarità che ha notato tra June e il veterinario. Adesso che è tornato in ufficio, guardando la vecchia scrivania di March ha davvero la percezione di quanto tempo è rimasto lontano suo figlio.

Il padre di Peter era un agricoltore. Aveva insegnato al figlio che la terra è fatta per essere coltivata, non venduta. Gli aveva insegnato anche, con l'esempio, che lavorare la terra non è vita, vuol dire accontentarsi di rimanere asserviti a qualcosa di inaffidabile come il clima, gli insetti, la moria delle piante. L'infanzia di Peter era coincisa con la peggiore siccità nella storia del Texas, e anche quando era tornata la pioggia non era stata accompagnata dalla prosperità, non per loro, almeno. Nonostante avesse alle spalle generazioni di avi che avevano coltivato con profitto la terra, quando suo padre era morto Peter non si era fatto scrupoli a vendere la fattoria. Hayden aveva imparato la stessa lezione del fratello e si era detto subito d'accordo. (Anche se, per ironia, alla terra era tornato quando aveva scoperto che poteva rivelarsi un'attività molto più remunerativa se al posto di piante vive interravi altro.) A differenza di Hayden però Peter non riesce a essere fiero di guadagnarsi il pane senza versare una goccia di sudore. Organizza la sua giornata in modo da sudare almeno un po', e si rifiuta di ingaggiare chicchessia per occuparsi delle riparazioni delle dieci o dodici case che affitta, o dei lavori di ristrutturazione di quelle che vende, anche se non gli mancano i soldi per farlo. Al momento deve sostituire i battiscopa in una casa, il cancello in un'altra. Una volta, quando c'era anche March a occuparsene, riuscivano a sbrigare roba del genere tranquillamente entro la mattina. Senza di lui è costretto ad andare avanti tutto il giorno. Se il figlio torna a lavorare con lui smetterà di torturarsi chiedendosi di continuo se non stia diventando troppo vecchio per guadagnarsi da vivere, almeno in maniera onorevole.

Peter ha preso gli attrezzi e sta uscendo dall'ufficio per andare a sistemare un water che perde in uno degli appartamenti in affitto – non è il tipo di lavoro che può aspettare fino a lunedì – quando vede il figlio venirgli incontro sul marciapiede. Gli apre la porta e lo accoglie a braccia aperte. "Ehi, straniero! Guarda che l'invito era per pranzo, non per colazione."

"Lo so," dice March. "Sono proprio una frana."

Peter lo abbraccia stretto, e più a lungo di quanto farebbe di regola. Prima di lasciarlo andare, parlando vicinissimo all'orecchio del figlio gli dice: "June mi ha detto che è passato anche Hap. Mi dispiace per come sono andate le cose." Fa un passo indietro. "Dai, siediti. Raccontami dove sei stato."

March si gira a guardare i due cagnoni ansimanti nel cassone del pick-up. "Ti dispiace se faccio entrare i cani?"

Una volta dentro, gli racconta tutto. March tende ad attenersi ai fatti, è conciso, ma Peter coglie i sottintesi, capisce quanto a suo figlio è mancata la famiglia. Lo studia mentre gratta il petto di Rom, e si dice che forse il ragazzo è cambiato. Almeno un po'.

"Senti, mi chiedevo se hai una casa da affittarmi. Ho messo via un po' di soldi, e..." dice March, cercando di mantenere un tono casuale.

"In effetti ne ho un paio, compresa la tua vecchia casa. Come prima, non voglio i tuoi soldi. Però non mi dispiacerebbe se tornassi a lavorare qui. Per me da solo c'è troppo da fare, ma non ho mai cercato nessuno che ti sostituisse."

March sorride, come un ragazzino che riceve un complimento a scuola, e Peter si sente sciogliere il cuore, almeno un pezzetto. March si avvicina con la mano tesa. Una stretta.

"Ti va di mangiare qualcosa?" dice March. "Dopo devo andare a svuotare il pick-up prima che Lionel venga a prenderlo. Magari se vieni anche tu sarà più semplice con la mamma."

"Siamo riusciti a sgraffignare un'altra macchina a Lionel? Ottimo." Dà una pacca sulla spalla al figlio. "Perché non andiamo a mangiarci tutta quella roba che avevo preso per il barbecue? L'avevo comprata perché venivi a pranzo tu, in fin dei conti."

"Sei sicuro che la mamma mi voglia in casa?"

"Ma certo. Sono sicuro che riusciremo a convincerla a lasciarti dormire da noi stanotte. Non vorrà certo che passi la notte sul pavimento di una casa vuota." Peter non è affatto certo che le cose andranno così, sa fin troppo bene per quanto tempo può serbare rancore sua moglie, ma essere ottimisti non costa niente.

L'ORIGINE DI ROM E REM

Tutto si trasforma, nulla perisce.
Ovidio

Dopo essersela filata da Olympus, March era rimasto per un paio di mesi a Roswell, in New Mexico, da un'ex fidanzata che aveva conosciuto quando era sotto le armi. Era un'infermiera specializzata alta più di un metro e ottanta che prima aveva studiato medicina, e aveva troppo buonsenso per tenerselo tra i piedi a tempo indefinito. Quando l'aveva buttato fuori di casa lui aveva imboccato la US-70 puntando a ovest, verso Ruidoso. Dopo settimane trascorse tra distese di terra bruna e piatta, il paesaggio che si faceva via via più montuoso l'aveva colpito. Man mano che si avvicinava a Ruidoso aumentavano i pini, le cime innevate. Ruidoso era bella in un modo completamente diverso da Olympus. Aveva l'impressione di poter ricominciare da capo, che una vita lontano dalla sua famiglia, da quella piccola parte di Texas che conosceva così bene, fosse possibile.

Aveva preso una stanza in una casa con tre tizi che lavoravano alla locanda del Mountain Gods Resort, un barista, un cameriere e un mazziere di blackjack. Quei tre e la sua esperienza nell'esercito l'avevano aiutato a trovare un posto come buttafuori. Era pagato male ma il lavoro dava un ordine alla sua vita, cosa di cui sapeva di avere un gran bisogno, e gli procurava rapporti con altre persone, cosa di cui invece non immaginava di avere bisogno. Per tutta la vita aveva avuto intorno tanti di quei familiari da non riuscire a levarseli di torno per più di due giorni di fila. Non aveva mai saputo cosa significa essere davvero soli, e non gli piaceva. E così il casinò e la località di villeggiatura insieme, pieni di gente che ci lavorava, con un flusso regolare di turisti – in buona parte donne moderatamente attraenti e moderatamente giovani – l'avevano aiutato a dimenticare la solitudine. Per la prima volta in vita sua era riuscito a non mettersi nei guai. Niente sbronze, niente risse, niente scoppi di rabbia. Per provare rabbia doveva provare un attaccamento per il mondo, e quel nuovo mondo era sopportabile ma non gli ispirava certo un senso di attaccamento.

Dopo un po' era riuscito a mettere via abbastanza da affittare un posto tutto suo, un appartamento in un condominio fatiscente in periferia. Lasciare quella casa piena di uomini che non facevano mai pulizie non gli era dispiaciuto, ma lasciare il cane del cameriere, un mastiff inglese, sì. Il cane, e anche il suo padrone, erano originari dell'Iowa. March si offriva così spesso di tenere l'animale che il cameriere temeva che prima o poi sarebbero spariti entrambi. E così quando il cugino del ragazzo, che era anche il proprietario del maschio, gli aveva detto che era in vendita una nuova cucciolata, March era partito per l'Iowa col suo compagno di casa con l'intenzione di acquistarne uno.

March si era seduto sul pavimento della cucina dell'allevatore, tutto cosparso di tappetini assorbenti per cani, e aveva preso in braccio un cucciolo dopo l'altro. Alla fine ne aveva comprati due. Era stata un'esperienza incredibile assumersi la piena responsabilità di quelle creature, doverle sfamare, dissetare, custodire. Anche se si sentiva pronto, non poteva credere di essere l'unico sostegno emotivo per un altro essere vivente. Avrebbe fatto del suo meglio, ma se non ci fosse riuscito ciascuno dei due avrebbe sempre avuto il fratello.

Ripartirono da Rome, in Iowa, con due grosse palle di pelo rannicchiate in grembo a March. Solo quando furono lontani si rese conto del fatto che aver comprato due fratelli era il colmo dell'ironia, e a quel punto accolse il fatto senza se e senza ma, e chiamò i due cuccioli Romulus e Remus. I cani si dimostrarono una gran rottura di scatole visto che fecero del loro meglio per bruciare il deposito dell'affitto rosicchiando i battiscopa e la moquette e lasciando chiazze di pavimento scoperto qua e là. In compenso gli fecero venire una gran voglia di tornare a casa, costringendolo a vedere quell'appartamento di merda per ciò che era.

Capì di essere nei guai quando cominciò a parlare ai cani di Arlo e di Artie. Di lì a poco i cani sapevano tutto anche di suo padre e sua madre, di Hap e di Thea. Non di Vera, però. Scoprì di essere troppo imbarazzato per confessare il tradimento a quegli ammassi di pelo sbavanti e sempre più grossi, che lo avrebbero adorato anche se avessero compreso i suoi limiti morali.

8

Quando Hap rientra trova la casa silenziosa. Vera è nella loro camera, e sta leggendo a Pete uno dei suoi libri sugli uccellini, e sono entrambi sdraiati sul letto. Non si è accorta che il bambino si è addormentato col mignolo infilato in bocca.

"Ehi," dice Hap.

"Ehi." Vera sorride, ma solo con la bocca. Il che, di per sé, non significa niente. Hap sa che non gli sorride davvero da mesi, anche se non sa bene perché.

"Sei vestita per uscire," le dice. Si è messa un prendisole azzurro, gli orecchini, i tacchi alti.

"Possiamo uscire a cena? Non ho voglia di cucinare."

Hap dal canto suo non ha voglia di tornare in mezzo alla gente, ma Vera ottiene quello che vuole. Lui annuisce e visto che Pete dorme si siede delicatamente sul bordo del letto, sistemando il piumone. "È tornato March," dice. Non vuole darle l'impressione di averlo detto per vedere la sua reazione. Vera si limita ad annuire.

"Ho sentito. Ho incontrato Hayden all'ufficio postale."

Hap le racconta quello che è successo la mattina, sapendo che prima o poi lei lo verrà a sapere comunque, e perché vuole presentarglielo come un episodio bizzarro da condividere, non come un attacco anche a lei. Aveva accettato le sue scuse prima della nascita di Pete. Non può tornarci su adesso. Ma è ancora preoccupato. È rientrato a casa chiedendosi quando si incontreranno quei due, visto che prima o poi dovrà succedere, anzi, potrebbe essere già successo.

Ma almeno sembra che Vera trovi il racconto comico. Si mette a sedere e lo ascolta, le labbra che disegnano una smorfia divertita. Fanno finta di poter parlare di March come se non avesse più nessun effetto sul loro matrimonio, come se si trattasse di una vita passata in cui erano tutti persone diverse.

Va a farsi una doccia, lasciando madre e figlio da soli, ed è ancora a disagio. Quando ha finito, Pete è sveglio e Vera sta preparando la borsa per i pannolini con una mano sola mentre con l'altra regge il bambino su un fianco. Lui prende in braccio il piccolo e lo bacia sul naso. Suo figlio, che ha il suo stesso cuore, non il cuore guardingo di Vera. Pete, che strilla subito se vede un cane ferito o se qualcuno gli si rivolge in tono non proprio affettuoso. Che se vede uno dei due genitori triste corre a offrirgli uno dei suoi giocattoli. Aveva sperato che avere un figlio insegnasse a Vera che la bontà non è sempre una forma di martirio. Che può essere puro istinto, un cuore che sente subito quello che prova un altro cuore, anche senza volerlo. Ma lei ha deciso di considerare quel tratto di Pete il risultato del tipo di educazione che viene da Hap e che reprime la natura del figlio. L'ennesimo motivo di dissidio.

Vera è davanti a lui con la borsa dei pannolini e la borsetta. "Pronta," dice.

Hap non riesce a decifrarne i pensieri. Una volta tanto decide di chiederle quello che ha in mente senza preoccuparsi della reazione. "Cosa vuol dire per te che March sia tornato?" dice.

"Sai bene che il problema non è mai stato March. Si trattava di noi, di me. Quindi il suo ritorno non vuol dire granché, a parte il fatto che dovremo fare i conti con le solite stronzate della tua famiglia. E avrò addosso gli occhi di tutto il paese." Schiude le labbra per dire qualcos'altro, ma invece di parlare respira a fondo. Poi trattiene il respiro e dice: "Il nostro matrimonio adesso non ha niente a che fare con tuo fratello. È..." Si zittisce quando Pete allunga una manina verso di lei. È bastato il suo tono cupo a far irrigidire il bambino tra le braccia di Hap. "Non dovremmo parlarne davanti a Pete," dice Vera. "Capisce un sacco di cose, ormai. Aspetta, lo metto nel box e accendo la TV."

Come il bambino, anche Hap è teso. Anche se è stato lui a iniziare, non ha nessuna voglia di ascoltare le riflessioni di Vera che analizza ogni difetto del loro legame. "Ne parliamo più tardi, promesso. Adesso andiamo a cena. Andiamo in quel ristorante italiano a Bullinger, così evitiamo la gente di qui."

"Ok, vada per il ristorante italiano." Vera lo conosce abbastanza da sentire il *ti prego* implicito nel tono del marito. "Sei stupito che sia tornato?"

"Ho sempre pensato che sarebbe tornato, magari fra un anno o due ma alla fine sarebbe tornato," dice Hap. "Quando ha lasciato l'esercito si dev'essere reso conto che non sta bene da solo. Che non sta bene quando gli altri si aspettano da lui più di quanto possa dare. Io non lo voglio qui, ma questo probabilmente è il posto migliore per lui. March è una versione violenta del matto del villaggio, quello di cui tocca prendersi cura."

È convinto che quella cattiveria intenzionale le strapperà un sorriso. Ma lei si limita a dire: "Se le cose stanno come dici è deprimente."

"O confortante," dice lui. Poi si gira di scatto e va verso la cassettiera, con Pete che ride per la velocità con cui si muove. Apre il portagioie di Vera. "Ti metti la spilla?" È così sollevato quando lei fa segno di sì, quando se la lascia appuntare sul vestito.

L'ORIGINE DI HAP E VERA

... e il fuoco coperto, quanto più vien coperto, tanto più divampa.
Ovidio

La prima volta che Hap vide sua moglie fu la sera del suo ventunesimo compleanno. Lei faceva la barista in un locale vicino al campus dell'Università di Houston. Aveva già sentito parlare di lei, perché era stata per un certo periodo con un suo amico che studiava arte con lui. Nel corso dell'anno dopo era uscita con un paio di altri amici di Hap, i due più attraenti. Hap era quasi sempre stato con ragazze più belle di lui. Aveva una gentilezza e un'attenzione che compensavano il suo aspetto esteriore. E i chili in più, soprattutto da giovane, lo facevano sembrare più robusto, più solido. Un rialzo nel tacco della scarpa nascondeva il fatto che avesse una gamba leggermente più corta dell'altra. Ma non si era mai sognato di chiedere a Vera di uscire con lui. Le ragazze attratte dalla sua gentilezza erano a loro volta gentili, e Vera non era gentile. E poi era di gran lunga la donna più bella che avesse mai visto, sia nella vita reale sia nei dipinti che studiava per migliorare il suo stile.

Gran parte di quello che sapeva di Vera era dovuto al fatto che la ascoltava parlare con i suoi amici. Serviva loro una birra, e quelli si sedevano sugli sgabelli davanti al bancone e cercavano di conoscerla meglio. Lei chiacchierava perché voleva dire mance più alte, cosa non sempre facile in un bar pieno di studenti universitari.

E così Hap aveva ascoltato le stesse storie innumerevoli volte, seduto accanto a innumerevoli amici. Era di Lubbock ma dopo il diploma si era trasferita a Houston. Il suo insegnante di arte drammatica alle superiori, che aveva passato due anni a cercare di portarsela a letto, le aveva consigliato di trasferirsi a Los Angeles o a New York. Ma Vera era un tipo pragmatico. Sapeva che le sue chance erano limitate. Non aveva talento per la recitazione. Fare la modella significava andare a New York, e a New York era freddo. Aveva sempre detestato gli inverni rigidi del Panhandle. Cresciuta senza mezzi da una madre single, sapeva cosa voleva, e faceva in modo di desiderare solo ciò che poteva ottenere. Un clima più mite, verde e alberi, niente neve o venti gelidi. Avrebbe preferito la Florida, ma poteva anche accontentarsi di Houston. Voleva solo sposare un buon partito, avere una bella casa, farsi una famiglia. In due, lei e sua madre, erano sempre state come una squadra a corto di giocatori.

A volte, quando le chiedevano del passato, raccontava una bugia: diceva che era nata a Key West, o che era tornata dall'Alaska dopo un matrimonio sbagliato, o persino che aveva già un figlio. Nel dirlo guardava apertamente Hap e sorrideva. Erano le uniche volte in cui lo guardava, a parte quando lui ordinava e pagava. Quel sorriso gli diceva che l'uomo seduto lì accanto non aveva nessuna possibilità.

Fu una di quelle sere che Hap venne a sapere che era nata a novembre. Quel semestre seguiva un corso di oreficeria e le fece una spilla, un grande sole di topazio arancione che brillava su una distesa di neve invernale. Una manciata di minuscoli frammenti di specchio formava una serie di rigagnoli argentei che rivelavano lo smalto verde iridescente sotto la neve. Il giorno del compleanno di Vera si presentò al bar da solo, il primo cliente del suo turno.

"Buon compleanno." Posò sul bancone un minuscolo astuccio di rame, fatto da lui anche quello.

Lei guardò scettica il regalo, poi guardò lui.

"Non mi piaci," gli disse. Non l'aveva mai guardato così a lungo prima di allora.

"Non avevo dubbi."

"Non m'importa quanto hai speso per quello che c'è dentro l'astuccio. Con te non esco comunque."

"Mica te lo stavo chiedendo. E il materiale mi è costato in tutto meno di cinquanta dollari."

Questo la fece sorridere. "Anche se volessi, e non voglio assolutamente, mi vedo con un avvocato da due mesi."

"Lo so. L'ho visto che ti viene a prendere quando finisci il turno."

"E quindi mi fai questo regalo per pura bontà di cuore?"

"Sei stata tu a ispirarmi. Nessuno può apprezzarlo quanto te." Fece ruotare l'astuccio sul bancone.

Vera rimase in silenzio davanti a lui dall'altra parte del bancone per almeno trenta secondi. Hap non si scompose, limitandosi ad appiccicarsi in faccia un vago sorriso d'attesa. Alla fine lei cedette, curiosa suo malgrado. Aprì il coperchio dell'astuccio metallico, scostò la carta velina e prese il regalo.

"Mia madre ha ereditato una spilla da mia nonna. Ma non l'ha mai messa," disse Vera, "perché era troppo antiquata. Come tutte le spille." Però la tolse delicatamente dalla scatola, e Hap si accorse che nonostante quello che stava dicendo le sue mani non avevano intenzione di lasciarla andare. La teneva tra le dita, allontanandola dal bancone appiccicoso.

"Il topazio citrino è la mia pietra natale," disse.

"Lo so. È anche la pietra dell'amicizia."

Finalmente Vera alzò gli occhi. "È anche la pietra dello stato dell'Utah, se vogliamo fare una lista di cose irrilevanti."

"Non posso voler essere tuo amico?"

Vera strizzò gli occhi come se non riuscisse a metterlo a fuoco. "Sei davvero convinto che sia quello che vuoi?" Infilò la scatola sotto il bancone e si mise ad affettare lime sul lato opposto.

Fu in quel momento, dopo la diagnosi di Vera, che Hap capì di essere innamorato. Non fu bello rendersene conto, e si stupì della propria capacità di ingannare sé stesso. Prima non lo sapeva, ma adesso lo sentiva.

Rimase seduto a un tavolino in fondo alla sala, vicino a un videogioco guasto, per il resto della serata, alzandosi solo per prendere qualcosa da bere quando era libera l'altra barista. Però la guardò mentre si preparava per uscire alla fine del turno. La vide prendere l'astuccio di metallo e contemplare di nuovo la spilla prima di metterlo nella borsetta. Poi guardò verso di lui, perché sapeva benissimo a quale tavolo era seduto, e lui incrociò il suo sguardo. Vera scosse la testa, ma Hap si sentì incoraggiato perché più che un gesto di rifiuto sembrava confusione.

Sei mesi dopo, quando alla fine lei accettò di uscire con lui, vide di nuovo l'astuccio. Era su una mensola nell'appartamento di lei, sistemato come se fosse un'opera d'arte. Ma quando Vera uscì dalla stanza e Hap lo aprì era vuoto. Fu solo qualche settimana dopo, quando riuscì a entrare nella sua camera da letto, che vide la spilla sulla cassettiera. Quella notte, a letto, lei gli disse: "Quando guardo quella spilla so che tu mi vedi. Non vedi il mio aspetto. Vedi me."

Allora Hap sentì di amarla ancora di più per la tristezza implicita in quella frase. Per quanto era importante che lui fosse in grado di isolare quel dettaglio da lei e riprodurlo, come distillato. La cosa che chiunque avrebbe potuto cogliere se gliene fosse importato.

A Vera l'aspetto di Hap non creava problemi, anche se era sempre uscita con uomini prestanti. Sapeva meglio di chiunque che divario può esserci tra l'aspetto di una persona e la sua vera identità. Le era chiaro che gli uomini potevano amarla senza sapere assolutamente nulla di lei. Il fatto di voler bene a Hap senza il beneficio aggiunto della bellezza la convinse che quello che c'era tra loro fosse ancora più importante. La fece sentire più che bella e basta. Ma non essendo mai stata innamorata, innamorata fino in fondo, pensava di non correre il rischio di innamorarsi di lui.

Una sera, quando la loro storia andava avanti già da due mesi, stava controllando gli incassi prima di uscire dal bar, con le porte del locale già chiuse. Hap era arrivato mezz'ora prima della chiusura per tenerle compagnia e accompagnarla a casa in macchina. Stava bevendo una root beer, con una cannuccia infilata nella lattina di alluminio, e lei si lamentava del cliente che le aveva messo le mani addosso mentre preparava un daiquiri. L'uomo, quasi un cliente fisso, già tendeva a toccarle troppo spesso e troppo a lungo la mano quando lei gli serviva da bere o gli dava il resto. Quella sera si era infilato dietro il bancone mentre lei era voltata e le aveva piazzato le mani sui fianchi, e poi gliele aveva fatte scivolare davanti, nelle tasche. Lei si era così spaventata che aveva rovesciato il frullatore acceso spruzzando ghiaccio, sciroppo e rum per tre metri oltre il bancone, schizzando una decina di clienti sulla schiena. Prima che avesse il tempo di girarsi, il cameriere – due metri d'altezza per centocinquanta chili – aveva già agguantato il tizio e l'aveva steso sul bancone, in mezzo al mucchio di ghiaccio e fragole surgelate, come se volesse usarlo a mo' di straccio. Poi con uno spintone l'aveva buttato dall'altra parte. Una bella soddisfazione, anche se Vera sapeva che non l'aveva fatto certo per lei. Era incazzato perché toccava a lui pulire quel disastro, e anzi Vera doveva essere contenta che se la prendesse con quello stronzo e non con lei che stava usando il frullatore. Niente solidarietà nemmeno dai clienti, che se non stavano cercando di ripulirsi degli schizzi appiccicosi si godevano lo spettacolo.

A quel punto non vedeva l'ora che arrivasse Hap. Lui avrebbe capito, e avrebbe mostrato comprensione anche per tutti quelli che cercavano di prendersi un pezzo di lei senza chiedere il permesso, senza nemmeno avvertirla. Una cosa che Hap non avrebbe mai fatto a una donna. E lui mantenne le sue aspettative, la ascoltò attento e poi le disse: "Il mondo deve essere un posto difficile per una donna bella come te."

Gli altri avevano sempre considerato la sua bellezza un dono straordinario, da invidiare o da desiderare, a seconda dei casi. Sentiva le donne al bar lamentarsi con le amiche, l'orrore di essere troppo vecchie, troppo brutte, troppo grasse, troppo magre. Non si rendevano conto del dono che è per una donna non essere vista, sfuggire all'attenzione del mondo? Quelle donne non erano costrette ad affrontare un'intera città piena di uomini convinti di poterla avere solo perché la desideravano, come se la sua bellezza aprisse il lucchetto della persona che era, lasciandola a disposizione di chiunque.

Non l'aveva mai capito nessuno. Neppure sua madre, che, brutta e resa ancora più brutta da una vita difficile, non poteva che essere contenta per la figlia, certa che la vita di Vera sarebbe stata più facile, migliore della sua. E invece ecco qui quest'uomo, quest'uomo tarchiato e per nulla attraente, che però la capiva. La capiva, anche se per gli uomini non vale. Il mondo in effetti è più facile per un uomo attraente, per un uomo più bello di Hap.

L'aveva detto come se fosse un fatto inconfutabile, poi le aveva rivolto un sorriso, come se si rendesse conto che quelle parole avevano cambiato qualcosa in lei. Vera capì di essere davvero innamorata di lui, non solo un po'. Lui sorrise, come se le vedesse quell'amore scritto in faccia, poi si sporse sopra il bancone e la baciò.

9

Arlo riesce a infilare la macchina in un posto strettissimo nell'isolato dopo quello del Terpsichore, l'unico che ha trovato perché è venerdì sera e sono tutti in giro. Prova a richiamare March al nuovo cellulare che gli ha dato Artie, ma scatta subito la segreteria telefonica. Non vuole irritarsi: vuole solo riprendere da dove si sono interrotti, far finta che gli ultimi due anni, durante i quali March è sparito e Arlo glielo ha permesso, non siano mai esistiti. È difficile farlo, però, quando gli torna in mente quanto poco sono riusciti a essere buoni amici, lui e March.

Bene. Entrerà da solo. Non sarà l'unico a essere solo lì dentro. L'edificio in cui si trova il Terpsichore è stato costruito negli anni venti per ospitare un cinema all'avanguardia. Quando Arlo era bambino ancora tirava avanti, poi un incendio nella cabina di proiezione aveva distrutto il primo piano. Era rimasto vuoto per più di un decennio, finché un tale pieno di soldi con una passione per il burlesque che si era appena trasferito lì da Fort Worth l'aveva resuscitato come cabaret.

Visto che è appena cominciato il fine settimana c'è una discreta folla, compresa una breve fila davanti ai bagni nell'atrio, dove c'è una di quelle vecchie macchine per i popcorn che scoppiettano tutto il tempo. Entra dalle porte a vento e si va a sedere all'estremità del bar più vicina al palco, e ordina il primo bourbon della serata. Le ballerine sono un po' meglio di quanto si aspettava, anche se non ne riconosce nessuna. Forse perché hanno tutte una decina d'anni meno di lui, o forse perché in mancanza di talenti locali le fanno arrivare da Houston.

Non vede Laurel da anni. Dopo l'università non è più tornata a Olympus, per quel che ne sa lui. Nella sua testa è sempre la ragazza che ha notato per la prima volta alle superiori. Se Artie gli avesse detto che Laurel faceva la spogliarellista in un club di Houston probabilmente il suo cuore adolescente sepolto in fondo al suo cuore adulto non avrebbe potuto sopportarlo. Ma qui al Terpsichore potrebbe perfino indulgere nella fantasia che gli verrà presentata. Se beve abbastanza e abbastanza in fretta. Ordina un altro doppio bourbon, reprimendo il pensiero che non dovrebbe assolutamente essere lì, che March avrebbe potuto dissuaderlo se solo l'avesse richiamato. Che Artie non avrebbe dovuto proprio nominarla, Laurel.

Quando Arlo aveva notato Laurel nel parcheggio delle superiori, il secondo giorno del suo ultimo anno di scuola, era sicuro di non averla mai vista. In realtà cinque anni prima si era trovato seduto vicino a lei in tribuna ad assistere a una partita di softball in cui giocava Artie, e qualche anno prima di quella partita era in fila al Dairy Queen dietro di lei, ma non ci aveva fatto caso. Purtroppo per lui, Laurel ci aveva fatto caso eccome.

Come poteva sapere che due anni prima Laurel si sedeva spesso sul letto della cugina e la ascoltava parlare di Arlo, il suo nuovo ragazzo? Poi, qualche mese dopo, quando lui aveva mollato la cugina, Laurel aveva passato ore e ore a consolarla e compatirla, accumulando un arsenale di rivelazioni sulla natura immorale di Arlo, un ragazzo con cui non aveva mai scambiato una parola.

E così, quando lui aveva cercato ripetutamente di parlarle, Laurel non gli aveva nemmeno risposto. Il suo viso si induriva, e lei andava via e basta. Per Arlo era diventata un'ossessione, l'idea che lei fosse irraggiungibile lo spiazzava. Gli bastava vederla da lontano per ritrovarsi un sorriso stampato in faccia. Seduto al Terpsichore anni dopo, Arlo si rende conto di essere uno stereotipo: è un uomo che vuole solo ciò che non può avere. Non lo diverte essere un bambino viziato, o peggio un uomo dal cuore così perverso che trama contro di lui per proteggersi, perché soltanto quando è solo si sente al sicuro.

La musica cambia, violini. La versione di *I Put a Spell on You* di Nina Simone. Ed eccola lì sul palco. Laurel. Aveva dimenticato il suo modo di muoversi, quel lieve passo elastico, da bambina. Solo che non ha niente di infantile con quel vestito di velluto aderente lungo fino a terra, i guanti che arrivano quasi alle maniche ad aletta. Quando si sfila il primo, lui si alza dallo sgabello e va a sedersi su una poltroncina da cinema vicino alla passerella, un'estensione del palcoscenico che sale formando una curva e taglia in due la platea. È abbastanza vicino da vedere che non assomiglia tanto a Laurel quanto a una donna che gli ricorda vagamente la ragazza che conosceva. Lei si sfila anche il secondo guanto, poi alza le braccia per abbassare la cerniera sulla schiena e continua a camminare sulla passerella. Mentre parte l'assolo del sassofono, il ricordo che ha di lei si cristallizza in questa nuova versione, e Arlo ha di nuovo diciassette anni.

Proprio quando arriva alla sua altezza lei si ferma per sfilarsi il vestito. Ecco la sua gamba, bianca e coperta di lentiggini e così vicina da poterla toccare. Arlo è sempre stato in grado di controllarsi, ma quando Laurel si volta lentamente verso il capo opposto della passerella si accorge che il suo corpo si sta alzando in piedi. È come se fosse vittima di un incantesimo. Il suo stivaletto si posa sul vecchio bracciolo di legno, che scricchiola sotto il suo peso. L'altro è salito sul palco, ma in quel momento lui vede solo la pelle nuda di Laurel. Lei gli dà le spalle, non si è nemmeno accorta che è dietro di lei. Le mani di Arlo si allungano, e solo allora si rende conto del silenzio che è sceso tra il pubblico. Oltre alle chiacchiere si è interrotta anche la musica. Poi si sente un lungo mormorio di disapprovazione, e un altro. Ma nemmeno questo basta a fermare le sue dita che affondano, tutte e dieci, nella morbidezza dei fianchi di lei. Laurel non si ferma; si limita a ritrarsi tutta in sé stessa, come se avesse il potere di ridurre il proprio volume. Una mano di lui le scivola sul ventre, seguendone la curva, l'altra le avvolge il torace. È sul palco da pochi secondi soltanto, ma la vicinanza di Laurel e la sensazione di fluttuare che gli provoca il bourbon gli danno l'illusione che quel momento sia eterno.

Un buttafuori salta sulla passerella all'estremità opposta. Arlo non vede il gomito di Laurel che viaggia verso la sua faccia, lo sente e basta quando gli colpisce la bocca ancora sorridente, facendolo barcollare. Proprio in quel momento li raggiunge il buttafuori, un uomo alto che lo afferra mentre arrivano le ultime note della canzone.

Laurel si gira e Arlo la vede cambiare espressione appena lo riconosce. Il buttafuori lo trattiene ancora ma nessuno dei due si aspetta che Laurel molli ad Arlo un calcio all'inguine. Lui si sposta su un lato e si piega in due, con tutto il peso sul piede che adesso è mezzo fuori dal palco, e alla fine perde l'equilibrio. Cadendo si aggrappa al bordo di legno della passerella e si infilza la mano con un chiodo scoperto che gli lascia uno squarcio nel palmo. Cade con un tonfo su due poltroncine rimanendo senza fiato, mentre il buttafuori salta giù dal palco. L'uomo lo rimette in piedi con uno strattone, e Arlo fa in tempo a vedere Laurel che lascia il palcoscenico a testa alta, avanzando con dignità in mutandine e copricapezzoli, mentre un inserviente raccoglie i vestiti che ha lasciato dietro di sé.

Dieci minuti più tardi, dopo essere rimasto prigioniero per un po' da solo nell'ufficio del gestore, Arlo è sul marciapiede col buttafuori. Gli hanno permesso di lavarsi il taglio sulla mano, ma sullo strofinaccio che ha usato per fasciarsi sta già affiorando un circoletto rosso.

"Abbiamo un po' insistito e Laurel ha rinunciato a sporgere denuncia," dice il buttafuori. "Ma non farti vedere per un po'. Il capo dice che non vuole fare incazzare Peter, ma apprezzerebbe se avessi il buonsenso di non ripresentarti."

Arlo apre la bocca per articolare qualche suono di assenso, ma dalle labbra non gli esce niente. Il Terpsichore dev'essere una delle proprietà di Peter. Tanta indulgenza la deve a una persona a cui non vorrebbe dovere niente. Un'umiliazione dietro l'altra. Riesce a far sì con la testa, poi rimane solo.

Mentre torna alla sua Ford Bronco, vorrebbe disperatamente trovarsi di nuovo nella cucina della sorella, a guardarla strofinarsi addosso quel ridicolo pesce, fare un rewind di tutta la serata per non doversela ricordare. Mentre apre la portiera della macchina tira fuori il telefonino e vede finalmente un messaggio di March, troppo tardi perché possa servire a qualcosa. Si infila dentro, appoggiando la mano ferita al volante, e ascolta il messaggio.

March ha un tono abbattuto, ma Arlo non riesce a capire se dipende dal fatto che non si parlano da tanto tempo o se c'è qualcosa che non va. "Mi dispiace, non ho sentito la tua chiamata. Sono contento di sentirti." Pausa. "Adesso sono dai miei, fammi sapere se vuoi che ci vediamo più tardi. O domani." Altra pausa. "Forse meglio domani." Arlo sente Peter che dice qualcosa in sottofondo. June risponde. Possibile che gli abbiano perdonato di aver incasinato la vita della moglie dell'altro figlio? Per Arlo è inconcepibile, ma le scelte di Peter o di June lui non le ha mai capite. "Spero che tu sia in giro con Artie e Ryan e ti diverta troppo per rispondere. Cerca di essere gentile con lui. Per lei è importante."

Arlo stringe il volante, dimenticandosi della mano, e tutto quello che sente è il dolore e lo spessore dello strofinaccio. L'uomo per cui sua sorella l'ha scaricato ha un nome, ovviamente, ma come fa March a saperlo, considerato che è tornato a Olympus soltanto da dodici ore? Perché Artie non gli ha detto quanto è importante quel tipo per lei, e invece l'ha detto a March? L'ha mandato lì per farlo uscire di casa, come se fosse d'intralcio? No, si dice. È il bourbon a mettergli in testa quelle cose. Non è Artie.

Parte e attraversa in macchina Olympus, passando davanti al municipio e alla stazione di polizia, un occhio al limite di velocità perché sa bene di aver superato alla grande il limite alcolico consentito. Il sole è tramontato da un'ora, e le strade sono tranquille, con la gente a casa o nei ristoranti e nei bar. Mentre imbocca la strada per uscire dal paese e andare a casa di sua sorella, vede le luci del campo da baseball a un chilometro e mezzo da lì, una partita della Little League fuori orario.

Gli brucia lo stomaco, ma lo attribuisce al fatto di non aver cenato. Dovrebbe fermarsi a mangiare qualcosa. Dovrebbe chiamare March e uscire a cena con lui. Dovrebbe riuscire ad allentare la tensione che sta montando dentro di lui. Ma non fa niente di tutto questo. Invece spegne i fari della macchina e imbocca il lungo viale d'accesso della casa di Artie, una strada bianca. Vedendo le luci accese, lascia la macchina vicino al viale e prosegue a piedi. Parcheggiato vicino alla Jeep di Artie c'è uno schifo di pick-up Toyota fine anni ottanta, e dalle finestre davanti Arlo vede la TV accesa. La casa è priva di tende o veneziane, perché Artie vuole che da dentro si veda il più possibile di quello che c'è fuori. Anzi, ha addirittura portato dentro quel che c'è fuori, ficus e dieffenbachia, vasi di felci e violette africane sorvegliate da teste di cervi e alci e un'antilope africana.

Ci sono altre due teste, di profilo, sul divano. Poi Artie si alza, tira un braccio maschile e con un gran sorriso stampato in faccia sventola le chiavi della macchina sotto il naso di un uomo. Finge di mollargli un pugno, lo manca alla grande e apre la bocca in quella che dev'essere una risata. Poi di colpo si rilassa e guarda l'uomo con un'espressione che Arlo non le ha mai visto prima.

Come i musicisti di talento, la conosce bene, però. Non è solo attrazione, ma adorazione. La cosa che distingue l'amore che uno nutre per la famiglia da quell'altro tipo di amore. Artie è innamorata, e non voleva che Arlo lo sapesse. Per questo non vuole dargli una mano col tour. Per questo l'ha messo sulle tracce di Laurel.

Prima non l'ha mai disturbato il fatto che la sua unica casa non sia in effetti sua. Non paga parte del mutuo né le bollette, non ha voce in capitolo riguardo ai mobili o alla loro disposizione. Ma casa sua è sempre stata Artie, e lì si sente a suo agio come se la casa gli appartenesse di diritto. Senza che lei glielo avesse mai detto, sapeva che sarebbe stato sempre accolto a braccia aperte. Adesso però, lì fuori, guarda dentro e non è più tanto sicuro. Non si era reso conto di essere così dipendente da sua sorella. È sempre stata così affidabile che non ha mai avuto motivo di domandarsi cosa sarebbe successo se le cose tra loro fossero cambiate.

Si è comportato in maniera orrenda stasera, lo sa, ma almeno quello che ha fatto non era premeditato. E non era contro la persona che più di tutte vuole difendere dal male. Si volta verso la macchina, e si rende conto che non ha un posto dove andare.

SABATO

1

Dopo aver fatto colazione con quel chiacchierone di suo padre e sua madre che invece non ha detto una parola, March va a riprendersi gli scatoloni da Hayden e poi raggiunge la vecchia casa, che adesso è di nuovo sua. Si trova nella zona nord di Olympus, non lontano da dove le case finiscono del tutto e cominciano i campi di fieno. Lui e i cani scendono dal pick-up e si trovano di fronte l'edificio a un solo piano costruito intorno al 1920. È fortunato ad avere una casa del genere – allora e adesso – perché le proprietà che affitta suo padre sono quasi tutte case degli anni settanta e ottanta, in stile ranch, con la moquette e il soffitto basso, piuttosto deprimenti. Questa invece ha porte con spessi stipiti di legno, pavimenti di legno massiccio e una serie di comodità moderne compresa l'aria condizionata, che March accende appena entrato. I cani perlustrano le stanze una dopo l'altra, annusando dappertutto, prima di insediarsi su un vecchio tappeto azzurro peloso in una delle camere da letto, troppo brutto perché gli inquilini di prima lo portassero via. "Il vostro tappeto, la vostra stanza," dice March. "Tutti per voi."

Li lascia lì con gli scatoloni, risale in macchina e si dirige verso l'officina di Hap. La sera prima June è stata tollerante, ma sa benissimo che non sarà contenta del suo ritorno finché non si metterà d'impegno a sistemare le cose col fratello. Si sente come un idiota arrestato per incendio doloso che dopo essere stato rilasciato sulla parola cerca subito di dar fuoco a qualcosa. Non sapendo se Vera ha davvero intenzione di lasciare Hap, deve assolutamente porre le basi per la loro riconciliazione prima che lei lanci il fiammifero. E deve anche pregare che non faccia il nome del complice.

L'officina di Hap occupa cinque grandi capannoni, con le porte aperte al calore estivo, e quattro sono pieni di macchine. March parcheggia su un lato, vicino a un'insegna che dice BRISCOE CARROZZERIA E RIPARAZIONI. Sotto l'insegna è appesa una delle sculture di metallo del fratello, che evoca un'automobile ma anche un'onda che sta per abbattersi. Sette anni prima, quando aveva appena aperto, Hap esponeva lì i suoi lavori, e ogni tanto riusciva anche a vendere qualcosa. Senza sapere perché, i clienti erano attratti dalle sue sculture. Hap però aveva notato che alcuni dei suoi dipendenti erano sconcertati, e prendevano le distanze da lui. Adesso le vende online, e fa qualche rara mostra a Houston o a Dallas, dove può chiedere una cifra adeguata senza che il cliente scoppi a ridere incredulo come fanno a Olympus. Una volta March aveva chiesto a Hap se non gli mancava la libertà di vivere in una grande città, dove avrebbe potuto dedicarsi solo alle sue sculture, e Hap gli aveva risposto che gli sarebbe mancata la libertà tanto più grande di fare l'artista senza dover dipendere da quello per vivere. A quanto pare Olympus è un posto attraente per Hap, March e Artie quanto è respingente per Thea e Arlo.

March vede Hap accovacciato vicino a una Mercury Sedan in uno degli ultimi box. Ignora gli uomini, che mentre lui si avvicina al fratello interrompono quello che stanno facendo, sollevano gli elmetti e smettono di martellare. Quando è a meno di dieci metri di distanza, Hap si alza, probabilmente per capire la ragione del silenzio. Quando vede March lo guarda torvo e grida: "Be', se avete deciso tutti quanti che è ora di fare una pausa, fatela e basta." Invece del silenzio adesso si sente il rumore degli attrezzi che vengono posati, il parlottare degli uomini, anche se March indovina che la metà di loro vorrebbe rimanere dov'è. Chissà se c'è anche Ryan, ma non gli sembra la domanda giusta da fare per dare inizio alla conversazione.

Hap torna ad accovacciarsi e a smontare un fanale posteriore dalla macchina di cui si sta occupando. "La tua è sul retro. Lionel è convinto che adesso sia sua, ma sono sicuro che puoi prendere quello di cui hai bisogno. Perché se pensi di prendere qualcosa da me ti garantisco che non lo avrai." Lo dice senza guardare il fratello. Una volta rimosso il fanale ha infilato il braccio dentro per tastare l'ammaccatura nella parte posteriore della fiancata. Le conversazioni con lui sono sempre state così. Devono essere impegnati in qualcos'altro mentre parlano, essere concentrati su qualcosa per non essere costretti a incrociare gli sguardi.

"Posso darti una mano?" dice March. Hap lo ignora. "Mi dispiace," insiste. Hap continua a mostrargli solo il profilo, e March si accorge che il livido rosso che ha sullo zigomo, la prova della scazzottata di ieri, sta assumendo una sfumatura viola. Tornare a casa vorrà dire anche dover riconoscere il dolore che infligge agli altri, sia quello che ricorda sia quello che non ricorda. "So che quello che ho fatto è imperdonabile, perciò non mi aspetto che sia tu a liberarmi dal peso. Ma pensi di riuscire a sopportarlo se torno a vivere qui?"

"Perché, se dico di no te ne vai?"

"Sì," dice March, anche se non ha riflettuto su quella possibilità e non è sicuro che la risposta corrisponda alla verità. È una vita che il fratello non fa che perdonarlo, come fa ad aspettarsi qualcos'altro?

L'unico rumore nell'officina è il cigolio metallico che fa il braccio di Hap contro il telaio della macchina dall'interno. "Prendi la pistola ad aria calda e passala sopra questa ammaccatura. Fa' attenzione alla vernice. Questo per quanto riguarda la prima domanda. Quanto alla seconda, sono indeciso."

March rilassa leggermente le spalle, e deve stringere le labbra per evitare che si incurvino in un sorriso. Prende la pistola, inserisce la spina nella presa e incomincia a scaldare il metallo. Lavorano in silenzio per cinque minuti, Hap usa un lungo aggeggio sottile per rimettere in forma l'ammaccatura da dentro.

"Non ho intenzione di mentirti," dice. "Preferivo se restavi dov'eri. Soprattutto adesso che c'è Pete."

March vorrebbe dire al fratello che gli farebbe piacere passare del tempo con suo nipote, gli piace l'idea di loro tre insieme, vedere il fratello nel suo ruolo di padre, un ruolo nel quale non riesce neppure a immaginare sé stesso. "Voglio smetterla di distruggere tutto," dice, e si rende conto di quanto sarebbe tutto più facile se ci riuscisse.

Hap finisce di sistemare l'ammaccatura e dice a March di spegnere la pistola ad aria calda. Nel tentativo di consolare un po' il fratello, e di alleggerire il proprio senso di colpa, March aggiunge a voce bassa: "L'amore non c'entrava niente."

Hap si gira come una trottola e di colpo gli è quasi addosso, a pochi centimetri dalla faccia. "Ho passato la vita a reprimere le mie emozioni per fare posto alle tue, a fare quello che era meglio per te senza nessuno che si preoccupasse di quello che era meglio per me." Il metallo fa riecheggiare la voce di Hap, la trasporta fuori, oltre le porte aperte del capannone. "E la ricompensa? Un fratello che fa a pezzi il mio matrimonio, e oltretutto non è nemmeno innamorato."

"Ti meriti un fratello migliore, lo so." March fa un paio di passi indietro. "Ma davo per scontato che al mio ritorno tu e Vera sareste stati divorziati, che lei non abitasse più a Olympus. Che magari ti fossi risposato, e allora sarebbe stato più facile perdonarmi, perché saresti stato felice."

Dalla bocca di Hap esplode una risata, però March si rende conto che più che divertito è sorpreso. Suo fratello gli si fa sotto di nuovo, e March alza le mani come per arrendersi, anche se la pistola che gli si sta raffreddando in mano potrebbe dare tutt'altra impressione.

"Pensavi di tornare e di trovarmi grato e contento?" Gli strappa di mano la pistola e March si ritrae, finisce contro la macchina alle sue spalle.

"Se la metti così..." Gli s'incrina la voce. "Non ho mai smesso di pentirmi per quello che ho fatto. E adesso ancora di più." Adesso che l'ha rifatto. Adesso che vede quello che non può vedere Hap, il danno ancora maggiore che si prepara e aspetta solo di esplodere.

"Vattene di qui," dice Hap, indicandogli la porta del capannone. E March se ne va, prima che la voce di Hap raggiunga tutto il paese.

2

"Quando mi sento indulgente mi dico che Peter si è disintossicato da tredici anni. Solo che invece che all'alcol ha rinunciato alle donne."

June e Cole sono seduti a bere tè freddo sulla terrazza, perché la giornata è abbastanza coperta da non dover stare per forza all'ombra. Sono solo le undici del mattino, ma dopo ore passate a occuparsi dei vitelli sono entrambi sporchi e sudati. A June non importa di quando tornerà a casa Peter. Non le importa dell'aspetto che ha (terribile) o dell'odore che ha addosso (di mucca). Non si sta divertendo perché è impegnata a flirtare con un estraneo o quasi. Si sta divertendo perché la mancanza d'attrazione per quell'uomo le permette di parlare liberamente, o almeno così crede. Non ha poi tante amiche con cui confidarsi. Le donne che conosce si dividono in quelle che la compatiscono, quelle che la giudicano e quelle che la compatiscono e la giudicano. E poi, dopo lo scambio di ieri, tornare a parlare del più e del meno sarebbe come mangiare qualcosa in piedi quando ti offrono un pranzo di cinque portate.

"Dubito che un paese di queste dimensioni abbia un gruppo di sessodipendenti anonimi," dice Cole.

"Già. L'anonimato e un paese di queste dimensioni si escludono a vicenda." Dopo aver svuotato il bicchiere June fa tintinnare i cubetti di ghiaccio contro il vetro. "È poi non è quello il problema di Peter."

"Tredici anni e usi ancora il presente?"

"Non dicono che un alcolista è un alcolista per tutta la vita?"

"Giusto." Cole si stiracchia sulla poltrona, le gambe molli, le braccia ciondoloni. "Quando è cominciata?"

June non ha mai raccontato questa storia a una persona che conosce appena. Se mai si parla degli adulteri di Peter è sempre in modo obliquo, visto che gli ascoltatori conoscono già tutti i particolari e affrontare l'argomento in modo diretto non serve. Normalmente la cosa la irrita parecchio, più che altro per la figura che ci fa lei, visto che i tradimenti del marito sono a dir poco clamorosi. Eppure non sente il bisogno di mantenere il riserbo. Ha quasi l'impressione di raccontare delle storie inventate, più per intrattenere l'ospite che per rivelare una ferita.

"La prima volta che mi ha tradita è durata un paio di mesi, poco prima che ci sposassimo."

Cole si lascia sfuggire un fischio.

"E la cosa peggiore è che Peter dice che non conta perché è andato a letto con quella donna prima del matrimonio." June si china sul tavolino e afferra la caraffa per riempire di nuovo i bicchieri, il suo e quello di Cole. "Secondo me invece conta eccome, per ovvi motivi. Ma anche perché il figlio che ha avuto da lei è nato quando eravamo già sposati."

"Cazzo," dice Cole.

"Due mesi prima di Thea. Si chiama Burke. Anche se per Peter non conta, è la volta che mi ha fatto più male." Tace, sorpresa di non provare nessun dolore, in realtà.

"È dura per te vedere Burke?"

"Non è che lo vediamo tanto spesso." Ma June ricorda quasi tutte le volte: il neonato tra le braccia di quella donna, al di là di una cassa di cocomeri nel reparto frutta e verdura del supermercato; il bambino che passava davanti alla sua macchina fuori dall'asilo; il ragazzo alto col sorriso di Peter in toga e tocco alla cerimonia dei diplomi, seduto quattro file dietro Thea, che doveva tenere il discorso di commiato. "La madre era sposata. Il marito, che era all'estero nell'esercito, sapeva tutto ma ha perdonato la moglie, e l'ha saputo anche Burke, quando è cresciuto. Lui e Peter si sentono ogni tanto, ma Burke non ha mai avuto voglia di conoscerlo meglio. Adesso abita a Houston, ha messo su famiglia." Non riesce a pensare a Burke senza pensare a Thea, e a quando Thea aveva scoperto la faccenda di Burke, e a come tutto il suo rancore, invece che sul padre, come sarebbe stato ovvio, si era riversato su di lei. "Joe non ti ha raccontato tutti i pettegolezzi del posto quando sei arrivato? I Briscoe di solito sono i primi della lista. Non siamo ricchi, ma abbiamo più soldi degli altri. E nei paesi sembra che i ricchi debbano essere più virtuosi degli altri."

"Nell'ambiente dei veterinari circola un altro genere di pettegolezzi," dice Cole. "Non mi ha raccontato niente di te perché non hai mai fatto stupidaggini con i tuoi animali." Le sorride.

"E tu? Come sei messo a virtù?"

"Ho distrutto il mio primo matrimonio. Ho tradito anch'io mia moglie, temo. Dal secondo matrimonio invece sono io che sono uscito distrutto. E tradito. E così a trentacinque anni avevo già imparato la lezione. Da allora sono stato un felice monogamo seriale, ma col matrimonio ho chiuso."

"Figli?"

"Un maschio e una femmina con la prima moglie, vivono tutti e due a New York. Niente nipoti per ora, e non mi dispiace affatto."

"Non mi sembri il tipo che ha paura di invecchiare," dice lei, alzando le sopracciglia.

"Non mi preoccupa che qualcuno possa chiamarmi nonno." Cole si rimette seduto diritto per prendere un altro sorso di tè. "Ho solo combinato un tale casino come genitore che fare il nonno mi spaventa un po'. Se non sei bravo ricordi ai tuoi figli che non ti sei occupato abbastanza di loro. Se sei bravo gli ricordi comunque che non ti sei occupato abbastanza di loro anche se avevi tutti i numeri per fare meglio."

"Stai solo rimuginando troppo, voglio sperare," dice lei. "Vediamo Thea e le sue bambine così poco che io queste preoccupazioni proprio non le ho."

"Le danno fastidio le chiacchiere di qui?"

"Sicuramente. Ma più che altro a darle fastidio siamo io e Peter. Soprattutto io, ed è questo che mi fa impazzire. Peter se l'è cavata meglio, lui sopporta il suo livore col sorriso sulle labbra. La adora, almeno per quanto lei glielo consente." Quando Peter pensa alla figlia, pensa alla sua intelligenza e alla sua forza di carattere, alla famiglia e alla carriera che è riuscita a costruirsi. A June viene in mente solo una sequela di litigi. "È la cosa peggiore che hai fatto, essere un cattivo padre?" chiede.

"La peggiore in senso cumulativo. La cosa peggiore in assoluto, be', dovrei pensarci un po'. E tu?"

Davvero vuole dirgli anche questo? Certo è una bella storia. Le importa così poco di quello che pensa di lei? No, le importa eccome. Eppure ha voglia di dirglielo lo stesso.

"Ero incinta di Thea, all'ottavo mese, e grazie alle voci che giravano avevo appena saputo della relazione di Peter e della nascita di Burke. Sono tornata a casa, ho preso il fucile di Peter e mi sono seduta in veranda ad aspettare che tornasse dal lavoro." Ricorda quanto l'aveva calmata tenere tra le mani il fucile, quanto le era sembrato tutto semplice.

"Quando finalmente è arrivato, ho imbracciato il fucile e ho preso la mira. Lui ha alzato le mani come se fossi un rapinatore." In preda alla rabbia com'era, June aveva immaginato i proiettili che gli perforavano la carne. E all'improvviso aveva provato un tale affetto per quel corpo. Non era colpa di quel petto se il suo proprietario aveva una struttura morale labile, una volontà vacillante. Aveva pensato alla compagnia che le faceva quel corpo. Il calore, l'odore, la sensazione di casa che emanava.

"Era abbastanza lontano, e sapevo che se avessi sparato non l'avrei ucciso, i proiettili non sarebbero andati bene a segno. Forse l'avrei accecato. E ho pensato che magari potevo perdonarlo perché avrei dimostrato che le sue azioni non erano prive di conseguenze." Il cuore straziato di lei e la carne straziata di lui.

June rimane in silenzio così a lungo che Cole chiede: "Cos'è successo?"

"Alla fine non ce l'ho fatta." Raccontare quella storia l'ha resa di nuovo vera, e lei non può più trasformare il ricordo in un racconto. Non può raccontare a Cole che Peter le era venuto incontro chiedendole scusa, che lei si era alzata e mentre lui si avvicinava aveva caricato il fucile, poi aveva posato il dito sul grilletto prendendo la mira. Peter non aveva battuto ciglio al rumore, aveva continuato ad avanzare verso di lei, anche se June sapeva che era terrorizzato. Vedeva le braccia tremare sopra la sua testa. A ogni passo che faceva sparare diventava più difficile perché aumentava la possibilità che il colpo risultasse letale. Peter si era fermato davanti a lei, e lei aveva alzato il fucile finché non era arrivato all'altezza del cuore di lui. Aveva immaginato di premere il grilletto, il rumore assordante, il foro nel petto, grande abbastanza da vedere la luce dall'altra parte. Poi aveva chiuso gli occhi, sperando che il potere che aveva di fare una cosa del genere, e di immaginarla, fosse abbastanza da soddisfarla.

Aveva solo ventidue anni, e lui ventisette. Aveva aperto gli occhi fissando il marito, e aveva aspettato che anche lui li aprisse. Sapeva che non avrebbe sparato, non ce l'avrebbe mai fatta a ucciderlo, però voleva metterlo alla prova. Se Peter avesse allungato la mano e afferrato il fucile, se gliel'avesse strappato dalle mani sarebbe entrata in casa, avrebbe fatto la valigia e l'avrebbe lasciato per sempre. Ma se fosse rimasto lì, se avesse aspettato che fosse lei a posare il fucile, se le avesse permesso di fare almeno quello, allora avrebbe ascoltato le sue ragioni. Avrebbe cercato di salvare il loro matrimonio.

"Ti prego," aveva detto lui, aprendo lentamente gli occhi. "Mi dispiace tantissimo."

Allora, sporgendosi in avanti, aveva appoggiato la canna del fucile sulla spalla del marito: quasi come toccarlo, perché a toccarlo davvero non ce la faceva. Poi si era messa a piangere. Aveva tolto il dito dal grilletto, posandolo sul lato del fucile. Poi si era appoggiata a lui con tutto il peso, al punto che Peter aveva dovuto spostare indietro un piede per sostenerla. Più tardi, quella sera, erano rimasti seduti sul letto, che a quel tempo aveva ancora le colonnine lucide e splendenti. Lui le aveva promesso che non sarebbe mai più successo, che da quando si erano sposati non aveva più toccato nessun'altra. Un ultimo, stupido anelito di libertà. Il marito della donna avrebbe riconosciuto il bambino, e la sua unica figlia sarebbe stata la loro bambina, quella che sarebbe nata presto.

Si era lasciata convincere. Ma era cambiata, e lo sentiva in tutto quello che faceva, quando preparava la cameretta per la piccola, quando cucinava la cena per Peter, quando facevano l'amore. Tutti quanti a un certo punto impariamo che abbiamo ben poco controllo sulla nostra vita, ma June era rabbiosa per il fatto che fosse stato Peter a insegnarle quella lezione, invece del fato o della sfortuna, o di una versione qualsiasi di un dio vendicativo. A farlo non avrebbe dovuto essere quel corpo caldo contro il quale si rannicchiava per cercare conforto la notte.

Cole le posa una mano sul braccio, e June sa che deve avere l'aria sconvolta. "Non lo so, June," dice lui. "Se non hai sparato a nessuno è un finale un po' debole."

"Non è un finale, e adesso che ci penso mi vengono in mente un sacco di altre cose tutt'altro che deboli." Si sforza di sorridere.

"Teniamole per la prossima volta. Adesso devo andare. Mi aspetta un gregge di capre." Sposta la mano, ma June continua a sentire uno strano calore sull'avambraccio dove lui l'ha toccata.

"Non vuoi pranzare, prima?" gli chiede. "C'è ancora qualcosa da mettere sul barbecue." Si alza, si scosta i capelli dal collo con la mano sinistra per asciugare il sudore con la destra.

"Ah," dice lui. "Allora il tempo lo trovo."

3

Quando Arlo è a casa, Artie si alza a guardare sorgere il sole con lui, poi incomincia la sua giornata e lui torna a letto. Questa mattina invece è rimasta a dormire fino alle dieci passate, senza svegliarsi nemmeno per il rumore della porta sul retro che veniva aperta, come succede di solito. Adesso traffica in cucina e prepara gli ingredienti per la colazione preferita del fratello, le uova alla Benedict. Come se un piatto elaborato di uova potesse attenuare quello che ha intenzione di dirgli su Ryan e sulla tournée. Per la prima volta in vita sua Artie immagina di avere una famiglia, immagina dei neonati e i bambini che diventeranno. Ma pensare a Ryan cancella il desiderio di pensare ad Arlo. Arlo, che per tutta la vita è stato il suo primo pensiero.

Vedere la fetta di crostata di noci americane non contribuisce al suo buonumore. L'ha lasciata sul bancone centrale della cucina la sera prima, ma la crostata è ancora lì, avvolta nella pellicola. Di solito Arlo divora tutto quello che trova fuori dal frigorifero prima di andare a letto. Possibile che ieri sera sia successo un miracolo, che Laurel si sia intenerita e abbia portato il fratello a casa con sé? Guarda fuori dalla finestra del soggiorno e la Ford Bronco è lì, parcheggiata male. Artie incomincia a compilare mentalmente una lista di quello che potrebbe essere andato storto dopo che ha messo il fratello sulle tracce di Laurel.

Quando va a controllare il patio dietro casa, dove di solito Arlo va a guardare il sole sorgere, trova un bicchiere d'acqua e un mucchietto di batuffoli di cotone sporchi di sangue. La sua inquietudine cresce. Quando li raccoglie si tranquillizza vedendo che la quantità di sangue è minima. Lascia che il senso di colpa la riporti in cucina, e incomincia a cuocere le uova in camicia.

Mentre le ripesca dall'acqua bollente sente Arlo in bagno. Pochi minuti dopo lui esce e viene a sedersi al tavolo della cucina. I capelli sono spettinati, come c'è da aspettarsi. Quello che invece è del tutto inaspettato è il labbro gonfio. Artie si lascia sfuggire un fischio, una nota sola. "Tutto bene?"

Arlo non risponde, ma tende le braccia verso di lei in un movimento che rivela i palmi. Ha la mano destra fasciata con la garza, e ci sono chiazze di sangue rappreso qua e là. Artie sente un dolore simbiotico alla stessa mano, una pulsazione calda al centro del palmo. Non riesce a definire l'espressione del fratello, e anche questo è un fatto più unico che raro.

"Una gomitata in faccia. Uno squarcio sulla mano," dice Arlo. "E mi hanno buttato fuori dal Terpsichore perché mi sono comportato come un imbecille. Una serata fantastica." Arlo incrocia le braccia e si appoggia allo schienale della sedia. "Grazie per avermi suggerito di andare."

A quel punto le è chiaro che l'espressione sul viso del fratello è rabbia bella e buona, un sentimento che non nutre da anni per lei, che non ha manifestato nemmeno quando gli ha detto che voleva smettere di andare in tournée con lui. Dopo qualche giorno di pressioni intermittenti perché restasse aveva accettato la sua decisione.

"Mi dispiace," gli dice. "È stata una pessima idea."

"E le tue lo sono di rado. Cosa ti è venuto in mente?" Il tono di lui le provoca un formicolio alla nuca.

Gli suona il cellulare, che ha posato sul tavolo. Arlo controlla chi è e poi risponde. "Buongiorno a te, testa di cazzo," dice, e la voce è ancora furibonda. Ascolta per un momento, poi dice: "Ce ne hai messo a rispondere alla mia chiamata, così me la sono presa comoda anch'io."

Artie immagina che sia March, perché qualcosa che dice l'interlocutore riesce finalmente a filtrare attraverso il malumore di Arlo.

"Sei una carogna, ma hai un gran culo," dice con un ghigno. Poi allontana il cellulare dalla bocca. "Sei libera oggi?"

Artie fa segno di sì.

"Arriviamo," dice Arlo, e riattacca.

"Arriviamo dove?"

"March ha bisogno d'aiuto per spostare la sua roba dal magazzino."

"Peter gli ha trovato una casa?"

"Quella vecchia era ancora libera."

"Ma non era con te ieri sera?" Artie ci contava. "Com'è andata con Laurel?"

"Una versione amplificata di quello che è sempre successo con lei. Mi ha mandato affanculo senza nemmeno dovermi rivolgere la parola." Si tocca il labbro e il dolore gli fa arricciare il naso. Poi si alza per versarsi il caffè e studia le ciotole con i tuorli e il burro. "Ah, prepari la mia colazione preferita." Il tono si addolcisce.

"Sì." Lei si avvicina e finiscono di preparare gli ingredienti senza che nessuno dei due dica altro: lei sbatte i tuorli mentre lui fa cadere nella ciotola il burro a pezzetti, e tornano così alla confortante routine di due persone che sanno cosa succederà dopo.

Poi si siedono a tavola a mangiare, e Artie rimanda la questione di Ryan e della tournée raccontandogli dei suoi clienti e degli ultimi pettegolezzi del paese. È sicura che a pancia piena Arlo sarà più bendisposto. Lui parla poco, e finisce in fretta di mangiare. Si appoggia allo schienale, la scruta e alla fine dice: "Avanti, sputa il rospo. È estenuante, vederti così nervosa."

"Non posso venire in tour," dice lei. Cincischia con la forchetta, spingendo il pane intriso d'uovo qua e là.

"Potresti," dice lui. "Ma per qualche motivo non vuoi. Nemmeno per un periodo così breve."

"Puoi trovare qualcun altro," dice lei. "Non devo essere io per forza."

"Se trovo qualcuno disponibile così su due piedi, a parte te, è sicuro che non sa fare il suo lavoro." Arlo va a mettere il piatto nel lavandino, dandole la schiena. Poi si mette a sedere sul piano della cucina, trasalendo quando appoggia il peso sulla mano ferita.

Seduto lì, le sembra più piccolo, quasi fragile. Dietro la rabbia si nasconde una punta di dolore. Arlo si lamenta di rado. Non della madre, né di Peter, né dell'amicizia tra Artie e June. Ma lei sa bene che sta a lei offrire un punto saldo al fratello, non farlo sentire un estraneo in ogni momento della sua vita. Anche quando suona è sul palcoscenico, separato dalla folla. Anche se ha una band alle spalle, si considera un solista.

"Dimmi perché non vuoi venire."

Artie vorrebbe potergli dire che ha preso questa decisione mesi fa, che ha bisogno di fare altro per sé stessa. Invece sa che la verità è un'altra: se non fosse per Ryan aiuterebbe il fratello a finire quest'ultima tappa della tournée. Lo farebbe malvolentieri, ma lo farebbe. È questa la verità che deve dire al fratello. Si issa sul piano della cucina al suo fianco, inclinandosi un po' verso di lui. "Mi vedo con una persona. È ancora tutto così nuovo."

"Il famoso Ryan," dice Arlo. Ad Artie non piace sentire il nome di Ryan in bocca al fratello, e le piace ancora meno la sorpresa che prova nel ritrovarcelo. Arlo annuisce, come se lei gli avesse confermato qualcosa. "Dai, Artie. Non ci sono segreti a Olympus."

"Non ho mai pensato che dovesse essere un segreto," dice lei.

"E non mi hai detto di lui ieri? Anzi, nessuna delle volte che ci siamo sentiti al telefono da quando lo conosci?"

La verità è che non l'ha tenuto segreto, l'ha solo tenuto lontano da Arlo. "Mi dispiace," ripete. "Si chiama Ryan Barry. E mi piace sul serio, Arlo. Ho bisogno di capire dove stanno andando le cose."

"Ma non puoi cercare di capirlo da settembre? Se a quel punto sarà sparito vorrà dire che non è valsa la pena di stargli dietro. Non te lo chiederei se non fosse importante. Lo sai che non lo farei." Le spezza il cuore sentire quanto è vulnerabile dal tono della sua voce, e ancora di più rendersi conto che riesce a ignorarlo. Ma soprattutto le è chiaro che non si tratta più della tournée. Il fatto è che Arlo vuole la prova di essere ancora più importante di Ryan.

"Mi sto comportando da egoista," dice Artie. "Ti prego, devi lasciarmelo fare, devi lasciarmi stare con Ryan."

"Un momento," dice lui. Gli sta tornando in mente qualcosa. "Ryan Barry? Di Bullinger?"

"Sì."

"Cristo. Quello è un pezzo di merda."

"Non è vero," dice lei, e batte il pugno sul piano della cucina, senza riuscire a trattenersi. "Tu non lo conosci."

"Lo conosco di fama. Lui e la sua famiglia. Ovunque vada si porta dietro un sacco di guai. Sono uscito con un paio di sue ex, tutte e due ancora sconvolte per colpa sua, perché le aveva trattate di merda."

Quando vede l'espressione paternalistica che ha preso il viso del fratello esplode. "E dopo che le hai trattate di merda anche tu saranno state ancora più sconvolte, no? Lo giudichi perché in passato ha fatto le cose che tu continui a fare?"

"Può anche darsi che alle superiori mi sia comportato come un coglione, ma adesso sono onesto e dico subito che non cerco storie serie. Oltretutto non me ne frega un cazzo di quello che fa, basta che non lo faccia a te. Se mi dici che non t'importa se anche sparisce domani non c'è problema."

"Non sparirà. E nemmeno io sparirò."

"Devo farmi una doccia," dice Arlo. "March mi aspetta." Esce dalla cucina senza nemmeno guardarla. O almeno è quello che si dice Artie per spiegare come mai non si ferma quando lei gli tende la mano, un gesto di scuse perché la conversazione è andata come peggio non poteva. È scivolato giù ed è uscito dalla stanza, fine.

L'ORIGINE DELLA PROMESSA DI ARTIE

Ma questo è niente.
Ovidio

Anche la casa ne portava il segno, però Artie e Arlo se ne resero conto solo quando ebbero qualche anno in più. Da piccoli non sapevano che Peter era l'agente immobiliare che aveva venduto alla madre il quadrilocale in un nuovo complesso alla periferia di Olympus. Ignoravano che il soggiorno fosse il primo posto dove Lee e Peter avevano fatto sesso, ignoravano di essere stati concepiti nella camera da letto della madre. In realtà non avevano mai visto il padre a casa loro: lo vedevano sempre a casa sua, sempre in presenza di June e senza la madre. Ma per la madre quella casa racchiudeva tutta quanta la sua relazione con Peter, il principio e la fine. E dopo conteneva ciò che le era rimasto di lui: i suoi gemelli.

Sapevano che la madre li amava. Era chiaro dalle sue azioni, e dalle sue parole, il novanta per cento delle volte. Ma il dieci per cento che restava? Quando non li vedeva nemmeno. Quando si chiudeva a chiave in camera sua. O si dimenticava di preparare la cena. O di raccomandare che si lavassero i denti prima di andare a letto. O addirittura di metterli a letto qualche volta. Artie non capiva.

Invece già a quattro anni, anche se gli sfuggivano i dettagli, Arlo si rendeva conto che era debolezza. Era lo stesso impulso che faceva venire voglia anche a lui di chiudersi in camera quando la madre si chiudeva nella sua. Lui però non era debole, e così non lo faceva. Tutti i suoi sforzi si concentravano nel far stare bene Artie. Prendeva il burro d'arachidi dal frigorifero, pane e miele dalla dispensa. Le diceva quando era ora di andare a letto e metteva il dentifricio sullo spazzolino di tutti e due. La sua rabbia per la debolezza della madre era una corazza che lo difendeva dal dolore di sentirsi ignorato. La sorella era incapace di provare quella rabbia: così doveva essere lui la corazza di Artie.

A nove anni Arlo aveva cominciato a rifiutarsi di andare a casa di Peter. Non era tanto per lealtà nei confronti della madre, anche se lo turbava che lei non potesse nemmeno scendere dalla macchina quando li accompagnava da lui. Non riusciva a scrollarsi di dosso la sensazione che in realtà fosse June a invitarli, non Peter, come se lui e Artie fossero qualcosa di sporco e lei volesse costringere Peter a pulire. Oltretutto era dura per lui condividere di colpo sua sorella con altri tre fratelli e una nuova coppia di pseudogenitori. Ad Artie quelle visite piacevano e aveva continuato ad andare: Arlo non glielo avrebbe mai rimproverato. Ma a lui non piacevano, e così smise di andarci.

Undici anni. Era una delle giornate storte di Lee. Man mano che Arlo e Artie crescevano erano diventate sempre meno frequenti. Erano fortunati a non avere ricordi dei primi due anni di vita, di non avere idea di quanto potessero essere frequenti i giorni no. Ma il fatto che da parecchio non vedessero la madre in quelle condizioni – anche un anno solo se ne hai undici può sembrare un'eternità – li aveva sconvolti ancora di più. La mamma a letto che singhiozzava, che non preparava la colazione, che ignorava persino le loro domande, le loro offerte di qualcosa da bere o da mangiare, Artie che cercava di vedersela con la caffettiera, di indovinare le dosi giuste, Arlo che preparava il pane tostato per la madre con tre pezzetti di burro e troppa marmellata.

Non avevano idea di cosa potesse aver provocato tutto questo, perché non avevano visto il padre la sera prima al concerto di Natale della scuola. Non avevano notato quello che sul momento aveva fatto così piacere alla madre, Peter lì pronto con la macchina fotografica, in attesa di inquadrare tutti e tre i figli insieme prima di scattare: March, Artie, Arlo; batteria, tromba, chitarra. Era andata a letto felice, ma si era svegliata piena di risentimento. Lei non aveva una foto di Peter con i bambini. Non poteva mai vederli insieme, ascoltare quello che si dicevano. Non poteva nemmeno passare un'ora sulla veranda di casa con loro e il padre come un qualsiasi genitore. Si vergognava ancora così tanto di quella relazione successa tempo prima che non ce la faceva proprio a pretendere di più, anche se la feriva che non fosse Peter a pretenderlo.

E così Artie e Arlo, dopo aver lasciato una brodaglia di caffè e una fetta di pane tostato troppo carica di burro e marmellata sulla cassettiera della madre, erano usciti in veranda. Prima di uscire Arlo aveva preso la chitarra, ma Artie aveva scosso la testa. Sapeva che avrebbe suonato qualcosa di triste, e lei non sopportava le canzoni tristi.

"Andiamo a caccia," aveva detto. Aveva tolto il fucile dalla fuciliera, dove la madre voleva assolutamente che fosse riposto quando era dentro casa. Arlo detestava andare a caccia ma la seguì lo stesso.

Artie ricorda la sensazione del metallo freddo mentre stringeva il fucile. Lei e Arlo nei boschi, lei che lo convinceva a reggere il fucile, a sparare ai bersagli che proprio lei aveva appeso a un tronco. Con la sicura ancora inserita, Arlo faceva girare il fucile come una cheerleader durante una parata. Muoveva le mani senza sosta, facendolo roteare sempre più in fretta. Allora lei l'aveva fermato allungando una mano, ma le era arrivato un colpo gelato, di una violenza inaudita. Aveva cercato di strappargli il fucile di mano, ma lui se l'era ripreso con uno strattone.

"E così adesso non basta più che facciamo tutto da soli, dobbiamo occuparci anche di lei?" aveva detto Arlo. Poi era scoppiato a piangere, una cosa che faceva di rado anche da piccolo, e che dagli otto anni in su aveva smesso di fare del tutto. Non era tanto ferito quanto imbarazzato: si era quasi convinto che finalmente la madre fosse in grado di badare a loro. Non sopportava di sentirsi un idiota. Ma Artie questo non lo capiva, vedeva solo il dolore, lei. Allora si era tolta la sciarpa e gli aveva avvolto la lana bianca ruvida intorno al collo, facendogliela passare sopra la testa, poi gli aveva infilato i due capi dentro il collo della giacca. Aveva premuto la fronte contro la sua, e il fucile era rimasto incastrato tra di loro con la canna puntata verso il bosco, il calcio di legno duro infagottato tra le giacche pesanti.

E glielo aveva promesso. Si sarebbe sempre presa cura di lui. L'avrebbe messo sempre al primo posto, e lui avrebbe messo al primo posto lei, e non sarebbero stati per forza responsabili di quello che faceva la madre. Avrebbero potuto sempre contare l'uno sull'altra. Niente avrebbe mai potuto cambiare le cose.

Poi, a diciannove anni. Artie era tornata a casa d'estate dopo il primo anno di università, mentre Arlo era rimasto ad Austin a frequentare i corsi estivi all'Università del Texas, e in più aveva già cominciato a fare qualche serata, a suonare nei caffè e qualche volta anche nei bar (per poter suonare non era necessario avere l'età per consumare alcolici). Dopo aver finalmente lasciato il paese d'origine, non aveva nessuna voglia di tornarci, a differenza di Artie, che invece non vedeva l'ora di essere di nuovo a casa. All'inizio sembrava contenta anche la madre. Ma dopo che aveva passato un anno intero da sola – la casa improvvisamente deserta, la solitudine a tavola, il vuoto della sua vita – il ritorno di Artie le aveva fatto temere ancor di più quello che le riservava il futuro al termine dei pochi mesi estivi.

A quel punto Artie era abbastanza grande da vedere il comportamento della madre per quello che era: non si trattava di pene d'amore o di semplice malinconia, ma di una vera e propria guerra contro la depressione. Per un mese intero, Artie ne aveva parlato con Arlo al telefono. Lui non si era mostrato per nulla comprensivo. Le aveva detto che non era colpa loro se la madre non aveva amici, se non frequentava nessun uomo. Non toccava a loro rimediare a quelle mancanze. Artie però non era affatto tranquilla: la madre stava peggiorando, non faceva altro che passare ore davanti alla TV con gli occhi vacui o dormire. Presto Lee sarebbe dovuta tornare a scuola, ai suoi bambini di terza. Che cosa avrebbero fatto se avesse perso il lavoro?

Arlo si accorse che la sorella era in preda al panico. Per lei, non certo per la madre, rinunciò ai corsi estivi e tornò a casa. Dietro insistenza di Arlo, che poteva essere tanto più brutale di Artie, Lee andò in terapia e cominciò ad assumere farmaci. Artie sapeva che non stava ancora abbastanza bene per rimanere sola, e disse ad Arlo che nel semestre autunnale si sarebbe iscritta all'università più vicina e sarebbe andata avanti e indietro tutti i giorni. E Arlo, senza neppure che lei glielo chiedesse, disse che avrebbe fatto così anche lui. La responsabilità che provava nei confronti di Artie lo aveva reso responsabile nei confronti della madre, dopotutto, ma non si lamentò mai. Si limitò a fare quello che si erano promessi a vicenda.

4

In macchina, tornando a casa per pranzo, Peter sorride ricordandosi di March la mattina in cucina, quando hanno fatto colazione insieme tutti quanti. Non gli era sembrato di avere sofferto della lontananza di March, ma è sempre stato incline a convincersi di quello che gli conviene, che sia vero o no. E adesso che si sente innegabilmente sollevato dal ritorno del figlio si accorge del suo buonumore. Meglio capire di essere stati infelici quando non lo si è più. Poi si ferma davanti a casa e gli basta vedere il pick-up del veterinario perché il suo umore si guasti.

Scende dall'auto e cerca di chiudere la portiera senza fare rumore, anche se sa che June se ne accorge sempre quando si sta avvicinando una macchina. A meno che non sia molto, molto impegnata. Di colpo si rende conto che la sensazione che avverte nei muscoli delle spalle e lo costringe a stringere i pugni è gelosia. E subito la sua gelosia si trasforma in rabbia nei confronti di June, rabbia nei confronti di quell'uomo mai visto prima, rabbia per il fatto che le punzecchiature che si sono scambiati ieri a pranzo gli abbiano suscitato questo, facendo di lui un idiota insicuro.

Quando è stata l'ultima volta che ha provato davvero un sentimento di gelosia? Dev'essere stato una trentina d'anni fa. Se una moglie è sempre in preda a una gelosia furibonda, il marito non dubita mai dei sentimenti di lei. Adesso dalla veranda gli arriva la risata di June. Non la risata provocante che riesce ancora a strapparle ogni tanto. È una risata piena, a gola aperta. Sa che questo dovrebbe rassicurarlo, e invece no. Entra e trova lei e il veterinario seduti sugli sgabelli ai lati opposti del banco della cucina. Si voltano entrambi verso di lui, senza smettere di sorridere, e la tensione che Peter avverte alle spalle si acuisce nel vedere che sua moglie ancora una volta ha pranzato senza di lui, che ha pranzato ancora con quell'uomo.

Ma non ha intenzione di mostrarle la sua gelosia. Le piacerebbe troppo. Continuerebbe a tenere in piedi qualunque cosa ci sia tra lei e il veterinario solo per il gusto di irritarlo. Perciò sorride anche lui e dice: "Li avete sistemati i vitelli? Una mattinata splendida per un lavoro del genere."

"Tutto a posto," risponde June. "Ecco, siediti qui. Ti preparo qualcosa."

Ma Peter non vuole sedersi. Rimane in piedi vicino allo sgabello, godendosi il grosso vantaggio in altezza che questo gli dà sul veterinario. Da lì si gode una splendida vista sulla pelata dell'uomo. Sente odore di bestiame, un puzzo che emana sia dall'uomo che dalla moglie, sudati entrambi. Anche questo lo turba, ma non riesce a spiegarsi il motivo. Così si siede e chiede al veterinario che cosa pensa di fare nel fine settimana, anche se non gliene importa un fico secco.

Mentre ascolta le parole di Cole, interrotte di tanto in tanto dalle domande educate del marito contrariato, June reprime l'impulso di mettersi a canticchiare. Va avanti e indietro dal frigorifero, chiedendosi perché mai si sente così su di giri.

June è sempre partita da presupposti sbagliati riguardo all'amore, così sbagliati, in effetti, che a questo punto potrebbe benissimo presupporre il contrario di ciò in cui crede e per una volta in vita sua aver ragione. Il più ridicolo, a ripensarci, è la convinzione che il vero amore regala un appagamento che cancella tutto il resto. June dà la colpa ai libri letti dai dieci ai sedici anni, anche se potrebbe incolpare sé stessa per non aver notato che quei libri dipingevano qualcosa che non aveva niente a che fare con la sua esperienza di prima mano, il matrimonio dei genitori. June si era convinta che i problemi avessero a che fare con i suoi genitori in quanto esseri umani, e non in qualche vizio intrinseco all'amore stesso. Non aveva ancora imparato che dal momento che l'amore è la creazione di due individui, e gli individui hanno sempre qualche difetto in un modo o nell'altro, è l'amore a essere necessariamente difettoso. Ma adesso finalmente lo sa.

Un altro presupposto, che aveva origini altrettanto precoci del primo ma ha resistito a distanza di decenni, è che l'amore sia una droga. Per una manciata d'anni all'inizio del matrimonio la semplice vicinanza del marito, a volte anche solo il pensiero di lui bastava a farle aumentare il battito cardiaco riempiendola di un'energia indomabile. Non riusciva a star ferma, dormiva meno di prima. E anche dopo che l'impeto iniziale era svanito, si ravvivava di nuovo ogni volta che aveva il sospetto che lui la tradisse. Purtroppo significava anche che amore e rabbia si erano fusi in lei tanto da non poterli più separare.

Mette nel microonde le fette di manzo freddo foderate di grasso candido tutt'intorno e va verso la dispensa a prendere il pane. Quella sensazione era la prova che era ancora innamorata di Peter. Nessun altro l'aveva mai fatta sentire così. E dunque è chiaro che ciò che prova per Cole è qualcos'altro. Non è desiderio sessuale, perché il desiderio provoca un fermento tutto particolare. E non si tratta nemmeno del fatto di aver riconosciuto una personalità simile alla sua: è sicura che lei e Cole hanno ben poco in comune, dal punto di vista del temperamento, delle origini, degli interessi. Quello che la sconcerta più di tutto è che non c'è niente di precipitoso nella sensazione che prova per lui.

Quando sono vicini, anche quando si appoggia a lui, come è successo quando hanno dovuto immobilizzare i vitelli, si sente più calma che mai. In questo momento, per esempio, prova una meravigliosa sensazione di benessere senza un motivo preciso. Il mondo le piace di più. Lei si piace di più. Anche suo marito le piace di più.

O forse si sta solo aggrappando a qualsiasi distrazione, quasi si automedicasse per superare quel senso di essere in una sala d'attesa, o tra il pubblico prima che gli attori facciano il loro ingresso sul palco. Solo che è uno spettacolo che potrebbe distruggere la famiglia di Hap, ribaltare il mondo del più piccolo dei suoi nipoti, costringere il resto della famiglia a scegliere da che parte stare, se March decide di non sparire un'altra volta. Chi non preferirebbe credere che il mondo è un buon posto dove stare e ignorare quei pensieri?

Versa qualche cucchiaiata di salsa barbecue sul pane, poi ci posa sopra le fette di manzo bollente. Mette il sandwich di fronte al marito e avvicina uno sgabello per unirsi ai due uomini.

L'ORIGINE DELL'IRA DI JUNE

Vedo il bene e lo approvo, e seguo il male.
Ovidio

Se dovesse trovare un termine per descrivere i primi cinque anni di matrimonio, June li definirebbe appaganti. Era una gioia per lei vedere quanto bene voleva Peter a Thea, eppure la bambina era nata poco dopo la sua scoperta dell'esistenza di Burke. E lei amava la figlia più di quanto avrebbe immaginato possibile, eppure in quell'amore si celava l'ombra di qualcos'altro. Ma quando era rimasta incinta di Hap le era sembrata una sorta di riparazione. E quando il bambino era nato c'era qualcosa nella sua faccina che l'aveva fatta sentire meno sola, come se lui fosse capace di rafforzare quella parte di lei che la relazione di Peter aveva sminuito. Ed era stata felice di scoprirsi incinta per la terza volta, era sicura che in cinque sarebbero stati una famiglia perfetta.

Era al quarto mese di gravidanza, e March era solo una lieve protuberanza su un ventre altrimenti piatto, quando era arrivata una telefonata a mezzanotte. I trilli ripetuti svegliarono Thea, che a sua volta svegliò Hap. June avrebbe voluto sentire le risposte di Peter, e che le dicesse con chi stava parlando al telefono, ma anche se glielo aveva chiesto più volte lui era rimasto a letto, lontano da lei, dandole le spalle, col ricevitore incollato all'orecchio. I bambini cominciarono a chiamare e lei uscì dalla stanza, sicura che fosse morto qualcuno, chiedendosi quale sarebbe stata l'entità della brutta notizia. Riuscì a rimettere a letto Thea promettendole che la mattina a colazione le avrebbe preparato i waffle, e rimboccò le coperte a Hap, rassicurandolo.

Tornò in camera e al buio vide solo la sagoma immobile di Peter, ancora seduto nel letto. "Cos'è successo?"

"Devo dirti una cosa," disse lui. Quelle parole la convinsero quasi a fare dietrofront. La notizia era così brutta che era necessario un preambolo. Ma June non era codarda, non lo era mai stata. "Accendi la luce, allora."

"Preferisco dirtelo al buio."

A quel punto capì. Non aveva mantenuto la promessa, ovvio. Questo significava che la sua vita era una bugia, la loro famiglia era una bugia, anche il nuovo bambino era una bugia. "Qualunque cosa tu abbia fatto, non ti permetterò di dirmelo al buio." Passò la mano sul muro finché non trovò l'interruttore e accese la luce.

Peter non voleva infrangere la promessa che aveva fatto a June. Era leale per natura e aveva dato per scontato che dopo quella promessa così solenne le sarebbe rimasto fedele. Nemmeno il primo tradimento, con la madre di Burke, era riuscito a scalfire l'opinione che aveva di sé. All'inizio Lee era solo una cliente che cercava una casa. Ma lui aspettava con ansia ogni appuntamento con lei, la portava a vedere case che non rispondevano alle sue esigenze solo per poterla rivedere. Eppure non aveva preso la faccenda sul serio. Era chiaro perché si sentiva attratto da lei, e quella mancanza di mistero lo convinse che era in grado di controllarsi.

Lee era una donna tenerissima, la donna meno giudicante che avesse mai incontrato, non solo con lui ma con il resto del mondo. Se le mostrava una casa che dentro era un disastro, gli ultimi inquilini non erano dei vandali, era solo che "la mattina del trasloco non avranno avuto tempo". Era una donna piena di calore, affettuosa, paziente. Non chiedeva niente, non si aspettava niente. Il tempo che passavano insieme, anche prima che cominciasse la loro storia, era puro piacere, mai uno screzio. Non poteva impedirsi di preferire questo alle urla, all'energia e alle richieste di una bambina di quattro anni, di un bambino di due e di una donna incinta che stava a casa tutto il giorno a badare ai figli. La loro casa, seppur piena d'amore – perché lui amava davvero suo figlio, sua figlia e senz'ombra di dubbio anche sua moglie – era tutto fuorché un posto rilassante. Ogni tanto era qualcosa da sopportare, e quando sopportiamo qualcosa a un certo punto cominciamo a credere di meritarci un premio per la nostra tolleranza.

La persona che aveva chiamato a mezzanotte era la madre di Lee. Le avevano telefonato dall'ospedale quella mattina, e lei era arrivata in macchina dall'Oklahoma. Lee si era fatta ricoverare di sua iniziativa perché temeva di poter essere un pericolo per sé stessa. Quando Peter aveva rotto con lei due mesi prima aveva smesso di mangiare, a stento beveva un po' d'acqua. Peter non sapeva nemmeno che fosse incinta, figurarsi di due gemelli. Un finale appropriato. Il benessere in cui si era cullato per un po' si sarebbe trasformato nel contrario. Altri figli, altre madri da deludere.

Quando la moglie gli aveva chiesto di accendere la luce e guardarla in faccia, il suo tono disgustato gli aveva fatto capire quanto aveva messo a rischio. Mentre le spiegava cos'era successo, June non aveva mai smesso di tremare, non per i singhiozzi o il dolore ma per la rabbia. Peter aveva voglia di alzarsi dal letto, scendere al piano di sotto, prendere quel vecchio fucile dalla rastrelliera e portarglielo. Non solo perché se lo meritava, ma anche perché non riusciva a pensare a nessun'altra risposta sensata. Se non era lei ad avere tutto il potere, come poteva perdonarlo?

"La madre insiste perché vada all'ospedale e la convinca a curarsi. Perché le dica che anche se non voglio lei voglio i bambini.

Dice che Lee si curerà per me, come se fosse suo dovere, anche se non riesce a farlo per sé stessa."

Per June fu come se il marito le dicesse: *Vedi, è questo il vero amore. Il tuo amore non è così grande, vero?* Gli avrebbe dimostrato quanto lo era, invece. Era così grande che quando gli avesse dato fuoco lo avrebbe distrutto. "Fa' la valigia. Tu non abiti più qui. Questa non è casa tua. Questa non è la tua famiglia." Fece qualche passo indietro, inciampò, e quando Peter balzò giù dal letto per afferrarla lei si girò come una furia e urtò contro la cassettiera.

"June, ti prego," disse lui.

"Non pregarmi più. Non ti concederò niente. Da me non avrai niente, mai più niente." Posò i palmi sulla cassettiera, vide l'orologio da taschino di Peter – che era stato di suo padre, e prima ancora del padre di suo padre – e desiderò con tutta sé stessa che nessuno dei tre fosse mai nato. Prese il pesante orologio d'oro e lo scagliò dritto in faccia al marito. Più tardi si domandò cosa sarebbe successo se avesse preso un oggetto più pesante. Qualcosa che l'avesse fatto sanguinare o steso. Forse l'avrebbe impietosita un po', forse avrebbe smorzato la rabbia prima che crescesse al punto da non riuscire a spegnerla mai più, soltanto a contenerla. L'orologio lo colpì sulla bocca e cadde a terra, frantumandosi. Hap la chiamò dalla camera accanto.

June e Peter si guardarono i piedi, e la stanza era ancora così buia da non riuscire a vedere i frammenti di vetro sul pavimento.

"Okay," disse lui. Si chinò su di lei e la sollevò, la tenne tra le braccia come se fossero una coppia appena sposata che varca la soglia di casa, e lei fu troppo stupefatta per protestare. La portò di peso fino alla porta, e trasalì mentre la apriva, e allora lei capì che aveva calpestato un pezzo di vetro. Per tutti quegli anni Peter l'aveva protetta. Le ricordava che per andare bene le cose non devono essere perfette, e nemmeno lei doveva essere perfetta. Quando la posò a terra fuori dalla porta della camera da letto, quella sua capacità di proteggerla le parve solo una prigione. Eppure nel corridoio vacillò un poco, perché senza le sue braccia le mancava l'equilibrio. Quello che aveva fatto con Lee le strappò per sempre la sensazione di essere al sicuro con lui, eppure l'esperienza del matrimonio le impediva di sentirsi al sicuro senza di lui. Sentì la porta della camera di Hap aprirsi. Vide Thea già nel corridoio, una minuscola sagoma scura appena visibile con la coda dell'occhio.

Allora afferrò la maniglia e gli chiuse la porta in faccia, lasciandolo solo nella stanza. Poi si avviò per il corridoio, prese in braccio Thea con quella sua aria guardinga, la portò in camera di Hap e si chiuse dentro con i figli.

Peter rimase via di casa per una settimana, durante la quale dormì dai suoi genitori e andò a prendere Lee dall'ospedale, facendole una serie di promesse che escludevano solo la possibilità che lui tornasse da lei. La guardò trasferire con impegno e fatica l'amore che provava per lui sui bambini che sarebbero nati. Quanto a June, passò quella settimana in uno stato di stordimento furibondo. La nausea mattutina che si era lasciata alle spalle settimane prima tornò a tormentarla, eppure la benedisse perché di tanto in tanto la costringeva a dimenticarsi di sé stessa e a desiderare solo che lo stomaco si calmasse. Le bastò una sera senza Peter, una mattina senza il suo aiuto, senza nessuno che la salutasse abbracciandola e parlasse con lei, per indurla a chiedersi come sarebbe stato il futuro senza di lui. Chi l'avrebbe accompagnata in sala parto di lì a qualche mese? Chi le avrebbe portato il neonato quando si fosse svegliato per la quarta volta la stessa notte? Ma la cosa peggiore era il dolore di svegliarsi da sola nel loro letto, senza nessuno che respirava al suo fianco, senza un corpo a cui appoggiarsi.

Ma se lo avesse lasciato tornare, sarebbe stato come dirgli che aveva capito quale sarebbe stato lo schema della loro vita insieme d'ora in avanti e che lo accettava. Come se lei non meritasse di meglio. Per tutta la settimana si rigirò nella mente una serie di soluzioni romanzesche che sapeva benissimo non avrebbe mai messo in pratica ma che le consentivano di arrivare a sera. Avrebbe abortito. Oppure sarebbe andata altrove a partorire il bambino, l'avrebbe dato in adozione, poi sarebbe tornata di nascosto una notte e avrebbe preso Thea e Hap dai loro lettini mentre Peter dormiva. Li avrebbe portati via con sé, lontano di lì.

Avrebbe lavorato come mazziera in un casinò a Reno, avrebbe fatto la cameriera in un locale a Galway, avrebbe comprato un pezzo di terra a un'ora da Praga, vicino al villaggio da cui erano emigrati i suoi nonni, e si sarebbe messa ad allevare mucche. Sarebbe diventata un'altra, una donna che non solo non amava il marito ma che non aveva un marito da amare. Non aveva nemmeno trent'anni, allora. Non era certo troppo tardi per inventarsi una vita tutta diversa.

La mattina dell'ottavo giorno, quando scese al piano di sotto trovò Peter in cucina con la valigia ai suoi piedi. Non si parlavano da quando lui se n'era andato, anche se la segreteria telefonica di June era piena di richieste confuse di perdono e dichiarazioni d'amore e sofferenza. Anche l'aspetto di lui era quello di un uomo confuso, e al posto del solito buonumore si indovinava una paura così grande che addirittura lo rimpiccioliva. Immaginò di prenderlo a schiaffi, di soffiarlo via in una nuvola di polvere.

Il primo impulso fu di correre da lui, di lasciarsi abbracciare piangendo e dopo essersi sfogata buttarlo fuori di nuovo. Ma non lo fece. "I bambini dormono ancora," disse afferrando la borsetta posata sul piano della cucina. "Forse torno prima di cena." Poi andò verso la sua macchina, anche se non si era nemmeno spazzolata i capelli. Peter la seguì, e solo dopo che lei ebbe aperto la portiera si azzardò a prenderla per il braccio.

"Dobbiamo parlare."

"Questo lo dici *tu*. Non è vero. Non puoi costringermi."

"Non si tratta solo di te."

"Si tratta dei nostri figli, no? Pensi a quello che è meglio per loro? Hai deciso che avevano bisogno di altri due fratelli, anzi, altri tre? Che saranno più felici con una madre che odia il padre?"

"Tu mi ami quanto ti amo io," disse Peter. "Te l'ho letto in faccia quando sei entrata in cucina. Sarebbe diverso se non mi amassi, invece mi ami."

Allora June cominciò a piangere. Lasciò che il marito la abbracciasse. Se fosse riuscita a smettere di amarlo, sarebbe stata libera. Invece di puntare un fucile contro Peter, l'aveva puntato contro di sé. Qualunque fosse la sua scelta – il matrimonio o il divorzio – avrebbe vissuto con un foro in mezzo al petto.

"Ma non posso perdonarti," disse.

"Lo so," disse lui. "Ti prego, però, lasciami tornare a casa."

5

March ha chiesto ad Arlo e Artie di raggiungerlo al deposito dove ha sistemato le sue cose, un posto di cui ignorava l'esistenza finché non gliene ha parlato il padre a colazione, un posto pieno di roba che pensava perduta per sempre. È commosso che il padre abbia tenuto tutto quanto, che lo abbia spostato lì dopo la sua fuga due anni prima: era sicuro che la madre avesse venduto tutto. Ma è anche imbarazzato: un altro dei tanti disastri che qualcuno ha dovuto risolvere per lui.

Il posto non è climatizzato, perciò una sedia finisce nel cassonetto, perché l'umidità ha prodotto uno spesso strato di muffa. In New Mexico aveva comprato tutti i mobili al Walmart, e aveva dimenticato quanto un oggetto possa evocare una persona. La robusta struttura di ciliegio del letto gli ricorda Vera. La vede in piedi, senza maglietta, davanti alla cassettiera, anch'essa di ciliegio, e al grande specchio ovale. Prova un impeto di disgusto per sé stesso al ricordo del giorno prima, e decide che la nuova camera da letto non sarà più nella stanza di prima. Come se svegliarsi sotto un soffitto diverso potesse salvare il matrimonio di Vera e Hap, dargli qualche possibilità in più di svegliarsi a Olympus.

La ferita alla mano, per la quale a March non viene data spiegazione, consente ad Arlo di spostare solo qualche lampada e gli scatoloni più leggeri, e sono Artie e March a caricare i pezzi più grossi nel retro del pick-up. Il secondo viaggio, che gli rivela un nuovo strato di cose, gli dà una sensazione ancora più strana. La sedia a dondolo di suo nonno, quella che gli ha regalato la madre quando è tornato dopo essere stato nell'esercito. Un tavolo tenuto insieme da una serie di tubi di rame piegati ad angolo – bellissimo, anche se non si intona al resto della mobilia – che Hap aveva costruito per lui quando frequentava i laboratori di artigianato al college. Un servizio di piatti che aveva trovato con il padre a una vendita privata a casa di gente che stava traslocando, un pomeriggio che entrambi avevano deciso di non lavorare.

Quando è tutto di nuovo in casa, pulito e disinfettato, Artie e Arlo, che hanno entrambi più senso estetico di lui, sistemano le cose. La sua vecchia camera da letto diventa la stanza dei cani, che lo seguono con sospetto quando March trascina il tappeto azzurro fin lì. È così contento di ritrovarsi intorno tutte le carabattole della vecchia vita che non si accorge nemmeno che Artie e Arlo quasi non si rivolgono la parola, e Arlo risponde a malapena alle domande dirette della sorella.

Quando ormai il pomeriggio sta per finire ogni cosa ha trovato un posto, dalle pentole agli strofinacci da cucina, e vanno a sedersi tutti e tre in veranda per dividersi una confezione inaugurale di birra da sei. March racconta quello che ha fatto nei due anni di assenza, e gli altri due gli raccontano quello che si è perso lui nel frattempo, il nuovo lavoro di Artie, le ultime tournée di Arlo (inclusa la storia che fa del vecchio manager svanito nel nulla un cretino oltre che uno stronzo). Tre volte gli ribadiscono – due volte Artie e una Arlo – che se sparisce un'altra volta senza nemmeno lasciare un contatto telefonico non potrà sperare nel loro perdono. Anche se March detesta i rimproveri, questi avvertimenti lo rassicurano sullo scenario peggiore tra tutti quelli ipotizzabili, quello che gli balena ogni tanto alla periferia della mente: ossia che quel trasloco sia tutta una messa in scena, la pia illusione di poter vivere a Olympus che qualcuno gli toglierà quanto prima.

Arlo ignora una domanda di Artie, peraltro posta gentilmente, sui suoi progetti per il prossimo album. Questa volta March non può fare a meno di notare l'espressione frustrata della sorella che si trattiene a stento dal replicare. A quel punto Artie si alza e lascia cadere la bottiglia vuota nella confezione di cartone. "Ragazzi, ho un impegno, vi lascio alla vostra serata," dice.

March sta per chiederle se l'impegno c'entra con Ryan, e se vuole invitarlo lì, ma Arlo lo batte sul tempo.

"Ryan, immagino."

Il tono di Arlo è acido, ma Artie lo ignora e dice: "Vieni a pescare con me domani mattina, Arlo? Prima ho una caccia al maiale selvatico, ma per le dieci avrò finito."

"Non è che muoia esattamente dalla voglia," dice lui.

"Dai. Porto io tutta l'attrezzatura. Al solito posto."

"Va bene." Invece di guardarla, Arlo fa girare la bottiglia di birra vuota come fosse una trottola. Artie si sforza di sorridere a March e li saluta entrambi con la mano prima di avviarsi verso la macchina.

La guardano allontanarsi, e March si aspetta una spiegazione. Invece Arlo indica con un cenno della testa le bottiglie vuote ai loro piedi. "Come possiamo rimediare?"

"Da quando sono tornato non ho ancora messo piede al My Place. Ti va?" È il locale preferito di March, non solo lì in paese ma in assoluto. È il posto dove ha ordinato da bere per la prima volta quando era minorenne, e anche il primo in cui l'ha fatto legalmente.

Decidono di andarci a piedi, perché è distante solo un chilometro e mezzo, vicino alla piazza principale, così possono bere quanto vogliono. Durante il tragitto nessuno dei due apre bocca: da tempo sono abituati a restare in silenzio senza sentirsi a disagio. È sempre stata un'amicizia basata sull'equilibrio: Arlo può anche essere più sveglio però March è sempre stato più forte, Arlo sa essere più cattivo però March è più pericoloso. Ma la terza volta che Arlo dà un calcio ai rifiuti che trova sul suo cammino – una bottiglia di Coca, una lattina di Lone Star, un'altra bottiglia di Coca – March si rende conto che quel silenzio non è poi così naturale.

"Cos'è successo tra te e Artie?" chiede.

Arlo lo guarda di traverso e risponde con una domanda: "Cosa sai di lei e Ryan?"

"Solo che hanno una storia."

Continuano a camminare ai margini della strada di campagna e camminano nell'erba ogni volta che si avvicina una macchina. "A quanto pare è così importante che si rifiuta di sostituire il mio manager per la tournée estiva. Gliel'ho chiesto stamattina."

"Una gran fregatura per te, ma per Artie è una bella cosa, no?"

"Hai mai sentito parlar bene di Ryan Barry?"

"Mi sa che non ho mai sentito un bel niente. Però Artie gli stronzi li riconosce subito. Non ha certo bisogno che corriamo a metterla in salvo noi." March riflette un momento. "Anche se papà potrebbe aver bisogno del nostro sostegno se per il Giorno del Ringraziamento invitano la madre di Ryan."

"E perché?"

"Lavinia Barry lo detesta. Un incidente immobiliare, mi sa."

"Fantastico. Bella scelta ha fatto Artie." Arlo dà un calcio a un'altra lattina, schizzando birra dappertutto. "Non sembra più lei."

March non è sicuro che Arlo abbia ragione, e anche se avesse ragione non vuol dire che Ryan non vada bene per lei. Però si rende conto che è meglio non parlarne.

Arrivano al bar. Dentro come sempre è buio, e odora ancora di sigarette del secolo scorso, come sempre, e anche se March è stato via quasi due anni sa che seduti sugli sgabelli ci sono gli stessi uomini dell'ultima volta che è stato lì. Le luci al neon sono ancora appese a due metri e mezzo dal soffitto, che è alto nove, e dietro il bancone c'è sempre il registratore di cassa che risale agli anni quaranta. Tutti e quattro i suoi nonni hanno ballato sulle logore assi di legno del pavimento. Alcuni vecchi giocano a domino ai tre tavolini di fronte al palco, ignorando la band che suona in quel momento.

Bevono qualche bicchiere, giocano un po' a biliardo. Ogni tanto qualcuno si ferma a salutare March, o a chiedergli con malcelato scetticismo se è tornato per sempre. Altri, e sono la maggioranza, gli lanciano occhiate incuriosite. Qualche ragazza si avvicina e si mette a parlare con Arlo: sembrano tutti attratti dalla sua reputazione, mentre forse quella di March li respinge. Le conversazioni però sono brevi, perché il paese è troppo piccolo per rimorchiare a caso. Le ragazze sono sempre figlie o cugine di qualcuno che conosce, e domani potresti ritrovartele davanti alla cassa del supermercato o allo sportello della banca. A un certo punto si vanno a sedere a un tavolino vicino al muro in fondo alla sala, assumendo l'atteggiamento degli uomini quando non vogliono essere disturbati.

Parecchie ragazze hanno detto ad Arlo quanto hanno apprezzato il suo ultimo singolo. "Mi sa che non ascolto le stazioni giuste," dice March.

"Il massimo a cui sono arrivato è il ventisettesimo posto nella classifica del country. Non ho certo fatto il botto ma negli ultimi sei mesi le date della tournée sono aumentate. Non andrà avanti ancora per molto, sono già uscito dai primi cinquanta titoli in classifica. E se non riesco a rimettere in carreggiata il tour non potrò nemmeno spararmi le ultime cartucce."

"Cosa ci vuole per fare il manager di una tournée? Visto che mia madre costringerà mio padre a licenziarmi."

"Be', devi essere una via di mezzo tra un sergente istruttore, uno psicoterapeuta di gruppo e un ragioniere."

"Con la prima potrei anche cavarmela."

"Per il bene della nostra amicizia eviterei di provarci."

March tocca la bottiglia di Arlo con la sua, poi beve fino a svuotarla.

Arlo esamina la sala. "Dici che nessuna di queste ragazze viene da fuori?"

"Non guardare me. Sono fuori dal giro." March si allontana per andare a prendere ancora da bere. Al suo ritorno un tipo biondo e massiccio si è avvicinato al loro tavolo e sta parlando con Arlo. March lo riconosce, lavora da Hap. Il tipo lo saluta con un cenno della testa, anche se nel farlo prende un'espressione corrucciata, poi si gira di nuovo verso Arlo. "Ma cosa ti è saltato in mente di metterti a palpeggiare Laurel in quel modo," dice scoppiando a ridere. "Eravamo tutti sicuri che avrebbero chiamato la polizia." Arlo lancia un'occhiataccia al tipo.

"Che storia è questa?" chiede March. "C'entra qualcosa con la tua fasciatura misteriosa?" March lo dice sorridendo, ma è chiaro che Arlo non ne vuole parlare. Si alza, dà uno spintone al tipo e va a sedersi al banco con aria cupa.

Quando l'uomo se ne va senza salutare, a March torna in mente come si chiama. "Felice di vederti, Otis," grida alla schiena che si allontana.

Si sta avvicinando al bancone per continuare a punzecchiare Arlo quando vede entrare Vera. È in jeans e maglietta bianca, e porta le scarpe da tennis, ma March sa che non c'è un uomo nel giro di una decina di metri che non si stia girando a guardarla. È insieme a un'amica che March riconosce, un'ex collega. Ancora un secondo e si accorgerà di lui, perciò affretta il passo.

March posa la carta di credito sul bancone, vicino al bicchiere vuoto di Arlo. "Possiamo pagare e andarcene da questo posto del cazzo?"

"Vera ti ha già visto. Viene da questa parte."

"Lei viene e noi andiamo. Ci manca che un dipendente di Hap vada a raccontare in giro chissà cosa."

Ma lei è già lì davanti a March. "Vera," dice Arlo, gioviale. Prende la carta di credito. "Vado a cercare il barista," dice, rivolto a March.

March vede l'amica di Vera avviarsi verso il bagno. Cercando di tenere la voce più bassa che può in quel rumore dice: "Hap ce l'ha ancora con me. Non voglio dargli un altro motivo per cacciarmi via di qui. Ci guardano tutti."

Vera si arrampica faticosamente sullo sgabello più vicino a lui. "Oh, dai. Renditi utile, March. Non posso parlare con Kelly di quello che sta succedendo davvero al mio matrimonio. Ma con te..." Si allontana i capelli dal viso e March si rende conto che è parecchio ubriaca.

"Non è il primo bar in cui entri stasera, vedo."

"Kelly fa un margarita fantastico. Succo di lime fresco, non quella merda di sweet & sour già pronta." Si raddrizza e diventa serissima. "Io dico che quello che è successo ieri è un segno. È ora di darsi una mossa. Domani dico a Hap che me ne vado." Si avvicina e gli sussurra: "Non ti preoccupare, non ho intenzione di dirgli che tipo di segno."

La rassicurazione offre a March un sollievo momentaneo, ma dura poco. "Oddio, domani no. Qualunque cosa tu gli dica o non gli dica Hap darà la colpa a me."

"Tesoro, non è che tu sia del tutto innocente."

March sente che l'attenzione di tutti è concentrata su di loro, ed è certo che Otis si è assicurato un posto strategico da cui godersi lo spettacolo. È come se Vera fosse un camion sul punto di investirlo. E di investire anche Hap.

Vera fa cenno al barista di avvicinarsi, e ordina una tequila con ghiaccio. "Io sono dell'idea che a questo mondo i danni collaterali sono inevitabili, a prescindere da quello che fai. Che sfiga, eh, Mr. Briscoe?" Le servono la tequila, e prima di assaggiarla alza il bicchiere verso March.

Arlo torna con la carta di credito e lo scontrino, ma quando vede l'espressione di March si ritrae e va ad aspettarlo vicino all'uscita. "Non voglio che quelli della mia famiglia smettano un'altra volta di rivolgermi la parola," dice March, così piano che la musica quasi copre le parole. "Voglio poter restare."

Vera strizza gli occhi. Poi il suo sguardo si sposta verso i tavoli da biliardo: è probabile che stia scrutando Otis come lui scruta loro. "Ma ti rendi conto di cosa mi chiedi? Di farmi del male da sola, di fingere con mio marito e prenderlo per il culo solo per consentirti di avere quello che vuoi e che non hai fatto niente per meritarti."

March non ha una risposta.

"E vuoi che lo faccia anche se probabilmente rimarrai fregato lo stesso, che io aspetti o no."

"Ti sarei grato se lo facessi." È l'unica cosa che riesce a replicare lui. "Se mi dessi questa possibilità."

"Cosa me ne faccio della tua gratitudine?" Vera butta giù un sorso di tequila. "Oh-oh. Ecco Kelly che viene a salvarmi da me stessa." Rimane a guardare March per un lungo momento, come se lo valutasse. "Hap è convinto che non riusciresti mai a farti una vita lontano da qui. È vero? Sei così sfigato?"

"Non lo so. Forse sì," dice lui, disperato al punto di ammettere una possibilità che fino a quel momento ha evitato di prendere in considerazione. È sempre stato così preoccupato della sua incapacità di controllarsi da non rendersi conto che anche se uno riesce a controllare sé stesso non è detto che riesca a controllare gli altri.

"Kelly," dice Vera in tono forzatamente brillante. March ne approfitta per raggiungere Arlo, felice di liberarsi di lei e tornarsene a casa.

DOMENICA

1

Hap si sveglia prima della moglie. Sente il bambino che comincia ad agitarsi, e quando scivola giù dal letto il sole si è levato da poco. Aveva detto che andava al cinema con un'amica a Houston, e invece quando è arrivata a letto aveva addosso l'odore di bar, alcol e sigarette. Non che gli importi, non gli dà certo fastidio se a lei va di uscire una sera per conto suo, a bere e a divertirsi. Ma perché mentirgli?

Va a prepararsi il caffè portando con sé Pete, poi si siedono al tavolo della cucina, e il figlio per farlo sorridere gli tira con le dita gli angoli delle labbra. Hap controlla l'email dal cellulare e vede un sms della sera prima. È di Otis, uno dei suoi meccanici: *Per tua informazione March e Vera sono al My Place*. Qualche minuto dopo ne aveva inviato un altro: *March è uscito con Arlo e Vera è ancora qui*.

Hap respira a fondo e si dice che se non vuole costringere March ad andarsene da Olympus questa sarà la norma d'ora in poi. Se sospetta di qualsiasi scambio tra sua moglie e il fratello finirà col perdere la testa. Deve accettare che ci saranno pettegolezzi, e amici che nel tentativo di essergli d'aiuto lo informeranno di quello che fa la moglie.

Vera entra in cucina, sbadigliando e stropicciandosi la fronte, e Hap posa il cellulare sul tavolo. Lei bacia Pete sulla guancia e dopo un momento fa lo stesso con lui. Poi scompiglia i capelli a tutti e due, lasciando la mano sulla testa di Hap un po' più a lungo di quanto lui si aspetti. Preme così forte che Hap sente la sagoma della fede nuziale. Quando fa per allontanarsi lui le afferra la mano. La tristezza dell'espressione di lei spazza via qualunque cosa lui provi in quel momento. Vera libera piano le dita.

"Scusa, devo assolutamente bere un paio di bicchieri d'acqua. Mi dimentico sempre che la cosa che reggo meno è la tequila."

Mentre lei si riempie il bicchiere Hap dice: "Siete andate da qualche parte dopo il cinema?"

Vera beve tutto d'un fiato e risponde solo dopo essersi riempita di nuovo il bicchiere. "Alla fine non ci siamo andate, al cinema. Kelly ha preparato dei margarita a casa sua. A un certo punto ha finito i lime, così siamo andate al My Place."

"Tutto qui?" Se gli dice di March senza che lui le chieda niente forse non si rovineranno la giornata, pensa lui.

Ma lei si limita ad annuire e gli chiede se ha ancora intenzione di andare in chiesa. "Se andiamo devo sbrigarmi a fare la doccia." Prende dal frigorifero uno yogurt per Pete mentre Hap cerca di infilarlo nel seggiolone. Il bambino agita le gambe in segno di protesta e dopo un paio di tentativi Hap finisce per tenerlo in braccio.

"Ho ricevuto un messaggio da Otis. Ti ha vista lì che parlavi con March."

"Ma dai," dice Vera, aprendo un mobiletto con eccessivo vigore, tanto che lo sportello va a sbattere contro l'altro mobiletto e rimbalza indietro. "Questo paese del cazzo."

Pete piagnucola e Hap sa che presto scoppierà in singhiozzi. Cerca di evitare la rabbia nella voce per non far agitare Pete. "Potevi dirmelo, no?"

"Avremo parlato tre minuti in tutto, e March non ha fatto che lamentarsi perché vorrebbe tanto il tuo perdono, io ho un mal di testa mostruoso e non volevo certo cominciare la giornata con questo casino. No, non ho pensato che fosse la prima cosa da dirti stamattina."

"Aspettavi che fossimo seduti in chiesa?"

"Sono sicura che sarebbe saltato fuori comunque, visto che almeno tre membri della congregazione sarebbero venuti a chiedermi ragguagli sulla serata. Forse il pastore avrebbe inserito la notizia nella predica." Se Vera lo avesse detto con un altro tono si sarebbe messo a ridere. Ma sua moglie sembra quasi affranta, Pete comincia a urlare e anche Hap è così avvilito che non riesce a controllare quello che dice.

"Che effetto vi ha fatto rivedervi dopo tanto tempo? Insomma, era la prima volta da..." Poi si interrompe, non sa finire la frase.

"Se hai altre domande falle pure a tuo fratello." Vera non lo dice con rancore, però, sembra solo esausta. "Niente chiesa per me. Io e Pete oggi andiamo a trovare mia madre. Non sei invitato." Si avvicina a entrambi, asciuga le lacrime a Pete e fa finta di mordergli un orecchio. Il bambino tira su col naso e poi le concede una risatina. "Non sono andata lì apposta per vedere lui. La pianti, per favore?"

Hap è ancora seduto al tavolo della cucina, anche dopo che Vera si è fatta la doccia, ha preparato il bambino ed è sparita in macchina. Nemmeno lui se la sente di andare in chiesa.

2

Peter e June vanno in chiesa quasi tutte le domeniche, ci vanno da quando sono sposati, e June da quando era bambina. Per mandare avanti un'attività a Olympus, perlomeno se si vuole avere successo, bisogna andare in chiesa da qualche parte. Nessuno dei due si preoccupa particolarmente della vita ultraterrena, ma trovano che la chiesa aggiunga qualcosa a quella presente: Peter perché adora fare quattro chiacchiere, June perché è nel gruppo di volontariato femminile che fa capo alla chiesa e si occupa di problemi sociali. Qualsiasi impegno che non sia legato alla famiglia le è sempre sembrato un sollievo.

Essendo un paese piccolo, la congregazione lo è altrettanto, e da una domenica all'altra cambia ben poco. Peter fa un cenno di saluto a Hayden, che è sempre seduto nell'ultima fila vicino alla porta, che sia solo come oggi o con tutta la famiglia. Poi c'è Lionel, che si gira a sorridergli, gli tende la mano e si aspetta una parola di ringraziamento per il pick-up nuovo di March. Peter tira dritto ma poi vicino a Joe, il veterinario, e a sua moglie Betty individua quella maledetta testa pelata che ormai conosce così bene. La luce azzurro-viola che filtra dalla vetrata istoriata dà a Cole l'aspetto di san Francesco. Peter si ferma senza volere in mezzo alla navata, e quell'immobilità attira l'attenzione di sua moglie sul santo patrono degli animali. Ancora una volta quella tensione alle spalle. Peter sente tutta la propria mancanza di dignità. Non basta che le umiliazioni della vecchiaia non siano poi così lontane? Gli tocca subire anche la mancanza di dignità della gioventù?

Si è fermata anche June, e a Peter sembra di sentire i suoi pensieri. Lo sta guidando verso i posti vuoti dietro Cole? È vero, è lì che vanno a sedersi di solito. O sceglierà i due posti vicino all'altare, dove non si siedono mai? Peter non ci tiene affatto a sedersi alle spalle di quell'uomo, di controllare in ogni momento se gli occhi di sua moglie sono puntati verso di lui. Ma se lei decide di cambiare posto significa che lui ha tutti i motivi di essere geloso. Significa che sua moglie vuole evitare qualcosa, e dunque ha qualcosa da nascondere.

Peter sente che June fa un gran respiro, e poi espira decisa. Avanza verso i posti alle spalle di Cole. Lui spera ardentemente che il gruppo davanti a loro tenga lo sguardo puntato avanti, ma di nuovo il fato gli è avverso. Joe si gira a salutarli, e Peter non riesce a staccare lo sguardo da Cole, da come si illumina quando vede June. Lì, nella casa di Dio, Peter prova per la prima volta l'impulso di uccidere un altro uomo – non letteralmente, no, eppure… Che mancanza di dignità, cazzo.

3

Artie parcheggia sul lato della strada dietro la Ford Bronco di Arlo e cerca di racimolare un po' di ottimismo dopo che la battuta di caccia mattutina si è risolta in un'ecatombe. Ha con sé il suo vecchio fucile calibro .30-.30, perché ha saputo da June che a meno di un chilometro da lì si aggira in pieno giorno una moffetta rabbiosa. Sistema la cinghia del fodero sulla spalla, poi prende dal retro due canne da pesca e una scatola portaesche. Perché aveva proposto al fratello di andare a pescare, poi? Come se potesse rendere Arlo più ragionevole. Ma ormai sono d'accordo, e non può certo rimangiarsi la parola.

La caccia al maiale selvatico è andata male. Cinque informatici di Houston che sostenevano di essere cacciatori esperti e non avevano nemmeno i fucili. Avrebbe dovuto essere un lavoretto di tutto riposo. Si era messa d'accordo con un agricoltore della zona che stava combattendo la sua battaglia contro quei discendenti dei maiali domestici. Quelle bestie sono una vera minaccia per agricoltori e allevatori, sradicano le piante nei campi, calpestano il raccolto lasciando dietro di sé buche profonde in cui inciampa il bestiame. E così nei boschi confinanti con i campi, vicino a uno dei pantani dove vanno di solito a rotolarsi i maiali, aveva sotterrato del mais andato a male, cercando di capire come si muovevano di solito gli animali. Aveva portato gli uomini sul posto di buon'ora, prima ancora che si alzasse il sole, dando loro qualche consiglio di massima – i maiali si disperderanno in fretta, perciò siate rapidi a sparare e sparate più volte, ma non a casaccio – e sistemandoli in due nascondigli. Puntualmente, mezz'ora più tardi era arrivato il branco di maiali selvatici. Ma gli uomini a quel punto si erano esaltati e avevano fatto troppo rumore, spaventandoli ancor prima di essere riusciti a mandare a segno un tiro. Mentre i maiali scappavano quegli idioti si erano messi a sparare alla cieca e ne avevano feriti parecchi senza abbatterne nessuno. I maiali possono anche essere una piaga, ma sono animali intelligenti, in grado di provare dolore quanto quei tizi che la stavano pagando. Per tutto il giorno avrebbe portato con sé il senso di colpa per l'incompetenza dei suoi clienti, pensando agli animali feriti, a quella morte lenta che invece avrebbe dovuto essere una faccenda rapida e pulita.

Insomma, la giornata non era certo iniziata sotto i migliori auspici, e per sua stessa ammissione Artie crede nei segnali di questo tipo. Il sole che scivolando dietro una nuvola elimina il riflesso e consente di sparare un colpo perfetto. O il vento che cambia direzione, il cervo che sente il suo odore e con un balzo riesce a mettersi in salvo. Ha quasi la tentazione di chiamare Ryan per dirgli di non raggiungerli al fiume. Hanno stabilito tutto ieri sera. Ryan arriverà tra un'ora, dandole il tempo di parlare con Arlo, di aiutarlo a vedere le cose dal suo punto di vista. Lei poi lo presenterà al fratello, e la situazione consentirà a tutti di rimanere in silenzio se parlare si rivelasse difficile. Non sarà semplice, ma devono pur cercare di sbloccare le cose.

Carica com'è, scende lentamente l'argine, facendosi strada in mezzo agli alberi, finché non raggiunge la riva piatta e sabbiosa. Vede Arlo solo quando è a tre metri da lui. L'isolotto su cui si trovavano ieri lei e Ryan si è rimpicciolito di parecchi centimetri, e grazie alla pioggia il livello dell'acqua si è alzato. Arlo guarda a monte, dove il Brazos forma un'ansa e sparisce tra la vegetazione, e le dà le spalle. Il vento soffia da est, portando via ogni rumore. Deve quasi urlare per avvertirlo che è arrivata.

"Ehi," dice. "Preferisci rimanere a pescare qui invece di guadare il fiume fino all'isola?" Sa già che dirà di sì. Si prepara a passare tutta la domenica a rabbonirlo, a cominciare da ora.

"Guarda lì," dice Arlo. Non si è ancora girato. Artie segue la traiettoria del dito fino a un punto distante un centinaio di metri

"La corrente è forte, oggi," dice lei. Arlo tace, lascia ricadere la mano. "Spero che non sia quella moffetta rabbiosa," aggiunge. All'inizio le era parso che si muovesse, le era sembrato di vedere degli schizzi, ma a guardare meglio si rivela una cosa piccola e scura, che non avanza né controcorrente né verso di loro. Un sacco di spazzatura impigliato nelle pietre del fiume?

"Eppure sembra un po' una moffetta," dice Arlo.

Artie non sente nessun odore a parte quello del fango sulla riva, di umidità nell'aria. Arlo si gira verso di lei, ha un'espressione infelice, il labbro spaccato è ancora gonfio, è chiaro che gli fa male. Vede il fucile.

"Scommetto che non riesci a beccarlo," dice.

Col vento che tira lei sente a malapena le parole, ma l'emozione che nascondono è inaccessibile. Spara, dai, pensa Artie. Spara, e guadagnati il premio che hai in mente, la promessa che lui si comporti in modo civile con Ryan al suo arrivo. Apre la cerniera del fodero che ha appeso alla spalla, estrae il fucile con una mano sola e alza completamente il cane, il tutto in meno di tre secondi. Imbraccia il fucile, tira avanti e indietro la leva per caricare la prima cartuccia, col dito già sul grilletto mentre Arlo alza una mano. Ha aperto la bocca, ma non gli esce nessun suono. E se anche avesse detto qualcosa è troppo tardi. Ha già la cosa nel mirino; sta già premendo il grilletto; ha già fatto partire il colpo.

Abbassa il fucile. Arlo è ancora a bocca aperta, e ha gli occhi così sgranati che sembra una versione a fumetti di sé stesso. "Cosa c'è?" chiede lei cominciando a tremare, e posa a terra il fucile.

"Quando mai hai sparato senza sapere a cosa stai sparando?" Il tono è duro, accusatorio.

"No, ma..."

"Perché hai sparato?" La voce di Arlo si incrina, gonfia di panico come non l'ha mai sentita.

Artie guarda il fiume a monte, vede la cosa diventare un po' più grossa. Adesso è distante solo la metà di un campo da football. Non è una moffetta. Poi l'acqua la risucchia, non si vede più niente, e lei si sente sollevata. Non vuole sapere cos'ha colpito. Poi però Arlo si sfila gli stivali, entra nel fiume. Sta per avvertirlo che l'acqua diventerà subito profonda, che gli mancherà la terra sotto i piedi, ma poi finisce sotto anche lui. La testa riappare subito dopo, lui sputa e cerca di rimanere a galla. La corrente lo spinge verso la riva finché riesce di nuovo a toccare il fondo.

"Fa' attenzione," gli grida, posa a terra il fucile e comincia a sfilarsi anche lei gli stivali.

Arlo se ne accorge e le urla "Sta' ferma" con tanta forza che lei rimane immobile, in equilibrio su una gamba sola. Qualunque cosa sia, ciò che ha colpito torna a galla a una ventina di metri di distanza, ma ancora non riesce a capire cosa può essere. Nel fiume non c'è niente di così lungo e pallido, nemmeno i cumuli di spazzatura lo sono. E poi si rende conto – cadendo seduta a terra con un colpo secco – che ha sparato a un essere umano.

Ecco lì un braccio, nudo e abbronzato. L'acqua risucchia di nuovo il corpo, l'arto scompare fino al polso, rimangono fuori solo le dita. Il suo corpo capisce chi è prima della mente, sente la pressione di quelle dita sulle cosce, sulla schiena, sulla guancia. Così forte da cancellare il rumore del fiume, la visione di tutto quanto. Un no le lacera la gola. Arlo si getta con un tonfo disperato verso il corpo di Ryan – adesso anche la sua mente si rende conto che è il corpo di Ryan – e circonda con le braccia quel torace che lei conosce così bene. Arlo cerca faticosamente di tornare a riva, ma il peso morto e l'acqua che scorre impetuosa sono troppo per lui. I due uomini finiscono entrambi sotto e la corrente li spinge a valle. Arlo riemerge ansimando, l'espressione concentrata, e finalmente riesce a uscire a metà dall'acqua, stringendo il corpo di Ryan ancora più forte per trascinarlo a riva.

Sono a mezzo metro da lei, adesso, e Artie si alza sulle ginocchia mentre Arlo si piega in avanti, trascinato dal peso di Ryan. Poi Arlo rotola via, lasciando Ryan disteso a pancia in giù. La testa del suo ragazzo è voltata dall'altra parte, e lui è immobile, anche se l'acqua gli scorre sui polpacci, sui piedi. Allora Arlo lo rigira e lo trascina del tutto fuori dall'acqua. Posa la mano sul torace di Ryan, si china su di lui per un attimo. Poi si ritrae precipitosamente, si alza e rimane vicino alla sorella. Adesso Artie vede la faccia di Ryan. Rimane in ginocchio, paralizzata. Ha sparato a tante creature, lo sa quando un essere sta morendo e quando è già morto.

Arlo sente il peso dei vestiti inzuppati, sente il vento, il fango sul petto e sulla faccia di Ryan, il tremito di Artie, così lieve che lo rivela solo la punta delle dita, sente un'altra quantità di cose che in quel momento non hanno nessuna importanza. Il suo cervello è incapace di provare qualcosa che non sia puramente sensoriale, ma sa che deve assolutamente riattivare il pensiero. Bisogna fare una serie di cose. Ryan è morto. Non voleva che succedesse, ma è comunque colpa sua. Non può rimediare all'accaduto, ma a questo punto bisogna limitare i danni.

È Artie a costringerlo a muoversi. Si rovescia di lato, sempre in ginocchio, e Arlo si china e la prende tra le braccia, la solleva. Lei riesce a reggersi in piedi ma lo guarda senza vederlo, e quello sguardo vuoto lo spaventa da morire. La fa camminare un po' più a valle, infradiciandola tutta con l'acqua del fiume che gli gronda di dosso, sorreggendola quando vacilla. Poi la fa sedere sul ramo gigante di un albero abbattuto e fa in modo che volga le spalle al corpo di Ryan. Così tutto quello che vede è un fiume deserto, una distesa bruna circondata dal verde. La sta aiutando, si dice. Si sta occupando di lei. Si sfila il cellulare di tasca ma l'acqua l'ha reso inservibile.

"Artie." Si accovaccia davanti a lei e le prende il mento nella mano, facendole inclinare la testa in modo che guardi lui, adesso. "Artie." Gli occhi di lei finalmente si fissano su di lui. Allontana la testa di scatto, liberandosi dalla presa.

"Artie. Dov'è il tuo cellulare?"

"Non importa," sussurra lei.

"Devo chiamare lo sceriffo."

"Qui non prende. Non c'è campo. Per questo mi piace qui." Quando dice "mi piace" la voce si sgretola, e lei fa qualche respiro strozzato, come se le mancasse il fiato. Lui le posa le mani sulle spalle per calmarla, ma quando riprende a parlare è come se qualcuno la stesse soffocando. "Com'è possibile? Possibile che non sapessi che quello nel fiume era Ryan?" Si china in avanti, appoggia i gomiti sulle ginocchia, inspira forte.

Lui vorrebbe spiegare. Ma se le dice la verità, se le dice che sapeva che quello era Ryan nessuno crederà che sia stato un incidente. E invece è stato proprio un incidente. Non si sarebbe mai aspettato che lei sparasse, non senza sapere a cosa stava mirando. Non vuole certo scaricare il peso di quello che sapeva su di lei, ma gli ha fatto una domanda, e non può mentirle.

Poi però qualcosa gli viene in soccorso. Perché sua sorella pensa sempre il meglio di lui, anche in questo momento terribile. "Come ho fatto *io* a non capire che era lui? La catena di cose che dovevano succedere. I tempi. La mia stupida impazienza." Alza gli occhi a guardarlo. "È una cosa senza senso, quello che è appena successo." Non vuole più una risposta. Vuole solo che lui le dica di sì e trasformi quello che hanno visto, quello che hanno fatto in un sogno.

Così lui le prende la mano. "Lo so." Le concede un breve intervallo di silenzio, poi dice: "Vado a casa di Peter e chiamo lo sceriffo. Voglio che tu non ti muova. Non devi nemmeno girarti." Arlo sa che dovrebbe portarla con sé, ma non può rischiare che lei rimanga da sola con qualcuno che non è lui, almeno non prima di avere ben chiaro quello che racconteranno. Perché sta cominciando a capire che dovrà chiedere ad Artie di mentire.

Gli occhi di lei sono di nuovo persi nel vuoto. "Artie, è importante. Non devi toccare niente." Le sta ancora tenendo la mano, gliela stringe forte. "Cos'hai intenzione di fare?" insiste.

"Non ho intenzione di muovermi," gli fa eco lei, ma è chiaro che è ancora altrove.

"Ascolta, Artie." Le lascia la mano e le scrolla piano la spalla. "Dirò allo sceriffo che sono stato io a sparare a Ryan. Non tu. Io. Riesci a ricordartelo?"

"Perché vuoi dire una cosa del genere? Sono stata io a sparargli. È colpa mia." Le vengono le lacrime agli occhi e lo guarda implorante, come se quell'attribuzione di colpevolezza la confortasse.

"No. Diremo allo sceriffo che sono stato io. Lascia che mi prenda io la colpa."

"Ma è stato un incidente."

"Artie, pensaci. Se diciamo la verità non ci crederà nessuno, nessuno crederà che proprio tu abbia sparato così d'impulso. Sei una cacciatrice troppo esperta. Sembrerà una bugia, sembrerà che vogliamo coprire qualcosa. Lo sai come chiacchiera la gente qui. Tireranno fuori qualcosa, vero o no, su Ryan, sulla vostra relazione, qualcosa che ti avrebbe dato un movente. I familiari di Ryan sarebbero i primi a volerti vedere in prigione."

"Ma se potevo avere un movente io, potevi averlo anche tu. Diranno che l'hai ucciso per me." Mentre si alza e lo guarda scuotendo la testa le si spezza di nuovo la voce.

"No, tu non saresti mai così imprudente con un fucile, non saresti così impulsiva. Io invece sì. È del tutto credibile che io possa essere stato così imbecille da sparare senza sapere a cosa stavo sparando. Se diciamo la verità di te penseranno solo due cose: che sei di gran lunga troppo imprudente, troppo pericolosa per organizzare battute di caccia, e a quel punto la tua carriera è finita, oppure che, visto che di mestiere organizzi battute di caccia, non è possibile che sia stato un incidente. E in paese nessuno ti tratterà mai più come prima. Questa è casa tua. A me non importa niente di come mi trattano. Che la famiglia di Ryan se la prenda pure con me. Facciamo così. Sono stato io a sfidarti. Se c'è qualcosa che posso fare per lasciare che la tua vita continui come prima, devi lasciarmelo fare."

Per capire cosa le sta passando per la testa gli basta guardarla in faccia, vedere come cambia espressione, le lacrime che tornano a sgorgarle a profusione all'idea che la sua vita possa continuare come prima. Eppure cede subito, si rimette alla sua volontà. A convincerla non è stato il suo ragionamento, lo sa. È stato il fatto che lui la implori, il fatto di non riuscire a dirgli di no. Se dicono la verità, tutta la verità, potrebbero finire in prigione entrambi. Ma una volta stabilito che era lui quello col fucile in mano, almeno lei non finirà in prigione. E con un po' di fortuna è anche possibile che non venga incriminato nemmeno lui.

Si siede sul tronco e la tira per la mano finché non torna a sedersi anche lei.

"Diremo la verità, a parte una cosa. È stato un incidente a tutti gli effetti. Però quello che ha sparato a casaccio sono io."

Artie alza gli occhi verso il cielo, come se potesse trovarvi una risposta. Sopra di loro, man mano che si alza il vento, si sente il fruscio delle querce che crescono sull'argine. "Di qui non c'è una strada che porta a casa di Peter, farai prima ad andarci a piedi," dice Artie. "Ti aspetto qui. Non mi muovo." Lo dice con un filo di voce, ma lui sente la sua rassegnazione. Arlo però ha bisogno di qualcosa di più, ha bisogno del suo consenso che lo sollevi almeno un po' dal senso di colpa che lo schiaccia. Non si muove, sperando che lei lo guardi o che gli stringa la mano. Invece Artie si prende la testa tra le mani e piange.

4

La nuova serenità permette a June di sopportare quasi tutto. È stupefacente quello che riesce a ignorare. Ha messo da parte, almeno per questa mattina, le sue preoccupazioni per March, per Hap. E riesce anche a tollerare il marito in cucina, che vuole assolutamente aiutarla a preparare il pranzo anche se non le serve il suo aiuto. Non solo, mentre mangiano il pesce gatto fritto con l'insalata e le pesche degli alberelli striminziti dietro casa, non vede l'ora che lui commenti come ogni settimana la predica, scherzando su quanto si adattano o meno le parole del pastore ai vari membri della congregazione.

Peter invece è silenzioso, circospetto. Di solito quella circospezione la irriterebbe, ma oggi è come se tra il suo umore e quello del marito si levasse uno spesso muro di cemento. L'umore di lui va a sbatterci contro, facendo schizzare tanti mucchietti di stizza ai suoi piedi. Gli schizzi non raggiungono June, che non si sente obbligata a fare domande per strapparlo a quel silenzio. Rimane accanto a lei davanti al piano della cucina mentre June toglie il pesce dalla friggitrice e fruga con un cucchiaio nel barattolo di salsa tartara, raschiando con forza il fondo. "Guarda che è finita."

"È nella lista della spesa. Tocca a te andare." Si spostano in sala da pranzo, portando con sé i piatti pieni e due bicchieri di tè freddo.

June canticchia a bocca chiusa.

"Che canzone è?"

"Cosa? Quale canzone?" dice lei.

Peter posa il bicchiere sul tavolo con troppa forza, facendo traboccare il tè. Dopo aver deposto il suo piatto e il bicchiere, June va a prendere uno strofinaccio. Asciuga il tè rovesciato, e lui non la ringrazia nemmeno.

June riporta lo strofinaccio in cucina. Ha smesso di canticchiare, ma tornando verso il marito muove i fianchi al ritmo che ha in testa.

Dal fiume arriva un colpo di fucile. Capita così spesso che nessuno dei due fa commenti. June si siede a mangiare. Ha una fame da lupo.

5

Arlo sale sulla veranda di Peter senza fiato per la corsa. Solo la velocità delle gambe e il bruciore dei muscoli gli hanno impedito di precipitare nel panico dopo aver lasciato Artie. Invece di suonare il campanello e rimanere in attesa, entra come una furia e si trova davanti June e Peter, che stanno lavando i piatti in cucina.

"Potete chiamare lo sceriffo?" Ritrovarsi in quella stanza, in quella casa che non vede da quando era bambino, dà alla richiesta il tono di una supplica: un'implorazione invece di un imperativo.

"Cosa succede?" chiede Peter. "Sei ferito?" Si avvicina a lui con cautela, e solo allora Arlo si ricorda dell'aspetto che deve avere, coperto di fango com'è, ancora grondante, con le mani e la camicia imbrattate di sangue.

Arlo ha pronta la risposta, non ha fatto che ripetersela per tutto il tempo che ci ha messo ad arrivare. "Ryan è morto, è giù sulla riva del fiume. Chiama lo sceriffo. Io devo tornare là."

"Cosa?" lo investe la voce di June. "Cos'è successo? Dov'è Artie?"

"È rimasta con lui."

"Arlo, Gesù. Cos'hai fatto?" dice lei.

È la domanda che lo perseguita dal momento in cui Artie ha sparato. June prende la mano di Peter. Non li ha mai visti tenersi per mano.

"Non dovevi lasciarla col corpo," dice June. "Non dovevi lasciarla sola."

Arlo si sente bruciare gli occhi, una sensazione così strana per lui che ci mette un momento a capire che sta per mettersi a piangere. Allunga una mano tremante verso June. Lei gliela prende, lascia quella di Peter, poi dice al marito di telefonare. Dopo di che escono tutti e tre, lei si trascina dietro Arlo mentre scende i gradini della veranda. Passando spaventano un pavone che dorme in un angolo del giardino, e Arlo inciampa al grido dell'uccello. L'erba curata del prato lascia il posto a una vegetazione più incolta e alle erbacce e dopo qualche minuto incominciano i sicomori e i cipressi. Senza che Arlo dica una parola, June sa esattamente quando fermarsi per farsi largo con loro tra i rampicanti e le graminacee, a quattrocento metri dalla casa. Lo sanno tutti che quello è il posto preferito di Artie.

Adesso Arlo piange senza freni. Non sa bene se è per il calore della mano di June, il sollievo di essersi assunto lui la responsabilità o il fatto che tra poco dovrà affrontare di nuovo quello che ha fatto a sua sorella. Si fermano sull'argine e guardano le due sagome sulla riva del fiume: Ryan col viso rivolto verso il cielo, e Artie, rannicchiata in ginocchio, la testa che sfiora quella di Ryan. È scossa dai singhiozzi, ma il suono che sale da lei non ha niente di umano. Sembra l'urlo di un animale sofferente, quello che sua sorella potrebbe usare per attirare i coyote.

June lascia andare la mano di Arlo, scende scivolando giù per l'argine, lo lascia indietro. Lui è grato di poter rimanere immobile per un momento, di dover guardare e basta. June si inginocchia vicino ad Artie e controlla invano il polso di Ryan. Poi, con dolcezza, cerca di farla sedere. Arlo si lascia cadere sull'argine poco più sopra e sente il fruscio di Peter che si muove tra i cespugli. Tra non molto arriverà anche lo sceriffo.

Arlo cerca di imprimersi in testa la storia che deve raccontare. Non avevano idea che Ryan fosse lì a fare il bagno. Arlo ha sparato perché la sorella l'ha preso in giro dicendo che non sarebbe mai riuscito a centrare quella cosa che si vedeva nel fiume. Farà la parte dell'idiota, e anche se non gli importa di quello che pensa la gente di qui quella fama di imbecille lo seguirà ovunque, anche nella sua carriera di musicista. Non che gliene freghi qualcosa. Pensa solo a quello che è meglio per Artie.

Peter si accovaccia vicino a lui. "Stanno arrivando." Posa la mano sul braccio di Arlo e glielo stringe, ma l'altro non sente nessun conforto, solo il bruciore della stretta. Guardano entrambi June e Artie, che si è rannicchiata addosso a June. Danno tutte e due le spalle al corpo. Peter si schiarisce la gola. "Scendiamo."

Peter è già a metà strada prima che Arlo sia riuscito ad alzarsi e a cominciare la discesa. Né June né Artie si accorgono di loro. Peter fa gli ultimi passi verso il fiume coprendosi la bocca. Arlo va a mettersi accanto ad Artie. Ryan è così coperto di fango, dopo che Arlo ha cercato in tutti i modi di portarlo a riva, che sembra quasi completamente vestito. Quando Arlo vede il foro da cui è entrato il proiettile in cima alla testa di Ryan il suo stomaco ha uno spasmo, e si lascia cadere a terra. Spera che Artie si appoggi a lui. Lo farebbe d'istinto in circostanze normali. Ma quando arriva l'ambulanza sta ancora aspettando, e lei non l'ha nemmeno sfiorato.

Una volta che i soccorritori hanno confermato che Ryan è morto, una volta che sono tornati nell'autoambulanza e la polizia ha fatto allontanare tutti dal corpo, lo sceriffo Muñoz – una donna che Arlo non ha mai visto ma che a quanto pare June e Peter conoscono – dice ad Arlo di cominciare dal principio. Arlo spera di non aver mostrato la sua evidente sorpresa: per il fatto di non conoscerla, perché sembra più competente di quanto lui si aspettasse dallo sceriffo di un paese, perché è una donna.

"Ci siamo trovati qui per pescare," dice guardando Artie e aspettandosi di vederla annuire a conferma delle sue parole. Invece Artie tiene gli occhi incollati ai poliziotti che girano intorno a Ryan. "E io le ho indicato una cosa nell'acqua, qualcosa di scuro. Non riuscivamo a capire cos'era. Artie mi ha detto che era stata avvistata una moffetta rabbiosa, e io ho pensato che l'animale potesse essere caduto nel fiume. Ho detto ad Artie che forse dovevamo spararle, e lei si è messa a ridere. Ha detto che non sarei mai stato capace di beccarla da quella distanza." Di nuovo Arlo si gira verso Artie, questa volta non tanto per una conferma quanto per assicurarsi che non stia lasciando intendere in qualche modo che il fratello sta inventando una storia di cui lei non sa assolutamente niente. Artie però è ancora concentrata su quello che sta succedendo intorno al corpo di Ryan. "In quel momento mi dava la schiena, e non si è nemmeno accorta che io stavo prendendo la mira. Quando si è girata era già partito il colpo."

"Perché aveva portato il fucile? Visto che eravate qui a pescare?" dice lo sceriffo.

"Io non ho nessun fucile. Era quello di Artie."

Per una frazione di secondo la Muñoz sembra poco convinta, poi l'espressione evapora e la sua espressione torna assolutamente neutra. Arlo rimpiange di non avere a che fare con lo sceriffo di prima, quello che prestava servizio assieme a Peter all'associazione metodista, quello che aveva una figlia che si era diplomata lo stesso anno di Hap, quello che, si lamentava a volte qualcuno, non sembrava mai molto desideroso di indagare se invece si poteva mettere tutto a tacere.

"Perché suo fratello aveva il suo fucile?" chiede lo sceriffo ad Artie.

Artie scuote la testa e Arlo si sente esplodere l'ansia dentro. Ma invece di contraddirlo lei dice: "Non si spara mai a qualcosa senza sapere di preciso cos'è." Il tono è pieno di rimprovero, ma solo Arlo sa che Artie lo sta dicendo a sé stessa.

Lo sceriffo annuisce. "Quello che voglio sapere è perché il fucile ce l'aveva Arlo, però."

Artie lo guarda, e lui vede che sta cercando di fare quello che le ha chiesto. Ma è troppo traumatizzata per farlo senza difficoltà. "Perché ce l'avevi tu?" dice al fratello.

"L'avevo preso e basta. Era lì vicino con tutto il resto della roba." Poi si rivolge alla Muñoz: "Non avevamo ancora deciso dove metterci a pescare. Eravamo appena arrivati."

"Sapeva che Ryan poteva essere lì?" chiede la Muñoz ad Artie. "Doveva venire anche lui?"

Artie si separa da June. Fa un respiro profondo e si passa la mano tra i capelli, spargendo tutt'intorno il fango che le si è seccato sulla pelle. "Doveva venire anche Ryan, ma un'ora dopo."

"Perché pensa che sia arrivato prima di voi, senza avvisarvi?" La Muñoz si gira a guardare il fiume da una parte e dall'altra. "E perché secondo lei ha fatto il bagno nell'attesa?"

"Gli piace nuotare," dice Artie, calma. "Lo stava facendo per ammazzare il tempo, probabilmente." Rabbrividisce, anche se Arlo non riesce a capire se è per le parole che ha scelto o per qualcos'altro che può esserle balenato in mente.

"Però non si era portato il costume."

"Quando la corrente è così forte," dice Artie, "ti strappa anche i boxer. Facevamo sempre il bagno nudi qui. Non ci sono case in vista."

La Muñoz però torna alla domanda di prima: "Perché arrivare prima? Senza una telefonata, un messaggio?"

"Sapeva che ero agitata perché dovevo presentarlo ad Arlo. Forse pensava che così mi avrebbe aiutata, avremmo fatto questa presentazione e dopo non mi sarei più dovuta preoccupare." La voce si spezza.

"Perché il fatto di presentare il suo ragazzo ad Arlo la agitava tanto?"

Nel rispondere, invece dello sceriffo Artie guarda Arlo. "Volevo a tutti i costi che si piacessero." Arlo vede la sorella esitare. Vorrebbe spiegare qualcos'altro e lui sa che si tratta di dettagli che lo sceriffo riterrebbe importanti: Artie che non voleva partecipare alla sua tournée, l'opinione che Arlo aveva di Ryan. Invece non dice niente di tutto questo. Sembra solo impaurita mentre lo guarda con gli occhi sbarrati. Li fa sembrare colpevoli tutti e due.

"E nessuno dei due ha visto i vestiti che aveva lasciato lì?" Lo sceriffo indica un mucchietto scuro ai piedi di un albero vicino al punto da cui è partito il colpo. Arlo si era dimenticato dei vestiti: jeans, una maglietta, un paio di scarpe da ginnastica.

Mentre pronuncia queste parole la Muñoz osserva Arlo, ma la reazione di Artie attira immediatamente l'attenzione di tutti quanti. "Come abbiamo fatto a non vederli?" grida, così forte che anche i poliziotti si girano a guardarla. Tende le braccia verso i vestiti e si piega come afflosciandosi, tanto che la Muñoz e June devono sostenerla, e lo sceriffo le tiene la mano posata sulla schiena per un po'. "Se li avessi visti, avrei capito che Ryan era qui. Non sarebbe successo niente di tutto questo."

La Muñoz guarda Arlo.

"Nemmeno io li ho visti." Sembra distrutto quasi come Artie, ma è perché non ha mai visto la sorella così devastata. È protesa in avanti, le mani sulle ginocchia, scossa da quelli che sembrano conati asciutti. Arlo cerca di passarle un braccio intorno alle spalle ma lei si irrigidisce, scivola via. A bassa voce, June chiede allo sceriffo se possono tornare tutti quanti a casa.

Una volta lì, Arlo, Artie e June si siedono sulla veranda mentre la Muñoz e Peter vanno a prendere dell'acqua per tutti. Visto quanto ci mettono, Arlo immagina che lo sceriffo ne stia approfittando per interrogare anche Peter in separata sede. Non è affatto sorpreso che il suo piano a quanto pare funzioni. Dopotutto nella loro contea è più frequente morire per uno sparo accidentale che per omicidio. Però Arlo sente il peso della tragedia. Non si rende conto fino in fondo del fatto che è morto un uomo, con tutto quello che implica. Ogni volta che la sua mente va da quella parte è come se gli mostrasse al rallentatore Artie che fa partire il colpo. Come se risentisse nelle viscere la sensazione che ha provato quando si è reso conto di quello che aveva messo in moto.

Quando Peter e lo sceriffo finalmente tornano, e lui e Artie sono riusciti a bere almeno qualche sorso d'acqua, la Muñoz chiede a June di accompagnare Artie all'ambulanza parcheggiata nel vialetto, in modo che i paramedici controllino se mostra qualche sintomo di shock.

Dopo che June e Artie si sono allontanate dalla veranda, la Muñoz dice ad Arlo: "Se pensava di partire, se aveva già fissato le date per la tournée, dovrà cancellarle."

Arlo annuisce. "Non ci penso proprio, a partire. Non con Artie in questo stato..." e indica la sorella sempre più lontana, ma si accorge di non riuscire a tenere il braccio alzato, come se la vergogna lo rendesse più pesante.

"Adesso dovrò andare a casa dei Barry," dice lei. "Mr. Briscoe mi ha detto dei problemi che ci sono stati tra le due famiglie. Perciò se i familiari della vittima dovessero venire a cercarla mi aspetto che lei faccia del suo meglio per allentare la tensione. A quanto pare suo padre è convinto che Lavinia Barry insisterà perché lei sia incriminato, ma io le dirò quello che sto dicendo a voi, che non abbiamo ancora abbastanza elementi per decidere in proposito."

Imbarazzato, Peter distoglie lo sguardo da Arlo. Poi dice: "Dovevo sistemare le cose con lei anni fa. Ma voi non siete me, perciò è possibile che accetti l'idea che è stato un incidente." Peter gli posa una mano sulla spalla, e Arlo ne sente tutto il peso. Certo, se con i Barry le cose dovessero andare male potrà dare la colpa a Peter, almeno in parte. Però sa anche che se fosse il figlio di qualcun altro la Muñoz forse sarebbe meno accomodante, forse si sentirebbe obbligata a portarlo alla stazione di polizia per fargli altre domande. Forse partirebbe immediatamente un'accusa. E persino una scenata con Lavinia Barry gli appare quasi una possibilità da augurarsi, qualcosa a cui esporsi al posto della sorella per liberarsi almeno in parte della vergogna che prova.

Lo sceriffo se ne va, e lui e il padre rimangono soli nel tepore del crepuscolo. Il sole sta calando, ma tutto sembra terribilmente vivido, quasi sgargiante, come se Arlo lo contemplasse con occhi che vedono oltre ciò che è umanamente possibile. Vorrebbe che fosse buio per non vedere Artie in fondo al vialetto, rannicchiata nel retro dell'ambulanza col braccio infilato dentro il bracciale per la pressione. Vorrebbe che la verità di lei, che nessuno dei due sapeva su chi stava puntando il fucile, fosse anche la sua. E non può dimenticare la lezione che lui e sua sorella hanno imparato dalla madre: una persona che non c'è può sembrare più presente e fare più danno di un corpo vivo e vegeto.

6

I paramedici hanno lasciato andare Artie. Dopo essere stato trasferito su una barella e trasportato lentamente e con cautela via dalla riva del fiume, il corpo di Ryan è stato caricato nell'ambulanza. Lo sceriffo e i suoi vice se ne sono andati. In cucina, Arlo si siede su uno dei due sgabelli e si regge la testa tra le mani. Artie prende l'altro sgabello e lo sposta verso di sé, allontanandolo dal fratello. Peter se ne accorge ma non riesce a decifrare il gesto. Ha anche ascoltato il loro racconto, la spiegazione, e non riesce a decifrare nemmeno quella. Possibile che ad Arlo sia venuto in mente di sparare a caso, o peggio a qualcosa di non identificato?

June è vicina ad Artie, ha un braccio intorno alle spalle della ragazza, che è pallida e tremante. Lancia un'occhiata al marito. Non sta facendo quello che dovrebbe. Lui allora va a prendere una trapunta dall'armadio della biancheria e la avvolge attorno alla figlia. Poi va a prendere del bourbon dalla dispensa. Ne versa un goccio in un bicchiere ma Artie scuote la testa. A quel punto Peter fa il giro del bancone centrale della cucina, spinge il bicchiere di fronte ad Arlo e gli posa una mano sulla schiena. Non c'è niente di spontaneo in quel gesto, ma rispecchia quello che potrebbe fare un padre in simili circostanze. O forse quello che immagina farebbe un padre in circostanze un po' meno gravi: una moglie che se ne va di casa, la perdita di un lavoro. C'è sempre stata una parte del suo cuore che anelava di appartenere ad Arlo, che desiderava almeno quella vicinanza relativa che ha con Artie. Ma adesso che è un uomo – e lo stesso accadeva quando era bambino – Arlo non lo guarda mai negli occhi, il suo sguardo si limita a sfiorare il padre di sfuggita, come se non meritasse un esame più approfondito. Evita di guardarlo anche adesso, e però prende il bicchiere e lo tiene in mano senza bere nemmeno un sorso.

"Vuoi provare a sdraiarti?" dice June dolcemente. Artie fa segno di no. "Vuoi che telefoniamo a tua mamma?" Peter non ricorda l'ultima volta che June ha nominato Lee, anche solo in maniera così indiretta. E quando Artie annuisce, si rende conto di non ricordarsi nemmeno l'ultima volta che Artie ha parlato di lei. Sente qualcosa nel petto, seppellito giù giù, incrinarsi al pensiero di Lee, così assente dalle loro vite anche se sa che la sua è piena delle loro, seppure da lontano. June gli fa segno di sì con la testa. Peter fa un cenno verso la porta principale. Vuole risparmiare ad Artie l'ennesimo resoconto di quello che è successo, ma sente di avere bisogno dell'approvazione di June per parlare con Lee. Non parla con lei da più di dieci anni, un'impresa in un paese così piccolo. June fa di nuovo segno di sì.

Peter esce, sgancia il cellulare dalla cintura. Dal cielo sono svanite anche le ultime tracce del tramonto, e si allontana nel buio verso un punto da cui gli altri non possano sentire la sua voce. Il numero di Lee non è tra i contatti, ma scopre che le sue dita lo ricordano perfettamente.

Risponde al primo trillo.

"Peter?" La confusione rende la sua voce più acuta. Lui ringrazia che il suo nome sia comparso sul display evitandogli di dover essere il primo a parlare: sa che sarebbe ricascato dritto dritto negli scambi di dieci anni prima. "Sono io," avrebbe detto. "Sono contenta," avrebbe risposto lei.

Invece: "È successa una cosa brutta ai gemelli. Ryan è morto. Arlo gli ha sparato. Un incidente." I gemelli: non li chiama così da quando erano bambini. Quell'espressione gli fa tornare in mente la prima volta che li aveva visti, insieme nella culla, le testoline rivolte una verso l'altra nel sonno. Chiude gli occhi, li strizza.

"Oddio," dice lei. Lo ripete un'altra volta, e Peter lascia che tra loro cali il silenzio. Poi Lee dice: "C'era anche Artie quando è successo?"

"Sì. Ha voluto lei che ti chiamassimo. Insomma, June le ha chiesto se dovevamo chiamarti e lei ha detto di sì." Qualunque cosa dica, le sue parole gli danno la sensazione di prendere a schiaffi qualcuno. Il fatto di sapere che Lee si lascerà schiaffeggiare senza un lamento non lo consola affatto. Fa un altro tentativo. "Penso che sia meglio se per il momento sta da te. Vieni a prenderla?"

Lee non risponde. Peter la sente respirare. Alla fine lei dice: "Arlo è lì con lei ma lei preferisce venire a casa mia?" A lui gira la testa. Persino la madre non riesce a immaginare uno scenario in cui Artie non si aggrappi al fratello.

"Sì," dice lui, e si accovaccia in modo da posare la mano libera sulla ghiaia del vialetto, per non cadere.

"Appena posso arrivo." Un attimo di silenzio. "Ciao, Peter." Aspetta che la saluti anche lui prima di riattaccare, ma lui tarda a rispondere. Invece di tornare verso casa, Peter si lascia scivolare a terra, per riposarsi un attimo.

Arlo finisce il bourbon, si alza e avvicina il bicchiere alla bottiglia per versarne ancora. June è sorpresa quando ne versa un bicchiere anche a lei. Continua a fissare Artie, con la bocca dischiusa, come se da un momento all'altro potesse dirle qualcosa. Artie è curva sul bancone, il viso nascosto dai capelli.

A un certo punto ha un sussulto, e June si domanda se sta rivivendo il momento dello sparo nella sua testa. Lo sente anche

June, quello sparo che sul momento aveva ignorato, continuando a mangiare mentre la vita di Artie esplodeva a meno di cinque minuti da lì.

Arlo tende una mano per prendere quella della sorella, ma lei la ritrae, alzandosi. "Vado a sdraiarmi sul divano." Si allontana con passo malfermo verso il soggiorno e scompare.

June beve un sorso di bourbon, preoccupata, perché tra i gemelli sembra essersi insinuato qualcosa che non è in grado di nominare. Lui ha un'espressione che le ricorda Hap quando era piccolo. Quella che gli veniva ogni volta che March perdeva la testa e lo attaccava. L'espressione di un bambino con un fratello che si era trasformato in uno sconosciuto. Un bambino che si rende conto che nemmeno un fatto così primario come essere fratelli è una garanzia a questo mondo.

La mano di Arlo si aggrappa al bancone. June la copre con la sua. Quando Peter rientra è ancora lì.

"Lee arriverà presto."

June attira piano Arlo verso lo sgabello da cui la sorella si è alzata poco prima. "Siediti," dice, e lui obbedisce. Poi, rivolta a Peter: "Artie è in soggiorno. Vado a darle un'occhiata."

Artie è distesa sulla pancia, con la testa verso lo schienale di cuoio del divano. June la copre con un plaid e si siede accanto a lei, abbastanza vicino da poterle passare le dita tra i capelli. Le torna in mente quando era lei, incinta di March, a starsene distesa sul vecchio divano arancione la settimana dopo aver cacciato Peter di casa. Quando quella donna che adesso è davanti a lei era solo un pugno di carne dentro sua madre, rannicchiata contro la carne di suo fratello. Continua ad accarezzarle i capelli, e Artie si mette a piangere.

Rimane lì anche quando sente Lee bussare alla porta. Non ha nessuna voglia di vedere come si saluteranno quella donna e suo marito. Quando sente i passi di Lee nel soggiorno finalmente si alza, cede il posto alla madre. Passandole accanto si sforza di sorridere e le fa un cenno con la testa, ricordando a sé stessa che stanno cercando tutte e due di fare del loro meglio.

In cucina, Arlo e Peter sono seduti uno di fianco all'altro, come prima: i tacchi degli stivali agganciati al piolo dello sgabello. Le ginocchia così allargate che June è pronta a scommettere che si toccano. Gira intorno al bancone per prendere il suo bicchiere e finirlo, e prova un moto di gratitudine per il bourbon che le brucia in gola e le ricorda che è ancora in grado di reggersi in piedi.

Entrano Lee e Artie. Lee ha passato un braccio intorno alla vita della figlia per sostenerla. Artie continua a non guardare in faccia nessuno. Arlo si gira sullo sgabello per guardare entrambe. "Vuole venire a casa con me," dice Lee, quasi come se volesse scusarsi.

A quel punto si volta anche Peter. Separata dal bancone, June vede la famiglia che avrebbero potuto essere quei quattro se lei avesse fatto una scelta diversa. Lee prende un'altra volta la parola, anche se quello che dice non le fa piacere, e si vede: "Artie dice che per ora puoi stare da lei."

"Artie," dice Arlo. Intessuto nel tono della sua voce June sente tutto il bisogno che ha di lei, ma Artie va verso la porta e varca la soglia come se nessuno avesse detto niente.

LUNEDÌ

1

Ci voleva una disgrazia perché June dormisse dieci ore di fila e si svegliasse senza traccia di stanchezza. Non sapendo cos'altro fare aveva convinto tutti quanti ad andare a letto prima delle nove, ma lei e Peter non erano riusciti ad addormentarsi finché a lui non era venuto in mente di tirare fuori i vecchi sonniferi della moglie, scaduti da un po' ma chiaramente ancora efficaci. Sente Peter muoversi accanto a lei, e prima che possa girarsi scivola fuori dal letto. Ma appena posa i piedi sul pavimento sente un nodo al petto e allo stomaco, un garbuglio di preoccupazioni con tanti di quei fili da non poter nemmeno provare a sbrogliarli.

Al piano di sotto c'è Arlo, con una caffettiera piena fino all'orlo. Ha trovato tutto il necessario, ha messo su il caffè ma poi si è addormentato prima di versarlo nella tazza, ancora sullo sgabello della sera prima, questa volta con la testa di lato, posata sulle braccia. La sera prima aveva insistito perché qualcuno lo portasse a recuperare la sua macchina, ma June aveva risposto che avevano bevuto tutti troppo per guidare, e l'aveva accompagnato nella camera degli ospiti.

June lo osserva come non è mai riuscita a fare quando è sveglio. È un bel ragazzo, ma ha preso più dalla madre che da Peter, gli stessi occhi distanti nel viso sottile, le labbra di un rosa carico. June ha entrambi gli album di Arlo ma li ascolta solo quando è in macchina da sola, e li ha infilati in due scatole sbagliate che a nessuno dei suoi familiari salterà mai in mente di aprire, il *Requiem* di Mozart e Joan Baez. Pensa a quando ha gettato le scatole originali nella spazzatura, ai fondi di caffè sparsi su quel viso attraente, e si sente un po' in colpa.

La spia sulla caffettiera si spegne, il che significa che Arlo sta dormendo in quella posizione scomodissima da due ore. Versa due tazze e le posa davanti a lui. Prova a mettergli una mano sulla spalla e a scuoterlo piano. Arlo emette un gemito e alza la testa, poi nasconde la faccia tra le mani. "Che ore sono?"

"Quasi le otto. Prima ti alzi e poi ti addormenti, eh?" Si siede anche lei, e le dispiace di non aver dato anche a lui uno dei sonniferi scaduti. Se fosse stato uno dei suoi figli, persino March, ci avrebbe pensato. E non si sarebbe nemmeno stupita se March si fosse trovato coinvolto nella morte di qualcuno. Eppure in tutti quegli anni, e dopo tutte quelle risse, non è mai capitato che mandasse all'ospedale qualcuno. È Arlo, invece, che d'ora in poi dovrà portare quella croce.

"Lo sai, vero, che puoi stare qui? Che puoi stare tutto il tempo che vuoi?" dice.

Arlo rimane a guardarla per un bel po', valutando la proposta. "No, non lo sapevo. Lo apprezzo molto, ma non ho intenzione di accettare." Prende la tazza e beve un sorso. "Sei stata fantastica. E anche lui. Però siamo tutti troppo tesi, ed è l'ultima cosa di cui ho bisogno. Starò da March."

"Peter gli ha telefonato ieri sera. Viene appena si sveglia. Ma vuoi rischiare di finire invischiato nei casini di March? Guarda che anche nella sua vita c'è parecchia tensione in questo momento."

"È la cosa migliore. Lo sai che siamo molto amici, no? Anche il fatto che non si sia più fatto vivo con noi è stato solo un tentativo di risparmiare a me e ad Artie un peso che era solo nella sua testa." Butta giù un altro sorso, svuota la tazza per metà.

Guardandolo June si sente salire nel petto un'ondata inattesa di calore materno, un sentimento che vorrebbe tanto provare a comando per March ma che in realtà solo Hap è in grado di accendere in lei. E Artie.

"Sarà anche un buon amico, ma certo non è stato un buon fratello. Si è lasciato dietro una tale scia di danni."

Arlo distoglie subito lo sguardo, pensando al danno che ha causato lui, immagina June. Arlo e Artie hanno un legame che Hap e March non si sognano nemmeno, purtroppo. Non riesce neppure a concepire che Artie, pur con tutto il dolore del mondo, non stia pensando ad Arlo, a come si deve sentire sapendo di aver ucciso qualcuno. Poi però le torna in mente la freddezza con cui l'ha trattato la sera prima. C'è qualcosa che non torna nella storia che hanno raccontato. E se c'è qualcosa di nascosto sotto la superficie delle cose, June vuole portarlo alla luce: è fatta così. Non sa porre rimedio a ciò che non conosce. "Se c'è qualcos'altro da aggiungere su quello che è successo ieri," dice, "dovresti dircelo adesso. Lasciati aiutare."

Anche se lui è perfettamente immobile, June sente una vampata di calore provenire da Arlo, come da un forno aperto e subito richiuso.

"Oltre al fatto che Ryan è morto per colpa mia? Non basta?" Salta giù dallo sgabello e va a risciacquare la tazza, voltandole le spalle. Da sopra si sentono i passi di Peter che attraversano la camera da letto, e nel silenzio teso della cucina il rumore risuona fortissimo.

Arlo torna a rivolgersi a lei. "Ho bisogno di prendere aria, vado a fare una passeggiata. Se incontro March e non torno, ringrazia tu Peter per il suo aiuto. E grazie anche a te." È sorpresa da quel cambiamento improvviso, la rabbia che si è stemperata in un calore sincero. Ma prima che Peter scenda in cucina ha già infilato il corridoio ed è sulla veranda.

"Mi sa che le date di scadenza sono approssimative. Ho dormito il sonno del giusto."

"Sì, proprio tu. Non mi stupisco che per roba così forte serva la ricetta." Sorride per addolcire la frecciata e gli versa il caffè. "Dovrebbe essere ancora caldo. O almeno tiepido."

Peter si accorge che la spia è spenta. "Sei in piedi da così tanto?"

"Arlo." Gli porge la tazza. Quando lui la attira a sé abbracciandola si rende conto che sono almeno tre anni che non gli porge una tazza di caffè, tre anni che al risveglio del marito è già seduta in terrazza al piano di sopra. Ci voleva un morto sulla porta di casa per dare una scossa alla routine.

"Dov'è?"

Lei si ritrae. "È andato a fare un giro. Mi sa che spera di incontrare March per non essere costretto a parlare con noi anche stamattina. Dice che per ora si sistema da lui."

"Ma non doveva stare a casa di Artie? Anche se lei è da..." Non finisce la frase, e June sente montare un'altra volta l'irritazione.

"Da Lee. Puoi anche dirlo. Era qui ieri sera, nella mia cucina."

Ma Peter non abbocca, e questo la fa sentire meschina, e l'irritazione iniziale si incendia, si trasforma in qualcosa di più grande. "Artie finirà per perdonarlo. Ne sono certo."

"Lo penso anch'io, ammesso che le cose siano andate come hanno detto. Ieri però evitava di incrociare il suo sguardo, non si è nemmeno lasciata consolare."

"Sono sicuro che ha solo bisogno di un po' di tempo."

"Tu sarai anche suo padre, ma io conosco Artie meglio di te."

Peter alza la voce. "Ma cosa ti viene in mente, credi che Arlo sia un assassino? Che abbia sparato a Ryan apposta?"

"Non ho detto questo." June si avvicina alla zanzariera, per controllare che Arlo non possa sentirli. Chiude la porta. "Penso solo che ci sia dell'altro oltre a quello che sappiamo."

"Allora forse non sono fatti nostri."

"Diciamo che è la cosa più facile da credere, perciò immagino che continuerai a farlo. Proprio come quando pensi che March possa tornare a Olympus senza conseguenze negative."

"Tu invece a quelle positive non ci pensi proprio," si infiamma Peter. Poi gli suona il cellulare e allora lui la guarda con un'aria soddisfatta, come se fosse riuscito ad avere l'ultima parola. Si sfila il telefono dalla cintura.

"Thea," dice, sorpreso.

June sente la voce attutita della figlia, ed è come se arrivasse dal piano di sopra invece che da un altro stato. "No, volevamo chiamarti. Ma sono contento che l'abbia già fatto Artie."

June scuote la testa davanti alla naturalezza con cui il marito mente, alla sua capacità di dire sempre la cosa giusta per placare la figlia. E la rabbia di Thea non la sorprende affatto. Per come la vede lei, l'informazione è potere. Il fatto che le abbiano tenuto la cosa nascosta, anche solo per dodici ore, è un affronto per lei.

"No, veniamo noi a prenderti. Quando arriva il volo?"

Un'altra figlia lontana che arriva a Olympus, un'altra occasione per cui lei non riesce a essere contenta.

"Ok, per le sette siamo lì. Ti voglio bene, tesoro."

June sente in lontananza la risposta della figlia, ti voglio bene anch'io. E lei, quand'è l'ultima volta che ha detto a Thea che le vuole bene? Probabilmente teme che se glielo dicesse Thea non le risponderebbe nemmeno, confermando tutte le sue paure.

Peter sorride, e June riesce a stento a trattenersi dal dirgli quanto è fuori luogo quell'allegria. "Andiamo a prenderla e poi la portiamo a casa di Lee," dice lui.

June ha voglia di vedere Thea, nell'ultimo anno l'ha vista una volta sola, e soltanto per un fine settimana. Ma quando le visite sono così brevi è tanto più facile dedicarsi anima e corpo alle nipoti che cercare un contatto più approfondito con una figlia che continua a respingerla. Ogni volta rimpiange quella distanza, eppure adesso che ha la possibilità di vederla prova un moto di resistenza all'idea.

"Meglio se vai da solo," dice. "Sarebbe imbarazzante se venissi anch'io a casa di Lee." È una scusa che non regge. Nel momento in cui Lee ha varcato la soglia della loro cucina la sera prima, è tornata nella loro vita. Davanti a quello che è successo chiunque, lei compresa, non può che trovare meschini i suoi vecchi rancori e le sue rivendicazioni territoriali. La verità è che l'arrivo di Thea assomiglia troppo al ritorno di March, una faccenda spinosa e imbarazzante, con Peter che fa finta di nulla. Lasciando a lei tutte le complicazioni. "Credimi, è meglio così. La vedo domani assieme ad Artie." L'ha già avuta vinta, ma non rinuncia a segnare un altro punto. "E poi l'ha detto a te che arrivava, non a me."

Peter si porta il caffè in veranda.

L'ORIGINE DELLA RABBIA DI THEA

... ma proprio lui m'insegna che devo fare – nessuno proibisce d'imparare anche da un nemico.

Ovidio

Un pomeriggio d'agosto prima dell'ultimo anno di superiori, Thea e un'amica erano andate a nuotare al fiume, poi avevano steso gli asciugamani sul prato di casa e si erano messe a guardare i pavoni. Hap e March giocavano a basket nel vialetto. Quella primavera March era cresciuto di colpo di quindici centimetri e aveva messo su dieci chili. Sembrava che fosse lui ad avere quattordici anni e non Hap, che invece ne dimostrava dodici, l'età del fratello. I due avevano cominciato a litigare, come accadeva spesso, e Thea era pronta a intervenire. Preferiva di gran lunga vedere le sue amiche a casa loro. Vivere a Olympus era come vivere su un palcoscenico. Perché portare addirittura qualcuno dietro il sipario?

"Strano," disse l'amica.

"Cosa?"

"March gli assomiglia tantissimo."

Thea scosse la testa. "Assomiglia a chi?"

"Immagina di essere nell'aula di economia. Chi c'è nella fila vicino alla nostra?"

Thea si irrigidì, perché vide chiaramente quello che non aveva mai notato. Ne fu inorridita. Era il profilo del suo compagno di classe Burke, ed era anche quello sputato di suo padre, solo con i capelli biondo chiaro e gli occhi azzurri. "Cazzo."

"Eh, appunto. Dovete per forza avere un antenato comune. Comunque a Olympus siamo tutti imparentati, se appena si va un po' indietro."

"Sì," disse Thea. Ma conoscevano tutte e due il vero motivo di quella somiglianza

Vivere sul palcoscenico di un paese aveva un vantaggio per Thea. Non era mai costretta a spiegare che legami c'erano tra lei e Artie e Arlo. La loro parentela faceva parte delle leggende locali, era una nozione presente da sempre nella coscienza di chiunque. Ma se il paese avesse saputo anche più di quello che sapeva lei? Thea pensò a sua madre, al modo in cui guardava il padre a volte, come se lui avesse avvelenato la terra su cui vivevano.

L'amica se ne andò, e Thea salì in camera a cambiarsi, e poco per volta lo stupore si trasformò in ansia. Sapeva che per gli altri lei era Thea, studentessa modello, giocatrice di pallavolo, due volte campionessa al torneo di dibattito sui valori tra le scuole dello stato. Ma era anche la figlia di un donnaiolo, con due fratellastri – anzi, a quel punto addirittura tre – a dimostrarlo. Sapeva benissimo che quelle cose non avevano un peso sostanziale sulla sua identità, ma si rendeva anche conto che per i suoi compaesani contavano eccome.

Non ricordava un momento in cui Artie e Arlo non avessero fatto parte della sua vita, e per anni aveva accettato le etichette di sorellastra e fratellastro senza porsi troppe domande. Dopotutto tra i suoi amici erano in molti ad avere fratellastri e fratelli acquisiti. Solo a otto anni si era resa conto che gli amici di solito avevano anche un genitore acquisito. Allora aveva interrogato il padre e lui, nonostante l'età della figlia, le aveva detto la verità. Era convinto che se era abbastanza grande per fargli una domanda del genere lo era anche per sapere come stavano le cose. Aveva chiamato June, si erano seduti tutti e tre in soggiorno e loro le avevano raccontato tutto. A quel punto Artie era già una sorella minore per lei, e le sarebbe sembrato di tradirla arrabbiandosi con il padre per il fatto che Artie e Arlo esistevano. Ma perché non le avevano detto niente di Burke? Era solo perché non aveva mai chiesto niente? Forse il padre era troppo debole per affrontare la verità, a meno che non fosse qualcun altro a esigerla?

E sua madre? Lei almeno avrebbe potuto, avrebbe dovuto dirle di Burke. Thea aveva più comprensione per la debolezza del padre di quanta ne avesse per quello che considerava l'orgoglio della madre. Quel pomeriggio, dopo che la sua amica se ne fu andata, Thea cercò dappertutto finché non trovò June in terrazza che leggeva un romanzo bevendo una Coca Light.

"Burke è mio fratello," disse. La cosa per lei era così lampante che non riusciva nemmeno a porla come una domanda.

La madre le fece segno di tacere e posò il libro, ma Thea si accorse che le tremava la mano. "Siediti e abbassa la voce. I tuoi fratelli sono ancora nel prato."

"Non dovrebbero saperlo anche loro? Pensi che sia normale che per anni sia passata accanto a mio fratello nei corridoi della scuola senza avere la più pallida idea che lo fosse?" Era furiosa perché le avevano mentito – anche se più che di una bugia si era trattato di un'omissione – ma più di tutto era mortificata perché a un certo punto si era presa una cotta per Burke. I sorrisi che gli rivolgeva quando lo incontrava nel corridoio, il fremito nello stomaco che aveva sentito per tutti quei mesi adesso erano un fardello vergognoso da portare. Bisognava che anche sua madre reggesse un po' il peso di quella vergogna.

"Se tuo padre avesse voluto fartelo sapere, te lo avrebbe detto lui."

"Però potevi dirmelo *tu*." Sua madre avrebbe dovuto mettere in conto che poteva prendersi una cotta per lui, in un paese così piccolo era naturale che l'interesse delle ragazze cadesse a turno sui ragazzi più carini. La cosa che davvero la fece uscire dai gangheri era che la madre evitasse di guardarla negli occhi. "Burke e io siamo stati insieme," sussurrò Thea. La madre trasalì ma non disse niente. "Abbiamo fatto sesso."

Il colpo andò a segno. La faccia di June si raggrinzì tutta mentre lasciava cadere la lattina. Che rotolò fino all'orlo della terrazza, col liquido schiumante che si spargeva schizzando sulla veranda di sotto. Thea si alzò per andarsene, ma a quel punto si alzò anche la madre. Finalmente la guardò dritto negli occhi. "Burke però lo sa. Non avrebbe mai fatto una cosa del genere."

"Burke lo sa e a te non passa nemmeno per la testa di dirmelo?" Thea era furibonda. "Cristo, mamma. Non siamo mai stati insieme. Però è disgustoso lo stesso." E Burke doveva aver trovato disgustosa anche lei, quando si era accorto che era attratta da un consanguineo.

La madre si era come afflosciata per il sollievo. Questo l'aveva fatta incazzare ancora di più. "Come fai a sapere che Burke lo sa?" chiese Thea.

"Gliel'ha detto sua madre."

"Quanto tempo fa?" Thea frugò tra i ricordi, cercando di stabilire se c'era stato un cambiamento nel modo in cui la trattava Burke. Ma non riuscì a trovare niente. Un ragazzo silenzioso, bravo a football ma non certo tra i migliori a scuola. Alle elementari non erano nella stessa classe, e alle superiori avevano solo due o tre materie in comune.

"Non lo so di preciso. Avrà avuto otto o nove anni."

Lui lo sapeva da anni. La indignava il fatto che qualcuno ne sapesse più di lei su una cosa tanto importante, una cosa che la riguardava. "Ti odio." Non era la prima volta che diceva una cosa del genere a sua madre, ma tutte le volte che avevano litigato era perché lei non voleva che Thea facesse qualcosa, si trattava di libertà negate, non di qualcosa che aveva fatto sua madre. Eppure rimase interdetta quando June le strinse forte il braccio.

"Perché pensi che sia colpa mia?" La rabbia le aveva reso la voce più acuta: era la voce che usava con Peter e March, non con Thea.

Thea si era liberata dalla stretta e si era rifugiata ai margini della terrazza. "Lui ti ha tradito e tu sei rimasta con lui. E anche tu hai mentito tenendo tutto nascosto. Hai mentito alla tua famiglia." Thea aveva bisogno che la madre riconoscesse di non essere la vittima ma la colpevole. Allora Thea non aveva ancora fatto abbastanza cazzate da dover perdonare sé stessa, dunque non aveva pietà per gli errori degli altri. "Dovresti saperlo meglio di chiunque altro, quanto fa male essere ingannati."

Aspettò che la madre ribattesse, ma non andò così. June si limitava a guardarla negli occhi, a schiena dritta. Quel tipo di orgoglio, si disse Thea, era una forma di debolezza.

Corse via. Una volta in camera sua, cercò di calmarsi, aggiunse altre università alla lista di domande di ammissione che si preparava a inviare e cancellò le poche che erano vicino a casa. C'erano troppi altri posti al mondo dove andare, l'essenziale era andarsene da lì.

Peter non aveva idea di quello che stava succedendo al piano di sopra. Era in soggiorno da un po', a guardare i Rangers. Salì solo quando la partita finì. La porta della camera di Thea era chiusa, e la musica filtrava a tutto volume. In fondo al corridoio anche la porta della camera sua e di June era chiusa. Peter ebbe un presentimento, ma lo scacciò subito. Dopo la storia con Lee era stato un uomo fedele. Una volta tanto poteva entrare in quella camera sapendo che qualunque cosa stesse succedendo non era colpa sua.

Spalancò la porta, ma June non c'era. E non era nemmeno in bagno. La chiamò.

"Vattene."

La trovò seduta a gambe incrociate sul pavimento dall'altra parte del letto, con gli occhi chiusi, la testa rovesciata all'indietro, appoggiata al davanzale della finestra.

"Ho detto vattene," ripeté June.

Ma Peter si sentiva nel giusto, perché aveva la coscienza pulita. Si sedette vicino a lei.

"Se non vuoi che ti dia uno schiaffo, dammi retta e vattene."

"Ma non ho fatto niente."

June sbuffò.

"Non faccio niente da anni. Va bene così?" Quando si accorse che June stava per piangere si domandò se non circolasse qualche storia inventata di sana pianta. "Qualunque cosa tu abbia sentito non è vera."

"Ah, no?"

"Assolutamente no."

"Quindi se Thea mi dice che mi odia non è vero?"

"È un'adolescente. Non lo pensa davvero."

"E se mi dice che sa che Burke è il suo fratellastro? Neanche questo è vero?"

Peter non era preparato, anche se sapeva che avrebbe dovuto mettere in conto quell'eventualità. Invece non l'aveva fatto, nella speranza che la figlia, come quasi tutti, non vedesse quello che non voleva vedere.

Nel corso degli anni a venire si sarebbe chiesto ogni tanto se le cose non avrebbero potuto andare in un altro modo se solo avesse obbedito a sua moglie, se avesse taciuto e se ne fosse andato. Sapeva che quello tra June e Thea era già un legame difficile, che la colpa poteva essere attribuita a lui e a quello che aveva fatto a June, perché l'aveva resa più dura, meno comprensiva. "Ha detto che è colpa mia?" gli sfuggì di bocca, prima di avere il tempo di riflettere.

È molto più facile rompere qualcosa che si è già rotto. È raro che una riparazione renda più robusto un oggetto. Il matrimonio di Peter e June era già passato attraverso due rotture. Ed ecco la terza, grazie a questa ripercussione tardiva. Peter, che aveva sempre preferito evitare i problemi anziché risolverli, ricominciò a pensare che forse era il caso di cercare conforto lontano da lì.

2

Non sono ancora le otto del mattino, ma lo sceriffo Muñoz è seduta sul divano vicino ad Artie, con le mani intrecciate e i gomiti puntati sulle ginocchia, e sembra sempre sul punto di alzarsi. Lo sceriffo ha fatto uscire Lee dalla stanza, dicendo che è meglio se lei e Artie parlano a quattr'occhi, e Artie aspetta di sentire l'imminente brutta notizia. "Ieri sera lei e la sua famiglia avete complicato la parte più dura del mio lavoro," dice Muñoz.

I Barry. Artie si vergogna di non aver pensato a loro nemmeno una volta da quando si è alzata quella mattina, dopo una notte di sonno intermittente. Era completamente in loop, il suo cervello non riusciva ad andare oltre la riva del fiume. La sensazione del grilletto che cedeva sotto il dito, l'acqua che schizzava mentre Arlo cercava disperatamente di riportare a riva Ryan. Ma per i genitori di Ryan era stata una notte altrettanto terribile. "Oh, no," dice. "Era convinta che sapessero di me e di Ryan."

"Lei mi ha detto che stavate insieme da mesi, l'ho dato per scontato. Per colpa di questo fraintendimento ho comunicato la notizia in maniera sbagliata. Farlo nel modo giusto, o almeno nel modo migliore possibile, fa parte del mio lavoro." Si china ancora di più verso Artie, come se volesse rendersi conto se l'altra capisce la gravità della situazione.

"Mi dispiace tanto." Artie non fatica a immaginare quanto debba essere stata penosa quella conversazione. La madre di Ryan che aveva dovuto subire il trauma della morte del figlio, e in più doveva essersi sentita del tutto esclusa dalla sua vita recente.

"Vi siete anche dimenticati di dirmi che Ryan lavorava da Hap Briscoe. La signora Barry suppone che lei e suo figlio vi siate conosciuti lì, ma io non ho potuto dirle niente di certo." La Muñoz guarda Artie con durezza. "Lavinia Barry è convinta di sapere di preciso cosa è successo e perché."

Artie annuisce. "Possiamo andare insieme da lei, così le spiego meglio cos'è successo? È convinta che sia stato un omicidio volontario? Che avessimo litigato?"

"Al momento vederla non farebbe che peggiorare le cose." Lo sceriffo sospira. "E farebbe stare peggio anche lei, Artie. E credo che non sia ancora pronta."

Se Arlo fosse lì seduto vicino a lei probabilmente insisterebbe, direbbe che lo sceriffo non ha idea se Artie è pronta o non è pronta. Per un istante vorrebbe averlo lì, ma peggiorerebbe le cose, proprio come ha peggiorato tutto da ieri. Anzi, da quando è tornato dalla tournée.

"E no, la signora Barry non pensa che sia stato intenzionale. Presume che sia stata colpa di un comportamento irresponsabile. Ma ha già detto che sa che Arlo ne uscirà pulito e i Briscoe andranno avanti come se niente fosse, senza nemmeno rendersi conto che le hanno portato via tutto. Le ho garantito che faremo indagini approfondite e che capiamo l'enormità della sua perdita."

Lo sceriffo Muñoz ricomincia a passare in rassegna gli eventi del giorno prima con Artie. Una gentilezza inaspettata prende il posto della severità precedente, ma Artie sa che nella sua testa sta confrontando la versione di oggi con quella di ieri, assicurandosi che corrispondano ma non tanto da suonare artificiose. È pronta a trovare qualche lacuna, qualcosa che non regge. E probabilmente con i suoi sorrisi incoraggianti, la mano che stringe sollecita quella di Artie o il suo ginocchio, le sta dando la possibilità di dire qualcosa che il giorno prima, in presenza di Arlo, ha tralasciato.

Artie capisce che cosa c'è dietro quelle attenzioni, ma è pur sempre un conforto. Parlare con quella donna di mezz'età nella sua uniforme impeccabile, i capelli raccolti in una crocchia brizzolata, la fondina premuta contro i cuscini turchesi sparsi sul divano di sua madre, la fa sentire meno sola. È anche lei una donna in un mondo di uomini. Ecco un'altra donna altrettanto a suo agio con le armi da fuoco, altrettanto abile a sopportare il disagio di trovarsi tra maschi che faticano ad accettarti anche quando ti sorridono e ti ringraziano. Sarebbe una tale liberazione dire la verità e basta. Riuscire a dire, non solo alla Muñoz ma a tutti quanti, che per via di quell'avventato commento di suo fratello è stata lei, *lei* a sparare, a uccidere l'uomo che amava. Adesso si rende conto che la bugia di Arlo non ha sistemato proprio niente. Che meschinità preoccuparsi della carriera, di quello che in paese penseranno di lei, a confronto della morte di Ryan. Non le importa nemmeno di finire in prigione. L'unica cosa che vuole è che la verità la liberi dalla sensazione di quel grilletto sotto il dito.

Ma Arlo l'ha messa in trappola. Adesso la verità è più pericolosa e meno credibile. Sente i ragionamenti di Arlo nella sua mente. Dire la verità non la libererà da nulla, non cancellerà la sua disperazione né quella di Lavinia Barry. Ma il fatto che Arlo possa dire a sé stesso che sta prima di tutto pensando a lei, quando a condurli a questo è stato proprio il fatto di non averci pensato, non fa che alimentare il suo risentimento.

Eppure lo scambio le offre un po' di conforto. Artie racconta alla Muñoz di Ryan, di come si sono conosciuti, le dice cosa le piaceva di quell'uomo, le ragioni per cui hanno tenuto la relazione segreta alla famiglia di lui. È abbastanza in sé da parlare anche dei problemi tra lei e Arlo – le perplessità del fratello sulla reputazione di Ryan, le sue insistenze per riaverla in tour – e a mostrarli per quello che sono: piccoli attriti insignificanti e non certo moventi per un omicidio. È un regalo lasciar filtrare dai margini del racconto la rabbia crescente che prova per Arlo. Alla fine ha la sensazione che lo sceriffo Muñoz se ne vada soddisfatta perché è convinta che Artie le abbia detto la verità. Ha fatto quello che le ha chiesto di fare Arlo. E adesso può rimanere lì da sola con la sua rabbia. Rabbia nei confronti del fratello che l'ha sfidata a sparare, che ha reso tutto così difficile tra loro da indurla a sparare.

La notte prima non era riuscita ad addormentarsi. Anche dopo aver chiuso gli occhi per poter immaginare Ryan disteso vicino a lei a pancia in giù, come sempre, con la faccia addormentata rivolta verso la sua, come sempre. Poi però aveva trovato qualcosa che assomigliava a una consolazione: la rabbia che le pulsava nel petto, appena sotto il dolore. Allora era scivolata giù dal letto e aveva telefonato a Thea. La cosa più vicina a una sorella che ha, ma anche la persona che più di ogni altra la può aiutare a nutrire la rabbia, facendola crescere finché non si trasformerà in qualcosa di ancora più grande.

La seconda volta che suona il campanello, ore dopo, Lee ha le mani affondate fino al polso nell'impasto del pane, sta preparando i panini. Colpa di Artie, visto che il pane fatto in casa è la sua passione, e ha già rifiutato le uova al bacon, il pane tostato, persino il caffè. Artie non ha nemmeno voglia di compagnia, ma si alza dal divano, facendo cadere i cuscini a cui si era aggrappata, lasciando l'impronta dei palmi sudati sul raso.

Spalanca la porta di casa e si trova davanti Hap.

"Ehi," dice Artie, senza riuscire a nascondere la sorpresa. Non ricorda nemmeno se è mai stato a casa di sua madre.

"Mi dispiace tanto," dice lui abbracciandola. Poi, all'orecchio: "Era un ragazzo meraviglioso. Non ho mai visto qualcuno imparare una cosa nuova tanto in fretta. E so quanto bene ti voleva. Quando parlava di te si illuminava."

Potrebbe dargli del revisionista: quando aveva scoperto che il suo nuovo dipendente e Artie si vedevano aveva cercato in ogni modo di dissuaderla. Anche lui sapeva tutto delle gesta di Ryan. Invece Artie è soltanto commossa, grata al fratellastro che trova le parole giuste per consolarla, grata perché è certa che è sincero. Hap si è sempre comportato in maniera cordiale con lei, ma non sono mai stati molto legati, e sente il suo stupore quando lei lo stringe più forte, aggrappandosi a lui.

Quando lo lascia andare c'è un'espressione preoccupata sul viso di Hap. "Stai bene?" le chiede.

"Andiamo nel prato dietro casa." Artie cerca di ricomporsi, di non piangere, poi si avvia così in fretta che lui non può far altro che seguirla.

Quando sono sul retro rimangono a contemplare in silenzio la profusione di zinnie e calendule che crescono nel giardino. La madre ha riempito le aiuole di colori così contrastanti da farle venire l'ansia. Chiude gli occhi e si lascia andare contro lo schienale della sdraio mentre Hap apre la lattina di Coca che Lee l'ha costretto ad accettare quando sono passati dalla cucina.

"Che domanda stupida ti ho fatto," dice Hap. "Certo che non stai bene. C'è niente che possa fare?"

"Già che tu sia venuto mi fa bene," dice lei. "Nessun altro della famiglia lo conosceva. Una volta l'avevo portato qui per presentarlo a mia mamma, ma è stata una cosa veloce. June e Peter non l'hanno mai conosciuto, e nemmeno Arlo."

Hap posa la lattina sul cemento. "Nemmeno Arlo? Ma allora com'è possibile che...?"

La mente di Artie completa la domanda: com'è possibile che Arlo l'abbia ucciso, gli abbia sparato, l'abbia fatto sparire.

“Mi sarebbe d’aiuto sapere come hai fatto a saperlo, cosa dice la gente.” Vuole sapere attraverso quali canali sta passando la sua tragedia, in che modo la notizia si sta diffondendo in paese. I dettagli che arriveranno inevitabili alle orecchie dello sceriffo.

“Non so come ti sentirai…” Hap non finisce la frase.

“Ho bisogno di saperlo,” dice lei.

“Ne parlava uno dei miei ragazzi stamattina in officina. Ha detto che c’è stato un incidente di caccia e che Ryan è morto.” Si interrompe, e la frase dopo la pronuncia a voce molto più bassa. “Che è stato Arlo a spararg1i.”

Anche con gli occhi chiusi Artie sente che Hap la fissa.

“È andata così?” chiede lui.

“È morto.” È la prima volta che pronuncia quelle parole, e spera di non doverle ripetere mai più. “È stato un incidente.” Sente la porta sul retro della casa vicina aprirsi e richiudersi. Lo scatto di un accendino di metallo, il fruscio di plastica di un pacchetto di sigarette morbido.

“Posso essere sincero?” dice Hap. Quelle parole la costringono ad aprire gli occhi, ma Hap si sta guardando le mani, e si passa il pollice su una vecchia cicatrice che gli segna l’indice per tutta la lunghezza. Lei allunga la mano, la posa su quella di Hap, e con un cenno della testa gli indica la staccionata. Guardano entrambi la nuvola di fumo alzarsi sopra le alte assi di legno. È un’interruzione provvidenziale, perché Artie non ha nessuna fretta di ascoltare quello che pensa sinceramente Hap. Rimangono in attesa, minuti di silenzio, finché non sentono la porta del vicino aprirsi e richiudersi un’altra volta.

“Vai avanti,” dice Artie.

“C’è qualcosa che non torna,” dice Hap. “Lo sceriffo ha detto che eravate al fiume, poco lontano da casa di papà. Tu, Arlo e Ryan, insieme.”

“Lo sceriffo ti ha già interrogato?”

Hap fa segno di sì. "È venuta in officina. Quando sono uscito stava ancora parlando con gli altri."

Una mattinata intensa per lo sceriffo. "Sì, eravamo al fiume."

Hap si strofina con forza la faccia, come se volesse cancellare un pensiero che gli si è insinuato sottopelle. "Ma tu non vai mai a caccia lì. So che ci vai a pesca, ma non a caccia. E Arlo a caccia non ci va mai, né con te né senza di te."

Il desiderio di confessare tutto, di dire la verità si fa sempre più pressante. Ma è un fardello troppo pesante per spostarlo su Hap. "Stavamo pescando, ma avevo il fucile. Qualcuno aveva visto una moffetta rabbiosa nei paraggi." Si interrompe. "Hap. Grazie per essere venuto, è davvero una grande consolazione. Ma non c'è bisogno che ti preoccupi di questi dettagli. Hai già abbastanza problemi."

"Senza offesa, ma i miei problemi sono uno scherzo a confronto di quello che è successo a te."

"Come va con Vera?" dice Artie. Quando Hap scuote la testa, aggiunge: "Scusa, è solo per distrarmi."

Hap allora si lascia andare. "Vera ieri sera ha preso Pete e sono andati a dormire da sua madre."

"Ma questo non vuol dire niente. L'ha fatto un sacco di volte, no?"

"Nei due anni in cui March è stato via non l'ha mai fatto. E so che ieri sera l'ha visto al My Place."

"Questo non vuol dire..."

"Lasciamo perdere. So che sei felice che March sia tornato, e che ti farebbe piacere se rimanesse."

Per ricambiare la sua gentilezza di prima lei cambia argomento. "Se davvero ci tieni a darmi una mano, fammi uscire di qui per un po'. Tra tutte queste tendine a quadretti e i fiorellini mi sento soffocare."

Raggiungono in macchina il cimitero di Hayden, un posto che frequentavano quando erano alle superiori, sapendo che

Hayden non avrebbe mai chiamato la polizia per segnalarli. Il richiamo universale che le lapidi esercitano sugli adolescenti, quel sentirsi ancora più vivi seduti tra i morti con una birra, del vino a buon mercato, una canna. L'idea è di Artie: troppo morbosa perché fosse Hap a suggerirla, viste le circostanze.

Si incamminano lungo una lunga fila di tombe verso una quercia gigantesca in fondo al cimitero, dove le lapidi lasciano il posto a un paesaggio uniforme di pascoli, altri otto ettari in attesa di tutti quei morti futuri, i cittadini di Olympus che Hayden, o chi verrà dopo di lui, seppellirà un giorno. Sua madre, Peter e June, anche lei e Hap, probabilmente. Persone che non sono ancora nate.

A Hap la domanda sorge spontanea: "Ryan sarà sepolto qui?"

"Hayden mi ha telefonato stamattina per occuparsi di tutto senza farsi pagare – del funerale e della sepoltura – e mi ha detto che ne parla coi genitori di Ryan." Aveva passato il telefono alla madre, perché quell'offerta inaspettata l'aveva fatta scoppiare a piangere una volta di più. "Ma non credo che accetteranno qualcosa da un Briscoe. Tanto più per venire incontro ai desideri di una Briscoe, anche se solo a metà. E poi credo che lo vogliano più vicino a loro. Ryan una volta mi ha detto che voleva essere cremato e che le ceneri venissero sparse nel Brazos, ma non so se ne ha mai parlato con sua madre."

Artie sa che l'offerta di Hayden avrebbe commosso Ryan, proprio come ha commosso lei, e sa che avrebbe protestato, perché l'avrebbe considerata troppo generosa. Invece della solita sensazione del grilletto sotto il dito, la mente le restituisce il viso di Ryan, ogni minimo dettaglio, il sopracciglio sinistro, appena più alto del destro, la cicatrice che gli aveva lasciato la varicella sul naso. Quell'immagine le provoca un tipo di dolore diverso dalla sensazione del grilletto, più profondo ma meno brutale.

Mentre camminano passa la mano sulle lapidi, lasciando che le dita urtino contro il granito e il marmo. "Certo il fatto di essere morto proprio nel Brazos forse gli avrebbe fatto cambiare idea." Vede Hap trasalire al suo posto. "Scusa," gli dice. "Ma un po' di umorismo macabro non mi sembra fuori luogo in un cimitero." A un certo punto le sembra che le giri la testa, forse perché non mangia da parecchio, e quasi vorrebbe svenire. Quando si perde conoscenza non si sogna.

Hap la prende sottobraccio, allontanandola dalle tombe.

Si siedono all'ombra della quercia, Artie distesa per combattere quella sensazione fluttuante e Hap appoggiato al tronco. Lei prova a rimanere vigile cercando di attenuare le preoccupazioni di Hap.

"Vera non se ne è andata per via di March, ne sono sicura. E sono sicura che March non è tornato per Vera."

Hap si limita a borbottare qualcosa. Trovarsi invischiata nella bugia architettata da Arlo l'ha resa intollerante verso qualsiasi dissimulazione. Parlare di queste cose è senz'altro il modo migliore per porvi rimedio. "E se il fatto che Vera se ne sia andata fosse una cosa positiva? Magari hai fatto male tu a permetterle di rimanere con te."

"Prima March, adesso tu," dice Hap in tono incolore. "Il fatto che se ne sia andata vuol dire che non vedo mio figlio tutto il tempo. E se non le avessi permesso di rimanere con me lui non sarebbe mai nato. È questo che mi avresti augurato?"

"Lo sai che non intendevo questo," dice lei.

"Allora non so cosa intendevi."

Lei ci riprova. "Hai mai capito perché Vera l'ha fatto? Perché con March?"

"Ha detto che aveva bisogno che fossi io a finirla perché lei da sola non ce la faceva ad andarsene, e scegliere lui le era sembrato il modo migliore per chiudere." Hap dice tutto questo a voce bassa, e Artie capisce che è la prima volta che ne parla con qualcuno.

"Non capisco cosa puoi averle fatto tu, se ti amava troppo per lasciarti ma non ce la faceva a restare con te."

“Mi ama ma non le piaccio più,” dice lui. “Alcuni di noi sono nati per perdonare, e io la considero una cosa positiva. Vera la vede in un altro modo.”

Artie sa di non essere poi molto diversa da Hap. Lo stesso amore per la casa, il desiderio di far felici gli altri, se può. Fino a ieri avrebbe detto che anche lei era nata per perdonare, ma forse quel colpo di fucile ha ridisegnato qualcosa nel suo cuore. Forse alla fine diventerà una donna piena di rancore come Lavinia Barry.

Artie guarda l’orologio. Thea arriverà presto.

3

Dopo aver riaccompagnato Artie da Lee, Hap torna a casa. È la prima volta che passa ventiquattro ore lontano da suo figlio, e quando vede che la macchina di Vera non è ricomparsa sul vialetto si sente tagliar via un altro pezzetto di cuore. Dentro, sul tavolo della cucina, non trova nessun messaggio. Ma non trova nemmeno spazi vuoti nelle cassettiere o negli armadi, non mancano né giocattoli né pannolini. La chiama al cellulare, ascolta il messaggio breve e secco sulla segreteria. *Segreteria telefonica di Vera. Siate pure brutali.*

In passato, dopo aver ascoltato quelle direttive si divertiva a lasciarle messaggi zuccherosi, gli piaceva il fatto che il massimo della brutalità per lui fosse un sentimentalismo eccessivo. Vera si aspettava sempre brutte notizie: in questo erano simili, il pessimismo di chi ne ha viste troppe. Tua madre ha perso il lavoro, i soldi che tuo padre versa a tua madre per mantenerti non sono ancora arrivati, quel pazzo di tuo fratello ha riempito di botte il figlio del preside, tua madre si rifiuta di nuovo di rivolgere la parola a tuo padre. Dal loro punto di vista non c'era niente di brutto nell'essere pessimisti. Era un modo per sentirsi sistematicamente felici, perché ogni cosa che succedeva, per mediocre che fosse, era un trionfo su una potenziale disgrazia.

Riattacca senza lasciare messaggi. Non vuole tornare al lavoro perché Vera e Pete potrebbero tornare a casa, ma gli serve qualcosa da fare con le mani, qualcosa che abbia risultati tangibili per rendere sopportabile l'attesa. Non sapendo cosa, decide di pulire il bagno. Vera detesta farlo, e infatti è sempre il posto più sporco della casa.

Affronta la vasca con spugna e detergente abrasivo, pensando a quello che ha detto ad Artie. Se è nato per perdonare, allora perché non ha ancora perdonato March? Perché Vera non considera quel suo tratto una buona cosa? La sua benedetta tendenza al martirio, come la chiama lei. Che l'ha quasi convinta a lasciarlo.

Apre la doccia per risciacquare la vasca, guarda lo sporco che scende giù per lo scarico. È tornato nella spirale che l'ha consumato per tutta la gravidanza di Vera, finché il peso minuscolo ma concreto del figlio ha spinto da parte quei pensieri così futili, così poco reali a confronto di quel corpicino e del fatto che la moglie era ancora con lui. Prima non smetteva di chiedersi perché March, perché era andata a letto proprio con la persona che avrebbe fatto più male a lui. Adesso il pensiero fisso è perché Vera è di nuovo infelice. Perché non sopporta di dormire nello stesso letto con lui?

Hap passa alla tazza, e nota che balla un po' perché si sono allentati i bulloni. Va a cercare una chiave inglese, e gli viene in mente il fratello, un libro tanto più facile da leggere rispetto a sua moglie. March aveva detto che ne aveva abbastanza di distruggere tutto, eppure quella prima mattina che si erano rivisti non gli aveva neanche chiesto scusa. Anche dopo la rissa, mentre Hap si preparava ad andarsene, era rimasto in silenzio. Le scuse erano arrivate solo il giorno dopo. Cos'era stato a far pentire March, alla fine?

Hap si accovaccia per stringere i bulloni, poi però posa la chiave inglese e va alla finestra. Guarda il prato, e poi oltre il campo che porta alla stradina che corre dietro casa. Lo stesso campo che March attraversava due anni fa per venire da Vera di nascosto. Ed ecco che vede, senz'ombra di dubbio, parecchi gambi di meliga piegati e spezzati. Suo fratello è venuto a trovare Vera. E dev'essere successo qualcosa. Qualcosa che ha indotto March a volersi scusare.

Hap raccoglie la chiave inglese. La rabbia che prova è qualcosa di nuovo, giusto, bruciante, e gli dà un piacere infinito. La passività e il perdono non l'hanno portato da nessuna parte. Non perché siano cose disprezzabili, ma perché sua moglie non le merita. March non le merita. Si alza e cala con forza la chiave inglese sulla ceramica del lavabo, e un pezzo si stacca e schizza sul pavimento. Alza il braccio e con tutta la forza che ha affonda la chiave inglese nella parete di cartongesso vicino allo specchio. È tentato di estrarla per affondarla da un'altra parte, invece esce nel prato. Si appoggia a uno dei tigli, tira fuori il cellulare e rifà il numero di Vera. Lascia un messaggio. È più brutale che mai.

L'ORIGINE DELLO STRAZIO DI VERA

... sebbene fossi rude, avevo fama d'essere bella.
Ovidio

Dopo aver sposato Hap ed essersi trasferita a Olympus, Vera era sicura di aver trovato un uomo che la conosceva, che vedeva oltre la sua bellezza, e la amava per questo. Non si era ancora resa conto che non conosceva affatto il marito.

Cominciò con una serie di piccole cose irritanti. Hap che accettava inviti dai suoi genitori quando tutti e due avrebbero preferito rimanere a casa. Che invece di licenziare un dipendente che aveva lasciato il lavoro a metà lo finiva al suo posto. Da principio si era rimproverata perché l'innata bontà del marito la irritava, ma a un certo punto aveva deciso che quella mitezza non aveva niente a che fare con la generosità. Era puro egocentrismo. Lui era il figlio perfetto. Il capo magnanimo. Il marito paziente che sopportava una moglie irritabile. Per stare bene aveva bisogno di sentirsi migliore di tutti loro. Probabilmente era cominciato tutto con sua madre, col fatto che June avesse assunto il ruolo di martire nel matrimonio con Peter. Più l'approvazione che si era guadagnato fin da bambino ogni volta che semplificava la vita dei genitori compensando le difficoltà create dal fratello.

Vera era fin troppo abituata a fare da puntello agli uomini, sempre inseguita da individui che avevano bisogno di portare al braccio, o a letto, un articolo dal valore inestimabile per sentirsi all'altezza del resto del mondo. A Hap non serviva la sua bellezza per aggiungere valore a sé stesso, e questo era stato un cambiamento tale che le ci era voluto parecchio tempo per rendersi conto che era diventata un puntello d'altro tipo: una donna difficile, spesso egoista, con cui lui poteva assumere il ruolo del martire mostrandosi sempre più buono di lei. Sempre superiore a lei.

Era rimasta delusa, ma si disse che si stava adattando a una realtà che riguarda tutte le coppie quando ci si è lasciati alle spalle lo scintillio degli inizi, quando si vede l'altro per quello che è. E in fin dei conti non era fortunata? Il suo carico ingombrante compensava così bene il carico del marito che quello che avrebbe potuto essere un dato negativo in realtà non faceva che oliare gli ingranaggi della loro vita quotidiana.

Poi però scoprì qualcos'altro.

Era il giorno del Ringraziamento. Era davanti alle finestre della cucina di June, a pelare patate dolci, mentre grosse strisce arancioni si ammucchiavano nel lavandino. Dietro di lei Hap e sua madre tagliavano la verdura al bancone. Vera guardò i Briscoe sul prato davanti a casa: March e suo zio Hayden che cercavano disperatamente di afferrare i frisbee lanciati dai figli di Hayden e dalle figlie di Thea. Thea, Artie e la moglie di Hayden in un gruppo a parte ridevano ogni volta che March balzava e cadeva a terra dopo un tiro particolarmente difficile da prendere.

"Speriamo che il prossimo lo prenda," disse June, spuntando all'improvviso e di fianco a Vera. "Ci manca solo che March si arrabbi e aggiunga alla sua lista di colpe i maltrattamenti di minore." Vera era abituata a quel tipo di commenti su March ma anche dopo anni non aveva mai assistito a uno di quegli scoppi d'ira che facevano parte delle leggende di famiglia. Anche lei sentiva tutto il peso delle scarse aspettative che marito e suocera riponevano in lei. Lei che dopo un'infanzia di solitudine quando era entrata a far parte di una grande famiglia si era aspettata moltissimo. Finché non aveva visto il modo in cui i Briscoe riuscivano a cavare il peggio l'uno dall'altro.

Qualche minuto dopo March entrò in cucina con la figlia più piccola di Thea. La piccola era seduta a cavalcioni sulle spalle dello zio, e sfiorò con la testa la cornice della porta. Rise massaggiandosi, e quando scese a terra fu chiaro che non si era fatta niente. Ma Hap disse: "Certo che come papà sarai bravissimo." March non si era accorto che la nipote aveva sbattuto la testa, e per mezzo secondo Vera vide il viso del cognato illuminarsi per la sorpresa che gli procuravano quelle parole. Poi Vera notò la smorfia sul viso di June, il sorrisetto sghembo su quello di Hap. Persino il suo cuore corazzato si sentì ferito da tanta perfidia.

Anche March a quel punto si accorse del loro sarcasmo. "Vaffanculo, Hap." Poi si ricordò che in cucina c'erano anche i bambini, arrossì e tornò fuori di corsa. June prese in braccio la bambina e le chiese se voleva aiutarla a dare da mangiare ai pavoni, lasciando Hap e Vera da soli in cucina.

"Quindi eri sarcastico," disse Vera.

Hap la guardò perplesso. "Be', sì." Vera si sentì assalire da un'ondata di panico di cui subito non riuscì a capire la causa.

"E io che credevo non lo fossi mai. Io lo sono spesso, lo so. Ma credevo che tu fossi incapace di essere sarcastico."

"Non direi che è una parte significativa della mia personalità." La baciò e passò a tritare l'aglio.

Vera cercò tra i ricordi che aveva di Hap per trovare altri commenti stravaganti: quando lei aveva comprato quel mastodontico armadio edoardiano e lui le aveva detto che aveva un ottimo gusto; quando aveva detto a Thea che il regalo di Natale della moglie, un maglione, era la dimostrazione di quanto lo conosceva bene; quando finalmente aveva licenziato un dipendente inutile dicendogli che sarebbe mancato a tutti. Ogni volta aveva parlato con estrema serietà, per poi sfoderare quel sorriso sghembo. Un sorriso, che, finalmente Vera lo capiva, era un sorrisetto compiaciuto del cazzo. E adesso quei commenti che aveva del tutto frainteso, le battute che non aveva capito la facevano sentire idiota. Ma a scatenare il panico fu un altro ricordo. "Il mondo deve essere un posto difficile per una donna bella come te," aveva detto. Come aveva frainteso quel sorriso.

Sgusciò via dalla cucina per andarsi a nascondere tra le macchine di famiglia, incapace di scendere a patti con quella nuova consapevolezza. Vera sapeva di avere parecchi difetti – un brutto carattere, la tendenza a volerla avere sempre vinta, un bisogno assoluto di controllo –, ma derivavano tutti dal fatto che gli altri avevano dato sempre per scontato che lei fosse un veicolo spontaneo dei loro desideri. A quanto pare Hap pensava che fosse così dalla nascita: che a dispetto di una vita facile lei fosse una stronza. Non certo una persona che aveva sofferto, e che per questo cercava un uomo gentile come lui. Si era innamorata di lui per i suoi lati teneri, e si erano rivelati molto più duri del previsto. Non era sicura di poter amare un uomo che in fin dei conti non era diverso dagli altri. A questo stava pensando quando vide March fare il giro del suo pick-up con le chiavi in mano. Seppure chiaramente spaventato dalle sue lacrime, le chiese se aveva voglia di andare al supermercato con lui. Vera accettò, grata che lui le offrisse proprio la cosa di cui aveva bisogno: un po' di tempo per elaborare quello che aveva capito. Ma mentre seguiva March lungo la corsia del supermercato si rese conto che il dono più bello che le aveva fatto Hap – il fatto che da quando si erano messi insieme non si fosse mai sentita davvero sola – era scomparso. Tornare all'isolamento in cui aveva vissuto tutta la vita era come sentire la porta di una gabbia chiudersi alle spalle. Doveva fare qualcosa per scappare. Per questo si era avvicinata a March e l'aveva baciato. Per questo il giorno dopo era andata a trovarlo a casa sua.

Sapeva che non era giusto nei confronti di Hap. Dopotutto era stata lei a non capire con chi aveva a che fare. Ma non aveva via d'uscita: non amava abbastanza il marito da accettare come la vedeva lui, il senso di superiorità e la tendenza al giudizio che lo governavano, e allo stesso tempo lo amava ancora troppo per lasciarlo. Andando a letto con March avrebbe costretto lui a lasciarla. E forse questo lo avrebbe aiutato. Si sarebbe finalmente reso conto che il suo impulso a rinunciare ai suoi desideri sacrificandoli a quelli degli altri era un modo di vivere insostenibile. Si sarebbe liberato del fardello di una moglie egoista. Avrebbe potuto scegliere se essere buono o cattivo, e tutto da solo.

4

Quando Peter arriva all'aeroporto Thea lo sta già aspettando sul marciapiede davanti agli Arrivi. Dopo aver sistemato la valigia nel retro del pick-up abbraccia la figlia, sollevandola quasi da terra. Anche se è molto cambiata da quando aveva sedici anni, i capelli scuri e gli occhi verdi non lasciano dubbi sul fatto che sia lui il padre e March il fratello. Una massa di ricci naturali lisciati col phon, la riga in mezzo. Guance piene che si sono trasformate in zigomi sporgenti. Gli occhi cerchiati di scuro tradiscono la perenne mancanza di sonno. Assomiglia troppo a sua madre, è troppo abituata a prendere il toro per le corna ogni volta che c'è un problema, prendere qualsiasi torto sul piano personale. Questo fa di lei un ottimo avvocato. Ma come si tradurrà nella nuova situazione in cui si trovano?

Una volta in macchina, lui alza il condizionatore. "Mi dispiace di averti fatta aspettare al caldo." Lei porta un paio di jeans e una giacca sopra la maglietta, come se anche il caldo dovesse darle retta.

"Ero appena uscita," dice lei. "Stai bene."

"Più di quanto mi merito?" dice lui, citando una canzone country che Thea detesta: se appena si presenta l'occasione gli piace provocarla buttando lì qualche strofa più o meno calzante.

Lei prende il cellulare dalla borsetta e controlla le email. "Appena atterrata ho chiamato Artie. Mi ha chiesto se posso stare con lei a casa sua mentre sono qui. Ho l'impressione che da Lee la situazione stia diventando un po' claustrofobica per lei."

"Come ti è sembrata?"

"Come se avesse preso un Valium. Ma quando ho parlato con Lee mi ha detto che Artie si rifiuta di prendere qualsiasi cosa. E non beve nemmeno."

"Il che è positivo, no?"

"O forse sta così male che non riesce a fare niente che l'aiuti a sentirsi meglio, anche se per poco." Thea abbassa il condizionatore al minimo, e in macchina cala improvviso il silenzio. Scuote la testa. "Com'è possibile che Arlo abbia fatto una cosa così stupida? È tutto assurdo."

Quando Peter torna su Telephone Road, il traffico dell'ora di punta non si è ancora esaurito. "Spesso gli incidenti lo sono, però," dice Peter. "Infatti si parla sempre di incidenti assurdi."

Ma Thea è un panzer, e va avanti come se non avesse neanche sentito. "Lo sai che Artie era preoccupata che Ryan non piacesse ad Arlo? Non gliene aveva mai nemmeno parlato anche se stavano insieme da mesi."

"E allora?" dice Peter, più irritato di quanto dovrebbe.

Thea rimane in silenzio. Poi dice: "Sto solo cercando di capire come sono andate le cose, papà. Non c'è bisogno che ti incazzi."

"Scusa," dice lui. "Il fatto è che siamo tutti sconvolti."

"La mamma dov'è?"

"A casa. Verrà a trovare te e Artie domani."

Thea sbuffa. "Le dà fastidio vedere anche solo il vialetto di casa di Lee?"

"Entro anch'io. Voglio vedere come sta Artie."

Thea sbuffa un'altra volta. "Non credo che tua moglie approverebbe."

"La vuoi finire?" dice Peter, e si stupisce di sentire un leggero strato di rabbia sotto le proprie parole.

Thea si passa le dita tra i capelli. "Mi dispiace." Gli strizza la mano. "Odio tornare a casa perché mi fa tornare un'adolescente incazzata."

"Sul serio odi tornare a casa?" chiede Peter. Lei non risponde. Non sbuffa nemmeno.

Lee apre la porta mentre sono ancora sul marciapiede. Trenta anni senza vederla vuol dire che adesso, ottenuto il permesso di farlo, non riesce a smettere di guardarla. Gli era spesso sembrata l'esatto opposto di June: occhi scuri, capelli ramati, un corpo tutto curve per una personalità più morbida. Adesso, anche se le curve si sono espanse e i capelli sono striati di grigio, la sua reazione è la stessa di decenni prima, come se avesse vagato con un paio di cavi in mano e qualcuno avesse appena acceso il motore. Probabilmente quel genere di chimica dura per sempre, pensa. È la prima di una serie di informazioni che terrà rigorosamente per sé quando June quella sera pretenderà un resoconto. Dubita che sarà anche l'ultima. Mentre varca la soglia con Thea, Lee gli sfiora la spalla.

Thea abbraccia Lee in modo formale e si ritrae subito. Peter, sentendo su di sé e su Lee lo sguardo della figlia, si limita a un brusco cenno del capo, ma la guarda negli occhi un secondo di troppo. "Dov'è Artie?" chiede.

"In camera sua," risponde Lee. Peter scopre di essere ancora in grado di leggere l'espressione di Lee. A dispetto dei modi cortesi non è contenta di vedere Thea.

"Voglio solo salutarla prima di tornare a casa," dice Peter. Lui e Lee vanno verso il retro, e Peter si sorprende a riconoscere quasi ogni vaso, ogni quadro appeso al muro. È cambiato così poco dall'ultima volta che è stato lì. È come se Lee avesse sostituito le cose vecchie e rovinate con altre cose quasi identiche.

La porta della camera di Artie è chiusa, perciò Thea bussa e annuncia a voce alta: "Eccomi!" La porta si spalanca e Artie la abbraccia.

"Eccoti," le fa eco. Poi abbraccia anche Peter. "Grazie per averla portata qui." Peter sente in quel ringraziamento una forma di congedo, e prova un sollievo intriso di disappunto per doversene andare così presto.

Artie è già tornata vicino al letto e sta ficcando le sue poche cose dentro una borsa da viaggio che in realtà non è molto più grande di una grossa borsetta. Dev'essere di Lee perché è di tela a quadretti con il bordo di passamaneria. Peter preferirebbe che quella miriade di dettagli che ricorda di lei non tornassero a galla con tanta facilità pur essendo rimasti sommersi per tanto tempo.

"Puoi darci un secondo?" dice Thea, avvicinandosi alla porta per chiuderla.

"Non andartene subito, però," dice Artie. "Lo sceriffo ha una notizia."

Peter torna lentamente in cucina ma nell'attraversare il soggiorno si ferma a guardare Lee in piedi davanti ai fornelli, dove sta mescolando qualcosa dentro una grossa pentola. Si costringe ad andare avanti, pensando che se Thea lo vedesse lì fermo a guardarla lo troverebbe ancora più strano. Lee deve averlo sentito arrivare, visto che si è schiarito la gola un paio di volte, però resta immobile. Tira su col naso, e lui sa che sta piangendo. Si protende in modo da poterle posare la mano sulla schiena senza doversi avvicinare troppo. "Prepari la cena per le ragazze?" Lei si limita ad annuire senza voltarsi.

"È solo che..." comincia. Si interrompe, riprova. "Mi sono sempre augurata che Artie non provasse mai niente di simile, questo genere di perdita." Lui le lascia la mano sulla schiena, sente il calore di lei attraverso il lino del vestito. "Lo amava davvero." Quando sente la porta di Artie riaprirsi, Peter fa un altro passo indietro, e allontana la mano. Thea e Artie entrano in cucina e Thea lo guarda alzando le sopracciglia.

"D'accordo, allora domani mattina vedo lo zio Hayden e i Barry per organizzare il funerale di Ryan," dice Artie. "E devo sapere in che situazione mi sto andando a cacciare. Lo sceriffo dice che la storia tua e della signora Barry per lei è ancora tutta da chiarire. Cosa è successo di preciso?"

Finora quello che Peter ha fatto a Lavinia non gli ha suscitato particolari rimorsi. Si trattava di lavoro e basta. Gli è dispiaciuto per le scenate di lei, ma non c'era niente che potesse fare. Però non gli piace l'idea di spiegare ad Artie il suo comportamento di tanti anni prima. "Sono due cose diverse. La prima è successa alla fine degli anni ottanta. Il padre di Lavinia, Andrew Mann, era proprietario di una grossa fetta del patrimonio immobiliare di Olympus. Ma dopo la crisi petrolifera è andato gambe all'aria. Aveva fatto una serie di investimenti sbagliati. È stato costretto a svendere le sue proprietà e molte me le sono ritrovate io."

"Non mi sembra così grave," dice Artie, confusa.

"Be', ha dovuto venderle a un prezzo molto più basso rispetto al loro valore, e io ho avuto un prestito dalla banca per comprarle quando a lui l'avevano negato per tenersele. Lavinia si è convinta che io abbia costruito il mio successo, tutta la mia carriera sulla sfortuna di suo padre. È morto di infarto poco tempo dopo. La famiglia è rimasta indebitata fino al collo, e Lavinia a quel tempo si era appena sposata con uno che di soldi a casa non ne portava granché. Era una ragazza ricca e in pochi mesi si è ritrovata a doversi rimboccare le maniche. Anche sua madre."

"E la seconda cosa?"

Peter sospira, ha meno voglia di raccontare quest'altra faccenda. "I Barry prima vivevano qui a Olympus, su otto ettari appena fuori dal paese. Io avevo sentito che una cartiera di Houston stava cercando un terreno per costruire uno scatolificio, un posto vicino alla I-10 ma in campagna. Più o meno in quel periodo mi è arrivata voce che i Barry stavano chiedendo un'agevolazione fiscale per gli allevatori di bestiame anche se non avevano più una mucca da anni. Diciamo che è possibile che sia stato io a informare l'agenzia delle entrate."

"Cristo, papà," dice Thea. "Hai fatto la spia per costringerli a vendere a te?"

Peter a quel punto si inalbera. "Ah, adesso difendi gli evasori fiscali? Mi stupisco che un avvocato sia così ambivalente quando si tratta della legge. A Lavinia è giunta voce di quello che avevo fatto e si è rifiutata di vendermi la proprietà. L'ha venduta ad altri per meno di quello che le offrivo io, solo per ripicca. Ci ha ricavato il minimo per coprire i debiti, e la famiglia si è trasferita a Bullinger. Poi è saltato fuori che Lavinia non aveva idea che stavano evadendo le tasse. Era stato suo marito. Però ha incolpato lo stesso me per la perdita della sua terra."

"Aveva una vita di un certo tipo e di colpo tu gliene hai imposta una tutta diversa," dice Artie, incredula. "E io e Arlo le abbiamo fatto la stessa cosa. Era una madre con un figlio. E adesso è una madre a cui è stato strappato il figlio." Scuote la testa, continua a farlo anche quando ha finito di parlare.

"È stato un incidente. E anche tu hai perso Ryan," dice Peter. Vuole che Artie si senta innocente come appare ai suoi occhi. Perché sa che non è colpa sua. Proprio come le limitazioni della vita di Lavinia non sono tutte dovute a un paio di scelte che ha fatto lui a suo tempo. Il mondo non funziona così. Le cose non sono così semplici. "Penso che June dovrebbe venire anche lei da Hayden domani. Lei e Lavinia erano compagne di scuola. Non credo che ce l'abbia con June come ce l'ha con me, e tu hai bisogno di qualcuno che ti dia una mano se Lavinia se la prende con te. È anche strano che abbia accettato l'offerta di Hayden."

Evita di incrociare lo sguardo di Lee. Non vuole sapere se l'ha ferita insinuando che non è in grado di proteggere la figlia.

Ma lei non è in grado, non come June. "Con Thea e June al tuo fianco magari capiranno che ci stiamo assumendo le nostre responsabilità. Anche se si è trattato solo di un incidente," non riesce a fare a meno di aggiungere.

"Solo perché una cosa è successa per sbaglio," dice Artie "non vuol dire che non abbia importanza. Se tu non li avessi denunciati per la questione delle tasse anche Ryan avrebbe avuto una vita completamente diversa. Non sto dicendo che sarebbe vivo. Quella è responsabilità mia. Però sarebbe andata in un altro modo."

"La morte di Ryan non è responsabilità tua," dice Thea con decisione. "È responsabilità di Arlo."

"È stato un incidente," dice Lee, a voce così alta che fanno un salto tutti quanti, mentre lei fulmina Thea con gli occhi. "Arlo non intendeva fare del male a nessuno." Prende la mano di Artie. "Certo che ha importanza. Certo che cambia le cose. Ma lui è tuo fratello. Tu gli vuoi bene. L'hai sentito oggi?"

Artie scuote la testa. "Ho bisogno di passare un po' di tempo senza vederlo né sentirlo."

Peter si costringe a intervenire. "So che è difficile pensarci in questo momento, ma sta soffrendo anche Arlo. Ha tolto la vita a un'altra persona. Incidente o no, nessuno di noi può capire come sarà difficile per lui vivere con questa cosa." Il viso di Artie si fa ancora più pallido, ma lui non può fare altro che andare avanti fino alla fine. "Avrà bisogno del tuo aiuto. E anche di aiuto psicologico..."

"Aiuto psicologico," ripete Artie, interrompendolo. "Smettila," dice. "Smetti di parlare di Arlo. Non ho bisogno che nessuno di voi due mi dica come sta. Credete di conoscerlo meglio di me? Voi due?"

Artie esce dalla cucina, poi torna con la borsa appesa alla spalla, le chiavi della macchina in mano. Thea la segue fuori. Peter rimane solo con Lee, che questa volta non riesce a trattenere le lacrime. Le posa una mano sulla schiena, tenendola ferma lì, stavolta, e capisce che lei si prepara a consolarlo nonostante il dolore che prova. È proprio quello che vuole Peter, e lo sa benissimo, anche se non dovrebbe.

5

June è seduta in terrazza ad aspettare il tramonto. Ha con sé una birra che non beve e una serie di scelte che non fa. Non riesce a immaginare di rimanere lì sola tutta la sera, a pensare a Thea e Artie, a Peter e Lee. Al fatto che doveva andare anche lei all'aeroporto a prendere la figlia. A quanto soffre Artie. Vorrebbe che ci fosse lì qualcuno a tenerle compagnia, qualcuno che già sappia quello che è successo. Dunque solo i suoi figli, che porterebbero con sé i loro problemi per buttarli nel calderone, quei problemi a cui lei sta cercando di non pensare. Alla fine beve la birra.

E poi c'è Cole. Il pensiero di spiegargli tutto le sembra un sollievo invece che un peso, ma non se la sente di invitarlo a casa. E non solo perché non sa a che ora tornerà Peter. Immagina di essere lei a fare un salto da lui, ma è impensabile ritrovarsi insieme a Cole nel salotto di Joe, sotto gli occhi di Joe e Betty, la loro perplessità nel vederla arrivare. Anche vederlo al ristorante sarebbe un problema. Immagina la gente che si avvicina per esprimere cordoglio, cercare di carpire qualche particolare, per poi più tardi spettegolare sulla persona con cui l'hanno vista a cena. Si rassegna perciò a una triste serata solitaria. Poi decide che tanta tristezza merita almeno dei biscotti all'avena.

Mescola gli ingredienti, riscalda il forno, e sta per affondare le mani nell'impasto e prenderne abbastanza da formare una pallina quando suona il cellulare. Lo estrae dalla borsetta e vede un numero che non riconosce, col prefisso di un'altra zona. Ha dato a Cole il suo numero quando è dovuto andare via in anticipo, nel caso avesse dovuto cambiare i piani per il giorno dopo, ma non aveva pensato di chiedergli il suo. Non riesce a trattenere un sorriso.

"Pronto?"

"Sei impegnata? Non vorrei disturbarti."

Le piace che lui non si preoccupi di dirle chi è, che dia per scontato che lei lo riconosca. "Sono sola. E contenta di farmi disturbare." Sente lo stridore attutito e metallico delle cicale andare e venire in sottofondo. "Dove sei?"

"Stavo tornando da una visita a domicilio e mi sono fermato sul fiume, a pochi chilometri da casa tua. È bello, qui." Si interrompe. "Ho saputo di Artie e Arlo. Tu stai bene? E loro?" Le fa piacere che lui la metta al primo posto.

"Nessuno è finito in prigione, e questo è positivo. E non è morto nessuno dei miei cari, che è brutto da dire ma è vero. Però sono preoccupata per Artie."

"È lì?"

"È andata da sua madre. È arrivata anche Thea, e Peter è andato a prenderla all'aeroporto per portarla da Lee." Cerca di dirlo senza far trapelare rancore né diffidenza.

"Bene. Oddio, non proprio." Il silenzio è subito colmato dallo stridio delle cicale.

"Tutto a posto? Hai una voce un po' strana."

Sente il rombo del suo sospiro forte dentro il telefono. "Mi hanno chiamato per un cavallo, ma è morto mentre ero lì. Un'infezione da morva. Dopo la moglie mi ha offerto il caffè e mi ha raccontato quello che è successo al fiume. Era tutta eccitata e non particolarmente solidale. Io ci sono rimasto di merda, e non so bene perché. Ho pensato che magari a chiamarti sarei stato meglio."

Lei stringe più forte il telefono. "Non sembra."
"Invece sì. Sono contento che tu stia abbastanza bene da rispondere al cellulare e consolare un povero scemo come me chiedendogli cosa c'è che non va."
"Sei goloso di dolci?"
Lui si mette a ridere. "È una caratteristica da scemi?"
"Non credo ci sia un nesso."
"Diciamo che non mi sono mai fatto mancare gli zuccheri."
Lei continua senza riflettere. "Dove sei di preciso?" Lui glielo dice. "Fermo lì." Riattacca, poi prende da un cassetto la pellicola per coprire l'impasto nella ciotola. Afferra la borsetta, due cucchiai, la ciotola e va verso la macchina. Si muove in fretta per superare la voce nella testa che le dice che se non si sente a suo agio a invitare Cole a casa sua o al ristorante non dovrebbe esserlo nemmeno a vederlo fuori da solo. Parte. Mentre è ancora sul vialetto di casa alza il volume della radio e decide di non pensare assolutamente a niente, pregustando soltanto il momento in cui vedrà quell'uomo, quell'estraneo. Quella persona che riesce a farla stare meglio.

Il sole sta calando e June approfitta degli ultimi barlumi di luce per individuare il pick-up di Cole, parcheggiato in una strada poco battuta che finisce in un cul-de-sac a pochi passi dal Brazos. È contenta perché fra poco il buio nasconderà tutte e due le macchine. Non voleva chiedere a Cole di parcheggiare la sua con più discrezione, non perché lui potrebbe farsi un'idea sbagliata – sente che lui la capisce troppo bene per equivocare – ma perché darebbe al loro incontro un che di furtivo. Spegne i fari, lascia la borsetta sul sedile accanto – dopo aver preso i due cucchiai – e afferra la ciotola. Vede la sagoma di Cole seduto sulla sponda del cassone, intento a guardare il fiume.

Gli passa la ciotola prima di issarsi di fianco a lui.
"Cos'è questa roba?"

"Sorpresa." Scosta la pellicola ed espone metà della ciotola. Poi gli dà un cucchiaio. Lui lo tuffa nell'impasto e ne pesca una discreta quantità. June lo guarda mentre annusa e poi si infila in bocca tutto il cucchiaio.

Sta ancora masticando quando dice: "Saranno vent'anni che non mangio l'impasto dei biscotti crudo, da quando avevo i bambini piccoli."

"Che vita triste," dice lei, poi immerge a sua volta il cucchiaio e ne prende un po' meno di lui.

"Il dottore mi ha detto di stare attento al colesterolo."

"È avena. Lo abbassa."

Cole riempie un'altra volta il cucchiaio. "Saresti un pessimo medico."

Rimangono lì a masticare in silenzio. Ma non è un vero silenzio, solo un paesaggio sonoro così familiare che per lei è quasi come se lo fosse. Tutt'intorno le rane, il gorgogliare del fiume, il verso lungo e graffiante di cicale e grilli. E i cucchiai che grattano contro il metallo della ciotola.

"Ancora una cucchiaiata e poi basta."

"Mangiane quanto ne vuoi," dice June, cercando di rubargli l'impasto che ha già raccolto col cucchiaio.

"Mi sa che ho già mangiato l'equivalente di una decina di biscotti."

"Tanto è buio."

Ancora rumore di mascelle che masticano.

Cole lascia cadere il cucchiaio con un gemito. "Massa critica. Mi ero dimenticato che non c'è niente che rimanga sullo stomaco come la farina cruda mescolata alle uova." Salta giù dalla sponda del pick-up. "Devo sdraiarmi."

Sparisce dalla sua visuale per stendersi a pancia in giù nell'erba alta. "Attento, potrebbe esserci un formicaio," gli grida lei.

"Se mi morsicano non me ne accorgo nemmeno, col mal di stomaco che ho," dice lui.

"Hai mai provato il morso di una formica di fuoco?"

"Be', cosa sarà mai? Sarà un morso di formica."

"Diciamo che la parola fuoco non rende abbastanza l'idea. In pratica è come un'ustione."

Lui alza di scatto la testa. Lei scoppia a ridere. "Dà un'occhiata intorno. Se non vedi montagnole di terra sei al sicuro." In realtà non era quello che voleva dire. Voleva dirgli di tornare sul pick-up, offrirgli il grembo come cuscino.

Dopo aver smosso un po' l'erba e aver tastato qua e là, Cole si convince a sdraiarsi di nuovo. "Dimmi qualcosa che mi distragga."

"Tipo?"

"Tipo quello che ti preoccupa. Il dottore ti ascolta. Forza, sfogati."

"Artie è distrutta. Arlo è nei casini fino al collo. Hap è da venerdì che non lo sento, perciò non ho idea di come vada tra lui e Vera. Posso solo immaginare che genere di nuovi problemi può aver creato March. Non riesco nemmeno a riconoscere che invece può darsi che sia un aiuto per i gemelli." Facendo luce sulle sue preoccupazioni rivela anche quelle inconfessabili, che cosa potrebbe scoprire lo sceriffo se scava abbastanza a fondo, il danno che tutto questo sembra aver provocato nel legame tra Artie e Arlo. "E adesso è tornata Thea. In ogni parola che si degnerà di rivolgermi vedrò fino a che punto l'ho delusa. Io posso solo decidere se reagire col sorriso o ritorcerle tutto contro." June si siede a gambe incrociate nel cassone. "So che la scelta dovrebbe essere semplice. Il figlio di qualcun altro è stato ucciso a un passo da casa mia e quindi dovrei mettere da parte le mie ferite per inondare d'amore tutti i miei figli. È questo l'amore incondizionato, no?"

Dall'erba si leva la voce di Cole. "Stai chiedendo alla persona sbagliata. Non credo che l'amore incondizionato sia un'emozione umana."

"Davvero?" Ne è abbastanza convinta anche June, ma non ha mai osato dirlo ad alta voce.

"L'istinto più forte in qualunque mammifero, e mi limito ai mammiferi perché sono il mio campo specifico, è di evitare il dolore. Superare questo istinto primario è difficilissimo. Ma le persone, e gli animali, lo fanno di continuo. Pur di salvare i figli affrontano pericoli mortali. Ma il dolore emotivo è una cosa diversa. Se l'amore che provi, quel fiume d'amore incondizionato, viene respinto di continuo, evitare di soffrire è facilissimo: basta prosciugare tutto."

Quella metafora le rivela dolorosamente le sue emozioni. Un fiume grande come il Brazos per Hap, poco più di un ruscello per Thea. E poi March: il letto di un fiume in secca, dove ogni tanto scorre un rivolo d'acqua. Un amore che non arriverebbe nemmeno a coprirle il dorso dei piedi. Sente una stretta in gola. "Sono una persona orribile," dice, convinta che questa affermazione sia così in contrasto con l'opinione che ha di sé che la stretta si allenterà subito e riuscirà a respirare di nuovo. Invece la voce le esce spezzata, smarrita.

Cole la raggiunge così in fretta che si sente del tutto disorientata. Lui si issa sul cassone per sedersi vicino a lei. "Non mi riferivo a te," dice. "E non vedi le cose dalla prospettiva giusta. Anche se fosse vero per te, e non sto dicendo che lo sia, vorrebbe dire che sei una persona normale. Questo ti rende umana, non disumana."

"Come va lo stomaco?"

"Sono pieno come un uovo, ma ne valeva la pena. Appena mi passa, mi mangio un'altra decina di biscotti."

June rimane in silenzio.

"Smettila di essere così dura con te stessa. Tu rimugini troppo," le dice Cole.

"È vero, rimugino troppo."

"Quand'è stata l'ultima volta che hai fatto qualcosa senza pensarci?"

"Quando sono venuta qui da te."

"Oh," dice lui. Anche quell'unica sillaba le fa capire quanto gli fa piacere scoprirlo.

"No, aspetta. Quando ho risposto alla tua domanda adesso. L'ho detto senza pensarci, anche questo. Non è da me. Forse è il motivo per cui mi piace tanto stare con te. Sono stufa di essere sempre sola con me stessa. Sono pronta a diventare un'altra persona." Distoglie gli occhi e guarda il fiume in lontananza, non ha il coraggio di vedere la reazione di lui.

"Scommetto che June adesso avrebbe voglia di tornare a casa. E quest'altra persona cosa vorrebbe fare?"

"Oh, mi metterai nei guai," sussurra lei.

"Cosa?" dice Cole. "Ho sentito solo guai."

June si volta verso di lui scuotendo la testa. "Non lo so cosa vorrebbe fare, perché se ci penso mi renderò conto che non posso."

"Allora siamo bloccati," dice lui. "Non posso consigliarti di agire senza pensarci. Per quanto mi riguarda, non ha funzionato granché."

"Ci hai pensato molto prima di telefonarmi oggi?"

"Ci ho pensato almeno una volta all'ora dall'ultima volta che ti ho vista."

Una frase pericolosa come un serpente a sonagli. Eppure la fa sentire al sicuro più di quanto si sia mai sentita in vita sua, forse. "Prima di sapere di Artie?"

"Quella era una scusa. Diciamo che l'ho preso come un segno. Ma non mi aspetto niente."

"È stato il destino a farti telefonare, ma non ti aspetti che voglia dire qualcosa?"

"Ammetto che c'è un salto logico," dice lui. Si siede a gambe incrociate anche lui, e adesso sono così vicini che June riesce quasi a sentire il ginocchio di Cole che sfiora il suo.

"Io non ci credo, nel destino," dice lei. "A parte il fatto che forse il carattere dipende dal destino."

"Mi dispiace dirtelo, ma se il carattere dipendesse dal destino in questo momento non saresti seduta qui. Al buio. Con l'impasto dei biscotti."

"Avrei avuto il buonsenso di mangiare solo un paio di biscotti, e avrei messo da parte il resto. Avrei preso tutte le preoccupazioni che mi danno i ragazzi e le avrei compresse in un mucchio di rabbia per Peter. Per il fatto che a lui Thea non dà del filo da torcere come a me. Che Lee è di nuovo tra i piedi. Poi Peter sarebbe tornato a casa, e nonostante i miei buoni propositi avremmo litigato. E così non saprei mai com'è andata, o che cosa ha provato, perché lui terrebbe per sé le sue incertezze per paura e le cose buone per dispetto."

"Che brutto."

"Davvero."

"E allora fa' qualcosa di inaspettato," dice lui. E così, senza pensarci, lei si sporge verso di lui e gli posa una mano sulla guancia. Poi appoggia la fronte alla sua e la mano sulla sua coscia. Lo sente inspirare, ma per il resto lui resta immobile. Questo le fa pensare – smetti di pensare, smetti di pensare, si dice – a come dev'essere con le mucche e i cavalli che cura, a come fa a non correre nessun pericolo. Emana un senso di immobilità che allontana qualunque senso di minaccia. Quella calma dovrebbe placare il suo cuore, rimandarla a casa. Ma non può evitarlo, anche dopo averci pensato. Lo bacia.

6

March aveva passato tutto il giorno ad aspettare che Arlo gli parlasse dell'uccisione di Ryan ma l'altro non aveva aperto bocca. Né a casa né quando erano andati al fiume a recuperare la Ford Bronco né mentre davano fondo alla scorta di birra in veranda. Quando March torna dallo spaccio di alcolici con una bottiglia di whisky e altra birra, Arlo è ancora seduto sulla veranda, ma c'è anche Hap, e da come ha parcheggiato il carro attrezzi sul prato si direbbe che voglia esser certo di potersene andare in fretta e furia. March scende con riluttanza dal pick-up, i sacchetti in mano.

"Vieni qui anche tu," gli grida Hap. "Stavo raccontando ad Arlo che stamattina sono andato a trovare Artie. E che sto provando a cambiare la mia visione del mondo, perché mi sono convinto che il perdono è sopravvalutato. Stanno succedendo un sacco di cose oggi. A dire la verità è da quando sei tornato che succedono un sacco di cose."

In un modo o nell'altro Hap è riuscito a rompere lo schermo di impassibilità dietro il quale Arlo si è trincerato per tutto il giorno. Adesso la sua espressione è un misto di dolore e rabbia. Arlo e Hap non sono mai stati particolarmente in sintonia, però March non è abituato a sentire Hap che sfotte qualcuno. Brutto segno. March pesca una lattina di birra dal sacchetto.

Sale sulla veranda e la porge ad Arlo poi, posandogli una mano sulla spalla, lo allontana da Hap e lo guida verso il dondolo. Arlo tracanna d'un fiato metà della birra, poi si sporge di lato per guardare oltre March. "Fatti una birra anche tu, Hap. È la medicina migliore del mondo."

"Direi che per oggi qui si è bevuto abbastanza," dice Hap. Prende i sacchetti che il fratello ha mollato lì e li porta in casa.

"Cosa succede?" dice March.

"Tuo fratello ha deciso che lui e Artie sono le vittime eroiche della situazione mentre i cattivi siamo io e te. Hai già combinato altri casini con Vera?"

March fa finta di non capire, poi sospira, infine fa segno di sì. Vera deve aver deciso che tenere la bocca chiusa era troppo.

"Mi sa proprio che siamo noi i cattivi."

"Se succede qualcosa," dice March, "ho bisogno che intervenga tu. Se non riesco a... insomma, hai capito."

"Ho capito," dice Arlo. "Entro a testa bassa, ti butto per terra. Poi mi metto cavalcioni sopra di te e aspetto che ti dai una calmata. Me lo ricordo come si fa."

March va in cucina, ripetendosi che può ancora sistemare le cose. Può ancora convincere il fratello che è cambiato. Hap ha messo via le birre, e sta appallottolando i sacchetti di plastica per infilarli uno dentro l'altro. L'istinto suggerisce a March di battere in ritirata, andarsene di lì e tornare in New Mexico. Come se gli leggessero nel pensiero, i cani escono dalla loro camera e lo raggiungono in cucina, pronti a seguirlo. Rom si avvicina a Hap per fiutarlo, sbadigliando perché si è appena svegliato. Poi March vede il cane irrigidirsi e rizzare il pelo. Non è l'unico dotato d'istinto, evidentemente.

"Pappa!" grida March, col tono più gioviale che riesce a trovare. Prende dalla dispensa una busta di snack per cani che se ne sta da sola sul ripiano con due lattine di fagioli in salsa piccante e un sacchetto di chips di mais. Agita due striscioline di carne essiccata verso i cani ma quelli gli sono già addosso, scodinzolano, cercano di saltare. "Fuori," dice, e i cani si precipitano verso la porta. Sarebbe così semplice salire sul pick-up. Ma di semplice c'è solo il primo passo. Tutti quelli che vengono dopo sono uno più difficile dell'altro, duri come un elastico troppo teso. Rom e Remus riescono ad aprire la zanzariera e March lancia una striscia di carne da una parte e una dall'altra, e i cani si lanciano giù dalla veranda in direzioni opposte.

"Me li tieni fuori, per favore?" dice March ad Arlo.

"Faccio del mio meglio, ma se si incazzano non ho intenzione di toccarli."

I cani si sdraiano sul prato davanti alla casa, annusando qua e là per vedere se è rimasto qualcosa. March torna dentro, si chiude alle spalle la zanzariera e la porta.

Trova Hap seduto sul banco della cucina, con i piedi ciondoloni. Gli scarponi da lavoro continuano a sbattere sugli armadietti. Pum. Pum. March si ferma sulla soglia, in attesa.

"Mi stai proteggendo dai tuoi cani? Guarda che sei tu quello che ha bisogno di protezione." Pum.

"Potresti anche avere una pistola. Magari sto cercando di tenerli al sicuro."

"E così sei riuscito a fare qualcosa per cui varrebbe la pena di spararti." Il tono di Hap è gelido e pieno di picchi frastagliati, una catena montuosa di disgusto. "Era meglio se sposavo una donna a cui non importava un cazzo di me. Non che sia colpa tua, ma certo è colpa tua se alla fine me ne sono reso conto. Anche se ci è voluto un secondo round per farmelo entrare in testa."

Tutto quello che March sperava – di tornare a lavorare con il padre, recuperare l'amicizia con Arlo e Artie, convincere Hap e la madre di essere cambiato, sentirsi di nuovo sé stesso, tornare ad avere una vita – viene spazzato via.

"Si può sapere cosa ti ho fatto perché tu distruggessi la mia vita così?" dice Hap. "Tu non stai cercando di salvarmi da me stesso, lo so. Non hai mai aiutato nessuno in vita tua senza che te lo chiedessero, e di solito nemmeno in quel caso." Hap sbatte di nuovo gli scarponi contro gli armadietti. Pum.

"Ero sincero quando sono venuto all'officina. Voglio davvero smetterla di distruggere tutto. Voglio davvero stare alla larga da Vera."

"Forse da quando l'hai promesso, ma non da prima."

March fa sì con la testa. Se quella del fratello fosse stata una domanda, invece di un'affermazione non ha idea di cosa avrebbe risposto. Ma Hap non aspettava altro che quel cenno, a quanto pare. Salta giù dal banco e si butta addosso al fratello dandogli una spallata nello stomaco, come un giocatore di football urta un avversario per toglierlo di mezzo. March crolla all'indietro, finisce lungo disteso oltre la porta e nel corridoio, scivola finché l'orlo di un tappeto lo blocca. Come al rallentatore, vede lo scarpone del fratello mirare al suo fianco. Si chiede se perderà conoscenza prima del calcio. Invece rimane vigile, e il dolore lo costringe a rotolare sull'altro lato con un gemito. Sente la porta che si apre e si richiude sbattendo, Arlo che arriva di corsa e i cani che abbaiano dalla veranda.

Hap gli si mette a cavalcioni, e dopo averlo rivoltato sulla schiena gli punta un ginocchio sul petto. March sente il peso di Hap passare allo scarpone saldamente premuto sulle sue palle. Cerca di rannicchiarsi ma Hap lo costringe a rimanere disteso con un pugno alla tempia. Sente la fede di Hap che gli taglia il cuoio capelluto, il sangue caldo che gli gocciola tra i capelli.

È così sorpreso di essere ancora in grado di pensare, di avere ancora testa e corpo che funzionano, che non cerca nemmeno di scrollarsi di dosso il fratello. Rovescia la testa all'indietro, cercando di allentare il dolore pulsante che gli sale dall'inguine, e vede la faccia di Arlo. Gli sembra di sentirlo urlare: "Cosa devo fare?" ma non ne è sicuro, perché Hap gli sferra un altro pugno, questa volta all'occhio.

Gli sfugge un lamento, poi guarda il fratello. "Ehi," dice. "Sono ancora qui." Prova un grande sollievo, anche se Hap sembra ancora pronto a ucciderlo. Lo colpisce di nuovo, questa volta con la mano aperta.

"Non illuderti, sei sempre quello di prima," dice Hap. "Solo che ti senti troppo in colpa per avere uno dei tuoi accessi di rabbia." Si separa dal fratello e si rialza in piedi.

March riesce a mettersi carponi, stordito, in preda alla nausea, e tuttavia soddisfatto. "Sì, ma è un bel progresso, no?" Vede i piedi di Arlo davanti a sé, ma gli fa segno di allontanarsi. Poi appoggia la fronte al pavimento, prende fiato.

"Ma quale progresso del cazzo," dice Hap che adesso è in cucina. March riesce ad alzarsi sulle ginocchia, lo guarda attraversare la veranda e poi scendere con gli snack per i cani e la bottiglia di whisky.

"Vado a prendere le birre prima che usciamo anche noi," dice Arlo. "Magari tuo fratello se la fila col whisky. O vuole scolarselo tutto lui."

March e Arlo trovano Hap seduto sui gradini della veranda, tra i cani e la busta di snack vuota. March manda via i cani e si siede vicino a lui. Prima di andarsi a sedere sul dondolo Arlo gli passa una birra. Invece di aprirla, March si preme la lattina gelata sulla faccia.

"Ti ricordi quando mi hai rubato i fumetti degli X-Men? Avevi undici anni, credo."

"A dire la verità no."

"Io me lo ricordo perché quando ti ho picchiato con la mazza di Thea e tu me li hai restituiti tranquillamente ho sperato che stessi guarendo dalla tua follia. Ma è durata poco. Tu farai sempre del male alle persone che ti sono vicine, March. Sempre. Andartene è stata l'unica cosa sensata che hai fatto nella tua vita. Devi rifarlo."

March apre la birra, e il sollievo è scomparso.

Sentono una macchina che si avvicina, veloce sulla strada silenziosa. March la riconosce, è quella di Vera, e Hap anche, nello stesso istante, e da come lo vede irrigidirsi capisce che la rabbia che ha scaricato addosso a lui picchiandolo di santa ragione gli sta montando di nuovo con la stessa forza di prima. Hap finalmente reagisce, però March potrebbe scommettere che sarà ancora Vera ad averla vinta. Lei frena di botto, facendo schizzare la ghiaia tutt'intorno, e parcheggia di traverso dietro il pick-up di March, bloccandolo. March si ritira sulla veranda, vicino ad Arlo, mentre lei scende e avanza verso di loro.

"Dai che ci godiamo lo spettacolo," dice Arlo con entusiasmo eccessivo. March lo guarda scuotendo la testa.

"Cosa succede?" urla Vera, vicina alle lacrime. Agita in aria il cellulare, poi lo lancia addosso a Hap. Il telefono lo centra e finisce ai suoi piedi. "Testa di cazzo." Vera si china a raccogliere il telefono, poi lo scaglia di nuovo con tutta la forza che ha, anche se è a meno di un metro dal marito. Il telefono rimbalza e Remus, incuriosito, si alza per andare a recuperarlo, lo prende in bocca e lo porta sul prato.

"Ah, sono io la testa di cazzo?" dice Hap, prendendola per il braccio e avvicinandola a sé. "Dov'è Pete?"

"Dove credi che sia?" dice lei, liberandosi dalla stretta.

"Non hai il diritto di arrabbiarti perché finalmente sono stato sincero con te," dice Hap.

"Io faccio quello che mi pare. E tu hai un bel coraggio a venirmi a parlare di sincerità. Tu sei cieco, cazzo, sei un povero babbeo, ecco cosa sei. Non sei l'uomo che credevo di aver sposato." Lo sta schiaffeggiando, adesso, e finalmente piange. Hap si ritrae, confuso. Povero Hap, pensa March, mai una volta che abbia lui il coltello dalla parte del manico. Vorrebbe rendersi utile, e pensa che almeno dovrebbe togliere di bocca al cane il cellulare di Vera, ma teme di attirare l'attenzione.

"Credevi di aver sposato un uomo che ti perdona sempre, nonostante tutto? Allora sì che sarei un babbeo," dice Hap.

"Ma ancora non hai capito?" È così esasperata da mettersi a urlare, tanto che March teme che i vicini, pur non essendo così vicini, chiamino la polizia. "Credi che solo perché ti ho chiesto scusa per quello che è successo due anni fa mi prendessi io tutta la colpa? Certo che mi dispiace, ma mi dispiace solo perché quel giorno non ho avuto la forza di lasciarti."

Forse dovrebbe chiamarla lui, la polizia. Gli sembra una prospettiva orribile che Vera e Hap vadano avanti così.

"Ma cos'ha fatto Hap?" gli sussurra Arlo all'orecchio. Quando March si stringe nelle spalle, Arlo lo guarda incredulo. "Sarebbe utile saperlo. Soprattutto per uno che vuole andare a letto con la moglie di suo fratello."

Vera attraversa a lunghi passi il prato, come se restando troppo vicina a Hap rischiasse di implodere, poi cambia direzione e si avvicina a Remus. Il cane molla il telefono e corre da March. Quando lei si china a prenderlo, Hap le dice: "Come hai potuto farlo un'altra volta? Come hai potuto farmi così male?" Lei gli tira di nuovo addosso il telefono ma lo manca. Il cellulare finisce contro la facciata della casa e si apre in due.

"La tua bellezza non ti servirà da scusa questa volta. Questa volta te la faccio pagare, te lo garantisco," dice lei, e March si rende conto che sta facendo il verso a Hap, che gli ripete quello che lui deve averle detto nel messaggio. "Io non perdono e non dimentico." Gli fa il verso, piagnucolosa. Poi si rimette a urlare. "Perché sei tu l'arbitro del bene e del male, vero, Hap Briscoe? Sicuro, perché io invece non ho mai dovuto perdonarti nemmeno una volta, cazzo!"

Per la prima volta si gira a guardare March e Arlo, e scuote la testa. "Non ne posso più di voi figli di Peter, siete tutti disturbati." Torna a rivolgersi a Hap. "Non ne posso più di buttare via la mia vita con te." Gli passa davanti e lo spinge via per recuperare i resti del telefono, poi se ne va.

Hap barcolla fino al limite del prato e si stende sull'erba, la faccia rivolta verso il cielo. March si alza, ma Arlo gli posa una mano sul braccio. "Mi sa che non è il caso."

"Qualunque cosa sia successa, non è colpa mia."

"Non c'è niente di logico nel matrimonio di tuo fratello. O lo prendi così com'è," dice indicando Hap, che si è rigirato sull'erba, "o lasci perdere. Ma non puoi scegliere da che parte stare."

March vorrebbe credere di essere maturato nel corso di quegli ultimi giorni, ma non abbastanza da seguire il ragionamento di Arlo. Si lascia andare contro lo schienale del dondolo. Dopo qualche minuto, Hap si alza e se ne va. Come ha fatto la moglie, sale in macchina e riparte, senza guardarli nemmeno una volta, come se non ci fosse un solo essere umano sulla veranda. Il che, pensa March, forse è vero.

7

Quando Peter torna a casa, June sta lavando i piatti. Mentre la abbraccia da dietro vede la ciotola sporca tra le mani della moglie. “Cos’hai preparato?” chiede.

“È l’impasto dei biscotti d’avena.”

“Ah, hai fatto i biscotti.”

“No, l’ho mangiato crudo.” Lei è un po’ distante, un po’ tesa, ma lui prova sollievo perché non sembra arrabbiata per il suo ritardo. Dopo che le ragazze sono uscite si è fermato a parlare con Lee, ma i pochi minuti che aveva messo in conto sono diventati un’ora e passa.

“Tutto?” scherza.

“Ho messo il resto nel congelatore.” Lui si separa da lei, ancora affamato anche se ha mangiato un po’ dello stufato che stava preparando Lee, ma June lo afferra per la manica e si asciuga le mani bagnate sulla sua camicia dopo avergli spruzzato in faccia un po’ d’acqua.

“Thea dorme da Lee?”

“No, dormono tutte e due da Artie.” Guarda il pavimento. “Ci sono degli sviluppi.” Le racconta della rabbia di Lavinia, degli accordi per il funerale. Le chiede di accompagnare Artie da Hayden, e lei dice che lo farà. Non le dice delle lacrime di Lee, di come è stato spiazzante per lui trovarsi ancora a casa sua, come se di colpo si fosse ritrovato dentro una vita parallela in cui June non gli aveva permesso di tornare da lei. Di come consolarla dopo che le ragazze se n'erano andate l'ha fatto sentire trent'anni più giovane. Di quanto avrebbe preferito che quella sensazione non gli fosse piaciuta, e invece gli era piaciuta moltissimo, anche quando Lee si era messa a piangere sulla sua spalla. Questa sera ha infranto la promessa fatta a June, una promessa mantenuta per tredici anni. Quella che sarebbe sembrata a chiunque una cosa innocente, per June sarebbe comunque imperdonabile.

Dopo la fine della relazione con Lee qualche volta l'aveva tradita ancora, niente di serio, storie di una sola notte che lei non aveva mai scoperto. Tranne una volta, quando i ragazzi erano alle superiori. Non sapeva nemmeno com'era andata, sapeva solo che era scomparsa senza lasciar traccia. Poi, una settimana dopo, era tornata a casa. L'aveva trovata in soggiorno che guardava una partita di baseball degli Astros, la borsetta sulle ginocchia. Chiaro che non aveva intenzione di restare.

"Non andartene," le aveva detto lui.

June aveva scosso la testa, un gesto che lui non era riuscito a interpretare. Allora Peter aveva afferrato il telecomando e aveva spento la TV. Pensava che l'avrebbe costretta a girarsi verso di lui, ma lei era rimasta a fissare lo schermo vuoto.

"Cosa posso fare per convincerti a tornare a casa?"

June aveva tirato fuori dalla borsetta una cosa piccola e blu e l'aveva posata sul divano tra loro due. Un passaporto. Avevano tanto parlato di farsi il passaporto, di una vacanza in Europa, ma poi avevano lasciato perdere. Ed ecco che June l'aveva fatto senza di lui.

"Posso andare dove mi pare," aveva detto.

Finalmente l'aveva guardato. Dalla sua espressione lui aveva capito che lo amava ancora. Ma l'amore non aveva più la forza del giorno in cui gli aveva puntato contro il fucile, o della notte in cui aveva telefonato la madre di Lee. Poi però si era chiesto se era perché questa volta sembrava meno ferita. Anzi, non sembrava ferita affatto. E per la prima volta Peter si era vergognato davvero del matrimonio che aveva imposto a sua moglie. Sapeva che June non aveva mai temuto che lui la lasciasse, ma il terrore che le spezzasse il cuore un'altra volta doveva essere stato altrettanto difficile da sopportare. Era quello l'amore che offriva a sua moglie, un amore doloroso. Eppure lei l'aveva scelto ogni volta.

"Siediti pure," aveva detto June indicandogli un punto non troppo vicino. E lui si era seduto. "Finalmente posso andare dove voglio, e tutto quello che sento è una grande stanchezza. Sono venuta per vedere se sono ancora capace di arrabbiarmi. La rabbia forse mi darà l'energia per scoprire chi sono adesso, chi posso diventare, dopo aver passato vent'anni a essere una donna che voleva restare con te comunque. Ho passato l'ultima settimana a chiedermi dove vorrei vivere, che lavoro mi piacerebbe fare, come passerei le mie giornate dopo essermi liberata di te. Però a questo punto ho soltanto un passaporto nuovo e una gran voglia di dormire per anni."

Peter aveva teso la mano verso la sua ma si era ben guardato dal prenderla. L'aveva solo posata sul divano tra loro, col palmo rivolto verso l'alto. "Posso fare in modo che tu non provi mai il desiderio di usarlo, quel passaporto. Posso ancora essere la persona che meriti."

"Puoi rinunciare per sempre ad andare a letto con le altre?" E quando Peter si era affrettato ad annuire, lei aveva scosso la testa. "No. Non basta. Sei capace di toccare una donna senza provare desiderio per lei? Non tollero più nemmeno l'intenzione."

"Sì."

June aveva un'espressione così scettica che si era quasi convinto di averle mentito. E invece no. "Posso. So che posso."

"E allora perché prima no?"

Peter era arrossito.

"Allora?" aveva insistito lei. "Devi dire anche quello che non riesci. Se non mi convinci me ne vado adesso."

E infine Peter le aveva preso la mano e lei glielo aveva permesso, lasciandola abbandonata nella sua presa. "È una settimana che ho paura. Vent'anni di matrimonio e finalmente ho capito cos'hai provato. Ci ho pensato anch'io, sai, a come avrei passato le mie giornate senza di te, e non varrebbe nemmeno la pena di viverle." Poi le aveva preso anche l'altra mano, ma lei le aveva ritirate entrambe. Peter allora si era appoggiato allo schienale, rovesciando la testa all'indietro, e aveva chiuso gli occhi. "Lo sai che non ho mai voluto perderti."

L'aveva sentita spostarsi, e il corpo di June si era avvicinato al suo. "Una sola volta," gli aveva detto. E quando Peter aveva aperto gli occhi aveva avuto una visione indistinta del passaporto blu prima che lo colpisse sulla guancia. "Una volta." L'aveva schiaffeggiato di nuovo. "Se ti vedo anche solo sfiorare il braccio di un'altra donna me ne vado. Niente discussioni. Non ti parlerò e non ti vedrò mai più. Mi credi?"

Peter aveva alzato la testa e l'aveva guardata negli occhi. "Sì."

Con questo ricordo in mente, le racconta quello che è successo da Lee con parecchie omissioni. E per tutto il tempo aspetta che la moglie si agiti, si innervosisca, lo respinga. E invece lei resta gentile, resta rilassata, lo abbraccia. "Andiamo a dormire," dice. "A domani ci pensiamo domani." La sua voce però ha qualcosa che non va, è come se stesse leggendo una battuta. E però, ammesso che si stia sforzando di fingere di non essere arrabbiata, lo trova ancora più apprezzabile che se non fosse affatto arrabbiata.

E così si preparano per andare a letto, si infilano sotto le coperte, e lui avrebbe voglia di fare l'amore ma non vuole strafare, non vuole andare oltre la facciata e scoprire la rabbia che potrebbe nascondere. E nemmeno che lei pensi che il desiderio è nato durante la prima parte della serata, che abbia un'altra origine. Quando lo bacia sulla guancia la abbraccia, ma quando lei si volta dall'altra parte non la trattiene.

8

"Hai intenzione di lavarti?" chiede Arlo. Lui e March hanno passato ore in veranda, e anche se March si è alzato un paio di volte per andare in bagno, ha ancora delle incrostazioni di sangue sotto il naso e i capelli tutti arruffati. Il ghiaccio che Arlo ha messo in un sacchetto di plastica per lo zigomo gonfio si scioglie sul bracciolo del dondolo.

"Vieni con me," dice infine Arlo, perché vedere March in quello stato lo deprime troppo. In bagno guardano l'armadietto dei medicinali aperto, che contiene solo uno spazzolino da denti, dentifricio, una spazzola e un rasoio. Arlo chiude il coperchio di plastica della tazza col piede. "Siediti," dice a March. In un angolo c'è uno scatolone aperto, e si mette a rovistare dentro finché non trova una salvietta. "Hai dell'alcol o dell'acqua ossigenata?"

March si accovaccia vicino allo scatolone e pesca una cassettina del pronto soccorso. "Forse qui dentro." Vacilla e deve appoggiare una mano sul pavimento per rimanere in equilibrio. "Sì, meglio se resto seduto." Torna a sedersi sul coperchio della tazza mentre Arlo inumidisce un angolo della salvietta e gli prende il mento nella mano. March sussulta, e sussulta ancora di più quando Arlo incomincia a sfregare via il sangue che gli incrosta la tempia.

"Scusa. Come infermiere non sono il massimo."

March apre gli occhi e segue la mano di Arlo, che ha ancora il palmo fasciato. "Sei andato dal dottore?"

"No, mi sono arrangiato da solo."

"Quella benda ha visto tempi migliori."

Arlo smette di strofinare la tempia di March e guarda la garza grigiastra, che ormai è anche bagnata. Se la toglie e distende la mano. Il taglio si è rimarginato, sul palmo c'è una lunga crosta fresca. "Comunque non serve più." Soddisfatto di avergli ripulito del sangue la parte superiore della faccia, passa al naso. "Alza il mento."

March appoggia la testa al muro dietro la cassetta dello scarico. "Non mi hai mai detto cosa è successo al Terpsi."

Arlo allora gli racconta che in pratica è saltato addosso a Laurel e che lei ha reagito con forza, e forse aveva anche ragione.

March indica la mano. "Aveva un coltello? Forse aveva ragione, sì."

"Sono caduto e ho beccato un chiodo."

"Imbarazzante."

"Piantala," dice Arlo, aprendo una confezione di salviette disinfettanti che ha trovato nella cassetta del pronto soccorso. Poi cerca di trovare il taglio nascosto tra i capelli di March. "Brucia?"

"Sì," dice March senza scomporsi troppo.

"Bene. Non riesco a vedere un cazzo qui in mezzo." Gli afferra una manciata di capelli, li tira. "Sembra pelliccia, porca puttana." Getta la salvietta disinfettante nel cestino vicino alla tazza. "Meglio di così è impossibile."

"È ora di andare a letto," dice March. "Artie deve aver messo le lenzuola extra e una coperta nell'armadio in corridoio. Hai bisogno d'altro?"

D'aiuto, pensa Arlo. Ho bisogno d'aiuto. Ho bisogno di dirti delle cose e che tu le capisca come farebbe Artie. "Credo che sia rimasta una birra. Ce la facciamo?"

March rimane in silenzio: chiaramente si aspettava una risposta diversa. Poi però dice: "Certo. Ai cani non dispiacerà farsi un altro giretto. Vado a prenderla." Arlo esce sulla veranda, e per la prima volta in tutta la serata si porta dietro il cellulare. È quasi mezzanotte, ma da una certa ora in poi Artie toglie sempre la suoneria. Potrebbe scriverle un messaggio senza svegliarla. Dovrebbe farlo, lo sa. È imperdonabile fare quello che ha fatto e poi passare tutta la giornata dopo senza dirle niente. Cerca il suo nome in rubrica e sta per digitare qualcosa, qualsiasi cosa, ma a quel punto arriva March con un bicchiere mezzo pieno in una mano e la lattina nell'altra.

Si siede sui gradini di legno della veranda di fronte ad Arlo. Si appoggia alla colonna di mattoni e allunga le gambe.

"Non ho detto la verità," dice Arlo.

"Su cosa?"

Arlo si rende conto di quello che sta per fare: sta per rovesciare tutta la merda della sua vita lì, sulla veranda di March, di sua spontanea volontà. Non ci sarà più modo di liberarsene. "Non sono stato io a sparare a Ryan, almeno tecnicamente."

"Qualcuno gli avrà pur sparato, a meno che ti sia caduto il fucile e il colpo sia partito da solo."

"È stata Artie," dice Arlo. "Tecnicamente. Ma sono stato io a sfidarla a sparare a quella cosa nel fiume, e poi quella cosa era Ryan."

"Eh?" dice March, incredulo. "Hai mentito alla polizia?"

"Mi sono preso la colpa perché il vero colpevole sono io."

"Ma è stato un incidente comunque," dice March. "Non lo sapevi a cosa stava sparando Artie."

Arlo ha un momento di esitazione. "Sì e no. Io non..."

March lo interrompe. "Cazzo. Tu lo sapevi che era Ryan?" Arlo vede il panico negli occhi di March, e si accorge che sta per balzare in piedi. Per un attimo è di nuovo immerso nella corrente bruna del fiume, quando ha visto la faccia di Ryan e ha capito che non c'era rimedio al danno. Ha passato la serata di ieri e questa mattina a dibattersi nel senso di colpa di aver distrutto per sempre la vita di Ryan, quella di Artie, la propria. Non può allontanare l'ultima persona ancora disposta ad avere a che fare con lui. E così, nel panico, mente. "Ovvio che non lo sapevo. Ma Artie era già incazzata con me. Da qualche giorno tra me e lei le cose non andavano come al solito. Non eravamo sinceri. Se non fossi stato così stronzo con lei non avrebbe sparato."

"Porca puttana, Arlo. Probabilmente le verrebbe più facile perdonarti se a sparare fossi stato tu. E invece l'hai costretta a mentire alla polizia, a tutti."

"Non dire così," dice Arlo, ma il tono è talmente flebile che a stento riesce a sentire la propria voce.

March si stropiccia un occhio col palmo della mano. "Ho bevuto troppo. Sono troppo stanco e mi sono preso troppe botte per continuare a discutere. Vado a dormire."

Si alza e fischia per richiamare i cani, poi rientrano tutti e tre in casa, uno dopo l'altro. March lascia la porta aperta, e Arlo sente l'aria condizionata che filtra attraverso la zanzariera.

Anche se è famoso soprattutto per le sue canzoni d'amore, ed è considerato un cantante romantico, i suoi testi si concentrano sul danno; il danno che ha causato l'amore alle persone che lo circondano: come l'amore ti rende indifferente alle conseguenze, ti strangola dentro un'esistenza deprivata. L'amore non gratifica, non dà un senso alle cose. Sua madre e sua sorella ne sono una dimostrazione vivente. Artie è sempre stata la persona più soddisfatta del mondo, e questo perché non ha mai voluto avere a che fare con l'amore romantico. Finora. Il suo amore per Ryan l'ha allontanata da lui, l'ha costretta a mentirgli. E adesso quell'amore ha fatto sì che lei gli si rivoltasse contro. Non le ha ancora scritto neanche un messaggio perché non vuole sentirsi dire che lei non può perdonarlo. E se non lo perdonasse mai?

Alla fine tira fuori il cellulare dalla tasca e le scrive.

Mi dispiace

Invia e rimane in attesa, poi scrive di nuovo.

Mi dispiace

Finisce la birra, posa il bicchiere vicino alla sedia a dondolo. Sa che dovrebbe lasciar perdere, ma non ce la fa. Manda un terzo messaggio.

Me l'avevi promesso.

MARTEDÌ

1

Metà mattina, Peter è in ufficio ma non riesce a smettere di tormentarsi per le parole che ha scambiato con June. Prima di uscire per andare al lavoro è salito al piano di sopra, è andato in terrazza a salutarla. Non ricordava l'ultima volta che era successo; chiaro che non se lo ricordava nemmeno June, a giudicare dal suo stupore nel vederlo. Come se lui l'avesse sorpresa a fare chissà cosa invece che seduta su una sedia con le ginocchia al petto, a bere il caffè.

"Non mi hai sentito salire?" le ha chiesto.

"Credo di no," ha detto lei, aggrottando le sopracciglia. Ha posato la tazza sul tavolo. "Qualcosa non va?"

"Niente. Volevo solo salutarti."

June allora si è alzata in piedi, ha fatto un passo o due, poi si è bloccata. "Ti chiamo dopo aver visto Hayden, così ti dico com'è andata con Lavinia."

Peter ha annuito. Stava per avvicinarsi e baciarla, ma lei si era già voltata. "Che bella giornata," ha detto. "Almeno questo."

"Magari stasera potremmo uscire a cena," ha detto lui. "Possiamo andare a Houston e starcene in pace in mezzo a gente a cui non importa niente di noi."

"D'accordo. Ma se per distrarmi decido di preparare io la cena prometti che non ci rimarrai male."

"Certo che no," ha detto lui. Poi ha provato a sorridere. "A meno che non mi ritrovi di nuovo tra i piedi quel veterinario, visto che sembra così amante della tua cucina." La serata da Lee aveva distratto Peter dalla sua gelosia, ma quando ha visto l'espressione di sua moglie a quelle parole gli è ripiombata tutta addosso.

Lei gli nasconde qualcosa, ne è sicuro. Gli rode anche adesso, lì in ufficio, e non fa che agitarsi, nervoso, fa ruotare senza sosta la sedia di legno, la fa cigolare.

March lo sorprende entrando senza far rumore dalla porta sul retro. Peter aveva dato per scontato che sarebbe rimasto a casa con Arlo. Lo squadra ed è ancora più sorpreso. Il figlio ha la faccia gonfia e tumefatta.

"Dio santo, cosa ti è successo?" chiede.

March prende posto con una certa cautela sulla sedia davanti alla sua scrivania. "Vuoi davvero saperlo?"

"Forse no. Soprattutto se è stato Hap a ridurti così."

Il silenzio di March è più che eloquente. Con un'ultima giravolta della sedia Peter si alza. "Bene." Si volta e armeggia con le stecche di legno delle veneziane.

Si sente suonare il campanello sopra la porta d'ingresso, e Peter esce nell'atrio. Purtroppo non si tratta di un potenziale cliente ma dell'ennesima complicazione. "Vera, che bella sorpresa! Come mai qui?"

Peter si piazza davanti alla porta che dà sull'interno per impedire che la nuora veda March. Ma è inutile. Vera si protende a sbirciare alle spalle di Peter, guarda March dritto in faccia e dice "Salve, papà". Lo dice come sempre, come se fosse uno scherzo che nessuno può prendere sul serio. "Mi dispiace tanto per Ryan. Ho lasciato un messaggio ad Artie, ma immagino che al momento non se la senta di vedere gente." Torna a guardare Peter. "Sono qui perché devo mettere in vendita casa nostra e cominciare a cercarne un'altra."

"Proprio adesso? Puoi anche aspettare un paio di settimane, con tutto quello che sta succedendo. Hap non me l'aveva nemmeno detto, che avevate intenzione di cambiare casa."

"Sono io che cerco casa. Io. E Pete." Poi lo schiva e va a sedersi di fronte alla sua scrivania. Peter ha un momento di esitazione, contempla l'espressione allarmata di March e poi la schiena di Vera. Come vorrebbe uscire dalla porta e basta.

"Ma Hap lo sa che sei qui?" le chiede March.

"Non devo certo chiedere il permesso a lui per andarmene," dice lei, guardando dentro la borsetta. Tira fuori un pezzo di carta. "Ho una lista delle cose fondamentali e un'altra delle mie preferenze. So che non posso avere tutto quello che voglio. Quante case ci sono in vendita, meno di una decina?" Fa ruotare la sedia per guardare in faccia Peter, e gli mostra la lista. "Cerco anche a Bullinger, vicino a mia madre. Alla peggio per il momento anche in affitto."

"Non è il momento di scherzare," dice Peter. "Già devo occuparmi di Artie e Arlo, non ho bisogno di altri problemi."

Vera scoppia a ridere. "Dimentichi che ti conosco, Peter. Non mi sembra che tu stia facendo granché per Artie, a parte startene lì a guardare, perciò tanto vale che lavori per me."

Peter va a malincuore verso la scrivania, evitando la mano sottile di Vera che regge il foglio bianco con la sua lunga lista. "Se volessi davvero vendere la casa e lasciare Hap," dice, "andresti da un altro agente immobiliare. Ce ne sono due a Bullinger."

"Non puoi provare a rimediare a uno dei tuoi tanti casini di famiglia per una volta? O vuoi che lo sappiano tutti?" Sotto quella spavalderia, Peter sente che Vera è davvero sconvolta.

"Hap lo sa che sei qui?" chiede di nuovo March.

"Lo saprà presto," risponde Vera rivolta a Peter, come se fosse stato lui a chiederglielo.

A quelle parole Peter si spiega il perché della domanda di March. Il vero scopo di Vera non è la compravendita. Sta solo allargando il cerchio del dolore, per includere quanti più possibile di loro. "Non sono pagato per trasmettere i tuoi messaggi," dice Peter. "Come puoi fare una cosa del genere a Hap? Dopo tutto quello che hai già fatto? E sapendo che è ancora innamorato di te?"

Vera si accarezza il mento, come se meditasse. "Tipo come fai tu con June dopo tutto quello che hai già fatto. E sapendo che è ancora innamorata di te."

Sembra che Peter non riesca proprio ad averla vinta con nessuno. Ma Vera non ha ancora finito. "Come lo chiedi a me potresti chiederlo anche all'altro tuo figlio, come ha potuto fare a Hap una cosa del genere," dice.

E così per Peter si allontana anche l'ultimo barlume di speranza che March possa rimanere a Olympus. "Allora Hap ti ha finalmente buttata fuori?" chiede a Vera.

"Credi davvero che tuo figlio mi abbia cacciato di casa, e che io sia qui a chiedere aiuto a te? Ho mollato io Hap, e questo è solo l'inizio." Batte la mano sulla scrivania. "Il regalo che faccio a te, caro Peter, è che dovrai immischiarti per forza."

A quel punto cerca di intervenire March, come se potesse fare qualcosa per dare una mano. "Dovresti andartene," dice. "Mi dispiace per la mia parte in questa faccenda. Mi dispiace che tu pensi di dover lasciare Hap, ma non possiamo certo aiutarti noi a farlo. Lo sai."

Vera fa ruotare la sedia. Stringe la borsetta nella mano come se volesse strangolarla.

"Non c'entra niente con te," dice a March. "Ho fatto come mi hai detto tu, ho aspettato a dirlo a Hap. Ma ci è arrivato da solo. Mi stupisco persino di trovarti qui stamattina. Pensi davvero di poter lavorare qui?" Si alza, aggiusta la gonna, poi si allunga sopra la scrivania finché non arriva a piantare il dito sul petto a Peter. "O mi dai una mano a trovare casa o me ne torno a Houston con Pete, e ti garantisco che per suo padre sarà molto più difficile vederlo. Hap è una tua creatura, l'hai fatto meraviglioso abbastanza da renderlo amabile, poi tu e June gli avete incasinato la vita, avete fatto di lui un tale mostro che non merita niente. È colpa vostra, perciò adesso tu fai quello che io ti dico di fare." La voce di Vera sta per spezzarsi.

"Ma vuoi dirmi cosa cazzo ti ha fatto Hap, Vera?" dice March. "Vuoi parlare? Cosa può esserci di peggio di quello che gli abbiamo fatto noi?"

Vera si volta e gli va incontro, lo afferra per il davanti della camicia stringendo la stoffa nel pugno. Quando parla però la voce è tornata sotto controllo. "Non ci crederesti, quindi non vale la pena che te lo dica. Continuerai a credere alle bugie che ti racconti da solo. Che tuo padre vuole bene a tua madre, che tu vuoi bene a Hap e che Arlo vuole bene ad Artie." Lascia andare la camicia. "Un mucchio di balle che a questo punto non mi riguardano più."

Vera se ne va senza nemmeno degnare Peter di un'ultima occhiata. "Chiamami quando hai qualcosa da sottopormi," gli grida dall'atrio. "Ho fretta."

Peter e March rimangono in silenzio per più di un minuto. Poi March dice, con voce rassegnata, come se sapesse già la risposta: "Vuoi che faccia un salto in quel posto in Bartlett Road per vedere se riesco a farmi pagare la rata d'affitto in ritardo?"

"No, vai da Arlo, meglio non lasciarlo solo. Facciamo passare il funerale, cerchiamo di far tornare Arlo e Artie sotto lo stesso tetto e poi vediamo cosa succede." Peter sa quello che sta facendo, sta dicendo a suo figlio *quando qui non ci sarà più bisogno di te ti manderemo via*.

"Non è per me che Vera se ne sta andando," dice March, a voce così bassa che Peter fatica a sentire.

"Se divorziano, Hap otterrà al massimo l'affido condiviso... mi sembra che sia meglio per tutti se te ne vai." Non per tutti, no. Certo non per March. E nemmeno per Artie e Arlo. Ma Peter non si corregge.

March si strofina l'occhio gonfio. "Io vado, allora. Se hai bisogno chiamami." Peter fa cenno di sì. Prova l'impulso di abbracciare il figlio, ma teme di dargli l'impressione che si tratti di un congedo.

Dopo che March è uscito, gli viene in mente di telefonare a Hap. Gli viene anche in mente di telefonare a June. Per darle le ultime brutte notizie e anche per sapere com'è andata con Lavinia. Ma quando prende in mano il telefono è Lee che chiama. Giusto un saluto, si dice, per vedere se sta bene, visto che è a casa da sola mentre gli altri sono tutti da Hayden. Una persona che è in grado di consolare e non di sconvolgere ancora di più. E poi passerà alle cose serie.

2

June aspetta nella saletta dell'agenzia di pompe funebri, tutta nei toni del rosa antico e del tortora, dalla moquette alle scatole di kleenex. Chissà se quell'evocazione così accurata dei salottini di nonnesca memoria serve ad attenuare le emozioni e ad accelerare l'organizzazione. O se invece scatena il bisogno di spendere di più, come se fosse un'estrema dimostrazione d'amore? È così in anticipo che Thea e Artie non sono ancora arrivate, e neppure i Barry. Sul divano rosa ci sono solo lei e i suoi rimpianti.

È chiaro che tecnicamente June non è un'adultera. Si è limitata a baciare un uomo che non è suo marito. Però per la prima volta si è resa conto che per quanto ci si possa riflettere ci sono cose che non puoi proprio evitare di fare. Questo le regala una certa comprensione per gli errori di Peter. Dopo oltre trent'anni passati a vedere le cose da un unico irremovibile punto di vista, un cambiamento di opinione così radicale le dà la sensazione che il suo matrimonio sia diventato un paese straniero.

Sente le voci nell'ingresso, poi entrano Thea e Hayden. Abbraccia Thea, vorrebbe che la figlia restasse un po' di più tra le sue braccia invece di stringerla per un attimo e poi ritrarsi. Hayden si siede nella poltrona grigia, vestito nel tipo di abito a tre pezzi che predilige ma che a June sembra eccessivo, come il fatto che la cravatta abbia lo stesso colore della moquette. Una piccola, frivola parte di lei trova ridicolo che il gilet si apra quando si siede. Ancora qualche chilo e avrà bisogno di una taglia in più. Thea si siede all'altro capo del divano, lasciando uno spazio generoso tra sé e June, forse per Artie; oppure vuole solo stare lontana da lei.

"Artie è andata in bagno," dice Hayden a June. "So che dobbiamo occuparci di una faccenda molto triste, ma almeno possiamo essere contenti per il ritorno di March." Guarda June come se si aspettasse che lei lo contraddica.

"Non sono sicura che Hap lo sia," dice Thea, e questo consente a June di tenere per sé il commento evasivo che stava per fare. Poi Thea si rivolge a June: "O il nostro Hap l'ha già perdonato?"

June si rende conto che non scambia una parola con Hap da venerdì, quando gli ha fatto la predica per essersi presentato sul prato davanti a casa con un martello. Tanto per cambiare non si è dimostrata una buona madre. "È da un po' che non ci parliamo," ammette.

Thea ha la stessa espressione esasperata di quando andava alle superiori, nonostante per il resto sia cambiata così tanto e sia diventata una donna adulta con una vita ben strutturata, superando di gran lunga le aspettative di June. "Eppure ne hai avuto di tempo ieri sera mentre facevi di tutto per evitare Lee."

Non che Thea ci tenga a discutere con la madre, e non è nemmeno davvero arrabbiata con lei. Si tratta solo del tipico spirito di contraddizione, il bisogno meschino di criticarsi a vicenda che ha una parte così importante nel loro modo di comunicare. A sentir nominare Lee, Hayden studia con grande concentrazione i documenti che ha in mano, anche se June è sicura che non si perde una parola.

Cosa penserebbe di lei sua figlia se sapesse di Cole? Se potesse scatenare la sua esasperazione su una cosa di quella portata?

Il rimorso di June per quello che è successo la sera prima si rafforza trasformandosi in qualcosa di simile alla paura. Perché sta giocando col fuoco invece di fare il possibile per aiutare la sua famiglia? È una follia lasciarsi distrarre da quello che da un momento all'altro varcherà la soglia: una madre straziata con un enorme conto aperto. Non si lascerà più distrarre. Quel pomeriggio chiamerà Cole e glielo dirà.

Il silenzio imbarazzato è rotto dalle voci nell'atrio. Hayden scivola via e torna con Lavinia Barry e sua madre, la signora Mann. Le due donne sono vestite in maniera impeccabile, abiti neri, tacchi alti e gioielli di ottimo gusto, ma il dolore trapela lo stesso dalle mani tremanti, dall'eyeliner sbavato. June immagina che la signora Mann sia una donna che ci tiene alla forma, che abbia conservato la mise da indossare ai funerali anche quando è stata costretta a vendere il resto del suo guardaroba. E che abbia insegnato alla figlia a comportarsi allo stesso modo. June e Thea si alzano, June dice: "Signora Mann, Lavinia, conoscete mia figlia Thea?" Le due donne fanno un cenno a Thea, eludendo la domanda. Lavinia si ferma e poi si siede sul divano di fronte, nel posto libero vicino a June. "Artie è in bagno, arriva subito," dice June.

"Pensavo che venisse anche il fratello," dice Lavinia. "Dovrebbe essere lui quello che vuole vedermi, per chiedere scusa. Immaginavo che fosse questo il senso della vostra offerta. Che il funerale a vostro carico fosse parte di tutte le scuse che mi devono i Briscoe." Si rivolge a Hayden. "O mi sbaglio?"

Forse lei e Thea hanno sbagliato a venire, dopotutto, pensa June. Ci sono già abbastanza Briscoe coinvolti. Se Artie fosse lì da sola, o soltanto con Lee, forse Lavinia non la vedrebbe come un altro membro di una tribù nemica.

Hayden evita la domanda, chiede invece se qualcuno gradisce una tazza di caffè o di tè. La nonna di Ryan chiede del tè per lei e per la figlia, e Hayden si eclissa di nuovo, lasciando June sola a spiegare quali sono le sue proposte.

"Artie vuole aiutarvi in qualunque modo possibile. Lo vogliamo tutti. Qualunque cosa vi serva. È sconvolta da quello che è successo."

Lavinia si allunga verso il tavolino di legno per sfilare due kleenex dalla scatola, poi li passa alla madre proprio mentre una lacrima rotola sulla guancia dell'anziana signora. "Preferirei un minimo di pentimento al dolore di un'altra donna. Di una ragazza che non conosco nemmeno."

Lavinia ha i capelli candidi come la neve e questo, per ironia, ricorda a June di quando erano entrambe alle superiori e Lavinia si tingeva i capelli, che aveva castani, di un biondo platino. Ha deciso di non tingerli più perché le ricorda la sua adolescenza? O si adatta meglio alla sua personalità, quella di una donna deprivata di tutto, compreso il pigmento dei capelli? June deve ammettere che l'effetto è straordinario, la fa somigliare a una strega intagliata nel ghiaccio. Da ragazza Lavinia rideva spesso. Le rughe intorno alla bocca ci sono ancora, ma il sorriso è scomparso. Le danno un'aria ancora più tetra, come se l'avessero ritratta con l'espressione sbagliata. June nutre l'ansia crescente che Lavinia sia una trappola pronta a scattare quando Artie entra nella stanza.

Quella mattina Artie si è svegliata dentro il suo armadio a muro avvolta solo in un plaid all'uncinetto, col motivo in rilievo stampato sulla guancia. Ore prima si era alzata dal letto – il pensiero di Ryan disteso lì con lei era troppo penoso – e si era rannicchiata sul pavimento di legno. Era un sollievo stare rinchiusa lì dentro, senza nemmeno una finestra. E adesso eccola lì, chiusa nel bagnetto dell'agenzia di pompe funebri, che cerca di ricomporsi prima di affrontare la famiglia di Ryan. Indossa uno dei pochi vestiti che possiede, di maglia grigia, pesante ma con le maniche corte, almeno. Vuole essere presentabile davanti ai Barry, anche se dovessero cacciarla subito dalla stanza.

Sente il bip attutito della batteria in esaurimento sul cellulare, e fruga nella borsa per tirarlo fuori. Vede un minuscolo 3 vicino all'icona dei messaggi e per una frazione di secondo la mente le suggerisce che dev'essere Ryan. Ryan, seduto sul letto nel suo appartamento sopra il garage, che chiede come mai lei non è andata a dormire da lui la notte prima. Mette via il telefono senza nemmeno controllare di chi sono i messaggi.

Qualche minuto dopo, nella sala, Artie stringe la mano alla nonna e alla madre di Ryan. "Mi dispiace tanto," sussurra, e le sembra una dichiarazione inutile, stupida e senza senso, ma Lavinia accetta le sue scuse con un cenno della testa. La donna aspetta che Artie abbia preso posto tra June e Thea e dice: "Pensavo che avrei visto anche tuo fratello."

Le esce di nuovo di bocca quella frase del tutto inutile: "Mi dispiace." Poi aggiunge: "Non ero sicura che lei volesse vederlo."

Lavinia rimette la tazza sul piattino facendola tintinnare. "Mi aspettavo che lui volesse esserci."

È evidente che la madre di Ryan vorrebbe vedere la persona che ha tolto la vita al figlio in quella stanza, che si aspetta un gesto di espiazione. E Artie non può certo dirle la verità, che l'assassino è lì di fronte a lei. Solo ora che tutto questo ormai è impossibile, Artie si rende conto che quell'incontro avrebbe potuto esserle d'aiuto. Trovarsi in una stanza a condividere il suo dolore con altre persone che hanno amato Ryan sarebbe stato un conforto per lei. E invece è come se Arlo avesse scavato un largo fossato tra lei e loro, isolando il suo dolore con una barriera di fortificazioni.

Hayden chiede alla signora Barry dove preferisce che si svolga il servizio funebre, se in chiesa a Bullinger o lì all'agenzia. "Ci piacerebbe che si celebrasse alla chiesa episcopale. Qui a Olympus," dice lei. June scocca uno sguardo preoccupato a Thea, poi si ricompone quando si rende conto che Artie la osserva. "È un posto così bello," dice Lavinia, come se qualcuno le avesse chiesto perché. "E in questo paese mi sento ancora a casa. Sarà sempre così, anche se sono stata costretta ad andarmene." Tace, il suo sguardo indugia su June per un istante e poi si rivolge di nuovo a Hayden. "Può fare in modo che ci sia anche un coro, Mr. Briscoe? E i fiori. Vogliamo dei fiori."

Hayden si irrigidisce e dice a Lavinia che potrebbe essere difficile trovare un coro così su due piedi, ma June gli dà un'occhiataccia e ribatte che Hayden farà del suo meglio per accontentarla. Poi Hayden passa alle altre domande. Preferiscono che la bara sia aperta o chiusa? Hanno già un lotto al cimitero o vogliono seppellire Ryan lì da Hayden? O forse lui voleva essere cremato? Le ceneri possono interrarle, oppure conservarle dentro un'urna, oppure dividerle se desiderano spargerne una parte.

Artie cerca di dire qualcosa, ma ha una voce così flebile che nessuno la sente. Si schiarisce la gola e riprova. "Una volta Ryan mi ha detto che voleva essere cremato e che le sue ceneri fossero sparse all'aperto." La voce si abbassa fino a diventare un sussurro. "Forse nel fiume. A lui piaceva il Brazos, ma andrebbe bene anche il Colorado, visto che passa da Bullinger."

Interviene per la prima volta la nonna, accigliata. "Non ricordo che nella nostra famiglia si sia mai cremato nessuno. Mi sembra brutto che non ci sia nemmeno una tomba da visitare." Lo dice in tono conciliante anche se è chiaro che sta bocciando l'idea di Artie.

La signora Barry, che fino a quel momento sembrava così concentrata e controllata, perde all'improvviso il suo aplomb. "Oh," dice. "Dopo. Non avevo nemmeno pensato a cosa fare dopo."

Artie è tutta contratta, stringe i pugni e non riesce ad aprirli nemmeno quando June prova a intrecciare le dita alle sue. Quanto a Hayden, è prudentemente tornato alle sue carte. Artie sente l'irritazione di June montare al suo fianco. "Possiamo fare tutte e due le cose," dice June. "Possiamo celebrare il funerale con la bara aperta e cremarlo dopo la funzione, nel rispetto dei suoi desideri. Vero, Hayden?" Artie apre il pugno e rilassa la mano per stringere quella di June.

Ma invece di concordare suo zio dice: "Possiamo anche cremarlo, mettere le ceneri in una bella urna e mettere l'urna e una grande foto di Ryan vicino all'altare." Artie si rende conto in ritardo che è una questione di costi, perché adesso anche Thea sta guardando male suo zio. Se ci fosse Arlo, forse direbbe a Hayden che non avrebbe dovuto offrire i suoi servizi gratis se è troppo tirchio per accettare di buon grado l'idea dell'imbalsamazione e della bara. Le arriva persino la replica di Hayden, che mugugna qualcosa come *un'ottima bara sprecata*. Ma adesso che pensieri di imbalsamazioni e bare e Ryan – diretto verso quell'edificio o disteso da qualche parte lì dentro – abitano la mente di Artie, lei deve chiudere gli occhi per impedirsi di urlare. E per non vedere l'espressione distrutta della signora Barry.

Ma quando Lavinia parla il tono è autorevole. "Sono d'accordo con mia madre," dice. "La bara aperta al funerale è importante. Ma se davvero Ryan voleva essere cremato, facciamo anche quello." Artie apre gli occhi e scopre che la signora Barry la sta fissando. "E tuo fratello verrà al funerale?" dice.

"Se lei lo desidera, certo," dice. "Sono sicura che vorrà esserci." Un'altra bugia. Non ha idea di cosa vuol fare Arlo. Stare con lei per sostenerla, certo, ma di sicuro non gli piacerà l'idea di avere addosso gli occhi di tutti.

"A Ryan non è mai importato granché di mettersi elegante. Non credo che a lei avanzino degli abiti da uomo, vero, Mr. Briscoe? Qualcosa di bello?" dice la signora Mann, poi guarda la figlia. "Non penso ci sia una gran scelta qui a Olympus."

"Posso andare io a comprare qualcosa. Sarei felice di farlo," dice Artie.

Le donne annuiscono. Lavinia però non le stacca gli occhi di dosso. Alla fine dice: "È colpa mia se Ryan non ci ha mai presentate. Gliene ho dette tante quando ho saputo che era andato a lavorare dal figlio di Peter. Non posso certo fargliene una colpa se mi ha nascosto che si era fidanzato con una delle sue figlie. Chi non risica non rosica, dice sempre mio marito. E poi come si fa a sapere, la vita è tutta un rischio." Scuote la testa. "E non possiamo sapere che cosa è pericoloso e che cosa no." La madre di Ryan parla in modo sereno, ma Artie sente che c'è più che semplice rassegnazione e dolore dietro le sue parole. "Accetto il fatto che si sia trattato di un incidente. Per me è importante che tuo fratello venga al funerale. E anche tu."

Le spezza il cuore, che la signora Barry cerchi in tutti i modi di alleggerire il peso che sente. Ma invece di essere sollevata sente un peso raddoppiato, il dolore sepolto sotto il senso di colpa e la vergogna di averla fatta franca insieme al fratello. "Ma io sono stata così imprudente," dice Artie. "È stata colpa mia." Scoppia a piangere, e vede il viso della nonna di Ryan raggrinzirsi tutto, mentre la vecchia signora tende la mano verso di lei anche se sono a qualche metro di distanza. "Ah, ragazza mia," dice la signora Barry in tono sommesso, "non c'è prudenza al mondo che possa tenerci tutti quanti al sicuro."

3

Davanti a casa di Artie c'è la macchina di June, perciò March rimane seduto dentro il pick-up e osserva la lantana nel prato che si piega e si raddrizza a seconda del vento. Avrebbe dovuto telefonare, lo sa, ma era convinto che da Artie avrebbe trovato solo Thea, e invece c'è anche June. Vedere la madre non farebbe che affrettare il suo secondo esilio da Olympus. Sta per mandare un messaggio ad Artie chiedendole di uscire quando dalla porta sbuca Thea, che avanza verso di lui. Abbassa il finestrino sperando che sua madre non lo veda e non provi così l'impulso di uscire a parlargli anche lei.

Thea lo guarda con un mezzo sorriso riluttante e le mani sui fianchi. "E tu cosa ci fai appostato qui?"

"Che bello vederti, sorella."

"Lo sai che detesto quando mi chiami sorella." Ma il mezzo sorriso diventa un sorriso vero.

"Sto evitando la mamma ma devo parlare con Artie."

"Hai un telefono."

"Devo dirle una cosa di persona."

"C'entra Arlo?"

Artie le avrà detto chi è stato a sparare al fiume? March è convinto di no. Persino l'imperturbabile Thea sarebbe più agitata se sapesse che Artie ha mentito alla polizia. Invece sembra solo triste. "No, Arlo non c'entra," dice. "Riguarda me. Non so quanto tempo rimarrò ancora qui." L'ha delusa, è evidente. La conosce bene, quell'espressione di sua sorella.

"Peccato che tu abbia subito incasinato tutto un'altra volta. Per Artie sarebbe stato meglio se fossi rimasto ancora un po'."

"Lo so. Mi dispiace."

"Non è con me che ti devi scusare."

"Per questo sono qui."

March capisce i sentimenti contradditori che Thea prova per lui. Gli vuole bene, ma per lei è più facile volergliene a mille chilometri di distanza. È come un tossico che ha mandato all'aria troppe volte il programma di recupero. Thea non può più permettersi di spendere energie emotive per lui.

"Vado a chiamare Artie."

"Prima di andare, non è che hai qualche foto recente delle bambine? Chissà come saranno cresciute."

Thea annuisce. "Eh sì. Ma ho lasciato il telefono in casa. Dopo te ne mando una. A patto che tu non mi dia un motivo per non farlo. Fa' attenzione, con Artie. Ha avuto una mattinata difficile."

Poi si allontana, e March scende e si siede sul paraurti posteriore del pick-up. È fortunato, perché Artie esce poco dopo, senza June al seguito. Gli si getta tra le braccia prima che abbia tempo di alzarsi. Perché non è venuto a trovarla il giorno prima? È imperdonabile.

Rimangono così per un minuto prima che Artie si separi da lui per guardarlo in faccia. "Cos'hai fatto all'occhio?" Gli toglie gli occhiali da sole e March cerca di non trasalire quando la stanghetta gli sfiora lo zigomo. "Ahia," dice lei. Di colpo si fa serissima. "Non sarà stato Arlo, eh? È ridotto peggio di te?"

"No. È stato lui a medicarmi."

"Quindi rimangono Vera o Hap."

"Hap. Si sono complicate le cose. Probabile che presto dovrò andarmene di nuovo. Per Hap sarà ancora più dura se rimango."

"Non puoi andartene," dice lei, col panico che s'insinua nella voce. "Devi tenere d'occhio Arlo, non posso farlo io. Io adesso non ho lo spazio dentro per pensare anche a lui, March. E non so quando ce l'avrò di nuovo, quello spazio."

"Lo so. E mi dispiace. Davvero. Ma non sarebbe meglio se vi teneste d'occhio a vicenda? Lui è preoccupato che ormai tu ascolti solo Thea. Che tu non riesca più a guardarlo in faccia."

"Te l'ha detto lui?"

"Non proprio, ma non è difficile immaginarlo." Abbassa la voce. "Io penso la stessa cosa, sai. Mi ha detto quello che è successo davvero. So che deve essere dura per te, non poterne parlare con nessuno. Vieni a casa mia stasera. Puoi parlarne con lui, con me."

"No. Non sono ancora pronta a vederlo. Ma lo devi portare al funerale. È alla chiesa episcopale qui a Olympus. Alle due. La mamma di Ryan ha detto che vuole che ci sia anche lui."

"Non vuole vederlo impiccato?" Ha scelto le parole sbagliate. È come dire che anche lei vorrebbe vedere il fratello impiccato.

"No. Vuole solo vedere che gli dispiace."

"Gli dispiace, Artie. Lo sai, vero? Gli dispiace per tutto quanto."

"Ci vediamo domani, tutti e tre," dice lei, ed è già lontana. Non gli dà il tempo di manifestare la sua ansia. Tutti quanti – lui, Hap e sua madre, Lavinia Barry e papà, Artie e Arlo – insieme nello stesso posto. Forse non ci sono nemmeno le parole per esprimere l'ansia che gli provoca tutto ciò.

4

In officina Hap sta dando la prima mano di vernice a un vecchio cabriolet, preparandolo per il colore definitivo, rosso ciliegia, quando sul cellulare arriva la telefonata del padre.

"Mi rifiuto di parlare di March," esordisce Hap.

"Forse dovresti venire da me in agenzia," dice il padre. "March non c'è."

"Sto lavorando." Visto che Peter non replica, Hap dice: "Vado in ufficio." I suoi uomini lo guardano mentre passa loro davanti, tutti tetri come giudici. Come se già sapessero che il suo matrimonio è finito.

Appena chiude la porta, il padre parte all'attacco. "È venuta Vera stamattina. Vuole che venda casa vostra e gliene trovi un'altra."

"Una casa nuova?"

Un lungo silenzio. Poi Peter dice: "Mi ha detto che le serve una casa per lei e per Pete."

A Hap esce un sospiro che sembra un rantolo.

"Le ho detto di no, naturalmente, ma lei ha minacciato di andarsene a Houston e portare il bambino con sé."

Hap non sente più il telefono che ha in mano. È come se fosse evaporato.

"Perché non vieni a cena da noi stasera? Porta anche Pete. Sono settimane che non stiamo un po' insieme."

"Non mi sento di vedere nessuno."
"Non dovresti rimanere solo."
"Non c'è nessun problema," dice Hap. "Preferisco stare per conto mio." Ma il padre non sembra intenzionato a riattaccare, e così Hap lo lascia parlare mentre esce dall'ufficio, sale in macchina e guida verso casa. Ha agito come un imbecille, ignorando il futuro.
"Lo so che tra te e tuo fratello quello che si è sempre comportato in maniera irreprensibile sei tu," dice il padre. "Lo so che ha esaurito tutte le possibilità che gli hai dato." Hap sente una certa ambivalenza in quelle parole, ma almeno non sta difendendo March.
Alla fine Hap lo interrompe. "Non si tratta solo di March. Vera è arrabbiata con me, e non so nemmeno cosa ho fatto," dice.
"Non hai fatto proprio niente, ragazzo mio. Hanno fatto tutto Vera e tuo fratello. Tua madre potrebbe persino dire che è colpa mia," aggiunge, quasi a malincuore. "Sono stato io ad accogliere di nuovo March nelle nostre vite."
"Ma io devo aver fatto qualcosa," insiste Hap. "Vera era così arrabbiata con me, e ancora più furiosa perché non avevo idea di cosa l'ha fatta arrabbiare."
"Forse vuoi convincerti che sia così perché almeno hai qualcosa da aggiustare. Senti, non è che sia un dramma se non riesci a ricucire con lei. Non è detto che tutto debba essere per forza così difficile."
Non è quello che Hap si aspetta dal padre. Vorrebbe sentirgli dire che i rapporti di coppia sono sempre difficili, ma possono sopravvivere lo stesso. Così potrà continuare a tornare ogni sera a casa da suo figlio, svegliarsi con lui ogni mattina. Pensa a Vera in singhiozzi davanti a casa di March, a quando gli ha lanciato il telefono addosso. Qualunque cosa abbia fatto, sua moglie è certa che non ce la faranno. "Ti chiamo dopo, papà." Riattacca men-

tre parcheggia davanti a casa. È tornato pensando che avrebbe trovato Vera ad aspettarlo, pronta a togliersi la soddisfazione di dirgliela in faccia, l'orribile notizia, ma il vialetto è deserto come lo era la mattina.

Come sempre, la moglie è due passi avanti rispetto a lui. Il timore che gli porti via suo figlio, di non poterlo più vedere tutti i giorni lo convince che la rabbia di prima – la giusta indignazione che gli ha consentito di inviarle quel messaggio vocale – è stata una reazione del tutto incoerente. Scruta il soggiorno alla ricerca di qualche segnale che gli dica che Vera è passata di lì, e il fatto di non trovarne lo tranquillizza un po'. Poi va in corridoio e controlla in camera da letto.

Quello che vede è la messinscena perfetta di un addio: la porta dell'armadio aperta per rivelare l'interno decimato, cassetti aperti che mostrano il vuoto desolante. Le grucce sono sparite tutte, e immagina la pila di vestiti ammonticchiati nel bagagliaio della macchina, pronti per essere tirati fuori, ancora sulle grucce, e appesi nella camera degli ospiti della suocera.

Il messaggio per lui è un post-it attaccato allo specchio del bagno. Vera non spreca parole. È convinta che sono i fatti a parlare, che il mondo può essere un posto noioso e non c'è bisogno di renderlo ancora più noioso dicendo ad alta voce cose risapute. Per questo Hap non è sorpreso dalla brevità della comunicazione: *Puoi tenere Pete nei giorni in cui non lavori. Mi serve un preavviso di 24 ore. Scrivi, non chiamare.*

Stacca il post-it dallo specchio e lo rilegge due volte. Va a dare un'occhiata in camera di Pete, e mancano tante di quelle cose che immagina non solo il bagagliaio pieno ma anche il sedile posteriore zeppo di roba.

Sa di non avere molto tempo: una volta che Vera sarà a buon punto della strada che ha imboccato, non tornerà. Ma lui non deve pensarci per forza stasera. Stasera deve vedere Pete. Spera che lei provi abbastanza compassione per lui come genitore da dirgli di sì. Prende il telefono e scrive a sua moglie: *Vorrei tenere Pete stasera.*

Poi si siede nella sedia a dondolo in camera del figlio – è troppo grande per entrare nella macchina di Vera, altrimenti si sarebbe portata via anche quella – col telefono in grembo. Hap sa di essere una persona incline alla comprensione, fin troppo di solito. Sa di essere attento agli altri. Capisce le proprie ragioni e sa che ama sua moglie e vuole che lei sia felice. Come fa a non sapere cosa ha fatto per farla tanto arrabbiare?

Vera non risponde. Hap rimane seduto in camera di Pete per due ore, con gli scarponi da lavoro premuti a terra, i muscoli delle cosce che si contraggono e si rilassano mentre si dondola avanti e indietro sulla sedia. Immagina una vita senza la presenza costante di suo figlio. Come ha fatto a non capire che avere un figlio con un'altra persona ti espone a una vulnerabilità a cui si esporrebbe solo un ignorante o un pazzo? O un innamorato, che forse è la stessa cosa.

5

In un negozio di abbigliamento maschile alla periferia ovest di Houston, Artie e Thea hanno trovato un abito da uomo e una camicia, calze e scarpe, e per finire stanno valutando le cravatte, cravatte di seta in colori primari così intensi che Artie rimpiange di non averle regalate a Ryan quando era ancora vivo. Solo allora Thea osa affrontarla. "Quand'è che mi dirai cosa sta succedendo tra te e Arlo?"

Artie ha percepito lo scetticismo di Thea sulla morte di Ryan, la sua preoccupazione per i silenzi protratti della sorella negli ultimi due giorni. Artie aveva chiesto a Thea di venire a Olympus per aiutarla a sopportare la rabbia, ma non le ha ancora confessato la verità. Sarebbe come bruciare un ponte prima di sapere se si trova dalla parte giusta. Presto Thea se ne andrà. E anche March, probabilmente. È la rabbia a tenerla in movimento adesso, ma vuole davvero avviarsi verso un futuro da cui oltre a Ryan mancherà anche Arlo?

Artie passa un dito su una cravatta blu notte con un disegno cachemire color fiordaliso. "Ma sono tornati di moda i motivi cachemire?"

"Sì. E prima o poi riuscirò a farti parlare." Thea si sporge verso di lei e la bacia sulla guancia.

Spera che Lavinia Barry approvi le sue scelte. È sicura che Ryan le avrebbe approvate. Era ora che in tutto questo ci fosse qualcosa di facile. Ma quando, dopo aver pagato, Artie prende il sacchetto che le porge la cassiera, tutto torna tremendamente difficile. Quegli abiti non finiranno dentro un armadio, nessuno li tirerà fuori per una cena elegante o una festa di fidanzamento. Domani saranno cenere.

Una volta deposti gli acquisti sul sedile posteriore, con giacca e pantaloni appesi per bene a una gruccia e protetti dal cellophane, Artie prende le chiavi dalla borsetta e le dà a Thea. "Ti dispiace?" dice. Ha bisogno di dormire un po'. Forse adesso che è giorno potrà farlo senza gli incubi ricorrenti del fiume, la sensazione di avere ancora il dito sul grilletto e la vista del corpo senza vita di Ryan sulla riva.

Ma cinque minuti dopo, sulla I-10, le suona il cellulare, e quando estrae il telefono dalla borsetta rivede quei tre messaggi non aperti. "Sì, mamma," dice. "Io e Thea stiamo tornando da Houston. Ho trovato il vestito per Ryan." Quando pronuncia il nome la voce le si strozza in gola.

"Vieni a cena qui stasera," dice Lee. "Ti lascio andare via presto. E poi sono sicura che Thea ha del lavoro arretrato e le farà comodo passare un po' di tempo da sola."

In effetti Artie non aveva pensato che quel viaggio inaspettato doveva aver sconvolto i programmi di lavoro della sorella. Quando veniva a trovarli ci metteva due settimane a organizzarsi in modo da liberarsi dagli impegni, e comunque lavorava sempre un paio d'ore al giorno anche mentre era lì.

Artie allontana appena il telefono. "Devi lavorare stasera?"

Si accorge che Thea sta guardando il cellulare. "Se vai da tua madre, mentre sei via io lavoro un po'."

"Ok," dice Artie a Lee. "Vediamo se non sono troppo stanca quando arriviamo a casa. Ti richiamo tra un'ora."

"Senti, tesoro, solo perché tu lo sappia: potrebbe esserci anche Arlo, a cena. D'accordo?" Senza aspettare una risposta, Lee la saluta e riattacca.

Artie stringe il telefono, esasperata. Prima March, adesso sua madre. Allunga la mano verso la radio, che sta trasmettendo una canzone dei Mowtown, e alza il volume, poi pensa al vestito bellissimo alle sue spalle, si concede il lusso di immaginarlo addosso a Ryan ancora vivo, con lei che gli annoda la cravatta, perché nella sua immaginazione sa come si fa ad annodare una cravatta. È un peccato che non creda negli spiriti, e nemmeno nel paradiso. Ryan avrebbe potuto tornare in forma di fantasma. Un fantasma amichevole, di compagnia.

Ma se deve essere sincera, Ryan vorrebbe qualcosa di più concreto per lei. Vorrebbe che ci fosse Arlo al suo fianco, anche se sono stati la sua imprudenza e il suo egoismo ad avviare la reazione a catena che ha finito per farle premere il grilletto. E così apre finalmente i messaggi, sapendo che almeno uno deve essere di Arlo

Mi dispiace

Mi dispiace

Me l'avevi promesso.

Promesso cosa? Possibile che si riferisca alla promessa che si erano scambiati da bambini? Di prendersi sempre cura di lui. Che lui si sarebbe preso sempre cura di lei. La sta rimproverando perché da domenica si rifiuta di avere a che fare con lui? I messaggi però sono di lunedì sera, quando erano passate a malapena ventiquattro ore dalla morte di Ryan. No, si tratta di qualcos'altro. Sa come funziona la mente del fratello, conosce il suo perfezionismo. Non direbbe mai che gli dispiace senza aggiungere il motivo che prova la sua innocenza. Mi dispiace di averti trattato male, ma lo sai che ero stanco. Mi dispiace di essere in ritardo, ma mi hai dato appuntamento a un'ora impossibile. Sa bene cosa turberebbe Arlo. Mi avevi promesso che ti saresti presa cura di me. Mi dispiace di averti sfidata a sparare, di averti convinta a mentire, ma tu hai scelto Ryan al mio posto. Sente una stilettata ai polmoni che le impedisce di respirare a fondo. Qualcosa nel suo corpo sa quello che il cervello ancora non riesce a comprendere, il legame tra ciò che Arlo le rimprovera e una ragione per quello che ha fatto.

6

Arlo era lì quando la madre aveva telefonato ad Artie, ed era rimasto stupefatto davanti alla sua capacità di smussare gli angoli della verità. Stava cercando di prendersi cura dei figli in un modo di cui Arlo non l'avrebbe mai ritenuta capace, vista la sua personalità. Forse se lui e Artie crescendo le avessero dato più filo da torcere – una tossicodipendenza, una gravidanza indesiderata – si sarebbe scrollata di dosso tutta la svagatezza rimasta dalla sua storia con Peter e avrebbe fatto davvero la madre.

Eppure, nonostante l'aiuto di Lee, Artie è così in ritardo che Arlo teme non si presenti proprio. "Grazie per averci provato, mamma," dice alla madre in cucina, mentre Lee sta mettendo in frigo il piatto pieno che aveva tenuto in caldo per Artie. Lei arrossisce e guarda il piano di lavoro rivestito di piastrelle. Lui non si ricorda quando è stata l'ultima volta che l'ha ringraziata, l'ultima volta che l'ha chiamata mamma.

"Vedrai che starete meglio tutti e due dopo che vi sarete visti," dice.

Lo spera anche Arlo. Vuole capire come fare ad aiutare Artie. Vuole sapere cosa è successo con i Barry da Hayden, e se ha sentito ancora lo sceriffo. E ha bisogno che lei sappia che in realtà non è così stizzito come lasciava intendere il terzo messaggio.

Ma sua madre aveva ragione a essere ottimista. Arlo sente la sorella entrare.

"Sono così felice che tu sia venuta," dice Lee. Ma Arlo rimane paralizzato quando vede come lo guarda la sorella, come le sue mani si stringono a pugno.

"Avanti, Arlo," lo aggredisce. Fa dietrofront ed esce dalla porta. Quando lui la raggiunge è già seduta dentro la jeep. "Parliamo qui. Sali." Mentre lui obbedisce, gira la chiave nell'accensione e alza i finestrini, sempre evitando di guardarlo.

"Quale promessa?" dice lei.

"Cosa?"

"Il messaggio. *Me l'avevi promesso*. Mi hai ricordato veramente la promessa che ci siamo scambiati da bambini? Che mi sarei presa cura di te, che ti avrei messo sempre al primo posto?"

"Ero ubriaco. Volevo solo chiederti scusa."

"Hai buttato lì la faccenda della promessa come se quello che è successo fosse colpa mia, non tua. Non ti sognerai di dirmi che non avevo il diritto di rifiutare la tua richiesta di accompagnarti in tournée per stare con Ryan. Non ti sognerai di dirmi che è colpa mia perché mi sono innamorata."

"Assolutamente no. Lo so che è tutta colpa mia," dice lui. Tende una mano verso quella di Artie, posata sul volante, ma lei alza il gomito per bloccarlo.

"Mi hai scritto quel messaggio perché ti senti in colpa, ma sei anche convinto che io abbia fatto qualcosa per cui devo essere perdonata. È incredibile che il tuo senso di colpa sia così grande che non sei capace di tenerlo a bada da solo. Ti comporti come se davvero fossi stato tu a sparare." Arlo tace, e per tutta risposta Artie come una furia mette in retromarcia e accelera di colpo, tanto che Arlo si piega in avanti sul sedile. Quando frena è sospinto a forza contro lo schienale, e a quel punto lei imbocca la strada. Preme sull'acceleratore. Arlo cerca di agganciare la cintura.

"Dove stiamo andando?" dice, a voce bassa, per mostrarle che in ogni caso non ha intenzione di opporsi.

Artie prende le curve a una velocità tale che la macchina sbanda. Arlo vede una giovane madre con la figlia, vestite entrambe di rosa, uscire in veranda e seguirli con lo sguardo mentre sfrecciano davanti alla loro casa. All'incrocio Artie gira a destra e imbocca la strada provinciale ignorando lo stop, senza quasi guardare a sinistra e senza rallentare.

"Guarda che secondo me non sei in condizioni di guidare," le dice, aggrappandosi alla maniglia sopra il finestrino.

Quando raggiungono l'imbocco della I-10 Artie accelera ancora, e imbocca la corsia verso Houston. Quando si ritrova davanti una vecchia Chevrolet El Camino la sorpassa spostandosi di colpo sull'altra corsia, senza dare nemmeno un'occhiata allo specchietto retrovisore. Arlo si ritrova piegato in avanti, le mani sul cruscotto, come se potesse imporre alla macchina di rallentare.

"Riesco a pensare a una sola cosa che possa farti sentire in colpa come sembri. Tu lo sapevi che Ryan era nel fiume. Lo sapevi, e mi hai sfidato a sparare. Credi davvero che non aver mantenuto quella promessa infantile giustifichi quello che hai fatto? Che giustifichi il fatto che eri così arrabbiato da volere che Ryan morisse?"

"No," dice Arlo, che a quel punto è in preda al panico. "Ricordati della mia reazione, prima ancora che tu capissi che era Ryan. Secondo te avevo l'aria di uno che aveva avuto quello che voleva?"

Artie non risponde. Il contachilometri sale a centocinquanta, poi a centosessanta. Almeno se andranno a schiantarsi Arlo non sarà costretto ad ammettere che non stava pensando a lei quando aveva fatto quella stupida scommessa. Non stava pensando e basta.

Attraversano il ponte sul Brazos e lei sterza un'altra volta, spostandosi a tutta velocità sulla corsia di destra per imboccare l'uscita. Centodieci all'ora. Novanta. Sono usciti dall'autostrada. Arlo ci riprova. "Mi dispiace, Artie. Non mi è mai dispiaciuto tanto in vita mia. Ma tu devi credermi. Non l'ho fatto apposta. Non volevo che lo uccidessi."

Finalmente, a un incrocio, la macchina si ferma prima dello stop, con una gran frenata. "Però che era Ryan lo sapevi, no? Lo sapevi." Lo guarda dritto negli occhi.

"Non riesco a credere di averti fatto questo," sussurra lui. Lei non ha bisogno d'altro. Le esce una specie di gemito soffocato, e volta la faccia dall'altra parte. Gira a sinistra accelerando, passa sotto il cavalcavia dell'autostrada, poi di nuovo a sinistra. Non si vedono altro che tabelloni pubblicitari e campi deserti. E non c'è niente che Arlo possa dire.

Quando appare il cimitero di Hayden con accanto la costruzione bassa dell'agenzia di pompe funebri, Artie entra nel piccolo parcheggio e attraversa tre spazi vuoti prima di fermarsi.

"Sono stati tutti quegli anni sul palcoscenico a gonfiare fino a questo punto il tuo narcisismo? Qui non si tratta di te. Né di me. Si tratta di Ryan. Domani, al funerale, sarai seduto vicino a me e vedrai cos'hai... cosa ho..." Parcheggia male e il suo dolore è una coltellata ai polmoni di Arlo. "Su quello che succederà dopo tra noi due non posso prometterti niente."

Arlo fa segno di sì. La sorella tiene la mano sul cambio, e lui le posa il palmo sulle nocche. Lei non ritira la mano.

"E adesso scendi dalla macchina, prendi il vestito che c'è dietro e portalo dentro, così Hayden potrà usarlo domani. Voglio che tu rimanga con Ryan, che gli tenga compagnia fino a domani mattina. Poi puoi telefonare a March e dirgli di venirti a prendere."

"Ok," dice lui. "Certo." Senza aver capito bene, è grato per l'elenco di compiti tassativi che gli ha affidato la sorella. Le cose che gli permetterà di fare per lei.

Lei distoglie lo sguardo, ingrana di nuovo la marcia con la mano di lui ancora sulla sua. "Scendi."

E lui obbedisce. Prende il vestito e un altro sacchetto e la guarda uscire dal parcheggio, sempre a gran velocità ma almeno con un minimo di controllo. Dal fiume si è alzato un vento che fa raggrinzire e attorcigliare la fodera di plastica trasparente del vestito, appiccicandola al suo braccio sudato. Ormai sono quasi le otto, e non si aspetta di trovare la porta aperta, strano. Entra nell'atrio, una grande stanza con quadri di campi fioriti alle pareti ed enormi divani di cuoio bruno. Dopo aver attraversato una serie di salette d'attesa – l'unica cosa degna di nota è la quantità di scatole di kleenex a disposizione – finalmente trova l'ufficio, con Hayden seduto dietro una grande scrivania. Arlo bussa piano sulla porta aperta, e Hayden rimane a bocca spalancata per la sorpresa. Si alza, va a posargli una mano sulla spalla e gli toglie il vestito di mano.

"Arlo," dice, strizzandogli la spalla prima di appendere il vestito a un attaccapanni in un angolo. Ha sempre trattato Arlo come un nipote, e Arlo in cambio l'ha sempre trattato come un estraneo che si prende troppe confidenze. Ma come gli è successo prima con la madre, si stupisce nel provare un senso di gratitudine per quelle gentilezze.

"Posso vederlo, rimanere un po' da solo con lui? È possibile?" Non riesce a guardare negli occhi lo zio, e deve infilarsi le mani in tasca per impedirsi di giocherellare con gli oggetti sulla scrivania: una vecchia cucitrice, una foto di famiglia, un minuscolo barbagianni di creta uscito dalle mani di un bambino.

"Certo," dice Hayden. "Abbiamo finito di imbalsamarlo. Ma prima ti consiglierei di bere qualcosa." Indica la bottiglia stappata di Crown Royal sulla scrivania.

Si siedono tutti e due, Hayden dietro la scrivania e Arlo di fronte a lui, e Hayden prende dal cassetto un altro bicchiere. Versa da bere ad Arlo e aggiunge un goccio al suo bicchiere.

"Problemi con lo sceriffo per far rilasciare il corpo?"

"No. Il medico legale aveva finito il rapporto. La causa della morte è chiara, perciò non serve un'autopsia, anche se ci sono dei..." Hayden si interrompe prima di dire capi d'accusa. Rovescia la testa verso il soffitto. "Artie te l'avrà detto, la signora Barry vuole che tu venga al funerale."

"Forse vuole che il colpevole venga lapidato in pubblico. Da quel che ho sentito non è mai stata tipo da perdonare le offese."

"Vero," dice Hayden. "Ma vorrei ricordarti che purtroppo questo non è il primo funerale che faccio alla vittima di un incidente di caccia."

Arlo prende il bicchiere e manda giù un sorso. Pensa al corpo di Ryan disteso in una stanza accanto e butta giù un altro sorso, molto più generoso del primo.

Quando Hayden si sporge verso di lui, gli avambracci robusti occupano per metà il piano della scrivania. A parte la stazza, assomiglia pochissimo a Peter. "Posso accompagnarti da lui, se pensi che è quello che devi fare. Sinceramente non te lo consiglio. Non è ancora vestito, e non l'abbiamo ancora truccato."

Arlo non si capacita della propria idiozia passata. Solo venerdì scorso era convinto che una brutta nottata fosse finire buttato fuori dal Terpsichore. La cosa peggiore che riusciva a immaginare era che Ryan andasse ad abitare a casa di Artie. "Grazie, ma credo proprio di volerlo vedere."

Hayden ha un moto di insofferenza. "Siete tutti convinti che sia un modo per dire addio come si deve, ma quello che vedrai sul tavolo non è Ryan. È come masticare il cartoccio del mais e pretendere che sia la pannocchia."

"Me l'ha chiesto Artie. Non credo che avesse in mente la cosa dell'addio."

"La morte costringe le persone a chiedere strane cose," dice Hayden col tono di chi è convinto di rivelare qualcosa di oscuro ai più. "Cose che hanno molta meno importanza di quanto credono." Beve un sorso e torna a guardare il soffitto. "Se qualcuno me lo chiede dirò che sei rimasto qui parecchio tempo. Se anche resti non sarà di nessun aiuto a Ryan."

Arlo scuote la testa. "Sei gentile. Grazie."

Hayden fissa il bicchiere, come se stesse ponderando qualcosa. "Credo di capire in che modo un'azione può condurre a qualcosa che nemmeno immaginavi, costringendoti a pensare alle altre scelte, scelte diverse, che avresti potuto fare." Come se a quel punto avesse deciso qualcosa, alza gli occhi per guardare Arlo. "Sapevo che Peter andava a letto con tua madre anche prima che lei rimanesse incinta. Li avevo visti insieme una volta in ufficio da lui, ed era chiaro che era una bomba a orologeria pronta a esplodere. Ma a Peter non ho mai detto una parola. E dopo, quando ormai sapevamo tutti che Lee era incinta, gli ho quasi detto che forse da quell'errore poteva nascere una famiglia. Chi lo sa cosa sarebbe successo se avessi parlato di più con mio fratello?"

"Sono state scelte di Peter, non tue," dice Arlo.

Hayden scuote la testa. "Non è così semplice quando c'entra la famiglia." Arlo pensa alle innumerevoli scelte che ha fatto, e a come le azioni di Artie le hanno forse influenzate. E alle scelte che ha fatto lei, influenzate dalle sue. Hayden prende la bottiglia, aspetta che Arlo abbia posato il bicchiere, poi gli versa un altro po' di whisky.

"I morti sono freddi, prima di averci a che fare bisogna riscaldarsi un po'," dice. "Scusa, solo un impresario di pompe funebri può fare una battuta del genere. Rimani quanto ti pare. Io vado a casa, quando hai finito passa."

"Forse ci metterò un po'."

"Forse," dice Hayden. "Ma io rimango in piedi fino a tardi. Se vedi le luci accese vuol dire che sono sveglio." Hayden si alza. "Ti accompagno."

Arlo prende il bicchiere e segue Hayden nel corridoio fiocamente illuminato fino a una porta chiusa con due segnali di pericolo: materiali infiammabili e formaldeide/sostanze cancerogene.

Hayden a quel punto lo lascia solo, ma Arlo è paralizzato. Non pensarci, si dice, fallo e basta. Non pensarci, apri la porta. Ed è così che si ritrova nella stanza, e non ricorda nemmeno di aver aperto la porta anche se la sente richiudersi alle sue spalle con un piccolo tonfo. L'aspetto e l'odore della stanza sono assurdamente familiari, anche se evocano mondi del tutto diversi. La luce è quella di una discoteca di Berlino, una luce che dà a tutto quanto una cupa sfumatura bluastra, con allarmanti esplosioni di bianco, sorrisi smaglianti sulla pista affollata. E l'odore è quello del laboratorio di biologia alle superiori. Riesce quasi a vedere il feto di maiale sul tavolo di dissezione davanti a lui, a sentire il bisturi in mano. La cosa di fronte a lui deve essere Ryan, e Arlo distoglie lo sguardo dal corpo, cerca disperatamente l'interruttore della luce. Preme quello senza etichetta, e spegne quello con la scritta UV.

Poi si gira di nuovo e si trova davanti il tavolo per l'imbalsamazione. Un corpo col tronco coperto da un ampio asciugamano bianco, pallido e diverso da Ryan vivo come potrebbe esserlo una statua. Arlo non ha mai pensato a cosa vorrebbe per sé dopo la morte, ma di colpo decide che vuole essere cremato. Vedere la salma di Ryan senza che lui gli abbia dato il permesso, senza che lui nemmeno lo sappia, gli sembra un'imperdonabile violazione dell'intimità.

Senza riflettere, Arlo si porta il bicchiere alle labbra e beve un sorso. Si rende conto immediatamente del suo errore, perché un'ondata di nausea lo spinge verso il lavandino sulla parete in fondo alla stanza. Però non vomita, e cerca di distrarsi rovesciando il resto del whisky, facendolo gocciolare lentamente nello scarico. Vorrebbe risciacquarsi la bocca, ma la vista del cilindro vuoto e trasparente della macchina per l'imbalsamazione alla sua sinistra, il tubo di drenaggio attorcigliato gli impediscono di mandar giù qualunque cosa provenga da quella stanza. Alla sua destra c'è un carrello ingombro di cestini di plastica pieni di cosmetici, e spazzole, lacca e gel per capelli. Una scatola di guanti di lattice. Cose normali.

Trova uno sgabello girevole e lo sistema a un metro circa dal corpo. Si siede e chiude gli occhi. Adesso sente l'odore pungente di candeggina sotto quello di formaldeide, e sotto tutto quanto quello della crema per i massaggi. Ha voglia di girare le spalle alla salma, ma una vocina sciocca e superstiziosa dentro di lui gli suggerisce di non farlo, come se la parte rettile del suo cervello si aspettasse che Ryan possa alzarsi dietro di lui. Artie ha trovato la leggendaria zampa di scimmia, e Arlo l'ha trasformata nel tipo di persona che farebbe uso dei desideri.

Cerca di concentrarsi sulle motivazioni della sorella: perché Artie l'ha voluto lì? Vuole che si renda conto di quello che ha fatto, certo, ma lui non riesce a conciliare la visione della cosa che ha davanti con l'uomo al fiume. Non possono essere fatti degli stessi atomi. Arlo è stato l'ultimo a vedere quell'uomo in vita, a parlargli. Quali sono state le ultime parole di Ryan? Non ricorda nemmeno quelle.

Sia lui che Artie hanno fatto cose che nessuno dei due pensava che l'altro sarebbe stato capace di fare. Arlo riesce a stento a reggere il peso di quello che ha fatto a sua sorella. E adesso lei vuole che lui porti anche il peso di Ryan, che lo porti per tutta la notte e il giorno dopo, che lo porti in chiesa e lo regga anche in pubblico, oltretutto. Lui non ne ha la forza. Non senza l'aiuto di sua sorella.

7

Alle dieci March decide che è abbastanza fresco per portare fuori i cani. Immagina che dopo il funerale di domani, dopo che Arlo sarà tornato da Artie o in tournée, sua madre costringerà suo padre a cacciarlo. Meglio godersi Olympus fin che può. Si dirige verso il paese, e a un certo punto passa davanti a un centro commerciale che esisteva già prima che lui andasse alle superiori. Vicino c'è un autolavaggio, e lui e i cani passeggiano un po' sul marciapiede su cui si affacciano le grandi vetrine di un parrucchiere e di un solarium. Sente della musica venire dalla parte opposta dell'edificio. Il negozio di video adesso è una rivendita di alcolici, ed è chiuso. Arrivato in fondo, dove una volta c'era una lavanderia a gettoni scopre un nuovo bar. Dà un'occhiata dentro e vede Lionel. Il rivenditore di automobili ha un cappello da cowboy in testa e beve un bicchiere di vino.

"Posso entrare?" chiede all'addetto all'entrata, accennando ai cani.

"No, mi dispiace. Gli animali non sono ammessi. Ma ci sono dei tavoli da picnic dietro l'angolo. Verrà una cameriera a servirla."

March si ferma davanti alla vetrina, vede il nome del locale, Nectar & Ambrosia Gastropub, inciso nel vetro. Quello che vede sull'altro lato lo conforta un po', perché gli conferma che tutto è destinato a fallire. Ci sono solo due coppie, entrambe sui quaranta. Le mogli hanno ordinato un bicchiere di vino e basta, mentre i mariti a quanto pare si sono portati delle birre grandi comprate alla stazione di servizio in fondo alla strada. Gli altri tavoli sono liberi. Si siede a quello più vicino, e i cani cominciano a fiutare il terreno alla ricerca di cibo caduto a terra. Il patio in pratica è un pezzo di parcheggio, e lo dimostra la linea gialla sbiadita che si ritrova sotto il piede.

Dalla tasca gli arriva il suono del cellulare. Potrebbero essere nuovi guai, ma è contento che qualcuno lo chiami. Passare il pomeriggio e la serata da solo gli ha fatto tornare quella sensazione di non avere nessuno al mondo, come a Ruidoso.

"Sono davanti a casa tua," dice Arlo. "E tu dove sei?"

"Ho portato i cani a fare un giro e sono finito in un posto che si definisce gastropub. Da quanto hanno aperto?"

"Mmm... sei mesi? Ho suonato io all'inaugurazione. Mi hanno pagato il cinquanta per cento più del normale, il che significa che il loro senso degli affari lascia parecchio a desiderare. Goditela finché ci sono."

"Hai dimenticato la chiave?"

"No, volevo solo sapere dov'eri."

Per qualche secondo rimangono entrambi in silenzio. Poi Arlo dice: "Ho visto Artie."

"Com'è andata."

"Non bene."

"Puoi fare un altro tentativo domani al funerale." Quando Arlo non risponde, March dice: "Vieni qui. Mangiamo un boccone. In casa non c'è niente."

"Va bene, arrivo."

Finalmente compare la cameriera. Lo guarda con aria interdetta. "Sei uno dei figli di Peter Briscoe?"

"Sono March," dice lui, invece di rispondere.

"È come un salto temporale. Mr. Briscoe ci ha venduto la casa quando ci siamo trasferiti qua quindici anni fa. Siete identici."

A March non piace l'idea di essere identico a suo padre a quarantacinque anni, però tiene la bocca chiusa. "Cosa avete alla spina?" chiede.

"E Arlo come sta? E Artie, certo. Quello che è successo è terribile."

Eccoli, i soliti provinciali pettegoli. "Come ti chiami?" le chiede. Il viso della ragazza perde ogni espressione, come se March la stesse sgridando per essere stata troppo sfacciata. Non si era reso conto di essersi tanto disabituato alla vita in posti del genere. Lei si accovaccia e rivolge paroline tenere ai cani, che le leccano le braccia e le mani. March sospetta che come cameriera non valga granché: l'unico motivo per cui i cani si interessano tanto alla sua pelle è la birra che si è rovesciata addosso.

"Mi porti due Bud Light?" Detesta la Bud Light, ma alla spina c'è sempre, e spera che questo accorci i tempi.

Lei si alza. "Due? Hai paura che mi dimentichi che sei qui dietro?"

"Aspetto una persona."

"Prova una delle nostre birre artigianali," dice lei.

Non possono essere peggio della Bud Light. "Come no. Portami la tua preferita. Due."

"Subito," fa lei, e annuisce.

Quando Arlo arriva ha l'aria di uno che l'indomani salirà al patibolo. Si siede di fronte a March. "Un patio nel parcheggio? Pittoresco."

"Ho ordinato da bere anche per te, ma non ho capito bene cosa." Arlo alza un sopracciglio. "Ha scelto la cameriera. Sei stato con Artie tutto questo tempo?"

Arlo scuote la testa, ma prima che possa rispondere arriva la cameriera e posa le birre sul tavolo. "Salve, Arlo," dice. "Se sapevo che eri tu ti avrei portato una Amber." Guarda March come se l'avesse imbrogliata.

"Sono sicuro che va benissimo questa," dice March, e prende il boccale pieno di qualcosa di giallo e torbido. "Come si chiama?"

"Banana Hefeweizen," dice lei. Quando March fa una smorfia aggiunge: "È la mia preferita."

"Ti dispiace portarmi la solita Amber, tesoro?" dice Arlo. "Per March va bene così. Lui adora la frutta." Lei prende il bicchiere e si allontana senza nemmeno degnare March di un'occhiata.

"Bastardo," dice March, beve un sorso e fa una smorfia. "L'unica speranza è che con tutte le botte che ho preso la mia lingua abbia smesso di distinguere un sapore dall'altro."

Arlo accenna un sorriso.

"Sono andato a comprarti un materasso ad aria. Non hai idea di quanto sono comodi," dice March.

"Non dovevi, sul serio."

"Il divano è scomodo, e comunque dovevo andare al Walmart. Possiamo metterlo nella camera libera, così i cani evitano di dormirti addosso."

Arlo resta zitto, poi dice tutto d'un fiato: "Mi dispiace di averti mentito su chi ha sparato. Mi dispiace di averti messo in una brutta posizione con Artie. Mi dispiace di essere un peso."

March non può fare altro che arrossire per l'imbarazzo. "Quando uno comincia non riesce più a fermarsi, eh? Per la bugia ti sei già scusato, e per il resto non è il caso. Tra me e Artie non c'è nessun problema, e sono fortunato ad avere un membro della famiglia che sia ancora disposto a stendermi."

Rimangono entrambi in silenzio, e dopo un po' torna la cameriera con la Amber.

"Offre la casa," dice, posando la mano sulla spalla di Arlo. "Tuo fratello mi ha detto che è un brutto momento."

Arlo gli lancia un'occhiata, e March scuote la testa. Quando la ragazza se n'è andata, Arlo dice: "Dovevo bere quella alla frutta."

"Sì," concorda March.

Le coppie dietro di loro se ne vanno facendosi strada tra un tavolo e l'altro, si avvicinano quel tanto che basta per suscitare un basso ringhio da parte di Remus. March fa per scusarsi, ma poi si accorge che il gruppo non lo guarda nemmeno, hanno tutti gli occhi fissi su Arlo, furiosi. Arlo abbassa lo sguardo.

"Senti, forse dovremmo andarcene tutti e due per un mesetto. Il tempo che si calmino un po' le acque," dice March.

"Ho detto allo sceriffo che restavo finché la faccenda giudiziaria non sarà risolta. E non posso lasciare Artie da sola."

March annuisce. La risposta è un sollievo per lui. Se ne andrebbero tutti e due con un grosso buco nel cuore, un buco che l'altro non sarebbe capace di riempire. "Cosa posso fare?" chiede, sperando che si tratti di qualcosa di così piccolo da poterlo fare davvero.

"Puoi accettare le mie scuse," dice Arlo, così piano che sulle prime March ha il dubbio di non aver sentito bene.

"Io ti assolvo," dice March, facendo il segno della croce davanti ad Arlo, che però non sorride. "Io ti perdono," dice allora March abbassando il braccio. "Sei perdonato."

Arlo fa scorrere l'unghia sul tavolo da picnic, incidendo una linea nel legno morbido. Poi si guarda intorno, per accertarsi che non ci sa nessun altro. "Quando sono arrivato al fiume Ryan era già lì. Abbiamo parlato prima che arrivasse Artie. L'ho sfidata a sparare anche se sapevo benissimo chi c'era nel fiume. Ma non credevo che l'avrebbe fatto. Non ho avuto il tempo di fermarla."

March ha la sensazione che qualcuno l'abbia immerso in un lago gelato. "Artie lo sa?"

“Adesso sì.”

March ora capisce perché Arlo aveva bisogno del suo perdono. Ci vorrà parecchio tempo perché lo ottenga da chiunque altro, ammesso che arrivi.

L'ORIGINE DELL'ERRORE DI ARLO

... benché si sbagli, proprio lui che è il dio degli oracoli.

Ovidio

Gonfio per le recenti piogge, il fiume ribolliva e scorreva impetuoso. Era la prima volta che Ryan faceva una cosa che ad Artie non sarebbe piaciuta, arrivare in anticipo senza avvisarla. Ma si era accorto di quanto era preoccupata, e non sopportava l'idea che passasse così anche solo un'ora di più quando non ce n'era bisogno. L'avrebbe battuta sul tempo; all'arrivo di lei tutto sarebbe già stato sistemato.

Anche se non era stato attento a non fare rumore, sapeva che Arlo non l'aveva sentito scendere l'argine. Il gemello di Artie era seduto a meno di un metro dalla riva del fiume, lo sguardo fisso sull'acqua. Quando Ryan l'aveva salutato, aveva fatto un salto. C'era così tanto di Artie nel viso di quell'uomo da renderglielo familiare, come se fossero già amici. Aveva aspettato che Arlo si alzasse per presentarsi come si deve, ma l'altro si era voltato di nuovo verso il fiume come se non l'avesse nemmeno visto.

"Artie ha pensato che fosse ora di conoscerci, finalmente."

"A me non ha detto niente. E *finalmente* è una parola strana, visto che fino a un paio di giorni fa non sapevo nemmeno che esistevi."

Visto che Arlo non si alzava, Ryan si accovacciò accanto a lui. "Be', adesso lo sai." E gli tese la mano con un sorriso.

Arlo la ignorò e si alzò di colpo, costringendo Ryan a imitarlo. “Per me tu sei solo un estraneo con una cattiva reputazione, un brutto taglio di capelli” – e lì si era fermato per guardarlo dall’alto al basso, come si guarda un toro al mercato del bestiame – “e i jeans strappati.”

Se si fosse trattato del fratello di un’altra, Ryan se ne sarebbe andato. Ma per Artie era disposto a farsi insultare. “E allora prova a conoscermi. Senza pregiudizi.”

“Quindi le storie che ho sentito in giro non sono vere? Non ti sei lasciato dietro una scia di cuori infranti?”

“Il passato non deve essere per forza il futuro.”

“Vuoi farmi credere che hai intenzioni oneste? Non sopporto l’idea che mia sorella scommetta la sua felicità su una situazione così improbabile.”

Forse Ryan non sapeva bene come comportarsi davanti alla gentilezza, ma sapeva benissimo come reagire davanti a uno che si credeva chissà chi. “Non credo che la tua opinione sia importante come credi.”

Arlo gli rise in faccia. “Guarda che Artie non è una stupida, e solo una stupida si fiderebbe di te.”

“Se ne sei così convinto perché non tieni la bocca chiusa e lasci che decida da sola?”

Per un attimo Ryan si chiese se Arlo non gli avrebbe mollato un pugno. Invece Arlo si allontanò, risalì la riva. Ryan guardò un ramo passare spinto dalla corrente, e gli venne un’idea. Nuotava così bene che Artie per scherzo gli diceva che era una mezza foca. “Saresti così pazzo da fare una scommessa con me?” gli gridò.

“Cosa?”

“Scommettiamo che riesco a nuotare per cento metri controcorrente.” Una volta l’aveva fatto anche con Artie, ma in quel caso aveva solo scommesso che l’avrebbe battuta. E così era stato, perché lei si era arresa, esausta, ancora prima di metà percorso. Aveva vinto un invito a cena a casa di lei, ed era stata la prima volta che si era fermato a dormire.

"Non me ne frega un cazzo se nuoti bene o no," disse Arlo, sempre senza guardarlo. "Ma sei un imbecille se ti butti con quella corrente."

"Se vinco ti fai da parte e torni in tournée senza Artie. Poi, se hai ragione tu, quando l'avrò mollata per un'altra il problema non si porrà più, no? E tu non dovrai più rompere le palle ad Artie cercando di dirle cosa deve fare della sua vita." Ryan non poteva nemmeno concepire di lasciare Artie, perciò quell'ipotesi per lui era ridicola. Lei gli aveva dimostrato che il destino non è solo qualcosa capace di distruggere i piani. Può dispensare il bene quanto il male. Sapeva di poter risolvere la faccenda. Era innamorato.

Ma noi sentiamo solo quello che vogliamo sentire. Arlo aveva sentito una conferma alle sue paure, e il fatto che Ryan avesse ragione lo faceva infuriare ancora di più. Non aveva scelta, doveva permettere a sua sorella di lasciarsi ferire.

"D'accordo, stronzo. E quando avrai perso questa stupida scommessa dirai ad Artie di tornare in tournée. Quando arriverà saremo già amiconi, io e te. Le dirai che la cosa giusta da fare è accompagnarmi in tournée." Arlo era sicuro che Ryan sarebbe tornato alle vecchie abitudini, soprattutto in assenza di Artie. Si erano stretti la mano.

"Ti ho proposto la scommessa perché dipende solo da me, e so benissimo cosa sono in grado di fare. Quello che affronta un'incognita sei tu. Non ho intenzione di perdere."

Mentre Ryan cominciava a spogliarsi, Arlo si era sentito trattato come un bambino, e la cosa non gli era piaciuta. Ryan era entrato nel fiume. Si era tuffato sott'acqua e la corrente l'aveva subito trascinato con sé per una ventina di metri. Poi aveva trovato il ritmo. Per un lungo istante era riuscito solo a rimanere dov'era. Poi però aveva cominciato ad avanzare, e a ogni bracciata la velocità aumentava. Arlo guardava con un nodo allo stomaco, sapendo che lui non ce l'avrebbe mai fatta. Ben presto Ryan fu solo una chiazza che si allontanava sempre di più.

E fu allora che Arlo desiderò che Ryan morisse. Solo per un momento, un fugace momento. Nemmeno abbastanza lungo da imprimersi nella sua memoria. Il pensiero, ma forse non l'emozione, fu spazzato via quando Artie comparve al suo fianco.

MERCOLEDÌ

1

La madre di Artie è al volante. Sono su un'ampia strada ombreggiata da alberi giganteschi, fiancheggiata da case a due piani. La chiesa episcopale alla fine dell'isolato sembra quella di un paesino inglese: un ampio prato d'erba fitta, il sapore d'altri tempi delle costruzioni in arenaria rossa, un ampio portone rosso, e lungo un intero lato del santuario una fila di cespugli carichi di fiori viola. Di fronte alla chiesa la via si restringe bruscamente per far posto a due querce maestose, che sono lì da molto prima che quelle strade venissero asfaltate, molto prima che qualcuno si insediasse in quei luoghi.

Il portone rosso è aperto, ma siccome sono in anticipo le porte interne che danno accesso al santuario sono ancora chiuse. Artie e Thea lasciano Lee seduta su una panca all'ingresso ed entrando trovano la porticina di legno con la scritta DONNE. Dentro c'è odore di candeggina, e il pavimento verde screziato è lustro. Ciascuna entra in uno dei due cubicoli di metallo dopo aver posato la borsa sul divanetto di velluto giallo incastrato vicino alla porta.

Da quando ha lasciato Arlo da Hayden la sera prima, Artie non ha fatto altro che girare e rigirare intorno al grumo di rabbia che ha nel petto. Quel nodo che non si è sciolto nemmeno quando Arlo è sceso dalla macchina col vestito di Ryan. Affrontare Arlo, costringerlo a passare la notte con il corpo non è servito. *Lo sapeva. Sapeva che la cosa nel fiume era Ryan.* Ma forse se si decide a dire tutto a Thea, se si convince a esporle quella situazione così ingarbugliata per provare a scioglierla insieme, riuscirà almeno a respirare.

In fondo Thea è la stessa che le permetteva di passare il sabato nella sua stanza quando era già alle superiori e Artie era ancora una ragazzina delle medie. Thea, che era sempre imparziale, che non aveva mai accennato a Lee e al dolore che la relazione con il padre aveva inflitto alla sua famiglia. Ma l'inflessibilità di Thea su ciò che è giusto o sbagliato ha fatto di lei una donna di legge. Non è una donna che perdona facilmente. Forse Artie mente a sé stessa. Forse ha scelto la sua sorellastra proprio perché è una persona inflessibile. Perché le risulta ancora più difficile dirle tutto, adesso che sa il peggio?

Thea esce dal cubicolo e si lava le mani. Artie rimane dentro. Se chiedesse a Thea di lasciarla lì, le direbbe di sì? Così Artie non sarebbe costretta a vedere Arlo, non sarebbe costretta a vedere Ryan nella bara. Se rimanesse lì dentro abbastanza a lungo forse la chiuderebbero in chiesa e potrebbe passare la notte a curiosare nelle stanze della scuola domenicale, a disegnare corna di diavolo sui manifesti che raffigurano Gesù e gli apostoli con un pastello blu. Peccato che non sia una chiesa cattolica. Potrebbe addormentarsi in un confessionale e la mattina, al risveglio, confessare i suoi peccati.

"Toc toc," dice Thea invece di bussare. "Tutto bene?"

"Stavo pensando che sarebbe bello essere cattolici."

Thea ride. "Perché?"

"La confessione dev'essere terapeutica."

I piedi di Thea rientrano nel cubicolo accanto al suo. Il coperchio si chiude con un tonfo sulla tazza e Thea torna a sedersi. "Tocca a te cominciare," dice.

"Cosa?" dice Artie.

"Chiedo perdono, Padre, perché ho peccato."

Artie ride, ma ripete le sue parole. "Chiedo perdono, Padre, perché ho peccato."

La voce di Thea si fa più profonda, e Artie avverte il suo sorriso dietro la parete di metallo. A Thea era sempre piaciuto recitare, ma ogni anno a scuola sceglieva sempre il gruppo di discussione invece del musical. "Da quanto tempo non ti confessi?"

"Da sempre," risponde Artie. Sente il cuore che batte. Tutto quello che vuole adesso è dire la verità a Thea, anche se la allontanerà ancora di più da suo fratello, o forse proprio per questo. "Ho mentito."

Un silenzio, poi Thea dice: "In che modo hai mentito?" La voce ha perso il tono faceto di prima. "A me puoi dirlo. Sono qui solo per te."

Presto Thea farà le valigie e tornerà a casa, dalla sua famiglia, Artie invece rimarrà qui. Può ancora liberarsi da tutto questo, porre fine alla conversazione. Può anche dire a sé stessa che lo fa per il bene di Thea, per evitare di renderla complice di un reato, proprio lei, una donna di legge. Poi però Thea allunga la mano da sotto il divisorio, aspetta che Artie gliela afferri.

"Ma allora mi vuoi proprio bene," dice Artie. "Lo sai che non mi sono ancora lavata le mani."

"Sì. E se me ne vuoi anche tu adesso esci di lì, te le lavi, e poi ti siedi su quel divanetto pulcioso e mi dici cosa sta succedendo davvero."

Ed è quello che fa Artie. Si abbandona contro la sorellastra e le dice la verità. Mentre parla guarda le loro mani intrecciate sul grembo di Thea. Dice a Thea che è stata lei a sparare, non Arlo. E le svela anche il dettaglio più insopportabile di tutta la storia: che Arlo sapeva che quello nel fiume era Ryan.

Thea rimane in silenzio. "Di' qualcosa," dice infine Artie.

"Ho paura che non sia quello che vuoi sentire."

"Come fai a sapere cosa voglio sentire se non lo so neanch'io?"
Thea le stringe forte la mano, e Artie la sente scuotere la testa. "Si tratta di omicidio. Arlo ti ha usata come un'arma."
"Ha detto che non voleva che sparassi. Quella frase gli è scappata di bocca, e prima che potesse..."
"No, Artie. Quella frase lui l'ha pronunciata. Ed era abbastanza preoccupato da mentire. Da chiederti di mentire. Allo sceriffo, a tutti noi. Non c'è altro modo di vedere quello che è successo."
"Lui non è cattivo," dice Artie. Arrabbiata e ferita com'è, non riesce lo stesso a sopportare che Thea pensi così male del fratello. Invece di sentire il nodo allentarsi, ha l'impressione che la stia soffocando.
"Lo so che non è cattivo," dice Thea. "Le persone si fanno del male di continuo. È così. Papà che tradisce mia madre. Lee che va a letto con un uomo sposato. Vera e March che fanno lo stesso una generazione dopo. Ma quando qualcuno rivela il suo autentico carattere è nostra responsabilità proteggerci."
"Sei proprio un avvocato," dice Artie a bassa voce.
"Mia madre ha sbagliato a perdonare qualsiasi cosa a papà. Hap ha sbagliato a rimanere con Vera." Thea si sposta per guardare in faccia Artie. "Arlo ha fatto quello che ha fatto, e anche *se* tutto fosse dipeso dalla sfortuna oltre che dall'odio tu sbagli a proteggerlo dalle conseguenze, ad accettare il fatto che lui pensa più a sé stesso che a te."
"Non credi che a volte le persone meritino una seconda occasione?"
"Le seconde occasioni sono solo un modo per alleviare il nostro senso di colpa: *gli ho dato tutte le possibilità, ma hanno mandato tutto a puttane un'altra volta*. Arlo si è comportato diversamente da papà? E March? È come se ognuno di loro esistesse su un piano tutto suo, al di sopra delle leggi che tutti noi invece rispettiamo, senza patirne le conseguenze."

"Ma lui mi è sempre stato vicino," dice Artie. "Siamo sempre stati vicini." Per Thea è facile dire, giudicare. Lei ha una famiglia ad aspettarla a casa. Artie ha perso Ryan, la persona che pensava fosse il suo futuro, e adesso dovrebbe scrollarsi di dosso sia il passato sia colui che è sempre stato il suo presente? Anche se è per questo che ha chiesto a Thea di venire, adesso che la sorella ha emesso il suo verdetto Artie esita. "E se tuo marito ti facesse un torto?" chiede.

"Farei quello che ritengo giusto fare."

"O una delle tue figlie?"

"È diverso."

"Perché?" Vorrebbe dirle che per lei Arlo è proprio così, è diverso.

"Perché sono la madre. Sono io che le ho messe al mondo. È mio dovere metterle al primo posto, sempre."

"Qualcuno direbbe che è così con tutta la famiglia: il tuo compagno, i fratelli, i genitori."

"Quindi pensi che sia tuo dovere perdonarlo nonostante tutto?"

Una settimana fa Artie avrebbe risposto di sì. Si sarebbe sentita in dovere di perdonare Arlo. Ma a questo punto le sue emozioni sono confuse. L'unica che sente chiaramente è il forte desiderio di interrompere quella conversazione. Si alza, stringe la spalla della sorella, sia per mostrarle che non è arrabbiata con lei sia perché si sente incerta sulle gambe. "Qualunque cosa decida, prima devo sopravvivere a questo funerale."

Si alza anche Thea. "Qualunque sia la tua decisione, io ti vorrò sempre bene."

"Come ne vuoi a June?" dice Artie. Aveva accettato tutto quell'affetto da Thea quando era ancora alle medie, anche se stare con i Briscoe significava avere sempre sotto gli occhi le liti di Thea e June, e i tentativi di June per avvicinarsi alla figlia che si scontravano con un muro di indifferenza. Per un attimo l'espressione di

Thea si raggela, ma le passa subito. Un'altra persona indulgente con Artie, pronta a liquidare la verità come puro dolore.

Lei e Thea tornano nell'atrio proprio nel momento in cui Lavinia Barry fa il suo ingresso in chiesa. Di fianco a lei da una parte la nonna di Ryan, sorretta dalla figlia, dall'altra il marito, che è vicino ma non la sfiora nemmeno. Artie presenta Lee alla famiglia di Ryan.

Lavinia guarda alle spalle di Artie, e le rughe che ha sulla fronte si fanno più profonde. "E tuo fratello?"

"Sta arrivando," dice Artie, rassicurante. Ha l'impressione che Lavinia sia piena di aspettative, anche se Artie non sa bene quali. Forse si aspetta che vedere tutti quelli che hanno avuto un ruolo nella morte di Ryan metta la parola fine a tutto quanto?

"Noi ci sediamo a sinistra, davanti all'altare," dice Lavinia. Tutto il calore che Artie aveva conquistato ieri dalla madre di Ryan si è raggelato. Si capisce che sta solo pensando a quello che la attende. "Voi potete sedervi tutti quanti a destra, in prima fila."

Come i parenti dello sposo e quelli della sposa, pensa Artie, e ha la nausea. Però ringrazia la signora Barry. Se si fossero incontrate a pranzo una domenica chissà se avrebbe provato simpatia per quella donna. Lavinia ripone tutte le sue aspettative su Arlo, ma Artie sente che è pronta a liberarsi di loro, che è già altrove. Poi Lee si avvicina alla signora Barry e la coglie alla sprovvista abbracciandola. Artie è allarmata da quell'indiscrezione, poi Lavinia si ritrae: si è aggrappata al gomito di Lee e le trema il labbro superiore. Nei lineamenti della madre Artie vede echeggiare il viso di Ryan – il taglio degli occhi, gli zigomi – e si chiede se in lei ci sia anche un'eco della dolcezza del figlio. Se la vita non le abbia semplicemente insegnato a nasconderla.

"Ci dispiace tanto per la vostra perdita," sussurra Lee, come se fosse un segreto tra loro sei.

Il signor Barry scuote la testa. Artie si gira per entrare in chiesa, ma poi si ferma e gli posa una mano sulla spalla. "Amavo tantissimo suo figlio," gli dice. Lui si ritrae. Lei ricorda a sé stessa che è un'estranea per lui. Fino a quel momento quell'estraneità era solo un'idea astratta. Se Arlo morisse, sarebbe di consolazione se una donna qualsiasi le dicesse quanto l'ha amato?

Con uno strattone Thea apre la porta della chiesa, che non è più chiusa a chiave, e una secca folata d'aria condizionata colpisce Artie in faccia, facendola rabbrividire. Una volta varcata la soglia contemplano la chiesa deserta, a parte la bara sul davanti.

La chiesa non è grande. Dodici panche per lato. Il legno scuro dei banchi fa sembrare sbiadita e logora la moquette bordeaux. Le pareti bianche mettono in risalto le finestre istoriate, quattro per lato e una in fondo, un Gesù sorridente e florido dietro la bara. Artie non trae nessun conforto dall'ambiente. Se fosse obiettiva potrebbe apprezzare la bellezza delle vetrate, ma non hanno nessun senso per lei – perché stipare i fedeli in una stanza piena di finestre che impediscono di vedere fuori? Ma le chiese le sono sempre state estranee. Sua madre non era credente – più che una divinità fatta d'amore era una seguace dell'amore – e Artie non era mai andata a trovare i Briscoe la domenica mattina. Anche tra i protestanti ci sono limiti invalicabili: non si esibiscono i figli illegittimi, non si porta in chiesa la prova che potrebbe impedire la salvezza. Così come nessuno si presentava mai con una confezione da sei di birra o con una prostituta.

Quando entrano, un usciere – un ragazzino che avrà dodici anni – sbuca dall'ultimo banco per consegnare a ciascuno di loro il programma del funerale. Sono così in anticipo che hanno colto di sorpresa persino gli uscieri. Sul programma c'è una vecchia foto scolastica in bianco e nero di quando Ryan andava alle superiori. Artie non l'aveva mai vista, e le viene da ridere davanti alla versione magra del suo innamorato, col nasone e l'acne spruzzata sulle guance. Peccato non le sia venuto in mente di mandare una foto recente. Poi si ricorda di non avergli mai fatto una foto. Nessuno dei due era il tipo di persona che ha sempre il telefonino a portata di mano, nessuno dei due passava il tempo sui social. E adesso, lentamente, inevitabilmente, dimenticherà il suo viso. Quando la sua mente cercherà di evocarlo l'immagine diventerà ogni volta più confusa, finché non rimarrà più nulla. È un pensiero così orribile che non riesce a soffocare il gemito che le sale in gola. Thea le circonda le spalle. "Sediamoci," sussurra.

È il caso che guardi il corpo, che contempli per l'ultima volta il suo viso, le sue mani, i suoi capelli? Se gli prenderà una mano tra le sue sarà come se lui fosse ancora vivo e il resto del mondo svanirà? Guarda la propria, di mano, pregando che sia così, anche se sa che è impossibile. Nella bara c'è il corpo che era con lei sulla riva del fiume. Non è la persona che era con lei nel suo letto sabato sera. Non è la persona che ama. Lascia che Thea e sua madre la guidino davanti e la facciano sedere tra loro nel primo banco a destra.

Dopo qualche minuto passato ascoltando la gente che entra pian piano, il fruscio dei programmi sfogliati e i sussurri discreti, Artie manda un messaggio ad Arlo: *Devi venire a sederti qui davanti con me.* Fa riscivolare il telefono nella borsetta mentre Peter e June compaiono all'altro capo del banco, dalla parte del muro. Le ricordano un po' i genitori di Ryan, così vicini ma senza sfiorarsi.

Artie torna a pensare alla bara. Dovrebbe avvicinarsi per vedere Ryan adesso, mentre sono ancora in pochi. Ryan la prenderebbe in giro vedendola così impressionabile davanti al suo cadavere. È una cosa naturale, direbbe. Eppure l'idea di trovarsi davanti al corpo di lui la getta nel panico. Ha costretto Arlo a fare molto di più. A rimanere seduto vicino al cadavere, senza nemmeno il guscio della bara, senza il travestimento dell'abito formale, della bella cravatta azzurra. Certo, è stata una consolazione sapere che Ryan non era solo ieri notte. Una consolazione anche pensare al dolore che deve aver provato Arlo, costretto a contemplare quello che ha fatto.

Artie guarda a destra, oltre sua madre, che sta bene attenta a evitare lo sguardo di Peter. Il padre si è fermato, non vuole essere il primo a entrare nel banco e trovarsi così seduto vicino a Lee. June non si è nemmeno accorta dell'esitazione, è voltata verso il fondo della chiesa. Ed ecco finalmente Arlo, che avanza lungo la navata centrale con il vestito più scuro e serio che possiede. Artie chiude gli occhi e conta ogni respiro. È arrivata solo a dieci quando sente Thea alzarsi e uscire dal banco per far posto ad Arlo. Sente la sorella sedersi alle loro spalle. Continua a contare, tiene gli occhi chiusi. Quando arriva a venticinque suo fratello comincia a far ballonzolare la gamba, facendo vibrare tutto il banco. Gli posa una mano sul ginocchio e lui smette subito. Spera che averlo seduto vicino la conforti, che il fatto di poterlo toccare alla fine li avvicini un po', vuole una prova che seguire il consiglio di Thea non è la cosa migliore per lei. Ma anche con Arlo accanto, Artie si sente sola e basta. Ritira la mano e la posa di nuovo in grembo.

2

Hap sta attraversando il gran prato verde davanti alla chiesa quando vede suo figlio e Vera in attesa all'ombra di un albero. Appena si accorge di lui Pete si mette a strillare, e Vera lo posa sull'erba ai suoi piedi. Il piccolo corre verso il padre con una faccia che è il ritratto della felicità, il corpicino un turbine di goffaggine, e a ogni passo Hap teme che Pete faccia un capitombolo, che la legge di gravità sciupi tutto il suo entusiasmo. Quella felicità è un pugno allo stomaco per Hap, un gancio che affonda nel cuore. Si china a prendere il bambino tra le braccia, e le parole *sistema tutto, sistema tutto, sistema tutto* non smettono di mulinargli nel cervello. Vera non ha risposto ai suoi messaggi di ieri. Hap non riesce a sopportare l'idea di passare ogni ora del futuro da solo in una casa silenziosa aspettando che lei risponda ai suoi messaggi.

Col bambino in braccio va incontro a Vera, che è rimasta sotto l'albero. Lei porta il vestito accollato e svasato che mette sempre ai funerali e un paio di scarpe col tacco che la fanno sembrare più alta di lui. Pete allunga le mani, e Vera gli dà il suo asinello di pezza. Il bambino lo sistema contro la spalla del padre e lo lascia lì, ridendo.

"Stamattina continuava a chiedere di te, per questo l'ho portato." Si aggiusta le spalle del vestito nero, che col caldo che fa le si sta già appiccicando addosso. "Mia madre lo porta al parco mentre noi siamo al funerale. È laggiù che aspetta."

Hap guarda a sinistra, vede la suocera che lo guarda torva, ferma vicino alla sua berlina bianca.

"Posso venire a prenderlo da tua madre più tardi? Tenerlo a dormire da me?"

"Non mi sembra una buona idea," dice Vera. Evita di incrociare il suo sguardo, ma sembra calma. La rabbia e le lacrime dell'altra sera sono sparite.

"Sembra che tu stia superando in fretta il dolore per la fine del nostro matrimonio. Hai saltato lo stadio dei patteggiamenti e della depressione e sei già alla rassegnazione," dice lui.

"Mi sembra giusto," dice lei in tono incolore, "considerato quanto tempo ci ho messo a negare l'evidenza. Possiamo dividerci gli stadi. I patteggiamenti e la depressione te li lascio tutti."

Hap sposta Pete sull'altro braccio. "Come posso sapere a che punto siamo se so solo le cazzate che hai fatto tu e non so niente delle mie." Vera è incredula sentendo quel linguaggio in bocca al marito, e Pete piange perché l'asino è caduto a terra. "Dimmi cos'ho fatto e proviamo a rimediare."

"Ritiro tutto. Niente patteggiamenti, né per me né per te," dice lei. Si china a recuperare l'animaletto di pezza. "Senti, non insisto a voler vendere la casa. È anche casa di Pete, e non voglio agitarlo più del minimo necessario. Ma mi troverò una casa a Bullinger. Dovrò rimettermi a lavorare, e lì ci sono più possibilità. E poi dovrò lasciare Pete a mia madre durante il giorno."

"Ma è un'altra città," protesta Hap.

"Non essere infantile. In macchina ci vuole un quarto d'ora. Meglio Houston? O da qualche altra parte in Texas?"

Hap non riesce a fare di meglio che cambiare argomento. "Non credo sia il caso che tu venga al funerale." Pete si contorce, lui lo posa di nuovo sul prato.

"Hai paura di come potrei comportarmi di fronte ai tuoi?"

"Ti pare che possa stare tranquillo dopo la scenata che hai fatto ieri nell'ufficio di mio padre?" Poi, senza riuscire a trattenersi. "E poi ci sono tutte le volte che sei andata a letto con March."

"Sei convinto di avere capito tutto, vero?" Vera tace e lo fulmina con lo sguardo. "Hai aggiustato il bagno?"

Hap annuisce. "Ieri. Avevo bisogno di riempirmi la serata."

Lei sorride, uno di quei sorrisi gelidi che non promettono niente di buono. "Se davvero avessi capito tutto, avresti trascinato fuori il divano e gli avresti dato fuoco davanti a casa, invece di devastare il bagno."

Adesso lui ha davanti agli occhi un'altra immagine vivida che gli si presenterà davanti agli occhi tutte le volte che vedrà suo fratello, tutte le volte che entrerà in soggiorno. Deglutisce a fatica per contrastare un improvviso senso di nausea.

"Ti sembra il caso di sbiancare così?" dice Vera. "Adesso mi tocca sentirmi in colpa un'altra volta. Tu sai sempre come rubarmi qualsiasi soddisfazione."

Pete, che fino a quel momento non ha smesso di parlottare, tace di colpo, e Vera si china e lo prende in braccio. "Papà ha mal di pancia," gli dice, restituendogli l'asinello. Pete glielo dà in testa.

"Mamma cattiva," dice. Hap quasi scoppia a ridere, nonostante il dolore, poi vede Vera irrigidirsi come se qualcuno l'avesse schiaffeggiata. Si avvia verso la macchina della madre, portando con sé il bambino.

3

Anche se sono arrivati insieme, March non va a sedersi davanti con Arlo, Artie e il resto dei Briscoe. Non vuole creare problemi. Si siede dalla parte opposta, dietro un uomo alto, la moglie, alta anche lei, e le figlie piccole. Immagina che i primi quattro o cinque banchi siano per i parenti di Ryan, ma non saprebbe riconoscerli vedendoli in faccia, figurarsi da dietro. A destra c'è un banco quasi pieno: Arlo, Artie, Lee, poi un ampio spazio libero e infine, all'estremità opposta, suo padre e sua madre. Thea invece è seduta da sola, alle spalle di Arlo e Artie, come se fosse lì per sorvegliarli. Proprio in quel momento June lancia un'occhiata alle sue spalle, ma grazie al cielo non è lui che sta cercando. Guarda un uomo in fondo alla chiesa, che non si è ancora seduto. L'estraneo indossa un abito elegante e saluta June con un cenno della mano. Hap gli passa davanti senza notarlo e va a sedersi vicino a Thea.

Una donna si infila nel banco, poi cerca di passargli davanti senza toccarlo per sedersi alla sua sinistra. A March occorre mezzo secondo per accorgersi che il sedere a venti centimetri dalla sua faccia è quello di Vera. Si siede di fianco a lui, posa la borsetta dall'altra parte e incrocia le braccia. Dev'essere una specie di punizione. Non che Vera sia venuta al funerale solo per mettere in imbarazzo lui. Vera crede negli obblighi sociali:

mai mancare a una festa di compleanno né a un funerale. Le piccole cose di cui si è sempre occupata. Ma dovendo scegliere se sedersi da sola o vicino a March, approfittandone per fare una cattiveria sia a lui che a Hap e per far infuriare June, non ha avuto alcun dubbio. Vera però non è stupida. Meglio avere June infuriata a una decina di metri che a trenta centimetri. March si volta per cercare un altro posto, senza uno spazio libero accanto, nel caso a lei venisse in mente di seguirlo.

"Pensi di passare tutto il funerale a guardare dietro di te?" gli chiede lei.

"Ti sembra possibile?" A March non piace l'eco della sua voce nella chiesa silenziosa, ma bisbigliare lo costringerebbe a girarsi per guardarla in faccia.

"No," dice lei.

March guarda davanti a sé. L'uomo alto nel banco si gira per salutarli e March, che ha ancora un occhio pesto, gli lancia un'occhiata gelida.

"Tua madre non ti ha ancora messo alla porta?" dice lei.

"Non gliel'ho chiesto." La sua voce si è ridotta a un sussurro. "E tu hai detto a Hap cos'ha fatto di male?"

"No." Incrocia le gambe e col tacco – nero e sottile, aguzzo – gli sfiora la gamba. Lui si ritrae e d'istinto lancia un'occhiata verso la sua famiglia. "Guarda che tua madre non ha la vista a raggi X," dice Vera, finalmente a voce bassa.

"Immagino sia troppo chiederti di andare a sederti da un'altra parte."

"Mi dispiace," dice Vera. "Non posso mollare Hap e per di più torturarlo. Ma per sopravvivere a una giornata come questa devo assolutamente torturare qualcuno."

"Per lui la tortura è non sapere perché te ne vai." C'è una patina lucida sulla pelle di lei, e il rossetto è un po' sbavato in un angolo, ed è così bella che March non riesce a credere di averla toccata, di essere stato lui a sbavarle il trucco qualche volta.

Non hanno mai parlato granché, e March è contento. Altrimenti adesso sarebbe innamorato di lei. Per la sua intelligenza, il suo senso dell'umorismo, e il fatto che gli ha sempre mostrato il suo desiderio o la sua confusione, mai delusione né odio. In quel momento però non vuole che il tacco di Vera torni a sfiorarlo, non vuole essere attratto dalla moglie di suo fratello, anche se lei è come un tornado che sta devastando le loro vite. "Tu ami Hap," le sussurra.

"Molto meno, adesso."

Dev'esserci qualcosa che può fare, o dire, per venire in aiuto a quei due. Se Vera e Hap rimangono insieme probabilmente lui sarà costretto ad andarsene da Olympus mentre le cose si sistemano un po', ma forse non sarebbe un esilio definitivo. Ha anche pensato di partire con Arlo e occuparsi lui di organizzare la tournée: una vita di motel a buon mercato e chilometri e chilometri d'autostrada. Anche con Arlo sa che si sentirebbe come in New Mexico, come se la sua vita passasse così, senza scopo. Ma al momento è l'unico futuro che riesce a immaginare, tanto che già sta pensando ai problemi pratici. Chissà se Arlo gli lascerebbe portare i cani. Ma forse non si merita nemmeno loro.

"Perché l'abbiamo fatto di nuovo?" bisbiglia.

"Non credo per le stesse ragioni."

"Non avevo capito che avrei potuto fermarmi."

"Sei un po' troppo vecchio per capirlo adesso," dice lei. Tende una mano e con un gesto rapidissimo gli strappa un capello. Anche senza guardare lui sa che è grigio. "Tra dieci anni sarai come Peter." Gli lascia cadere il capello sulla gamba.

"Non riesco a immaginare cosa può aver fatto Hap di tanto terribile."

"Non posso dirtelo," dice lei, secca. "Non sarebbe giusto."

"Certo che lo ami ancora," dice lui. Vera si mette diritta sulla panca, confermando i suoi sospetti. "Dovrai risolvere questa cosa, allora."

"La gente è convinta che l'amore sia un bene comunque. Ma è una stupidaggine. Quando mai funziona così nella vita? Forse è vero che lo amo ancora, ma non vuol dire che non sia una cosa che devo smettere di fare."

"Non ci credo."

"Vedi. La riprova. Tu, un uomo che non è mai stato innamorato in vita sua e che per trent'anni ha avuto davanti agli occhi il matrimonio velenoso dei genitori, anche tu sei così stupido da credere all'amore. Ma pensi che l'amore abbia fatto bene a tua madre? E che l'amore di tua madre per Peter abbia fatto bene a te? Scommetto che se avesse lasciato Peter sarebbe riuscita ad amarti." Nessuno l'ha mai detta ad alta voce, questa cosa che lui ha sempre sospettato. Che sua madre non sia stata, che non sia capace di amarlo. Deve avere un'espressione sconvolta perché Vera dice: "Lascia perdere. Vivi la tua vita, non pensare di dover far felice qualcun altro oltre te stesso."

"Ho sempre vissuto così. E guarda dove sono arrivato."

Lei lo guarda scuotendo la testa, e poi, incredibilmente, sorride e gli dà un bacio sulla guancia. March è sconcertato e non sa cosa fare, ma per fortuna gli viene in soccorso una vecchia signora in tailleur verde squillante che in quel momento avanza lenta verso il pulpito diretta verso l'organo sulla parete in fondo. Ha con sé dei fogli di musica e un'espressione severa, adatta alla circostanza. I due giovanissimi uscieri stanno chiudendo le porte della chiesa. Quando tra i battenti non resta che uno spiraglio di luce la vecchia attacca *Rock of Ages*.

March sente, lo sa, che quella è l'ultima volta che si trova in un luogo con la sua famiglia al completo. Tutti loro – lui, Hap e Vera, Artie e Arlo – stanno sbandando, come ruote che non riescono più a far presa sul terreno. Non c'è niente che possa fare, o dire, per evitarlo.

4

Artie non è mai stata il tipo di donna pronta a gettarsi in una pira con le spoglie dell'amato, e non lo è nemmeno ora, ma il funerale le sembra un insulto finale inflitto a Ryan. A quel punto meglio un drappello di prefiche ululanti in ginocchio. Ha bisogno di qualcuno che le dica che la morte è uno schifo per chi rimane e resistere a quello schifo non è scontato. Invece deve sopportare quel ministro con le sue perfette scarpe stringate, tutta la congregazione che lo ascolta in silenzio parlare delle glorie del paradiso in un tono così eccessivo e seducente che, se fosse tutto vero, i fedeli si alzerebbero per passarsi un temperino e con quello si taglierebbero la giugulare per crollare tra le braccia misericordiose di Dio. Il ministro li mette in guardia contro l'egoismo, l'ostinazione del dolore. Come se il dolore che sente alla mano, adesso che non c'è più Ryan a stringergliela, fosse una scelta. Qualcosa che con un atto di volontà potrebbe curare, se solo rivolgesse lo sguardo a Dio.

Quando il ministro ha finito, la parola passa al cugino di Ryan: è lui a pronunciare l'elogio funebre. Dio esce di scena, ci sono solo i racconti. Meglio, racconti che lei non ha mai sentito prima, la possibilità di vedere Ryan attraverso gli occhi di qualcun altro. Ryan ubriaco fradicio che avanza nelle acque ondose del golfo a Galveston dopo il ballo studentesco di fine anno;

Ryan che passa tutta la notte fuori con la figlia del comandante della polizia di Bullinger; Ryan che inghiotte uno scorpione vivo dopo aver perso una scommessa. Il cugino dice che aveva sempre creduto che Ryan fosse immortale. Vicino a lei Arlo non smette di agitarsi. Batte il piede come se tenesse il ritmo delle sue pulsazioni accelerate. Lei sente quanto vorrebbe andarsene. Non si rende conto, Arlo, che la vita di Ryan merita di essere ricordata? Non riesce a preoccuparsi per lei quel tanto da far finta che gli importi qualcosa?

Secondo il programma sarebbe il momento di un inno. Invece Lavinia si alza. La gente quasi non ha modo di mostrarsi stupefatta – passa solo un fremito tra i banchi mentre tutti trattengono il fiato – che lei è già dietro il leggio e parla al microfono. Ma non è a un profluvio di dolore materno che saranno costretti ad assistere: la voce di Lavinia è più ferma e salda di quanto Artie l'abbia mai udita. "Ho voluto che il funerale di mio figlio fosse celebrato qui a Olympus, il mio paese. Ho voluto dire addio a Ryan nel luogo in cui è nato. E guardando tutte le facce note davanti a me, è come se il tempo non fosse passato affatto." Ma Lavinia non sta guardando le facce davanti a lei. Fissa una persona sola, Peter. Anche Artie, dal banco, guarda verso di lui. Peter ha un'espressione corrucciata, e sia lui che June sono così stupefatti da non riuscire a distogliere lo sguardo. Allora Artie si rende conto che non è sentirsi parte di quella comunità a dare forza alla voce di Lavinia, ma è l'ira giustificata che prova.

"È come se potessi uscire di qui, salire in macchina e tornare con mio marito e mia madre alla nostra casa di una volta, la vecchia fattoria, come se nessuno ce l'avesse mai rubata. In questo mio sogno a occhi aperti io e mia madre ereditiamo i beni di mio padre invece di perderli per colpa di uno speculatore avido. Non dobbiamo mai scegliere se pagare l'assicurazione o la bolletta del gas. Mando Ryan al college, magari anche in un altro stato. Lui lavora in un ufficio dentro un grattacielo, con il centro di Houston o Dallas ai piedi." Tace, e Artie li sente tutti immaginarsi Ryan lassù. Lavinia riprende: "In quella vita è impensabile che lui muoia ucciso dal figlio di un uomo avido. Non dico che sarebbe stata una vita perfetta, ma i nostri problemi non sarebbero derivati tutti dalle scelte di un'unica persona. Sarebbero state le *mie* scelte a causarli."

Lo sguardo di Lavinia scivola lungo il banco e si ferma su loro due, Artie e Arlo. Arlo smette finalmente di battere il piede, e lei e suo fratello inspirano nello stesso momento. Artie sente il disagio di lui; lei invece non ha paura. Ha quasi voglia di vedere cosa succederà, come se Lavinia li stesse liberando dal masso sotto il quale si sono nascosti.

"Avete appena sentito suo cugino. Mio figlio si è comportato in maniera spavalda per tutta la vita. Ma a quanto pare è stato anche fortunato. La sua spavalderia non lo ha mai danneggiato in alcun modo. Poi è andato a lavorare dal figlio di Peter Briscoe. Ha incominciato a uscire con la figlia di Peter Briscoe. E adesso è morto. Per una volta io voglio che qui a Olympus, qui davanti a tutti voi, ci siano delle conseguenze, conseguenze vere per le cattive azioni di questa famiglia, azioni che tutti noi vediamo benissimo. Mio figlio stava nuotando. Nuotava e basta. E poi uno dei Briscoe ha deciso di sparare."

Artie si rende conto che lo sguardo acutissimo di Lavinia non è fissato su tutti e due, ma solo su Arlo. Vuole addossarsi anche lei una dose di colpa, è lei la Briscoe che ha deciso di sparare. Eppure c'è un'altra parte di lei, più grande, che freme di gioia davanti al giudizio pubblico a cui viene sottoposto il fratello, anche se tutte le persone in quel banco finiscono umiliate insieme a lui. Lavinia alza un braccio, e senza esitare punta il dito contro Arlo: "È chiaro che hai ereditato l'indole arrogante di tuo padre. Il suo bisogno di fare tutto ciò che vuole, quando vuole. Il suo orgoglio ingiustificato e il suo egoismo. Anche in questo momento Peter Briscoe ha l'impudenza di pensare che può stare qui, con tutta la famiglia, vicino alla sua ex amante, senza macchiarsi di nulla." Lavinia ha attirato tutta l'attenzione della comunità e ora la lancia come un proiettile contro suo fratello. "E tu, Arlo, hai l'impudenza di comportarti come se non fosse colpa tua. Hai l'impudenza di stare lì seduto come se fossi affranto. Io non te lo permetto. *Io ti caccio da questa chiesa.*"

Sono tutti immobili, è come essere in un luogo deserto. Nessuno si volta a vedere la reazione di Arlo perché sono tutti ipnotizzati da Lavinia Barry. Il braccio le trema mentre lo abbassa, e poi si piega tutta sul leggio. Quando comincia a singhiozzare la bocca è così vicina al microfono che è come se la chiesa fosse rinchiusa tutta intera dentro di lei. Lavinia lascia andare tutte le lacrime che deve aver trattenuto dal loro incontro, quando ha insistito perché venisse anche Arlo.

Artie si gira verso il fratello, sconvolto ma allo stesso tempo furioso, certo che quella tirata sia un abuso nei suoi confronti. Scatta in piedi ed esce dal banco nella navata, ma poi si volta di nuovo verso Artie. Le tende la mano, sicuro che lei la prenderà, che andrà via con lui. Non pensa nemmeno che quello di cui ha bisogno lei in questo momento è diverso da quello di cui ha bisogno lui. Lei non può andarsene. Ha bisogno di vedere Ryan prima che chiudano la bara.

Artie guarda verso l'altare, così Arlo vedrà, capirà perché deve restare. Quando torna a volgersi verso di lui Arlo si sta già allontanando, a passi più lunghi e rapidi del solito, e irradia rabbia anche se lei non lo vede più in faccia. E quella rabbia lo fa apparire ad Artie tutto quello che Lavinia lo ha accusato di essere.

Si muovono tutti, adesso: Arlo lungo la navata, Thea per prendere il posto lasciato libero dal fratello, Mr. Barry per sorreggere la moglie e guidarla verso la porta laterale che dà sulla sagrestia, mentre i singhiozzi di lei restano con loro finché la porta non si richiude alle loro spalle. La corrente di tensione che serpeggiava tra i fedeli si è spezzata, il ministro torna sul pulpito e termina la funzione leggendo dal Libro dei Salmi. Quando finisce nessuno si fa avanti per portare la bara sulle spalle. Non ci sarà nessuna processione fino al cimitero, solo Hayden e il suo assistente che porteranno la salma al crematorio.

"Pronta?" sussurra Thea. Alle loro spalle il rumore di decine di corpi che si avviano verso l'uscita. Artie vede che Thea è sollevata che non sia andata via con Arlo, forse anche fiera di lei. Lo sa che è giusto così, eppure fatica a guardare Thea in faccia. E fatica anche a sostenere la madre, che si è appoggiata a lei e cerca di capire cosa è successo.

"Andate pure avanti, voi due," dice Artie a entrambe. "Voglio rimanere qui da sola ancora un po'." Le due donne esitano, poi però obbediscono. Dopo qualche minuto in chiesa sono rimasti solo Artie e l'organista. La donna finisce di suonare *Morning Has Broken*. Artie si aspetta che a quel punto se ne vada anche lei, invece attacca un altro pezzo che non riconosce. Poi comincia a cantare. Non è un inno. È una canzone di Hank Williams, versi sinistri camuffati sotto un ritmo veloce e una bassline allegra. Questa versione però è più lenta, con accordi semplicissimi, e la voce della donna è roca, quasi stonata. *Six more miles and leave my darlin', leave the best friend I ever had.* C'è una strofa in particolare in cui la rabbia di Artie per le aspettative di Arlo, per il fatto che si è rivelato precisamente quello che ha detto Thea, è infinitamente più acuta del dolore per Ryan. Si sente il petto svuotato e allo stesso tempo è come trafitta, il cuore è un arto fantasma. La canzone finisce, sarà durata non più di un minuto ma adesso il silenzio è più assordante. L'organista spegne lo strumento, si alza e si avvia lungo la navata. Lancia una breve occhiata ad Artie, e più che sorriderle la guarda per un attimo senza severità.

Artie si ritrova davanti alla bara senza nemmeno rendersi conto di come ci è arrivata, e guarda il cereo simulacro dell'uomo per cui ha comprato gli antistaminici, assieme al quale ha cucinato, addosso a cui ha dormito. Si avvicina al lato della bara e si inginocchia e così vede solo i capelli invece di tutto il viso. I capelli sono morti comunque, sono sempre uguali. Prende una ciocca tra le dita e la strofina: sono lisci e morbidi, come sempre. Finalmente ha l'impressione che Ryan sia lì, che sia presente. Chiude gli occhi e gli dice addio. Quando si alza vede che lui è un po' spettinato. Sa che gli sarebbe piaciuto così. Abbassa il coperchio.

5

Una volta uscito dalla chiesa, Arlo deve controllarsi per non mettersi a correre. Quello che è successo con Artie la sera prima, ammettere di aver saputo che quello nel fiume era Ryan e poi ritrovarsi con il risultato fisico di ciò che ha fatto disteso su un tavolo delle pompe funebri, l'ha scorticato. Entrare in quella chiesa è stato già abbastanza difficile – vedere Artie e vedere i genitori di Ryan, vedere Ryan nella bara – ma adesso che l'hanno cacciato si sente come un uomo spellato vivo e gettato in un mare d'acqua salata. Vuole solo arrivare a terra. Riesce a raggiungere il prato davanti alla chiesa, ancora furente per lo stratagemma di Lavinia e per l'abbandono da parte di Artie, ma poi esita alla luce vivida del sole, si sente solo al mondo e non sa dove andare. Si avvia verso il pick-up di March per aspettarlo. Ma quando è sul marciapiede si rende conto che qualcuno lo sta seguendo. Lo sceriffo Muñoz.

"Non mi ero accorto che ci fosse anche lei in chiesa," dice Arlo, fermandosi.

"Ero nell'ultimo banco. In casi come questi ci tengo a porgere le mie condoglianze. Tutto bene? È stato tutto veramente crudele."

È brava a fare il suo lavoro, pensa Arlo. Ha la faccia di una persona con cui ti viene subito voglia di parlare, una faccia che non si vede spesso tra i rappresentanti della legge. È il motivo per cui le risponde con sincerità. "Non sono abituato a portarmi dietro un senso di colpa del genere."

Lei annuisce, come se lui le avesse dato la risposta giusta. "Allora, è da domenica che interrogo gente. Su Ryan e Artie non è venuto fuori niente: niente tradimenti, niente violenze. Era una relazione sana, e forse troppo recente per il tipo di problemi irrisolvibili che fanno credere a qualcuno che la morte sia l'unica via d'uscita." Si rimette il cappello da cowboy regolamentare che teneva sotto il braccio. "E anche se so bene che quello che ha appena fatto la signora Barry è stato molto sgradevole per lei, devo dire che sono sollevata. Avrà la sensazione di aver ottenuto un po' di giustizia, e forse se lo farà bastare quando saprà che lei non sarà incriminato."

"Non sarò incriminato?" dice Arlo. Ha bisogno che lei lo ripeta chiaro, in modo che suoni come una promessa.

"Non sarà incriminato," ripete lei. "Naturalmente anche se quello che ha fatto non è un reato non significa che lei non abbia commesso un grosso errore. Un errore che molti non potranno mai perdonarle."

Con un cenno del capo, si porta le dita al cappello, poi attraversa il prato per tornare verso la chiesa. Arlo non ha più voglia di sedersi ad aspettare March. Vuole solo allontanarsi da quel posto e dai suoi giudizi quanto glielo consentono le sue gambe.

Mezz'ora dopo, con i calzini fradici di sudore e i talloni che cominciano a coprirsi di vesciche dentro le scarpe strette, Arlo scruta oltre le vetrine buie del gastropub, l'unico posto che serve alcolici a quest'ora. Quando era a metà strada l'ha chiamato March, ma lui non ha risposto e March non ha lasciato messaggi.

Non è nemmeno mezzogiorno e solo un quarto dei tavoli sono occupati, gli sgabelli al bancone sono liberi tranne due dove siedono due vecchi in camicia a maniche corte stile western. Dal jukebox arriva la voce di George Jones, e Arlo si siede anche lui al bancone, più lontano che può dai due. Impossibile però non accennare un saluto. I due ricambiano e continuano a parlare a bassa voce tra loro. Certo stanno parlando di Ryan.

Arlo incrocia il proprio sguardo nella parete a specchio dietro il bancone. Il sospetto di aver fatto male a venire lì è confermato quando vede Laurel seduta a un tavolo. Sta finendo di mangiare e ride in compagnia di una coppia che non riconosce. Dovrebbe andarsene, ma il barista arriva proprio in quel momento e allora ordina un whisky con ghiaccio, quasi più per il ghiaccio che per l'alcol.

Quando il whisky arriva consegna al barista dieci dollari e gli fa segno di tenere il resto. Prima di incominciare a bere giochetella un po' col bicchiere, sforzandosi di non guardare Laurel nello specchio. Berrà e uscirà cercando di non farsi notare. Inclina il bicchiere per svuotarlo, e il ghiaccio gli finisce sul naso. Fa ruotare lo sgabello per girarsi, asciugandosi il whisky dal viso, e si ritrova davanti Laurel, in piedi di fronte a lui.

"Te ne vai già?" gli chiede lei con una smorfia, come se avesse assaggiato qualcosa dal sapore orribile.

"Non pensavo di trovarti qui," dice lui. Lei lo guarda con aria interrogativa. "Voglio dire che non sono venuto a cercarti."

"Ho forse detto che l'hai fatto?"

Lui scuote la testa. "Vado."

"Prima mi devi delle scuse." Si siede ma lascia uno sgabello libero tra loro. Lui torna a voltarsi mentre Laurel nota il bicchiere vuoto. "Vediamo se ti rilassi un po'." Poi, rivolta al barista: "Due Lone Star." Non dice altro finché non arrivano le due birre e Arlo ha pagato. "Ho sentito dell'incidente, mi dispiace. Come sta Artie?" Laurel non lo guarda in faccia: parla col suo riflesso nello specchio. "Dio, se penso che l'ho vista con Ryan solo la settimana scorsa. Davanti alla carrozzeria di Hap. Sembravano così felici insieme." Arlo si chiede se non stia cercando apposta di ferirlo, ma poi lei aggiunge: "Non riesco a immaginare qualcosa di peggio per tutti voi. Ma tu stai bene?"

Anche se è la prima cosa gentile che qualcuno gli dice oggi, lo fa sentire anche peggio, ancora più furioso per essere stato abbandonato da Artie, per l'ingiustizia del discorso di Lavinia. Non si fida a rispondere, e si limita a un'alzata di spalle.

"Lo sai che lo sceriffo Muñoz mi ha interrogata?" dice Laurel. "Ha sentito anche il buttafuori del Terpsi."

Arlo non aveva previsto che gli interrogatori dello sceriffo avrebbero scavato nella sua vita oltre che in quella di Artie. Aggredire una donna sul palcoscenico e solo due giorni dopo sparare a un uomo. È il prototipo dell'individuo socialmente pericoloso. E gli interrogatori a quelli che hanno suonato con lui avranno portato la Muñoz a sentire altri che hanno suonato con lui, e magari anche qualche sua ex? Nel suo passato non c'è niente di così oscuro, però immagina se a prendere appunti in quelle occasioni al posto di Muñoz ci fosse stata Lavinia Barry. Arrogante. Egoista. Si volta a guardare in faccia Laurel ma lei continua a tenere gli occhi fissi davanti a sé. Allora si gira di nuovo e incrocia il suo sguardo nello specchio.

"E tu cosa le hai detto?" chiede.

"Le ho detto che ci conosciamo dalle superiori e che eri così ubriaco che non ti sei reso conto di quello che stavi facendo. Il buttafuori ha detto che dopo il fatto eri calmo e imbarazzato come si conviene."

"Ma perché aiutarmi?" dice lui a voce bassa, per non farsi sentire dal barista.

"Senti, anche se non so cosa farmene di te so che non faresti mai del male ad Artie, non apposta, almeno. Forse ti aspetti di poter ottenere quello che vuoi quando vuoi, ma non sei un assassino."

Arlo ricorda che sulla riva del fiume aveva desiderato che Ryan smettesse di parlare con lui, ricorda di aver desiderato che l'altro fosse ovunque tranne che lì davanti a lui. Quanto di ciò che è andato storto nell'ultima settimana dipende dal fatto che si aspetta sempre di ottenere quello che vuole?

Ritrova il viso di Laurel nello specchio. "Mi dispiace. Per quello che ti ho fatto, dico."

"Cosa? Per l'aggressione di venerdì o per quando mi seguivi dappertutto alle superiori tipo stalker?"

Confuso, Arlo abbassa lo sguardo sul bancone. Vorrebbe correggere quella definizione brutale, ma si trattiene. Laurel è una parte importante del suo passato, eppure da quando si conoscono non hanno mai parlato così a lungo. "È stato così terribile? Dico tutto quanto, non solo venerdì."

Queste parole la convincono a voltarsi, a guardarlo davvero. "Vuoi saperlo? Mi hai sempre spaventata a morte." Prende la bottiglia di birra e beve, poi con l'indice traccia una linea nella condensa che ricopre la bottiglia. "Non ho mai trovato lusinghiere le tue attenzioni. Neppure le canzoni. Cosa dice di te il fatto di avere una musa così riluttante?"

Arlo non l'ha mai nominata, ma il suo primo album è pieno di Laurel e dell'amore non corrisposto che provava per lei. Eppure non si era mai preoccupato di immaginare che cosa pensava lei di quelle canzoni. A scuola non faceva che lamentarsi dell'ingiustizia del suo disprezzo. La vergogna che prova adesso è un pugno allo stomaco. "Mi dispiace. Non avevo mai capito quanto ti pesava."

Lei si prende un bel po' di tempo per studiarlo. Poi dice: "Strano. Pensavo che a sentirmelo dire sarei stata molto meglio di così."

"Non sei costretta a finire la birra con me," dice Arlo. "Posso andar via."

Laurel scuote la testa. “Posso provare dispiacere per te anche senza perdonarti.” Beve un altro sorso, ma quando i suoi amici si avvicinano si alza per salutarli. Mentre lei si allontana senza salutarlo, Arlo si meraviglia di come tutto il desiderio che solo pochi giorni fa non era riuscito a trattenere sia evaporato. Una volta era convinto di meritarla, anzi, di più. Ma sta cominciando a pensare che forse non merita nessuno.

6

June non si era accorta che al funerale c'era anche March, ma mentre esce dalla chiesa si ritrova davanti la sua schiena: eccolo lì che già si libera della giacca. Chissà se si è sentito fortunato a sfuggire alla condanna pronunciata dal pulpito contro i Briscoe nonostante la sua arroganza, il suo egoismo. Nonostante la sua ultima imperdonabile impresa. Era riuscita a farsela raccontare nel dettaglio da Peter, l'esibizione di Vera nel suo ufficio la sera prima. È un bene che June non l'abbia notato, altrimenti l'avrebbe cacciato lei prima che Lavinia cominciasse la sua tirata.

June è uscita dalla chiesa insieme agli altri, senza nemmeno stare a vedere se Peter la seguiva. In circostanze diverse avrebbe potuto trovare divertente il modo in cui gli increduli cittadini di Olympus lì sul prato della chiesa evitavano in tutti i modi di guardarla. Invece si sente solo sporca. È come se fosse passata una macchina e li avesse schizzati tutti quanti, ma in questo caso la macchina era anche suo marito. Lui la raggiunge ma resta in silenzio. June non vuole andare via prima di aver parlato con Artie, prima di aver capito se possono aiutarla in qualche modo. E poi non le va di passare per una che se ne va con la coda fra le gambe. Restano lì, lei e Peter, uno accanto all'altra, evitati con gran cura da tutti, finché Thea e Lee non li raggiungono. Tutti insieme guardano March che raggiunge il suo pick-up e se ne va.

"Non ho visto Arlo sul pick-up. Tu?" chiede Lee a Peter, ma lui non risponde. Probabilmente perché Vera avanza decisa verso di loro con un'espressione di trionfale conferma. June teme che la cittadinanza si prepari a godersi un altro spettacolo. Doveva andar via senza farsi notare finché poteva.

Cole si è avvicinato e adesso è anche lui accanto a lei, dall'altra parte rispetto a Peter. Lei non dà segno di averlo notato, anche se sente il fruscio della sua giacca contro il gomito. È così vicino. Ieri, al telefono, gli aveva detto di non venire. Che non vederlo più voleva dire non vederlo da nessuna parte. Di solito quando gli altri ignorano le sue richieste sente il bisogno di ridurli all'obbedienza. In questo caso invece è solo grata che lui sia lì. Vera si ferma davanti a loro, e l'espressione di trionfo che aveva stampata in faccia si compone, diventa più formale. Saluta Thea che – Dio la benedica – si limita a rispondere con un cenno del capo. June reprime l'impulso del tutto fuori luogo di presentare Cole a Vera. E anche a Thea e Lee.

"Strano che sia qui anche lei," dice Peter a Cole, contrariato, scrutandolo.

"Strano che sia qui anche tu," dice June a Vera.

"Sono venuta per Artie."

La faccia tosta di quella donna: come se dopo aver umiliato Hap un'altra volta potesse pretendere di essere una persona educata e gentile davanti a tutti. "Se mai tu e Artie siete state amiche," dice June, "adesso non lo siete più. Lei starà dalla parte di Hap. Soprattutto dopo le tue minacce di andartene via con Pete."

In una frazione di secondo la voce di Vera da calma che era si fa rabbiosa. June è sempre spiazzata da come la nuora cambia umore da un momento all'altro, come cambierebbe una sciarpa. Quanto ai suoi, di umori, di solito sono rigidi come camicie di forza. "Sono venuta perché è morto qualcuno," dice Vera, "è così che si fa. Ci si presenta come una famiglia unita, per contorta che sia questa famiglia. Potrei dire anche dell'altro, ma Lavinia Barry ha già fatto un ottimo lavoro." Vera si interrompe per sorridere con dolcezza a Lee. "Anche se mi dispiace che altre persone, come lei e Artie, vengano coinvolte in un attacco che in realtà era diretto a Peter." Vera torna a rivolgersi a June, e il sorriso si spegne. "E tu, tu invece te ne rimani buona al fianco del signor Lettera Scarlatta e intanto ci scommetto che tuo figlio però lo cacci via." In qualche modo, restando col marito, June si è ritrovata schierata con lui contro uno strano triumvirato di donne ferite: Lavinia, Vera, e adesso anche Lee, tutte sullo stesso fronte.

"Stai solo cercando di scaricare le tue colpe sugli altri," dice June. "Anche adesso cerchi di convincere Hap che è tutta colpa sua, invece che tua e di March."

Vera scoppia a ridere, spalanca la bocca al punto che June riesce a vederle i molari. Poi allunga la mano e afferra quella di June. Le dita della nuora sono fredde ma la stretta è ben salda. "Non credi che ce ne sia per tutti?" dice Vera, e stringe forte. "Un po' per me, un po' per Hap, un po' per sua madre. Una madre modello, proprio." June arrossisce, la frase è uno schiaffo.

Cerca di muovere le dita nella stretta ostinata di Vera, le ossa sfregano contro le ossa. Il resto della famiglia tace, un altro coro giudicante disposto in cerchio intorno a lei. Non vuole pensare a come avrebbe potuto essere tutto diverso se non fosse rimasta con Peter, se non avesse mostrato ai suoi figli una versione distorta di un matrimonio.

"Vado dentro a cercare Artie," dice Thea, col tono di chi si rifiuta di farsi invischiare. June sente il ticchettio dei tacchi della figlia sui gradini di cemento mentre lei torna verso la chiesa. Peter e Lee evitano di incrociare il suo sguardo. Persino Cole ha abbassato gli occhi. Poi però June si accorge che sta fissando la mano bianchissima che Vera le sta stritolando.

"Sei tu quella che ha spezzato il cuore a Hap andando a letto un'altra volta con suo fratello," dice June. Cerca di liberarsi, ma Vera la trattiene. Allora interviene Cole, afferra Vera per il polso, stringe forte.

"Lasciala andare," dice, in tono tranquillo ma deciso. "Lasciala andare subito." Vera per tutta risposta ride. Allora Cole separa le dita di Vera dalla mano di June, un dito alla volta, finché non è libera, e June sente il sollievo del sangue che torna a scorrere nelle dita. Finalmente è arrivato Hap. Si ferma dietro a Vera, esterrefatto. Cole le lascia andare la mano e posa la sua su quella di June, con dolcezza. Solo un istante.

Vera si protende e dice, più sconfitta che rabbiosa: "Lui aveva già straziato il mio."

Prima che possa aggrapparsi ancora, Hap la prende per le spalle e la sospinge via, dicendo: "Andiamo." Peter è ancora lì accanto a Lee. Peter, che sta sempre lì e basta. A fare il meno che può, cazzo. Le fa male la mano. Quelli che hanno assistito alla scenata di Vera, una decina di persone, si voltano di nuovo verso le loro famiglie.

"Tutto bene?" chiede Peter. Lei non gli risponde nemmeno. "Ah, io e Lee andiamo a cercare Artie. Le dico che io e te torniamo a casa e vedo se ha bisogno di qualcosa." Si fa strada tra la folla che si sta diradando, e Lee lo segue. June resta sola con Cole.

"Ti avevo detto che non potevamo vederci più," gli dice a voce bassa.

"Lo so. Mi dispiace ma qualche volta non do retta ai buoni consigli," dice lui. "È un difetto del mio carattere."

Lei incrocia il suo sguardo e non può trattenere il piccolo sorriso che già fa capolino sul suo viso. "Non importa. Sono contenta che tu sia qui."

Cole le posa una mano sulla nuca. Altri panni sporchi lavati in pubblico. Ma il fatto strano è che Cole l'ha fatta sentire perfettamente pulita.

7

Sulle prime Hap deve trascinare via Vera per allontanarla da June, ma quando sono a metà del prato lei comincia a camminare così in fretta che per starle dietro è costretto ad allungare il passo. La moglie punta dritto verso la macchina di sua madre, parcheggiata vicino al marciapiede. Hap vede Pete seduto nel seggiolino. Impossibile portarli a casa, impossibile cercare di parlare. Devono parlarsi adesso. Perché l'ha capito senza ombra di dubbio mentre Vera dava addosso a June: sua moglie è ancora innamorata di lui.

Le afferra la mano e si ferma, spostando il peso un po' indietro per restare saldo mentre le dà uno strattone per bloccarla. Prima che lei riesca a strappar via la mano e continuare per la sua strada le dice: "Com'è che dici a mia madre che ti ho spezzato il cuore invece di dirlo a me? Se io posso provare a perdonarti senza che tu nemmeno mi chieda scusa per essere andata a letto con March un'altra volta, perché non puoi provarci anche tu?"

"Ti ho già detto che non m'importa di quello che fai. E anche a te non deve importare più niente di quello che faccio io." Si riprende la mano ma rimane davanti a lui.

"Lo so che sei arrabbiata. Lo so che continuo a dire le cose sbagliate. Ma non possiamo dirci tutto, a questo punto? Non è meglio, comunque vadano le cose, se io e te cerchiamo di capirci?"

"Mi dispiace," dice lei, a malincuore. "Dovevo avere la forza di lasciarti e basta, non di ferirti un'altra volta." Respira a fondo. "E mi dispiace di essere arrabbiata. Lo sono anche con me stessa. Tocca a te pentirti adesso? Ti ascolto. Poi devo andare a casa a dare da mangiare a Pete."

"Ma uno deve pur sapere cosa ha fatto prima di potersi pentire," dice lui.

"Ti sbagli. Siamo metodisti. Possiamo pentirci in punto di morte, fare una bella pulizia come si deve, e tutto sarà perdonato."

"Ho questa possibilità?"

"Certo. Ti perdonerò appena prima che tu muoia." Vera è sfinita mentre si scosta dalla fronte la massa di capelli, ma lui la conosce così bene che sente il lieve sorriso sepolto dietro la battuta, sente la parte di lei che non vuole andarsene e preferirebbe rimanere lì a parlare con lui, anche se è tutta sudata e un tacco è sprofondato nel prato morbido. E lui, ha mai pensato di poterla lasciare?

"Allora non perdonarmi. Però rimani."

Gli occhi le si riempiono di lacrime, alza la mano per nasconderle. Lui l'ha vista piangere solo tre volte in vita sua, e due volte è stato questa settimana. "Non posso," dice.

"E allora spiegami."

Vera annuisce e lui la segue verso uno dei grandi alberi ai margini del prato, lontano dal percorso che seguono gli altri per tornare alle macchine. Lei si appoggia a un tronco e lo guarda negli occhi. Hap si sente improvvisamente un uomo che apre una porta, e nella stanza potrebbe esserci qualunque cosa – un armadio vuoto, una camera d'ospedale, il vuoto assoluto. Vorrebbe prenderle di nuovo la mano, ma aspetta e basta.

"Ho deciso di lasciarti perché mi sono finalmente resa conto che sei una persona sarcastica."

"Cosa?" Per Hap è una spiegazione senza senso, come una battuta finale senza la barzelletta. "Pochissimo, al massimo due volte l'anno."

"Lo sai qual è stato il momento esatto in cui ho deciso che potevo amarti?"

Lui si è sempre detto che era stata la spilla, il fatto che lei avesse capito che amava la sua personalità quanto il suo aspetto, se non di più. Prova a dirglielo ma sa già che non è la risposta giusta.

"La spilla ha fatto sì che tu mi piacessi, o meglio, quando me l'hai regalata ho desiderato che tu mi piacessi. Ad amarti però ci ho messo più tempo. Ti ho amato la sera che sei venuto a prendermi, la volta che quel cliente che allungava le mani si è infilato dietro il bancone e io ho rovesciato il frullatore."

Hap non se lo ricorda ma non vuole ammetterlo. "E perché?"

"Avevo deciso che eri diverso da qualsiasi altro uomo con cui ero stata. Capivi la mia vita. Mi hai detto che il mondo doveva essere un posto difficile per una donna bella come me."

Oh, cazzo, pensa Hap. Quella frase, in bocca a sua moglie, gli ricorda di colpo tutto.

"Quando è cominciata la cosa con March, il giorno del Ringraziamento, ho capito finalmente che quando sei sarcastico ti viene quel sorriso, quel sorrisetto speciale. Ci ho messo anni a scoprirlo perché, come dici tu, succederà due volte l'anno. Quel sorriso mi era sempre piaciuto, finché non mi sono resa conto di cosa voleva dire, e allora mi sono sentita doppiamente stupida. Nel momento in cui mi sono innamorata di te tu stavi facendo una battuta sarcastica. E io nemmeno l'avevo capito."

"Ma anche se fosse," dice Hap. "È stato solo un momento, rispetto a tutti gli anni che abbiamo passato insieme. Come può essere?"

"Non credo che sia solo un momento, comunque sì, non è l'unica ragione. Tu sai tutto della mia vita. L'insegnante d'arte drammatica, le due ingiunzioni restrittive, la fortuna che ho avuto per il fatto che i tentati stupri non si siano trasformati in stupri a tutti gli effetti. Tutte cose successe, almeno in parte, perché sono bella. Tu credi che grazie alla mia faccia io abbia avuto la vita facile, che per questo abbia avuto sempre tutti ai miei piedi, te compreso. E questo vuol dire che sei convinto che io sia una stronza nonostante il trattamento che mi è stato riservato, e non per via di quel trattamento. Non sono io la persona che credi di amare."

"Certo che sei tu." Cerca di posarle il palmo sulla guancia, ma lei si ritrae.

"E neanche tu sei quello di cui mi sono innamorata. Non posso guardarti quando metti i bisogni di tutti prima dei tuoi e poi pensi che questo ti renda migliore di tutti noi. Io voglio un legame vero, un vero matrimonio, non voglio essere una cosa che rafforza il tuo maledetto ego. Ho capito che dovevo andarmene quando nostro figlio ha cominciato a cogliere i tuoi segnali, a vedermi con i tuoi occhi."

A queste parole Hap ha un fremito, perché si ricorda di tutte le volte che Pete ha già preso le sue parti contro Vera. *Mamma cattiva.*

"E Pete già ti imita, comincia a rinunciare ai suoi desideri. Forse adesso è perché è un bravo bambino, ma tra un po' capirà come manipolare gli altri così. Proprio come tu hai imparato a fare da June." Si stacca dall'albero, si mette diritta, sistema la borsetta sulla spalla, e Hap capisce che sta per andarsene. "Non posso rispettare un uomo che si innamora della narcisista viziata che tu vedi in me. E non posso permettere che mio figlio pensi questo di me."

Mentre lei lo lascia solo vicino all'albero, Hap cerca di riflettere sulle parole di Vera. Si ricompone abbastanza da seguirla, raggiunge la macchina proprio quando lei ha la mano sulla portiera.

"Non ho mai pensato che tu fossi una persona viziata," dice, abbastanza forte da bloccarla.

"Però sei convinto che io abbia avuto la vita facile," ribatte lei. Lui non risponde. È vero. "Ho avuto la vita facile, eppure un sacco di volte mi sono comportata da stronza con te. Ho avuto la vita facile, eppure vado a letto con l'unica persona al mondo che nemmeno uno come te dovrebbe essere in grado di perdonare. Lo faccio un'altra volta, e tu sei pronto a perdonarmi di nuovo. Perché tu sei il magnanimo Hap che ci elargisce dall'alto la sua grazia." Toglie la mano dalla portiera e si avvicina a lui per sussurrargli qualcosa all'orecchio. Non è un gesto di intimità, ma un colpo sparato a bruciapelo. "Puoi andartene affanculo, tu e la tua grazia, Hap. Non me ne frega un cazzo." Poi sale in macchina e sua madre parte prima ancora che lei abbia chiuso la portiera.

Hap si rende conto, all'improvviso e fino in fondo, che l'idea che ha di sua moglie ha dato forma all'idea che ha di sé stesso. Lui è l'uomo brutto e grasso che ha conquistato l'amore di una donna bellissima. È il marito tanto buono da amare una moglie cattiva. È un modello di sensibilità e comprensione, quello che ci vuole per sopportare una compagna priva di entrambe. Tutti hanno visto sua moglie abbassarsi sposandolo, mentre per tutto il tempo il suo ego sotterraneo ha avuto la convinzione che fosse lui ad abbassarsi sposando lei. Quando è il paragone con qualcos'altro a costruire l'identità di una persona, quella persona sarà tanto più restia a cambiare idea su quel qualcosa. O almeno è ciò che dice a sé stesso: deve essere il motivo per cui non ha mai esteso la sua comprensione alla persona che ne aveva più bisogno.

8

Peter non si illude certo che dopo la scenata di Lavinia in chiesa per i suoi familiari la questione sia chiusa. Accanto a lui June è silenziosa ma freme di rabbia, e quando coglie lo sguardo di Thea nello specchietto retrovisore si accorge che lo sta guardando con aria truce. Lui non sente certo il bisogno di commentare l'accaduto. Non è che Lavinia abbia detto qualcosa di nuovo su di lui, è abituato a sentirsi definire molto peggio che uno speculatore avido. Case e terra sono troppo importanti per la gente di qui perché qualsiasi transazione non porti con sé il suo corredo di malanimo. L'unica cosa che gli dà fastidio è che Arlo debba essere doppiamente incolpato a causa di suo padre. Se non fossero consanguinei Lavinia avrebbe insistito perché venisse anche lui al funerale? Avrebbe mai pensato di alleviare il dolore per la perdita del proprio figlio attaccandolo in quel modo? Per non parlare di Lee, costretta ad ascoltare l'altra mentre calunniava Arlo. Ma non è un danno permanente, si dice Peter. Di imbarazzo non è mai morto nessuno.

Già vedersela con June sarebbe dura, soprattutto dopo l'agguato di Vera, ma Artie ha mandato con loro anche Thea. Almeno Artie non gli è sembrata troppo sconvolta. Forse un po' distante, quando ha spiegato che lei e Lee sarebbero andate al rinfresco dopo il funerale, e non le sembrava il caso che ci andassero anche i Briscoe, Thea compresa. Forse era stata anche un po' rigida quando Thea l'aveva salutata con un abbraccio. Ma portava un grosso peso, ed era comprensibile che si comportasse così.

June di solito fa sobbollire l'ira per qualche ora prima di esplodere, ma è improbabile che Thea covi a lungo il suo disappunto. E infatti, prima ancora che abbiano imboccato l'interstatale per tornare a casa, Thea dice: "Già è stata dura tornare a casa, viste le circostanze, ma come se non bastasse mi è toccato anche assistere alla condanna pubblica di Lavinia Barry dal pulpito e a quella di Vera sul prato della chiesa. A me come a un bel po' di persone di Olympus, che si sono godute anche loro lo spettacolo. Un incubo nell'incubo."

Peter aspetta che sia June a risponderle, ma la moglie continua a guardare fuori dal finestrino come se non avesse sentito.

"Mi dispiace per quello che è successo," dice Peter. "Ma non ho sentito nessuna delle due tirare in ballo anche te. Forse dovresti ritenerti fortunata."

"Ma io non ho fatto niente per essere tirata in ballo," dice Thea, incrociando le braccia e fissando Peter nello specchietto prima di prendere di mira June. "Chi è il tuo soccorritore, mamma? L'uomo che ti ha strappato dalle grinfie di Vera?"

June continua a tacere, e Peter dice: "Il nostro veterinario ha una frattura all'anca per via del calcio di un asino, e Cole è il sostituto. Ha dato una mano a tua madre coi vitelli la settimana scorsa."

"Questo non spiega la tua gelosia."

Peter si sente arrossire. "Non sono geloso. Cosa ti salta in mente?"

"Non spiega nemmeno come mai è venuto al funerale."

La stessa domanda se l'era fatta anche Peter. Perché è venuto al funerale, quello lì? E perché li ha raggiunti sul prato, come se fosse uno della famiglia? Non solo, aveva anche staccato Vera di dosso a June. Nessuno aveva bisogno di lui, né in un caso né nell'altro. Avrebbe potuto essere Peter ad allontanare Vera, ma sapeva che June non avrebbe voluto. Sua moglie non ha mai bisogno di protezione. Tranne che da lui, forse. Tranne che da sé stessa, qualche volta.

Finalmente June distoglie lo sguardo dal finestrino e lo fissa sulla strada davanti a loro. "Per essere qualcuno che non voleva vedere niente, ce la stai mettendo tutta per seminare zizzania."

"Pensa quello che ti pare," dice Thea. Poi però cambia argomento. "Perlomeno Artie non si è lasciata trascinare via da Arlo."

Peter aveva visto Arlo che tendeva la mano verso la sorella, e lei che l'aveva ignorata. Vuole convincersi che quel gesto non significa nulla, ma dal tono di Thea è chiaro che lei l'ha preso per un segno inequivocabile.

"Signore, cosa volete mangiare stasera?" chiede. "Forse dovremmo fermarci al supermercato prima di tornare a casa."

June dice: "Artie doveva restare. Sono sicura che Arlo ha capito perché."

Thea sbuffa. "Non ci scommetterei. Non vorrete convincerla a perdonare Arlo. Lasciate che sia lei a decidere."

"Dubito che dovremo convincerla," dice Peter. "Se la vedranno loro." Mentre pronuncia quelle parole però rivede Artie in cucina domenica notte, che allontana lo sgabello per non sedersi vicino al fratello.

"Forse Artie si è stufata di perdonare."

"Se Artie non è più disposta al perdono, scommetto che deve ringraziare te," dice June.

"La sto solo aiutando a fare quello che è giusto per lei, non quello che è giusto per Arlo. E poi, onestamente, teniamo davvero più alla felicità di Arlo che a quella di Artie?"

Per Peter le parole di Thea sono una stilettata. È vero quello che dice, ma lo costringe a riflettere sul perché: perché Artie gli è più affezionata di Arlo. E quella preferenza ha radici nel suo egoismo, a dimostrazione del fatto che Lavinia non è troppo fuori strada.

"Ti sbagli," dice, a voce troppo alta. "La felicità di Artie è legata a filo doppio a quella di suo fratello. E viceversa. Devono sistemare le cose fra loro."

Adesso è June ad alzare la voce, ma la sua rabbia è tutta per Thea. "E tu chi sei per dirci cosa dobbiamo o non dobbiamo fare? Quand'è che la vedi, Artie, quand'è che parli con lei? Io sì che la vedo, io sì che parlo con lei. Tu non capisci cosa c'è in gioco, perché per te perdere la tua famiglia non sarebbe un problema. Sei tu quella che dovrebbe star zitta, non noi."

"La mia famiglia è a Chicago," dice Thea. "Non qui."

"Appunto," dice June. "Tu non ci capisci, soprattutto non capisci Artie. E sto cominciando a dubitare che avrai più comprensione per le tue figlie di quanta ne abbia per i tuoi genitori e i tuoi fratelli. Soprattutto se avranno opinioni diverse dalle tue."

"Credo che per il momento potremmo anche finirla qui," dice Peter. Per stemperare il silenzio accende la radio.

"Lasciatemi a casa di Artie," dice Thea, in tono svuotato di ogni emozione.

"Tesoro, no. Vieni a cena da noi," dice Peter. "Artie non è nemmeno ancora tornata."

"Lasciatemi lì."

Nessuno dice più niente fino a quando Peter non si ferma davanti a casa di Artie. June ha chiuso gli occhi, ma chiede a Thea se ha le chiavi. Un mezzo tentativo di scusarsi che la figlia rifiuta scendendo dalla macchina e sbattendo così forte la portiera che June e Peter tremano sul sedile. Peter decide di tornare a casa per una strada secondaria, come se la pace del panorama potesse estendersi alla macchina. June torna a guardare fuori dal finestrino.

Alla fine, quando sono a meno di un chilometro da casa, sua moglie parla. “T’importa qualcosa di come mi sono sentita io a dover restare seduta vicino a te in chiesa? So che tutti in paese sanno benissimo tutte le cose brutte che hai fatto, ma ho sempre pensato che se dovevano giudicare qualcuno quello eri tu, non io. Le tue decisioni sul lavoro, i tuoi comportamenti amorali. Ma mi illudevo. Oggi mi sono sentita giudicata anch’io. Ho sentito che mi ritengono complice. E anch’io mi sono sentita complice. Ma tu non fai una piega. Sembra che quello che è successo non ti faccia né caldo né freddo, compresa la tirata di Vera sul prato. E poi tutto ricade su di me.”

“Ormai è andata, June. Perché agitarsi tanto?”

“È andata un bel niente. Il matrimonio di Hap è a pezzi, e almeno in parte è colpa di March. E non abbiamo idea di cosa succederà con Artie e Arlo, di come ne usciranno.” Sospira e si copre gli occhi con una mano. “Ho continuato a pensare che un giorno, se aspettavo abbastanza, ti saresti reso utile.”

Il fatto che non dica “invece di peggiorare le cose” gli sembra un buon segno. Le si avvicina, le posa una mano sul ginocchio.

“Le cose sono a questo punto, e tu credi di poter ancora aspettare,” dice lei. “Non ti rendi conto che il motivo per cui puoi fregartene di tutto è che c’è sempre qualcuno che fa le cose al tuo posto? Che razza di vita avremmo avuto se tutti ci fossimo comportati come te?”

Probabilmente una vita più semplice, pensa Peter, ma se vuole che la moglie si calmi gli conviene tenere la bocca chiusa.

“L’unico modo in cui sono riuscita a sopportare il nostro matrimonio è stato fare lo stesso, cavalcare le onde invece di cercare di uscire dalla tempesta,” dice lei. “Se ti avessi costretto ad affrontare le conseguenze delle tue azioni, se ti avessi lasciato, forse adesso saresti un uomo migliore. Io non ne avrei tratto alcun vantaggio, ma i tuoi figli sì.”

"Parli come Lavinia." Peter ritira la mano dal ginocchio di June. "Il mondo sarebbe stato migliore se solo me l'aveste fatta tutti pagare. Come se non avessi avuto anch'io la mia dose di guai e di ripercussioni, come tutti. Io sono quello che sono, June, e non credo di essere un mostro." Lei lo guarda corrucciata, e vederla così maldisposta gli accende dentro la rabbia. "Sei troppo intelligente per pensare che le persone possano cambiare. Nessuno di noi cambia," dice. Una volta era convinto che condividessero quella visione del mondo. La sua minaccia di lasciarlo era stata la pistola alla tempia che gli aveva consentito di essere fedele, ma non per questo era cambiato.

"Certo che si cambia," dice lei, sorpresa, come se quella scoperta fosse una sorpresa anche per lei. "Io sono cambiata."

9

Quando riceve la telefonata di March, Arlo è disteso su un letto in un motel di Houston e sta fissando depresso il soffitto. L'aria condizionata è al massimo ma lui è ancora vestito. Dopo l'incontro con Laurel ha recuperato la macchina da casa di March e si è diretto a est. Senza più accuse incombenti, come gli aveva detto lo sceriffo, poteva anche andarsene da Olympus, libero almeno per una notte. Ma su quel letto ancora intatto, finalmente scalzo e con i piedi doloranti, non si sente libero.

Arlo ha sempre pensato di avere una visione del mondo ben chiara, di comprendere ciò che lo muove e allo stesso tempo l'impatto delle sue azioni sulla vita degli altri. Si sbagliava. A dispetto di quello che ha detto Lavinia, sa di non essere come Peter, ma essere diverso da lui non vuol dire per forza essere migliore. È sicuro che Laurel sarebbe d'accordo. E adesso anche Artie. Non può biasimarla.

La telefonata di March lo riscuote dal suo sconforto. È rapida, non c'è tempo di fare domande, ma la cosa più importante è che Artie vuole parlargli. Arlo può affrontare le proprie colpe, cercare di ritrovarsi, se lei lo aiuta. Farà tutto quello che gli chiede, per tutto il tempo necessario, finché tra loro non si sistemerà tutto.

Torna subito a Olympus, a casa di March, e li trova seduti uno accanto all'altra sul dondolo nella veranda. Prima ancora che abbia salito i gradini Artie si è già alzata, ma il suo atteggiamento distante e le braccia incrociate lo dissuadono dal raggiungerla. Anche March si alza, sguscia alle spalle di lei ed entra in casa senza nemmeno salutarlo.

"Ho parlato con lo sceriffo dopo il funerale," le dice Arlo. "Secondo lei è improbabile che venga incriminato, e spera che il numero che ha fatto Lavinia al funerale possa bastare a ripagare la famiglia."

"Il numero," dice Artie, in tono insofferente. "Ha usato questo termine?"

"Il... discorso di commiato. Ho usato la parola sbagliata." Era convinto che iniziare con la buona notizia sarebbe stato d'aiuto, ma ha già incasinato tutto. "Mi dispiace moltissimo, Artie. Non so nemmeno da che parte cominciare a scusarmi. È come se fosse tutto troppo da sopportare, è un peso troppo grande per il mio cervello."

"Troppo da sopportare?" Adesso il tono di lei è calmo e incolore, ma è peggio che se si fosse messa a urlare. "Si può sapere cos'hai perso tu in confronto alla madre di Ryan? Cos'è che hai dovuto sopportare in confronto a me? Ho ucciso l'uomo che amavo. Sono stata io. Poi ho partecipato all'organizzazione del suo funerale, gli ho comprato un vestito e ho cercato di consolare la famiglia a cui l'ho strappato, nascondendo per tutto il tempo quello che ho fatto. Ho mentito a persone che avevano tutto il diritto di conoscere la verità sulla morte del figlio." Scende i gradini, puntandogli il dito contro. "E tu, si può sapere cosa ti sei accollato tu? Almeno sei rimasto a vegliare Ryan? O dopo aver dato un'occhiata alla salma sei scappato subito?"

Come fa a conoscere così bene tutte le sue debolezze? "Non ce l'ho fatta, non col peso della tua rabbia addosso."

"Ah, anche in questo caso è colpa mia? Possibile che tu non sia disposto ad ammettere niente, Arlo? Anche la tua offerta di addossarti la colpa di aver sparato è stata solo un modo per evitare di dirmi la verità. Che io avevo sparato alla cieca, come un'idiota, ma tu sapevi benissimo a chi stavo sparando."

"Non puoi credere che sia stato premeditato," insiste lui, e il terrore gli fa alzare la voce. "Non l'avevo pianificato in nessun modo. Ero convinto che non avresti sparato." Eppure non aveva avuto forse la sensazione che fosse stato il destino a volerlo, in un certo senso? Lei era stata così veloce a mirare e sparare. Se si fosse fermata a chiedere, lui le avrebbe detto la verità, le avrebbe detto che quella chiazza nel fiume era Ryan. Se avesse detto qualcosa, anche solo una parola di assenso, Arlo avrebbe allungato la mano e l'avrebbe posata sulla canna del fucile, per abbassarla. Era come se tutto avesse cospirato per fare di lei un'assassina involontaria. Non si era trattato solo di una frase imprudente di Arlo, la colpa era di mille altre cose. E allora perché continua ad avere la sensazione di mentirle? Una vocina nascosta dentro di lui gli dà la risposta che non vorrebbe sentire. Non pensava che avrebbe sparato, ma questo non significa che non l'abbia desiderato, anche solo per una frazione di secondo.

Questo lo deve ammettere. "Lo so che è tutta colpa mia," dice. "Ti dirò tutte le mie cattive azioni, i moventi nascosti, tutto fuori. Così potrai aiutarmi a capire."

"E se anche tu capisci a me che cosa ne viene? Anche se mi aiutasse a perdonarti, cosa me ne faccio di quel perdono? Tu dici che mi farebbe star meglio, e magari ci credi anche, ma il tuo vero scopo è stare meglio tu. Io non voglio perdonarti per avermi fatto uccidere Ryan. Non voglio perdonarti per avermi rinchiusa dentro un recinto di bugie."

"Ma ci eravamo scambiati una promessa," dice lui.

"Una promessa da bambini."

"No. Una promessa che mi hai fatto. Tu, a me."

Lei alza una mano come per difendersi, come se lui avesse cercato di afferrarla. "Allora non capivo cosa voleva dire quella promessa," dice. "Non è colpa mia se nemmeno adesso il tuo cuore è cresciuto abbastanza da capirlo." Fa qualche passo indietro. "Non ti voglio a casa mia. Non ti voglio nella mia vita." Poi, come se niente fosse, va verso la sua Jeep, come se avesse concluso una conversazione qualunque. Lui si lascia cadere sui gradini della veranda, la guarda uscire dal vialetto, e una volta che la Jeep è scomparsa è ancora lì che aguzza gli occhi per non perderla di vista.

La porta alle sue spalle si apre e si richiude. March si siede sul gradino sopra il suo e gli passa una birra. "So che ultimamente beviamo troppo, ma non è questa la sera giusta per smettere. Chissà quanto potrò rimanere ancora in questa casa. O in paese. Tanto vale bere finché possiamo."

"In questo momento dovrei stare solo," dice Arlo, con una voce così tesa che dovrebbe allontanare March senza bisogno di spiegazioni. E invece no.

"Magari cambia idea," dice March, anche se sembra così poco convinto che Arlo non si dà nemmeno la pena di contraddirlo. E anche se sa che dovrebbe essergli grato per il sostegno, gli sembra una cosa ben misera rispetto a quello che è abituato ad avere da Artie. "Forse ha solo bisogno di prendere un po' le distanze da tutto," dice March. "Senza che Thea le suggerisca cosa pensare."

"A te prendere le distanze sembra non sia servito granché. Alla fine due anni non sono bastati. Sei tornato da meno di una settimana e già te la fai di nuovo con tua cognata. Se da una situazione bisogna prendere le distanze vuol dire che è proprio andata a puttane." Arlo posa la birra sul gradino senza averla aperta. Dovrebbe entrare, andarsi a chiudere nella camera degli ospiti. O andare a fare un giro in macchina. Oppure tornare al motel. Qualunque cosa gli impedisca di continuare quella conversazione. Ma è tutto preso dal voler dimostrare a March che si sbaglia, che la distanza non servirà a niente. "Ha bisogno che tutta la tua famiglia la pianti di suggerirle cosa pensare. Se non fosse per voi sarei con lei, adesso."

"Se non avesse un'alternativa, vuoi dire."

Si rende conto che March si pente subito di averlo detto – e infatti evita di guardarlo negli occhi – ma Arlo non vuole le sue scuse. "Come se chiunque di voi lo fosse. Voi, una collezione ambulante di peccati capitali: la lussuria di Peter, l'ira di June, l'orgoglio di Thea, l'invidia di Hap."

"E io?" dice March, che ha smesso di avere l'aria dispiaciuta.

"Tu sei il peggiore di tutti, sei un concentrato vivente di peccati capitali. Tuo padre non è mai andato a letto con la moglie di Hayden, tua madre non ha mai perso conoscenza durante un attacco d'ira. L'invidia di Hap si limita al fatto che per un attimo Vera ha scelto te, non dipende da quello che sei tu." March è corrucciato, e la rabbia che esplode tra loro è un sollievo, una vacanza da come si è sentito Arlo fino a pochi secondi fa. "Aspetta, mi sono sbagliato. Almeno l'orgoglio ti manca. Un uomo con un minimo d'orgoglio non sarebbe tornato, non sarebbe venuto a implorare l'amore di una donna che non lo amerà mai."

"Con Vera è finita."

"Non mi riferisco a Vera, coglione."

Anche se non aspettava altro – che la rabbia di March avesse il sopravvento e gli permettesse di rispondere colpo su colpo, impunemente dal porto sicuro dell'autodifesa – la faccia di March, che all'improvviso è una maschera tragica che esprime solo emozioni, svuotata di ogni personalità, lo coglie alla sprovvista. Un movimento confuso, e il braccio di March gli inchioda il collo alla ringhiera. La pressione sulla laringe è così dolorosa che per un attimo non si rende nemmeno conto che non riesce più a respirare.

Arlo cerca di opporre resistenza, di afferrare il braccio di March per sgusciar via da sotto, ma il fracasso della zuffa ha richiamato i cani. Adesso oltre alla faccia stravolta dall'ira di

March ci sono due musi ringhianti che producono il suono di un ingranaggio rotto. Un cane abbaia facendogli pulsare il timpano e un fiotto di saliva calda gli schizza sulla guancia. Serra gli occhi e aspetta l'attacco della belva.

Invece sente la voce di March, calmissima. "Ehi, ehi, tutto a posto," dice. Poi ritira il braccio dalla sua gola. Per un attimo Arlo pensa che March stia dicendo a lui, ma quando apre gli occhi lo vede tendere le mani verso i cani, cercando di calmarli. Li accarezza entrambi sulla testa, li strofina tra le orecchie. "Sei fortunato, figlio di puttana," dice rivolto ad Arlo. "Non mi passa mai così in fretta."

"Stai migliorando," dice Arlo, e anche se ne è convinto la frase gli esce carica di sarcasmo. Cerca di deglutire ma è costretto a tossire.

"No, sono sempre lo stesso, per quanto mi illuda di essere cambiato." March si allontana, va a sedersi sul prato vicino ai cani, dando la schiena a Arlo. "Mi sa che dovrai sistemarti da un'altra parte per un po'." Guardano una macchina passare davanti alla casa, i fari che si accendono nell'ultimo bagliore del crepuscolo. March attira a sé il cane più vicino e gli affonda il viso nel collo. Arlo lo sente inalare il suo odore, trattenerlo dentro di sé. Non può fare altro che entrare in casa a preparare i bagagli, lasciando March da solo con l'unico conforto che gli è rimasto.

10

È quasi buio quando June parcheggia sul prato di Joe. La casa non ha un viale d'accesso e anche le altre macchine sono parcheggiate sull'erba: il pick-up di Joe, quello di Cole e la Buick della moglie di Joe, Betty. June si infila tra un pick-up e l'altro, per evitare che la macchina sia troppo visibile. Poi rimane lì, ancora incerta se fare quello per cui è venuta. Via via che la luce del giorno svanisce riesce a vedere sempre più dettagli dalla finestra della cucina, e a un certo punto sopra il lavandino appare la testa di Betty. Rimarrebbe ancora lì, cercando di chiamare a raccolta tutta la sua forza di volontà, se non si accorgesse che Betty ricambia il suo sguardo attraverso il vetro. Non ha altra scelta, deve scendere.

La porta si spalanca prima che lei la raggiunga, e Betty si sistema i capelli come se invece di June si trovasse davanti a un'inaspettata visita maschile. In sottofondo si sente il rumore di una partita di baseball.

"June," esordisce Betty. "Hai una mucca che sta male? Credevo che Cole tenesse il cellulare a portata di mano per le emergenze."

"Non mi è venuto in mente di telefonare. Mi dispiace per l'ora. Cole è qui?" Fa un cenno del capo verso il punto da cui arrivano i rumori della partita – un battitore degli Astros che viene eliminato – e poi si ricorda che Cole detesta il baseball.

"È nella roulotte. Fai il giro della casa, vai verso il pergolato, e lo troverai nascosto lì."

"Grazie," dice June. Le fa un cenno cordiale con la mano e si allontana dalla porta, cercando di mantenere un sorriso rilassato. Come se non ci fosse niente di strano, per esempio il fatto di essere venuta fin lì senza dirlo al marito.

June fa il giro casa, rasentando un'aiuola che ha visto tempi migliori – liriope incolta e i resti di un rampicante morto. Il prato sul retro invece è una distesa regolare di gramigna appena tagliata, e alla fine della proprietà c'è un alto traliccio coperto di rampicanti, un intrico di verde punteggiato di campanelle rosa con i bocci serrati, e la spruzzata di bianco delle belle di notte appena aperte che profumano di gelsomino e crema solare. Attraverso il fogliame riesce a distinguere appena la luce che filtra dalla roulotte.

Cole è seduto fuori su una poltroncina pieghevole, con gli occhi chiusi, indifferente al vortice di falene che sciamano intorno alla finestra illuminata sopra di lui. Dalle orecchie penzolano i cavetti degli auricolari. Le dita stringono un alto bicchiere posato su un tavolino di metallo accanto a lui. Il liquido ha il tipico colore giallo-pipì dello chardonnay, mescolato a qualche cubetto di ghiaccio che si sta sciogliendo. Cole batte un piede, e di tanto in tanto ruota la testa con uno scatto.

June passerebbe volentieri un'ora così, a osservarlo sorridendo, ma si costringe a muoversi. Quando lo raggiunge si accovaccia e gli posa una mano sul ginocchio. Cole apre gli occhi di colpo, sorpreso. Lei vede dalla sua espressione che di lì a poco sarà completamente ubriaco, o forse lo è già. Gli sfila l'auricolare destro. "Cosa ascolti?"

"I Sex Pistols. Perfetti per svuotare la testa e toglierti tutti i pensieri." Arrossisce, ma poi posa una mano sopra quella di lei, che è ancora sul suo ginocchio. Con la mano libera lei prende l'auricolare che gli aveva tolto e se lo infila in un orecchio. Conosce la band solo di nome. Le piace quella musica aspra, così strana accanto al suono familiare delle cicale, alla sensazione consueta del sudore sotto il collo della maglietta.

In mancanza di un'altra sedia si siede sull'erba di fronte a lui, usa il ginocchio di Cole per sostenersi e lascia la mano lì anche una volta che si è sistemata.

"Che cosa ci fai qui, June?" chiede lui stupefatto, come se lei avesse appena compiuto un miracolo.

June chiude gli occhi e ascolta la musica, ma dopo un paio di versi la canzone si interrompe di botto e lei torna a sentirsi quella di prima. Le dispiace che lui non l'abbia lasciata fino alla fine. "Sono venuta a trovarti, no?" Si separa da lui e appoggia le mani a terra, spostando il peso all'indietro.

"Dov'è Peter?"

"Se mi offri un bicchiere di vino ti racconto com'è andata la mia serata fin qui."

"Ma Joe e Betty lo sanno che sei qui con me?"

"Betty crede che abbia un problema urgente con una mucca."

"Si renderà presto conto che non è così, visto che la tua macchina è ancora davanti a casa sua."

"Non m'importa."

"Ma a me importa di te. Betty è molto pettegola, e ho paura che il discorso di Lavinia abbia risvegliato l'appetito a tutti."

"Vuoi che me ne vada?"

"Ieri pensavi che fosse meglio non vederci più, noi due. Probabilmente io ho fatto male a venire al funerale e tu hai fatto male a venire qui. L'ultima cosa che voglio è provocarti dei dispiaceri."

"Lascia che ci pensi io," dice lei. C'è qualcosa di così rilassato nello sguardo di lui, nei suoi movimenti, che le fa pensare che forse all'interno dell'Airstream c'è già una bottiglia di vino vuota. Vede alle spalle di Cole una strada di terra battuta che tagliando per i pascoli arriva fin lì. "Senti, adesso torno alla macchina, me ne vado, poi faccio il giro e vengo a parcheggiare sulla strada dietro di te, che ne dici?"

"Guarda che in mezzo c'è una recinzione di filo spinato."

"Come se non fossi mai passata attraverso il filo spinato in vita mia."

Cole apre la bocca e subito la richiude. Se riesce a fargli bere un altro bicchiere di vino, forse la smetterà di cercare di proteggerla da sé stessa.

"Ho voglia di parlare con te adesso. Non mi va di tornare a casa," dice.

Lui la guarda per un lungo momento, poi dice: "Aspetta qui." Prende il bicchiere e sale la scaletta per entrare nella roulotte. Le sembra che cammini quasi diritto. Immagina che sia andato a prendere il vino, ma dopo qualche minuto è ancora lì da sola, e l'erba sotto il sedere è sempre più umida. Attraverso la zanzariera vede la sagoma di Cole che si affanna avanti e indietro. È stufa di aspettare.

June apre la porta e trova Cole che prende mucchi di indumenti dal cesto del bucato per ficcarli nei cassetti di un mobiletto. "Sono puliti," dice, chiudendo un cassetto, poi si volta. "Solo che non li avevo messi via." Vede la stoffa a quadretti di un paio di mutande maschili che sporge da un cassetto chiuso. Lui prende un assortimento di piatti sporchi e li deposita nel lavandino, e di lì a poco la pila è così alta da debordare.

"Smettila di agitarti," gli dice lei sgusciando nella zona pranzo, un tavolino e una panca su entrambi i lati.

"Lo so che fuori è più bello, ma se vuoi parlare preferisco che non ci sentano." Chiude la porta e anche le due finestre aperte sopra il letto. Poi accende l'aria condizionata, e il ronzio attutisce qualunque rumore dall'esterno.

"Stasera fa troppo caldo, Betty e Joe terranno le finestre chiuse," dice lei.

"Non fa niente. Te l'ho detto, lei è una pettegola."

"Conosco Betty da vent'anni, non c'è bisogno che me lo dica tu. E comunque ti ripeto che non m'importa."

Cole non la guarda. Dà un'occhiata nel frigorifero e tira fuori un cartone di vino bianco. Recupera un altro bicchiere dallo scolapiatti sopra il lavandino, apre il vino e lo versa nel bicchiere schizzando dappertutto. "Fa abbastanza schifo. È un vino da poco, ci ho messo il ghiaccio per renderlo sopportabile. Vuoi del ghiaccio anche nel tuo?"

"No," dice lei. "Non me ne intendo, comunque."

Cole si versa dell'altro vino e si siede anche lui al tavolo, facendole scivolare il bicchiere davanti.

"Quanti ne devo bere per raggiungerti?"

Lui la guarda attento. "Non credo di averne abbastanza. O meglio, se mi fermo qui forse sì, ma non lo farò. Sono nervoso, colpa tua." Però sorride, come se fosse un nervosismo piacevole, tutto sommato.

June gli racconta della lite con Thea dopo il funerale. "So di avere mille difetti, e Thea me li tira fuori più di chiunque altro. Anche se tutti sanno che non sono una che le manda a dire, questa volta ho esagerato. L'ho fatto solo per ferirla. Chissà cosa penserebbe Hap di me se sapesse cosa ho detto."

"Perché Hap?"

"È sempre stato la versione migliore di me, una me nelle giornate giuste, quello che forse non sono mai riuscita a essere. Gentile, comprensivo, intelligente. Riesce a tradurre la confusione che ha dentro in oggetti concreti che gli altri desiderano guardare, e sono pronti a pagare. Io invece la mia confusione non sono mai riuscita a tradurla in altro che bile." June manda giù una gran sorsata di vino, poi passa il dito sull'orlo del bicchiere, traendone un sibilo. "Ma la versione migliore di me è a sua volta sposata con una donna che lo tradisce. Hai sentito quello che ha detto Vera. Sono stata io a rovinarlo."

"Non è colpa tua. L'amore funziona così. È la storia di milioni di mariti e di mogli: perdoniamo, sicuri che non verremo più traditi."

"Ma perché la versione migliore di me deve avere i miei stessi problemi del cazzo?"

"Forse perché i problemi del cazzo sono molto comuni?" Cole butta giù un sorso, dimenticandosi che ha riempito il bicchiere fino all'orlo. Si rovescia il vino in faccia e posa il bicchiere con un sospiro.

"Sei carino quando sei ubriaco," dice June, senza però perdere la sua espressione corrucciata. "E così vuoi togliermi anche il mio senso di colpa?"

"Perché, cos'altro ti ho tolto?"

La serenità, vorrebbe dirgli, ma non è vero. Lì, nel disordine di quella roulotte, lei si sente serena, anche senza perché. "Mi hai tolto la capacità di indignarmi per un buon motivo."

Lui sorride. "Che perdita terribile." Prende di nuovo il bicchiere e lo fa tintinnare contro quello di June. "Alla salute dell'indignazione motivata."

June sorseggia il vino. Poi si alza e va a sedersi vicino a lui, gli toglie il bicchiere di mano e al suo posto mette la propria. "Mi hai cambiata," dice.

Lo bacia, e anche se lui non la abbraccia le stringe la mano sempre più forte. Baciare Peter è così normale che lo fa senza pensarci, come se si infilasse i capelli dietro l'orecchio o si asciugasse il sudore sulla fronte. È una sensazione piacevole, la fa sentire meglio, ma non è la stessa sensazione. I baci di Cole le provocano dieci sensazioni diverse: l'odore, la pressione, il sapore.

"Andiamo a letto," dice, premendogli la bocca sull'orecchio. Lui cerca di ritrarsi, ma non ha modo di fuggire, è incastrato su quella panca minuscola.

"Ma io sono ubriaco, e tu sei sconvolta."

"Non mi sento per niente sconvolta," dice lei.

“Ti conosco abbastanza da sapere che in questo momento non sei te stessa.”

“Non mi sembra una brutta cosa. Ho bisogno di provvedimenti drastici. Mi rifiuto di aspettare.” Gli passa una mano sulla nuca. “Puoi dirmi di andarmene, se vuoi, ma continuerò a rifiutarmi. E tu sei troppo ubriaco per guidare. Se te ne vai a piedi, ti seguirò.” Lo bacia un’altra volta, poi si ritrae e aspetta che lui dica qualcosa.

“Almeno va’ a spostare la macchina, mettila qui dietro. Ti aspetto vicino alla recinzione.”

Lei considera il tono in cui l’ha detto. “Pensi che se esco e prendo un po’ d’aria tornerò in me. Che salirò in macchina e tornerò a casa.”

“È probabile. Voglio lasciarti quella possibilità.”

Prima che lui possa dire altro June si è già alzata, è uscita e sta attraversando il prato di corsa. Rallenta solo quando si trova davanti alla casa, nel timore che Betty sia di vedetta.

Non ha nessun dubbio finché non sale in macchina. Vedere il lettore di CD le fa tornare in mente Arlo, e questo le fa tornare in mente ogni singolo membro della sua famiglia. Cazzo. Tutti schierati lì dentro, una legione, insieme a lei.

GIOVEDÌ

1

Dopo la sparata di June in macchina, una volta a casa Peter si era tenuto a debita distanza dalla moglie. Lei gli aveva rivolto a stento due parole in tutto il pomeriggio. Per cercare di rimediare un po' alla situazione aveva deciso di preparare lui la cena, ma quando era andato ad avvertirla che era pronto lei era sparita. Se n'era andata mentre lui si stava dando da fare. Indispettito, si era mangiato quasi tutto da solo, poi era rimasto alzato a guardare la TV, o meglio a guardarla con un occhio solo, fino alle undici. Non voleva dare a June la soddisfazione di farsi trovare lì ad aspettarla, perciò era andato a letto.

Ricorda di essere rimasto sveglio cercando di captare il rumore della macchina di June, e di essersi irritato quando l'aria condizionata si era accesa coprendo qualunque rumore venisse da fuori. E comunque ormai sono le sette del mattino. Gli capita spesso di svegliarsi da solo, ma non di vedere la trapunta bianca e azzurra intatta dalla parte di June, i cuscini ben gonfi. Nessun aroma di caffè. June è rimasta fuori tutta la notte. Afferra il telefono dal comodino e la chiama, pentendosi di non averlo fatto quando si è accorto che la macchina era sparita. Nessuna risposta, solo due squilli e poi scatta la segreteria telefonica. Riattacca.

Al piano di sotto, cerca di scrollarsi di dosso i nuovi timori mentre prepara il caffè: sono anni che qualcun altro lo prepara per lui.

Mentre aspetta che sia pronto, telefona a March. Per chiedere al figlio di fare una serie di cose poco dignitose che non si sente di fare di persona. Dopo avergli parlato, l'idea di gingillarsi lì in casa, in attesa che March richiami o che torni June, è intollerabile. Ha bisogno di rendersi utile. Ma più di tutto ha bisogno della compagnia di qualcuno che lo faccia sentire migliore e non peggiore di quello che è. Almeno per un po'. Artie avrà passato la notte a casa di Lee, sarebbe del tutto normale andare a vedere come sta. Chiederle se lei e Arlo si sono parlati dopo il funerale. Essere un padre più presente, come l'ha esortato a fare June.

Un quarto d'ora dopo è davanti alla porta di Lee. Vista l'ora ha paura di svegliarla, ma Lee viene ad aprirgli già vestita di tutto punto. È sorpresa di vederlo. E anche – lui lo capisce, anche se da anni non ha più l'abitudine di decifrare le sue espressioni – tutt'altro che contenta del suo arrivo. Lo dimostra il fatto che non lo invita a entrare.

"Ho pensato di venire a vedere come sta Artie. Com'è andato il ricevimento?" chiede.

"Tutto bene," dice Lee. "Lavinia non ci ha rivolto la parola, ma siamo state un po' con la signora Mann. Artie però non c'è, è a casa sua." Peter annuisce ma non dice niente. Alla fine Lee dice: "Vuoi una tazza di caffè?" Si allontana dalla porta, e lui la segue in cucina, dove lei prepara la caffettiera.

"Credevo che fosse già pronto. Non farlo apposta per me."

Ma lei lo allontana con un gesto e gli dice che lo raggiungerà sulla veranda che dà sul retro, e Peter sente una punta di esasperazione nella sua voce. Dieci minuti dopo arriva col caffè e si siede vicino a lui. Allora decide di vuotare il sacco. "Mi dispiace di essere arrivato così senza preavviso. Stamattina non sapevo che fare. Ieri sera June non è tornata a casa. Ce l'ha a morte con me."

"Oh, Peter," dice Lee, e finalmente è di nuovo sé stessa, lo guarda preoccupata, soffre per lui. "Mi dispiace. Ma forse dovresti andare a cercarla, invece di essere qui."

È vero. Ma ha un bisogno disperato di aggrapparsi all'unica cosa che è fiero di aver fatto questa settimana. Ha sempre dato per scontato che fosse stata Artie a costruire il muro tra la sua famiglia e Lee: una linea di confine attraverso cui non passava nessuna informazione, come se si trattasse di un'autostrada a due corsie e Artie fosse la barriera di cemento nel mezzo. Invece era stato lui a costruirlo, quel muro. Avrebbe potuto seguire una strada migliore, e trattare Lee come una persona invece che come un errore da nascondere. Essersi riavvicinato a Lee è stato l'unico momento luminoso di quella settimana, e ha cercato di guastare anche quello andando da lei stamattina con l'unica idea di fare qualcosa per sé stesso.

"Hai ragione," sospira. "Ma credo di saperlo, dov'è."

"Con quell'uomo che era al funerale?"

"Sì," dice lui.

"E se è così?"

"Cosa vuoi dire?"

"Non potresti essere tu a perdonare lei, per una volta?"

"Sì. Certo," dice lui. Il problema non è se la può perdonare o no, ma se lei glielo chiederà. Se questa volta non se ne andrà davvero per sempre.

Lee gli sorride, un sorriso debole, come se gli leggesse nella mente e le dispiacesse per lui. Poi si illumina tutta, un sorriso autentico, sincero, che però è diretto a qualcosa alle spalle di Peter. Lui si volta e vede Arlo che apre la porta della veranda, sbadiglia, ma è chiaramente sorpreso di vedere il padre.

"Be'," dice, "visto che sei già qui rimani a colazione, Peter?" gli chiede. "Devo parlarti." Si interrompe, e fa una smorfia come se dovesse bere qualcosa di disgustoso. "Forse mi serve il tuo aiuto."

2

Quando riceve la telefonata del padre, March giura che era già alzato anche se non è vero. Allontana il cellulare dalla bocca per sbadigliare a pieni polmoni. È contento che lo abbia chiamato per chiedergli aiuto, evidentemente non è ancora scattata la condanna all'esilio. Ma quando viene a sapere di cosa si tratta, la sua speranza è offuscata dalla notizia che la madre ha passato la notte fuori casa. A quel punto qualunque pensiero legato alla sua famiglia porta con sé l'immagine di un coltello che taglia di netto una corda. Qualcosa di pesante, tenuto a lungo sospeso, che piomba a terra.

"Puoi passare davanti a casa di Hap? Senza fermarti, se non ti va, solo per vedere se la macchina è lì."

March si rende conto di quanto deve essere preoccupato il padre perché non capisce che per March passare in ricognizione davanti alla casa del fratello è molto più pericoloso che fermarsi.

"E se non c'è devo andare a vedere da Artie?" chiede.

"Non credo che muoia dalla voglia di ritrovarsi con Thea, dopo quello che è successo ieri."

Il padre si schiarisce la gola in un modo così artificioso che March paventa già quello che sta per dire. "Forse potresti passare a dare un'occhiata a casa del veterinario, da Joe e Betty. Vedi se la macchina è lì, poi mi chiami."

"Ma perché dovrebbe essere lì? Non è mai stata amica di Betty."

"No, no. È che è diventata molto amica del nuovo veterinario, quello che adesso dà una mano a Joe. Quello che è venuto nel fine settimana ad aiutarla con i vitelli."

"Ma lui sta da Joe?"

"Sì."

Non capisce come suo padre possa anche solo concepire che sua madre abbia passato la notte lì. Ma c'è un dettaglio che lo tormenta.

"È un piccoletto calvo?" Rivede l'uomo in giacca e cravatta appoggiato al muro della chiesa. Sua madre che si volta a guardarlo.

"Li hai visti insieme?"

"L'ho solo visto al funerale."

"E certo. Era parecchio presente al funerale."

Il tono di Peter trattiene March dal fare altre domande. "Vado. Nel giro di un'ora ti faccio sapere."

"Grazie, March." La voce del padre è piena di gratitudine, e March sente una fitta al petto. E continua a sentirla anche mentre si prepara, e poi mentre si occupa dei cani. Quello che gli ha detto Vera al funerale, quello che ha ripetuto Arlo la sera prima è andato a segno. Deve smettere di cercare l'amore e l'approvazione di sua madre, deve accettare che non avrà mai né l'uno né l'altra. Ma cosa potrebbe succedere se per una volta si trovasse moralmente in una posizione di vantaggio?

A casa di Hap è tutto tranquillo. Aveva sperato di trovare l'auto della madre, ma c'è solo il carro attrezzi. Invece di proseguire, March parcheggia dietro il fratello. Senza decidersi a scendere, prende il cellulare. Se Hap si rifiuta di rispondere, non gli aprirà certo la porta. Questo gli risparmierà di non essere ammesso in casa.

“Si può sapere perché mi chiami se sei davanti a casa mia?” esordisce Hap. Allora March vede le tende aperte, la sagoma confusa del fratello dietro i vetri.

“Hai sentito la mamma?”

“Non la sento da ieri. Cos’è successo?”

“Ha litigato ancora con papà, credo. Posso entrare?”

Silenzio. March guarda il telefono, vede la scritta CHIAMATA TERMINATA e sospira. Ma in quel momento Hap apre la porta, e rimane in attesa. March salta giù e lo raggiunge quasi di corsa. È felicemente sorpreso di seguire la schiena del fratello che torna in cucina.

Hap si versa dell’altro caffè nella tazza, poi si siede al tavolo, che è ingombro di pezzi di metallo: uno dei suoi lavori, un gioiello, a quanto pare. Incerto sul da farsi, si siede anche March, teso, aspettandosi che il fratello gli dica di alzarsi. Invece Hap dice, preoccupato: “La mamma è sparita?”

“Papà ha detto che ieri sera non è tornata a casa. Mi ha chiesto di cercarla.”

“Ha provato a chiamarla?”

“Immagino di sì.”

“E tu?”

“Io no. A me non risponde di sicuro.”

“Invece se la trovi credi che ti parlerà?” Hap mette le manone sui pezzi sparsi di filo metallico e li spinge indietro piano per potersi appoggiare al tavolo.

“Be’, più che altro papà mi ha chiesto di andare in esplorazione. Per trovare la macchina. A quanto pare è convinto che potrebbe essere… con qualcuno. Il nuovo veterinario, forse.”

“Il tipo che era al funerale? Credi davvero che abbia passato la notte a casa sua? Nostra madre?”

Quando si è svegliato stamattina l’ultima cosa che March avrebbe immaginato di fare è di sedersi a un tavolo con Hap a discutere della vita sessuale della madre. Vuole chiudere il discorso più in fretta che può. "Chi può dirlo? I membri della famiglia si stanno allontanando, nessuno rivolge più la parola agli altri." March lascia cadere la testa tra le mani, schiacciato dall'enormità di tutto quanto, e spaventato all'idea che forse se fosse rimasto in New Mexico non sarebbe successo proprio niente. In cucina è calato il silenzio, si sente solo il canto degli uccelli che arriva da fuori.

"Be', io e te stiamo parlando," dice Hap.

March alza la testa, e si accorge stupefatto che il fratello lo guarda con qualcosa che potrebbe essere scambiato per affetto. "Quasi non riesco a crederci."

"Be', Vera se n'è andata, e la mamma a quanto pare è diventata un'altra persona. Devo pur avere qualcuno con cui parlare." Hap beve un sorso di caffè. "Continuo a credere che tu sia una testa di cazzo. Ma lo sono anch'io."

"Ma figurati, non è vero."

"Forse essere sposata con me non è l'ideale per Vera."

"O forse essere sposato con Vera non è l'ideale per te."

Hap scuote la testa e prende il cellulare. "Provo a chiamare la mamma." Dall'altro lato del tavolo March sente la segreteria telefonica. "Mi sa che dovrai continuare le tue ricerche." Hap lo accompagna alla porta. Ha le labbra increspate su un lato. Un sospetto di sorriso.

"Allora?" chiede March.

"Lo sai che sei un po' più sopportabile quando sei gonfio e pieno di lividi? Insomma, se vuoi venire a trovarmi o passare qualche volta in officina, forse bisogna che ti prenda a pugni in faccia una volta al mese."

"Be', mi sembra un'offerta equa," dice March. Però non gli basta, deve dimostrare al fratello che non sta facendo un errore se lo perdona. "Adesso non faccio che sentirmi in colpa per quello che ti ho fatto. È come se fossi diventato… una persona seria, forse. So che tu sei convinto che non sono cambiato, invece sì." Abbraccia Hap, ed è lui il primo a stupirsene. È sorpreso anche Hap, ma dopo un paio di secondi ricambia l'abbraccio.

Avvicinandosi alla casa di Joe, una ventina di minuti dopo, March rallenta fino a procedere a passo d'uomo. La macchina della madre non c'è. Sulle prime è sollevato, ma sa che i timori del padre non sono infondati. Fa un'inversione a U e parcheggia di fianco al pick-up di Joe.

La porta si apre prima che abbia il tempo di bussare, e Betty lo accoglie con un sorriso. Gli piace il sorriso che gli rivolgono le donne di una certa età, esprime apprezzamento senza nessuna aspettativa. "Oh, March Briscoe. Quanti anni che non ti vedo. La mucca sta ancora male?"

Allora June è passata di qui. "Ha visto mia madre, stamattina? Mio padre la cerca, ma ha lasciato il cellulare a casa."

"Non la vedo da ieri sera, quando è venuta a parlare con Cole."

Oh, cazzo. "È andato con lei a dare un'occhiata alla mucca?"

"Non sono sicura. Lui sta nella vecchia roulotte qui dietro. Va' pure a chiedere a lui."

"Grazie," dice March, e gira intorno alla casa seguendo il marciapiede, poi vede la sagoma argentata della roulotte scintillare attraverso le aperture nel traliccio. Anche se era preparato al peggio, quello che vede dietro il traliccio lo lascia di stucco. Sua madre è seduta su una sedia di metallo, i capelli raccolti in una crocchia arruffata, una maglietta da uomo e un paio di boxer a quadretti. Ha una gallina tra le braccia, che tiene stretta al petto con una mano mentre con l'altra le spalma di pomata un taglio sull'ala. Impegnata com'è a mormorare frasi ora tenere ora autoritarie alla povera bestia, non si è nemmeno accorta di lui.

"Mamma."

June alza lo sguardo e lui quasi si aspetta che lasci andare la gallina e si dia alla fuga. Invece sembra solo confusa per un istante, come se non lo riconoscesse. Poi, dopo aver assegnato un nome alla sua faccia, sorride. E quel sorriso gli arriva dritto al cuore, cazzo.

"Ehi, March. Vieni a darmi una mano?"

Lui va a inginocchiarsi davanti a lei, prende la gallina che gli sta porgendo. L'uccello gira la testa, per guardarlo meglio. Evidentemente lo trova di suo gradimento, perché lo sente rilassarsi tra le sue mani. "Cosa le è successo?" dice.

"È stato un cane. Non possiamo rimetterla con le altre finché non è guarita, le galline sono spietate e la ridurrebbero anche peggio. Per ora è inquilina di Cole." Max vede un trasportino per cani vicino alla roulotte. "Ok," dice June, rimettendo il tappo alla pomata. "Puoi lasciarla andare."

March obbedisce, e la gallina rivolge tutta la sua attenzione all'erba intorno, in cerca di insetti. Lui sente lo sguardo della madre, ma non è pronto a incrociarlo. Vorrebbe dirle cosa è successo ieri sera con Arlo e Artie. Che il padre è preoccupato per lei. Che la possibilità di un futuro migliore che forse gli ha appena prospettato Hap, di avere ancora una famiglia, dipende anche dal fatto che lei non rimanga seduta lì, con addosso le mutande di uno sconosciuto. Invece March si alza e dice: "Papà mi ha chiesto di venire a vedere se eri qui. Non l'ho ancora chiamato, però."

Lei annuisce. "Mi dispiace che ti abbia coinvolto in questa faccenda."

"A me ha fatto piacere che me l'abbia chiesto." Sta ancora guardando la gallina, e la madre torna a fissare gli occhi su di lui. Si sente osservato ma, a differenza del solito, non ha l'impressione che lei lo stia giudicando.

La porta della roulotte si apre, e March riconosce il veterinario. "Questo è March, è venuto a cercarmi," dice June a mo' di presentazione. Il tono in cui lo dice è quasi allegro. Finalmente

March la guarda, poi dà un'occhiata anche allo sconosciuto a torso nudo che si sporge dalla minuscola roulotte, e si stupisce di non aver mai visto sua madre così contenta.

"Ah. Non ti avevo riconosciuto senza tuo fratello addosso." Cole lo guarda con diffidenza ma dice: "Ti piacciono i pancake?"

Sua madre annuisce. "Hai mangiato? Rimani."

"Certo." Quando Cole è sparito di nuovo, March dice: "Papà è preoccupato, però. Forse potresti mandargli un messaggio."

"D'accordo," dice lei alzandosi dalla sedia. "A un certo punto lo farò."

Per impedirle di andarsene, March si azzarda a posarle una mano sul braccio. "Ci stiamo allontanando tutti quanti," dice. "Arlo e Artie. Io e Arlo. Hap e Vera." Dirlo a voce alta è già abbastanza sinistro, ma il peggio è che sua madre non lo contraddice. "E adesso anche tu e papà."

"Il fatto che io rimanga con papà non farà certo di noi una famiglia," dice lei, senza esitazione. Lui vorrebbe dirle di sì, certo che sì. "Rimanere con tuo padre non mi ha resa una madre per te. Anzi, forse mi ha impedito di esserlo. Il risentimento che provavo per lui ha sempre inquinato i miei sentimenti per te."

March scuote la testa. "Stavate tutti bene prima che tornassi io. Ho incasinato tutto un'altra volta."

"Le cose non andavano bene per niente. Non è colpa tua se mi trovo qui. Come non lo è il fatto che Artie non rivolga più la parola ad Arlo. Certo, devi chiedere scusa a tuo fratello, ma non credere che tutto il resto dipenda da te." Sua madre si avvicina, allunga una mano e gli scosta un ciuffo di capelli dalla fronte. Saranno passati vent'anni da che l'ha consolato così, ma la sua fronte ricorda la sensazione della sua mano premuta proprio lì. Solo in quel momento, mentre lo guarda senza l'ombra di un giudizio, March si rende conto di non ricordare una volta in cui la madre l'abbia guardato così.

"Le cose andranno a posto, in un modo o nell'altro," gli dice. "Adesso scrivi pure a tuo padre che mi hai trovata e che sarò a casa prima di pranzo. E poi aiutami a sistemare quel tavolo e quelle sedie, così possiamo fare colazione all'aperto come si deve."

3

Hap arriva a casa della suocera mentre la famiglia sta finendo di pranzare, anche se è tardi. È nervoso, e immagina che dipenda dal fatto che quella conversazione è così importante. E forse anche perché l'astuccio che ha in tasca gli ricorda di quando ha chiesto a Vera di sposarlo, certo che lei avrebbe rifiutato. Vedere la faccia rabbiosa della suocera quando viene ad aprire la porta è ancora più scoraggiante, e lo fa sentire come un ospite molto sgradito, uno che nessuno si è mai sognato di invitare.

Una volta la madre di Vera voleva bene a Hap, ma era prima di quel Natale in cui lui aveva umiliato la moglie davanti a tutti, prima che lei si trasferisse da Lubbock per non perdere di vista la figlia e il nipote appena nato. Niente di ciò che è successo nell'ultima settimana sembra averla stupita, e non ha ancora finito di aprire che già scuote la testa. Vera la raggiunge, scuote la testa anche lei. Almeno Hap riesce vedere suo figlio, ancora sul seggiolone, che gli sorride addirittura esaltato. Batte con un cucchiaio sul vassoio che ha davanti, il consueto segnale per dire al papà che deve prenderlo in braccio. Sapendo di non poter entrare, Hap si limita a fargli ciao con la mano.

"Mi dispiace arrivare all'ora di pranzo. Vera, posso parlarti cinque minuti?"

Nessuna delle due donne dice una parola. La suocera fa addirittura schioccare la lingua.

"Cinque minuti. E prometto che non verrò mai più senza avvisare."

È convinto che Vera gli dirà di no e che sarà costretto a fare il suo discorsetto davanti a tutti, ma poi Pete lo chiama, rattristato che il padre non sia corso da lui. Hap si accorge che Vera è dispiaciuta quanto lui per Pete.

"Tre minuti," dice, e gli passa davanti per uscire sulla veranda. La madre gli chiude la porta in faccia prima ancora che lui abbia il tempo di girarsi.

L'unico arredo della veranda è un dondolo appeso al soffitto. La moglie gli permette di sedersi vicino a lei, e le catene cigolano quando il peso di entrambi sposta tutto il marchingegno. Lui si appoggia allo schienale e si sfila l'astuccio dalla tasca.

"Che cazzo ti passa per la testa? Non siamo più ai tempi di quando per scusarti mi facevi regali," dice lei senza prendere l'astuccio. "L'arte non ha mai salvato nessun matrimonio, cazzo."

"Non è come la spilla. Voglio dire che questa volta mi rendo conto di tutto." Apre l'astuccio, lo avvicina a lei. Vera distoglie lo sguardo, ancora furibonda.

"Non funziona, Hap."

"D'accordo. Però dovrai dare un'occhiata per dimostrarmi che è così."

Lei alla fine guarda, ma Hap ha il sospetto che lo faccia solo perché si è accorta che nel parossismo di tensione che gli provoca l'attesa gli trema la mano. Dentro l'astuccio c'è un ciondolo di acquamarina, una grossa pietra col fondo quasi offuscato da una lieve patina di sabbia, che si è fusa in modo permanente con la superficie lucida della gemma. La parte superiore è sfaccettata e cattura la luce tranne dove spuntano – dalla pietra stessa, si direbbe – tre fili d'argento. In quei punti è opaca e grezza, come ricoperta di tessuto cicatriziale. I fili si attorcigliano formando un anello dove poter infilare una catena.

Lei rimane a bocca aperta ma si rifiuta di prenderlo in mano. Hap non immagina nemmeno lontanamente a cosa sta pensando sua moglie. Poi capisce. È così teso perché in realtà lui quella donna non la conosce affatto. Il suo corpo ha finalmente accettato il fatto che il suo cervello l'ha fraintesa.

"L'ho visto," dice lei, come se non la riguardasse. "Adesso torno a tavola."

"È passato solo un minuto," dice lui. "Dimmi a cosa assomiglia."

"Mare e sabbia. Se stai per dirmi che hai prenotato una vacanza ti prendo a pugni sul prato qui davanti sotto gli occhi di tutto il vicinato. Ma hai sentito o no quello che ti ho detto ieri?"

Hap continua a tenere l'astuccio a mezz'aria davanti a lei. "Tu adori Key West. È un bel posto. Attira un sacco di gente. Che vuole possederne almeno una piccola parte. E così la gente ci va, e la riempie di case. Arrivano i turisti, intasano le strade, riempiono di immondizia le spiagge, vomitano tra i cespugli. La vita quotidiana del luogo peggiora, diventa più difficile per via di tutto quello che attira la sua bellezza."

Lei si rilassa appena, finché le spalle si appoggiano allo schienale dell'altalena. "Cos'è, una metafora del nostro matrimonio? Tu che vomiti addosso a me?"

"Ho un piano," dice lui. "Ho trovato due appartamenti in affitto nello stesso condominio, direttamente sul mare, a Key West. Uno per te e Pete, uno per me. Ho anche trovato una galleria che mi assumerebbe, e il lavoro qui può andare avanti senza di me per un po'. Dovrebbe bastare per coprire le spese laggiù e continuare a pagare il mutuo qui. Ti propongo una separazione congiunta di sei mesi, in cui vivremo come vicini di casa, lontano da tutto quello che in buona parte mi ha reso quello che sono. Forse posso cambiare. Mi piacerebbe provarci.

Per te e per Pete. Mi piacerebbe essere l'uomo di cui credevi di esserti innamorata. E se fra qualche mese non lo sono ancora diventato accetterò la tua decisione."

Vera lo guarda attentamente. "È perché non puoi sopportare che io e March abitiamo nello stesso posto?"

"So che non ha niente a che fare con March. Ci credo. Ma se mai avrò la possibilità di lasciarmi alle spalle qualcuna delle mie pessime abitudini sarà solo allontanandomi da tutta la famiglia."

"Mi dispiace," dice lei. "È che non credo che tu possa cambiare granché. Che tu possa offrire a Pete un esempio diverso. Non riesci nemmeno a vedere il tuo narcisismo. Eccoti qui, a elencarmi tutte le cose a cui hai intenzione di rinunciare, a dirmi che sei pronto a sradicarti per trasferirti in un posto solo perché piace a me."

"Ho scelto Key West tanto per me quanto per te. Per me è perfetto, per la mia attività artistica. A New York o a Los Angeles mi troverei malissimo. Mi dici sempre che devo provarci sul serio, che non posso nascondermi dietro un sito. Certo andarmene di qui sarà dura per me, ma non voglio andarmene da Olympus per te. Quello che voglio è convincerti a darmi questa occasione. E so che sarà più facile convincerti se ti propongo di andare in un posto che ti piace già, un posto che piacerà anche a Pete."

"E che cosa succede se spendiamo tutti quei soldi, tutto quel tempo e quella fatica, e io voglio ancora divorziare? La cosa migliore che possiamo fare è limitare i danni adesso."

"Avevi ragione quando hai detto che il mio comportamento ha un effetto su Pete. Se noi divorziamo io non smetto di essere suo padre. Non potrei perdonarmelo se gli insegnassi che per stare al mondo bisogna manipolare gli altri. Ho delle motivazioni enormi, molto più grandi del puro desiderio che restiamo insieme. La domanda vera è se tu pensi che valga la pena di investire quel tempo su di me."

"Non so risponderti," dice lei. "Davvero."
"Pensaci."
Lei scuote la testa, esasperata. "Ok. Però te lo dico domani."
Lui annuisce, cercando di nascondere il sollievo. "Va bene."
"E giusto perché tu lo sappia, se andiamo via insieme ho intenzione di ingrassare, di tagliarmi i capelli e di indossare solo orribili caftani. Smetterò di depilarmi le gambe e le sopracciglia."
"Sarai sempre più bella di me."
"È vero," dice lei. "Non riusciremo mai a cambiarti fino a quel punto." E con quelle parole lo lascia solo sulla veranda, lui e la scatolina, ma non prima che Hap riesca a cogliere il guizzo di un sorriso che Vera è convinta di nascondere.

4

La voce di Thea è un sussurro rabbioso, mentre il tono della madre di Artie è normale ma altrettanto rabbioso. Artie non sa più dov'è, non riesce ad aprire gli occhi, non capisce, poi improvvisamente si ricorda della morte di Ryan, e allora si sente precipitare in fondo all'abisso, e tutto il resto crolla insieme a lei. Quando apre gli occhi si ritrova nel suo letto, in casa sua, con le due donne che la sovrastano.

"Ma se sta benissimo," sibila Thea. "Ieri sera l'ho convinta a prendere un sonnifero per farla dormire un po'."

"Quante cose l'hai convinta a fare ieri," dice Lee. Si china a scrollare la spalla di Artie senza rendersi conto che la figlia è già sveglia. "Ehilà," le dice dolcemente, come se non avesse appena finito di litigare con Thea. "Devi vestirti. Abbiamo appuntamento dallo sceriffo. Ti aspetto fuori in macchina, però sbrigati."

"Vengo anch'io," dice Thea.

"Neanche per sogno." Thea e sua madre fanno a gara a chi abbassa lo sguardo per prima, e sorprendentemente è Thea.

"Bene, chiamatemi se avete bisogno," dice, ed esce dalla stanza.

Lee non è mai stata una persona autoritaria, e quel cambiamento repentino lascia Artie così sconcertata che obbedisce subito. Una volta in macchina, cerca di farsi spiegare cosa sta succedendo. "Meglio aspettare di essere lì," è tutto quello che riesce a cavarle di bocca.

Arrivano alla stazione di polizia della contea, un tozzo edificio di cemento a un isolato dalla piazza. Artie segue la madre oltre le porte automatiche, stordita dall'ansia, o dal sonnifero, o da entrambi. Dev'esserci una discrepanza nella versione di Arlo, un testimone che ha tardato a farsi avanti. Ma lo sceriffo Muñoz, che sta uscendo in quel momento dal suo ufficio, la saluta con gentilezza e le dice: "Arlo vuole parlare prima con lei. La accompagno." Insomma, Arlo ha trovato l'unico modo possibile per costringerla a parlare con lui, complici le autorità, e Artie incomincia a ribollire di rabbia.

Arlo e Peter sono seduti in quella che deve essere la sala d'attesa: una stanzetta bianca con i muri di mattoni, due tavoli rotondi e un distributore automatico. Peter si alza e la bacia sulla guancia, poi lascia la stanza senza dire una parola. Arlo ha un'aria rilassata, per la prima volta da domenica sembra la persona che è sempre stata: e questo la fa infuriare ancora di più. Lo sceriffo chiude la porta per lasciarli soli, ma lei non fa nemmeno un passo verso il tavolo dove è seduto il fratello.

"Cosa succede?" chiede.

"Sono pronto a firmare una dichiarazione in cui dico quello che è successo davvero. Che sei stata tu a sparare a Ryan dopo che io ho mentito consapevolmente su ciò a cui stavi mirando. Che ero convinto che non avresti sparato, ma avrei dovuto rendermi conto che c'era la possibilità che lo facessi. Che ho agito in maniera sconsiderata e senza curarmi delle conseguenze. E poi ho cercato di insabbiare tutto."

"È una bugia," dice lei, cercando disperatamente di capire tutte le conseguenze di quello che le sta proponendo il fratello. "Avete architettato tutto tu e la mamma perché io ti perdoni visto che ti sei offerto di andare in prigione al posto mio, anche se io non volevo." Sente le unghie affondare nei palmi, e si costringe ad aprire le mani, a respirare. “Ma io non impedirò che tu vada in prigione, Arlo. È quello che ti meriti.”

“Certo che è quello che mi merito,” dice lui a voce bassa. “Lo so. L’ho già detto allo sceriffo. Non c’è niente che tu possa fare. È finita. Ho un avvocato e non contesterò l’accusa di omicidio. Andrò in prigione ma con ogni probabilità non per molto.”

Artie si avvicina al tavolo perché le gambe non la reggono, deve sedersi. Si lascia cadere così pesantemente che la sedia scivola indietro di un paio di centimetri.

“Non mi aspetto nessun perdono da te,” dice Arlo. “So bene che questo non cancella tutto quello che ho fatto. Ho deciso così perché è la cosa migliore per te, poter dire la verità. E anche per Lavinia Barry. Forse un po’ di giustizia la conforterà, visto che non se la aspettava proprio. E spero che scontare una condanna mi aiuterà ad affrontare il senso di colpa per quello che ho fatto a Ryan, se non per quello che ho fatto a te.”

Artie lo guarda. “Posso essere incriminata anch’io. Come minimo per aver mentito alla polizia per causa tua.”

“Ho detto la verità allo sceriffo, Artie. Che mi hai permesso di mentire perché eri sotto shock, perché avevi fiducia in me e pensavi che avrei fatto la cosa giusta. E io ho tradito la tua fiducia.” Si interrompe, e una specie di sorriso gli attraversa il viso. “Una bugia però credo di averla detta, che sei stata tu a dirmi di farmi avanti o avresti detto la verità senza di me. Lo sceriffo mi ha garantito che non ci sarà nessuna accusa a tuo carico.”

Artie scopre di essere stranamente vuota, derubata della rabbia che le tiene compagnia da quando Ryan è morto. Prova a reagire come farebbe Thea a questa notizia. Troppo poco, troppo tardi. Non cambia nulla. Lei e Arlo non avranno mai più il legame che avevano prima. Ma Artie non prova assolutamente nulla.

La sera prima Arlo era uscito dalla casa di March ed era tornato al motel. Si era svegliato alle tre del mattino, a disagio, forse spaventato. Si sentiva dissociato, come se avesse lasciato la sua identità da qualche altra parte e si fosse tenuto solo il corpo. Si era concentrato sul rumore del vecchio materasso a molle che cigolava ogni volta che spostava il peso, sul fischio di un treno dall'altra parte dell'autostrada. Non era riuscito a scrollarsi di dosso la sensazione che se avesse aperto gli occhi avrebbe visto Ryan in un angolo della stanza. Non il guscio, l'uomo sul tavolo mortuario, ma Ryan vivo, in jeans e maglietta, seduto contro il muro, col sedere sulla moquette logora e gli avambracci appoggiati sulle ginocchia. In quel momento Ryan gli era sembrato più vivo di quanto si sentisse lui.

Ma Arlo aveva cancellato per sempre quell'identità. Era vero che si erano dovuti sommare un centinaio di eventi improbabili perché Artie premesse il grilletto, ma l'unica scelta a contenere un nucleo di autentica malvagità era stata la sua, e il fatto che si fosse trattato di un momento fugace non ne mitigava in alcun modo la turpitudine. Quello che desiderava più di ogni altra cosa era andare da Artie, passare ore a chiederle perdono, cancellare tutto, in un modo o nell'altro. Quale altro modo aveva per togliere quell'uomo dall'angolo di qualsiasi camera in cui avrebbe dormito per il resto della sua vita?

Dalla posizione su un fianco si era sdraiato supino. Sentiva l'odore di detersivo dozzinale emanato dalle lenzuola. Il condizionatore a finestra si era acceso, facendolo trasalire. E di colpo l'aveva visto: il modo per liberarsi da quella sensazione. Si era messo a sedere sul letto, aveva acceso la lampada sul comodino, imbarazzato per il sollievo che aveva provato non vedendo nessuno nell'angolo della stanza. Non c'era altro da fare che andare a casa della madre e svegliarla, contare un'altra volta sul suo aiuto.

Quando torna nell'atrio, Arlo si siede sulla sedia di plastica libera tra Peter e sua madre. Artie è con lo sceriffo, sta rilasciando la sua testimonianza. Arriva anche l'avvocato di Houston, quello che gli ha trovato Peter in fretta e furia e che ha sentito al telefono la mattina presto, ed esce a parlare con Peter. Dopo un quarto d'ora, lo sceriffo emerge dall'ufficio e gli fa cenno di entrare. Si avvicina ad Artie, che è in piedi vicino alla porta. Lo sceriffo spiega a entrambi quale sarà il prossimo passo, l'udienza in tribunale il lunedì, in cui lui si dichiarerà colpevole. Fino a quel momento rimarrà in libertà su cauzione, una cifra così piccola che con suo gran sollievo può coprirla da solo. Anche se sa che non può verificare con i suoi occhi, giurerebbe che la sorella si sia spostata un po' di più vicino a lui. Gli sembra che siano di nuovo lì insieme, invece che ciascuno per conto proprio.

Più tardi, quella sera, mentre la notizia della sua imminente incarcerazione comincerà a diffondersi, Arlo suonerà al My Place, e ci sarà il pienone. Finché sarà sul palco riuscirà a mantenere un atteggiamento stoico. Cederà solo quando si aprirà la porta, quando non potrà fare a meno di controllare se Artie è venuta.

Ma Artie passa la serata a casa. Le arriva un messaggio dalla madre, e lei la rassicura: tutto bene. June ha accompagnato Thea all'aeroporto, ed è felice di essere finalmente sola. In TV, un giovane Val Kilmer sta dando la caccia a un leone: le ricorda il giorno che ha incontrato Ryan, quando finalmente lui era riuscito a sparare a un coniglio. Lei aveva fotografato quel minuscolo trofeo col telefonino, e lo aveva preso in giro dicendo che piccolo com'era non bastava per sfamare più di una persona. Lui le aveva risposto che in ogni caso era abituato a cucinare per una persona sola, poi aveva fatto un sospiro teatrale, sorridendo timidamente. Ma aveva inquadrato solo l'animale? Fa scorrere una foto dopo l'altra finché non la trova. Di Ryan si intravvede il profilo, l'attenzione è tutta su quel povero coniglio stecchito.

Ma è pur sempre lui, l'attimo prima che si voltasse verso di lei per farle intendere di essere disponibile. Passa la punta del pollice sul viso di Ryan, grata per la fitta alle viscere, grata perché quando il dolore si sarà un poco attenuato potrà tornare a quel momento.

Artie guarda fuori dalla finestra per vedere quanto è grande la luna. Si infila gli scarponi e si lascia alle spalle la casa, non prende nemmeno la torcia. Va verso una fila di alberi, felice di farsi confortare dal verso delle rane e delle cicale, se non dai pensieri che le attraversano la mente. Come la foto, quel conforto vale qualcosa.

5

Dopo la colazione improvvisata assieme a Cole e March, June torna a casa, ma Peter non c'è. Sale al piano di sopra a fare la doccia, e quando sente arrivare una macchina è contenta di essere riuscita ad asciugarsi i capelli e a vestirsi. Ma quando scende è sorpresa di sentire qualcuno che bussa alla porta invece di trovare il marito ad aspettarla. È March.

"È la seconda volta in una mattina che arrivi senza preavviso. Mi stai pedinando?"

March non sorride, ed era proprio un sorriso quello che June, in maniera del tutto insolita, aveva intenzione di strappare al figlio. Gli fa segno di entrare e si siede accanto a lui davanti al bancone centrale della cucina.

"Ha chiamato papà. È nell'ufficio dello sceriffo. Arlo sta rilasciando una dichiarazione su quello che è successo davvero domenica."

"E Peter non glielo ha impedito?"

"Aspetta," dice March, confuso. "Tu sai cosa è successo?"

Lei scuote la testa. "No, ma non può essere niente di buono."

E così March glielo spiega, ed è un po' meglio ma anche molto peggio di quello che aveva partorito l'immaginazione di June. Riesce solo a dire: "Oh, Artie. Allora è stata lei a sparare..."

“È meglio così, credo. Arlo non ha fatto che peggiorare le cose, e adesso sta cercando di rimediare. Almeno Artie non dovrà continuare a mentire.”

“Ma lui finirà in prigione.”

“Sì. Ma ha un bravo avvocato. Ed è la cosa giusta.” March si interrompe, e passa un dito lungo il bordo del bancone. “Hai intenzione di lasciare papà?” le chiede infine.

“Credo di sì,” dice lei, senza riflettere. È un sollievo poter dire ad alta voce quello che si sta rigirando in testa da stamattina.

“Lo lasci per Cole?”

“No, non per Cole. Perché mi piaccio molto di più senza di lui.”

“Ma non sarai mai senza di lui. A meno che tu non te ne vada da Olympus. E da tutti noi.”

Lei posa una mano sulla sua. “Non lo farei mai. Tuo padre sarà sempre la mia famiglia, anche se non staremo più insieme. Probabilmente ancora di più, perché non affogherò più nella mia rabbia. Mi riprenderò me stessa, non sarò più il risultato dei torti che ho ricevuto.”

“Non puoi fare tutto questo senza lasciarlo?”

“Se potessi non credi che l’avrei già fatto da un pezzo?”

“Forse prima non volevi. Ma adesso sì.” March fa ruotare lo sgabello finché lei non può più guardarlo in faccia. “Io mi sento diverso adesso. Diverso da quello che ero solo una settimana fa.”

June si rende conto che a March sta così a cuore la sua decisione perché non riguarda solo lei e Peter. Gli posa una mano sulla schiena. “Ti credo. E avrò tutto il tempo per verificarlo, visto che rimarrai qui.”

Prima che March possa rispondere, si apre la porta.

“Ehi, non ti abbiamo sentito arrivare,” dice lei a Peter. “Tutto bene?" Il marito sembra sotto shock, come se non fosse sicuro di essere entrato nella casa giusta.

"L'ho informata di tutto," dice March.

Peter annuisce, si passa una mano tra i capelli e guarda June con un'espressione così triste che per un attimo lei rischia di cambiare idea.

March posa una mano sulla spalla di June e le dà un bacio sulla guancia. "Io vado." Poi, a Peter: "Dov'è Arlo? Lo sceriffo l'ha lasciato tornare a casa con Lee?"

"L'ho lasciato a casa tua, me l'ha chiesto lui. Per te va bene?"

March fa segno di sì. "Vado." Non riesce a liberarsi dell'espressione affranta, però, come se lasciasse suo padre al macello.

Prima ancora che March sia uscito, Peter si allontana da June, si avvia verso le scale. Sta cercando di evitare quello che chiaramente lo aspetta. "Vado a cambiarmi," dice. "Ho la camicia zuppa di sudore, dopo tutto il tempo che ho passato nel parcheggio a parlare con Arlo e l'avvocato."

June lo segue, rimane sulla porta mentre lui si toglie la camicia con le maniche corte per mettersene un'altra. "L'avvocato è ottimista?"

"Di sicuro ci sarà una condanna e la prigione, quindi no. Ma a quanto pare Arlo preferisce così. Come se pensasse che se va in prigione Artie si convincerà a perdonarlo."

"Forse è così," dice lei.

"Sì, ma in prigione? Sarà dura per lui, là dentro. E quando sarà uscito avrà dei precedenti penali."

"La sua è una delle poche professioni in cui essere stato in prigione può anche essere un vantaggio," dice June. "Ma capisco i tuoi timori, Peter. Però è una decisione che spettava a lui. E ha fatto la cosa giusta. È stato un bene che tu l'abbia aiutato."

Anche se ha finito di abbottonarsi la camicia, Peter non accenna ad avvicinarsi, e rimane a fissare la cassettiera con aria assente.

"Esci in terrazza con me?" gli dice June. Aspetta un momento, ma visto che non ottiene risposta si avvia da sola. Oggi il Brazos scorre lento e greve. Si sporge per avere una visuale migliore ed è sorpresa di vedere il camion di Hap parcheggiato di sotto. Anche se non li vede, le arrivano le voci dei figli. Sente Peter uscire sulla terrazza anche lui, chiudendosi la porta alle spalle.

"È arrivato Hap," dice lei.

Peter si avvicina. "Stanno litigando?" Cerca di vederli attraverso le fessure tra le assi del pavimento, ma i ragazzi non sono sulla veranda, devono essersi spostati dietro la casa.

"No, non mi sembra."

"Sembra che le cose vadano bene tra te e March. È stato lui a trovarti stamattina?"

Non sa bene che cosa si aspetta il marito. Una spiegazione innocente? Che lei si inventi qualcosa e che fingano entrambi di crederci? Si rende conto di non potergli dire la verità pura e semplice come aveva pensato di fare. La verità le sembra un atto di violenza contro di lui: un atto che è restia a compiere.

"Mi dispiace di non essere tornata a casa ieri sera. Una preoccupazione dopo l'altra."

"Non posso dire di non essermele meritate."

"Non voleva essere una punizione," dice. "L'ho fatto per sentirmi meglio. Per trovare una risposta a una domanda che ho evitato per trent'anni. Una domanda che non potevo più evitare."

Peter si irrigidisce e lei sente che vorrebbe allontanarsi, rimandare quello che sta per dirgli. "Credo di dovermene andare per un po'. Per vedere come mi sento," dice.

"Vai a vivere col veterinario?"

"No, ma non posso giurarti che non passerò del tempo con lui."

Adesso vedono i figli, che camminano lungo il bordo del prato verso i pioppi, con i cani di March al seguito. Le voci si abbassano, e June continua a non sentire quello che dicono.

"Vuoi che me ne vada io?"

"Non mi sembra giusto. Forse posso sistemarmi da Artie. O forse andrò a stare da March," dice June.

Peter si lascia sfuggire una risatina. "Dici sul serio? Stavo proprio cercando di non dire che ti stai comportando come una pazza, ma devi proprio esserlo per dire una cosa del genere."

Guardano entrambi i figli che tornano verso casa, e finalmente March e Hap li vedono e li salutano con la mano. "Potrebbe funzionare," dice lei.

"Rimani qui. Andrò io da March. È una scusa per stare un po' anche con Arlo, prima che incominci a scontare la condanna."

"Pensavo che la cosa ti avrebbe sconvolto più di così."

"Lo sono, sconvolto. Ma, sai, è un po' come se mi aspettassi la mazzata finale." Lei volta le spalle al prato per guardarlo in faccia, e si accorge quanta voglia ha di abbracciarla. Peter cerca di scherzare, anche se ha un'espressione desolata. "Non posso certo arrabbiarmi con questa nuova June. Purtroppo per me questa novità la rende doppiamente attraente."

"Piantala di flirtare," gli dice lei. "Sono corazzata."

"Buono a sapersi, visto che a quanto pare siamo tutti armati di coltelli affilati e non siamo troppo bravi a controllarli."

"Ti sembra il modo di parlare della tua famiglia?"

"Essere una famiglia vuol dire solo che non abbiamo barriere di sicurezza a dividerci."

"Guarda che se vuoi fare il filosofo con me non sono sicura che potremo rimanere amici." Gli rivolge un'occhiata scettica, e la sua vecchia espressione ostile si fa strada sul suo viso, ma non riesce a mantenerla più di tanto. Prova un sorriso ma non funziona nemmeno quello, così si limita a un colpetto affettuoso sulla schiena. “Dai, andiamo dai ragazzi.” Sta già pensando a domattina, quando si ritroverà su questa terrazza senza Peter di sotto. Libera dalla sua ancora, ma anche dalla sua rabbia. Niente vincoli, finalmente.

RINGRAZIAMENTI

Negli ultimi due anni ci sono stati momenti in cui la fortuna di questo romanzo mi ha stordito, ero certa che prima o poi mi sarei risvegliata da un sogno. Il primo e il più incredibile è stato quando Nicole Aragi mi ha dimostrato quanto credeva in questo libro. Un sincero e profondo grazie quindi va a lei, a Grace Dietshe e a tutta la squadra di Aragi, Inc.

La fortuna è continuata quando ho avuto l'opportunità di lavorare con un'editor straordinaria, Lee Boudreaux, che ha sempre capito alla perfezione come volevo che fosse questo romanzo e ha dedicato tanto tempo e tanta abilità editoriale per aiutarmi a renderlo migliore di come avrebbe mai potuto essere se ci avessi lavorato da sola. Sono infinitamente grata a lei, a Cara Reilly, a Elena Hershey e a tutto il gruppo di Doubleday. Grazie a Emily Mahom e a Ping Zhu per la meravigliosa copertina.

Grazie a Christine Grimes e Sarah Frisch per avermi sempre spronata in questi dodici lunghi anni di scrittura del libro, e per essere le migliori lettrici e amiche che potessi mai desiderare. Al mio fantastico gruppo di scrittura per aver scavato nella prima stesura e avermi regalato risate e intuizioni: Angie Beshara, Owen Egerton, John Greenman, Stephenie Noll, Michael Noll, Becka Oliver e Mike Yang. A Zahie El Kouri, Ammi Keller e Harriet Clark che mi hanno aiutato a non perdere la testa e mi hanno resa più intelligente. Stacy Muszynski, Abigail Ulman, Mark Barr e Ammi Keller, che mi hanno sostenuto nelle revisioni più complesse e sono stati sempre magnifici. A Kristin Lorraine e Laurel Holman, che non mi hanno fatto mancare le loro opinioni e hanno riempito molti mercoledì di grande ispirazione. A Kendra Bartsch, che crede in me da molti anni.

Un grandissimo grazie va a Callie Collins, Jill Meyers e J.M. Tyree per aver portato nel mondo le prime versioni dell'incipit. Sarò eternamente grata anche per la generosità e il sostegno immediato di Jennifer duBois, Sarah Bird, Owen Egerton, Smith Henderson e Richard Russo.

Grazie alla Stanford University e al Dipartimento di scrittura creativa per il grande dono della Wallace Stegner Fellowship e per i compagni meravigliosi che hanno fatto di me una scrittrice migliore: Molly Antopol, Skip Horack, J.M. Tyree, Abigail Ulman, Sarah Frisch, Jim Gavin, Vanessa Hutchinson, Stephanie Soileau, Justin St. Germain, Rusty Dolleman, Sharon May, Rita Mae Reese, Suzanne Rivecca e Shimon Tanaka. Grazie anche al Dipartimento di studio permanente di Stanford per il loro costante supporto, in particolare a Malena Watrous e Scott Hutchins. Un ricordo va a Eavan Boland e John L'Heureux, che hanno dato moltissimo al programma e a chi ne ha fatto parte.

Grazie al programma MFA e al Dipartimento di inglese della Texas State Univerity, in particolare al sostegno e all'amicizia costante di Debra Munroe. Grazie anche al Blue Mountain Center e alla Sewanee Writers' Conference per aver allargato la mia comunità (e ad Allen Wier per avermi mostrato come fare una vera revisione riga per riga). Alla Writers' League of Texas, LLL, e alla LWA per la mia comunità di Austin.

Grazie a Laurie Filipelli, Zahie El Kouri, Anne Bingham, Jessica Lamb-Shapiro, Susanne Grabowski e Marit Weisenberg per la compagnia stellare intorno a tavoli grandi e piccoli durante le lunghe ore di revisione. Speriamo di ritrovarci presto! E a Becka Oliver per aver avuto una risposta a tutte le domande, specialmente a quelle che non avevo ancora pensato di fare.

E grazie alla mia famiglia – Bill e Janet Swann, Lisa Swann e Marc Tiel – per le migliaia di attenzioni, grandi e piccole, e per avermi aiutata a credere di riuscire ad arrivare da lì a qui.

INDICE

MISTO
Carta da fonti gestite
in maniera responsabile
FSC® C021883
FSC
www.fsc.org

Finito di stampare nel mese di giugno 2021 presso
Grafica Veneta S.p.A.
Via Malcanton 2 - Trebaseleghe (PD)

Printed in Italy